Jill Mansell

Ondersteboven

SIJTHOFF

Eerste druk maart 2007
Tweede druk maart 2007

Oorspronkelijke titel: *Thinking of you*
Vertaling: Annoesjka Oostindiër
Omslagontwerp: Pete Teboskins
Omslagfotografie: Jon Feingersh/Zefa/Corbis

ISBN 978 90 245 6112 4
NUR 343

www.boekenwereld.com & www.urbanfiction.nl

Voor Charlotte Ash
En met veel dank aan haar echtgenoot Ian, voor het zo gul ondersteunen van Bliss.

1

Voor medelijden was ze hier aan het verkeerde adres, besefte Ginny Holland. Maar het was nog vroeg op deze onbewolkte maar stormachtige ochtend in oktober, en ze had niet veel keus. Bovendien was het aan de overkant – wel zo handig. 'Ik kan je niet zeggen hoe ik me voel.' Ze balde een vuist, drukte die tegen haar borst en schudde gefrustreerd haar hoofd. 'Het is gewoon zo... zo...'

'Ik weet precies wat jou mankeert. Het vogelnestsyndroom,' zei Carla.

Ginny trok een gezicht: het was overduidelijk dat Carla geen kinderen had. 'Ja, vogelnestsyndroom is het juiste woord voor mijn haar. Maar ik heb het lége-nestsyndroom. Mijn nest is leeg, mijn kuiken is weggevlogen en ik voel me gewoon helemaal leeg vanbinnen, als een... als een goedkoop paasei.'

'Nou, volgens mij ben je gewoon gek.' Carla was druk bezig met sit-ups op Olympisch niveau. Ze had haar blote voeten onder de crèmekleurige leren bank geklemd en haar glanzende haar zwiepte heen en weer. 'Jem is het huis uit. Je bent weer vrij. Je zou juist de bloemetjes buiten moeten zetten. En bovendien,' zei ze, alsof ze daar nu pas aan dacht, 'zijn die chocolade-eieren van Cadbury's helemaal niet leeg vanbinnen.'

'Anders dan jij, ja,' merkte Ginny op. 'Jij bent harteloos.'

'En jij bent achtendertig, geen zeventig.' Klaar met haar vijf miljoenste sit-up, stak Carla haar benen in de lucht en begon zonder ook maar even op adem te komen heel hard te fietsen. 'Ik ben een jaar ouder dan jij en kijk mij nou: ik vermaak me uitstekend! Ik ben in topconditie, mannen kunnen me niet weerstaan en de seks is nog nooit zo lekker geweest. Ik ben in de kracht van mijn leven,' besloot ze. 'En dat geldt net zo goed voor jou.'

Ginny wist dat haar leven niet echt voorbij was, natuurlijk wist ze dat, maar Jems vertrek had haar helemaal uit het veld gesla-

gen. Ze was altijd vrolijk en druk in de weer geweest, altijd ergens door in beslag genomen. Dit was helemaal nieuw voor haar. En het hielp ook niet dat het bijna winter was. De meeste banen in Portsilver waren zomerbanen en ze had zich het afgelopen halfjaar de benen uit haar lijf gelopen in een café met een terras aan het water. Maar de toeristen waren weer weg, Jem zat in Bristol en Ginny merkte dat ze veel meer vrije tijd had dan ze gewend was. En om het allemaal nog erger te maken, waren twee van haar vriendinnen de afgelopen maand verhuisd, was haar favoriete café overgenomen en veranderd in een luidruchtig toevluchtsoord voor te jonge breezerdrinkers, en de Zuid-Amerikaanse dansles waar ze zo graag naartoe ging, was plotseling afgelopen omdat haar dansleraar bij de samba was uitgegleden en zijn heup had gebroken. Al met al was oktober geen al te beste maand geweest. En dan Carla, die haar voorhield dat ze in de kracht van haar leven was... die liep het risico te worden aangeklaagd door de Reclame Code Commissie.
Ginny wierp een blik op zichzelf in Carla's opzichtige Venetiaanse spiegel en blies haar te lange pony uit haar ogen. Het vogelnest dat net ter sprake was gekomen, bestond uit lang, blond haar met slag en een absoluut eigen wil. Soms gedroeg het zich, soms niet, en in beide gevallen had Ginny er niets over te zeggen. Haar gezicht was niet bepaald een gerimpelde oude pruim – integendeel, Ginny wist dat ze er jong uitzag voor haar leeftijd – maar volgens de glossy's was er nog genoeg ruimte voor verbetering. Wat zou het heerlijk zijn als ze zo chic, verzorgd en moeiteloos femme fatale-achtig kon zijn als Carla. Maar ach, laten we wel wezen, ze vond het eigenlijk gewoon te veel moeite.
'Je moet jezelf weer op de rails zetten.' Carla was klaar met haar lucht-fietsbewegingen en had wonderbaarlijk genoeg niet eens een paars gezicht door alle inspanning. 'Doe jezelf een lol en ga stappen, heb een onenightstand.'
'Ik zeg alleen maar dat ik Jem mis.' Ginny haatte dit gevoel. Ze had zich nog nooit aanhankelijk en zielig gevoeld en alleen het idee dat ze zich zo voelde was even afschuwelijk als een plotselinge voorliefde voor wijde minirokjes.
'Zij zou het ook leuk vinden als je een onenightstand had,' zei Carla op verstandige toon.

'Dat weet ik.' Ginny pulkte aan een draadje aan de mouw van haar trui. 'Maar ik wil haar echt heel graag zien.'
'Prima. Ga er dan naartoe als je dat zo graag wilt. En als je denkt dat Jem dat niet erg vindt.' Carla kwam gracieus overeind en keek in de Venetiaanse spiegel achteloos naar haar steile, glanzende haar – ja, nog steeds perfect. 'Je hebt trouwens een gat in je mouw gemaakt.'
Dat kon Ginny niets schelen; het was toch een flodderig oud vod. En belangrijker nog: het was gelukt, ze had gehoord wat ze wilde horen. 'Oké, dat ga ik doen.'
'Wat ga je doen?'
'Naar Jem, in Bristol. Wat een goed idee van je!'
'Nu meteen? Moet je haar niet eerst even bellen? Ze is achttien,' zei Carla. 'Wie weet met wat voor stoute dingen ze allemaal bezig is.'
Om Carla haar zin te geven, zei Ginny: 'Oké, ik bel eerst wel. Jij nog een heel fijn weekend, ik zie je morgenavond wel als ik terug ben.'
'Mijn weekenden zijn altijd fijn.' Carla klopte op haar strakke, bruine buik. 'Ik ben een vrouw in de kracht van haar leven, weet je nog?' En behaagziek voegde ze er nog aan toe: 'Bovendien komt Robbie langs.'
Robbie was de laatste in een hele serie inwisselbare mooie, jonge jongens, die Carla uitkoos vanwege hun fitte lijven, hun sluike haar en hun... tja, niet zo sluike andere onderdelen. Vastigheid was niets voor haar.
'Oké, ik ga ervandoor.' Ginny omhelsde haar.
'Doe Jem de groeten. En voorzichtig rijden.'
'Doe ik.'
Toen Ginny naar de voordeur liep, riep Carla haar na: 'En vergeet niet eerst even te bellen. Je weet maar nooit...'
Jezus, wat konden goede vriendinnen toch meedogenloos zijn. Als ze niet zo opgewonden was geweest, had ze het misschien wel als een belediging opgevat. Maar zo was Carla nu eenmaal. En ze was geen moeder, dus ze kon het ook niet snappen.

'Mam! Niet te geloven, wat fantastisch dat je er bent!' Jems gezicht begon te stralen terwijl ze zichzelf als een projectiel in haar

moeders armen stortte en haar zo stevig vastpakte dat ze bijna geen lucht meer kreeg.
O ja, dat was een goeie. Of: 'Mama, wat een fantastische verrassing... je weet niet hoe erg ik je gemist heb...'
Oeps, nou niet gaan huilen. Ginny verdreef de opgetogen scenario's die ze had verzonnen en knipperde een keer met haar ogen om zich goed te concentreren op de snelweg voor zich. De reis van Portsilver in Noord-Cornwall naar Bristol duurde drieënhalf uur en tot nu toe lagen ze op schema. Ze zouden om ongeveer één uur aankomen. Gelukkig vond Bellamy een lekker lange autorit heerlijk. Hij lag gelukzalig op de achterbank, met zijn ogen dicht en zijn tong uit de bek. Elke keer als Ginny met een opgewonden stem vroeg: 'Wie gaan we zo zien, Bellamy? Hè, wie? We gaan naar Jém!' deed hij één oog open en kwispelde loom.
Als Ginny een staart had gehad, had ze ook gekwispeld.
Jem was drie weken geleden op kamers gegaan. Ginny had zich op het ergste voorbereid, maar lang niet goed genoeg. De pijnlijke leegte na Jems vertrek was duizendmaal erger dan ze zich had voorgesteld. Haar dochter was nu eenmaal de belangrijkste persoon in haar leven, zo simpel was het.
Tijdens de autorit naar Bristol overdacht Ginny enkele van haar mooiste herinneringen. Op haar achttiende verjaardag was ze getrouwd met Gavin Holland... Nou ja, dat was misschien een vergissing geweest, maar hoe kon ze daar ooit spijt van hebben? Ze hadden samen Jem gekregen.
De bevalling: steunend en hijgend vanwege de steeds hevigere weeën, had ze gedreigd Gavins tanden uit zijn mond te slaan toen hij klagerig vroeg: 'Au, kun je iets minder hard in mijn hand knijpen? Dat doet pijn.'
En dan eindelijk Jem kunnen vasthouden, wanhopig snikkend omdat de liefde die ze voelde zoveel overweldigender was dan ze had verwacht. Vooral als je bedacht dat het krijsende wezentje dat ze in haar armen wiegde onder het bloed, de smurrie en het slijm zat.
En later, die kleine vingertjes die als een zeester omhoogreikten... de eerste magische glimlach... haar eerste schooldag ('Mama, laat me niet alleeeen!')... en die blik van blinde paniek op

Jems gezicht toen ze haar brief aan de Kerstman net op de bus had gedaan, want wat als hij haar brief zou verwarren met de brief van die andere Jemima, dat meisje met die flaporen en die bril, uit de klas van mevrouw Carter?

O ja, er waren zo veel prachtige momenten geweest. Ginny's glimlach werd steeds breder terwijl al die gebeurtenissen weer bovenkwamen. Toen Jem negen was, waren Gavin en zij uit elkaar gegaan. Dat was verdrietig geweest, natuurlijk was dat verdrietig geweest, maar ook weer niet het einde van de wereld. Gavin was uiteindelijk niet het soort man gebleken van trouwen-en-kindjes-krijgen-en-ik-zal-je-trouw-blijven. Maar hij was altijd een lieve vader geweest en had Jem nooit in de steek gelaten. En Jem had het uit elkaar groeien en de daaropvolgende scheiding van haar ouders wonderwel doorstaan en zich neergelegd bij de onvermijdelijke veranderingen in haar leven.

En vanaf dat moment waren Ginny en Jem echt onafscheidelijk geweest, zo hecht als een moeder en dochter maar konden zijn. Zelfs de gevreesde puberteit had hun relatie niet verpest. Ginny wist ze dat daarmee geluk had gehad. Terwijl andere pubers rebels en stuurs werden en deuren zo hard dichtsloegen dat ze uit hun voegen sprongen, had Jem altijd om zichzelf kunnen lachen en was ze haar sprankelende, zonnige karakter niet kwijtgeraakt. Het was altijd een kwestie geweest van zij tweeën tegen de rest van de wereld.

Op het moment dat ze dat dacht, voelde Ginny een natte neus op haar arm. Bellamy, die zijn hoofd tussen de twee stoelen door had gestoken, likte haar elleboog.

'O sorry, schatje, wat dacht ik nou?' Zonder haar ogen van de snelweg te halen gaf ze Bellamy een verontschuldigende aai. 'Hoe kon ik jou nou vergeten, hè? Met zijn drieën tegen de rest van de wereld.'

Het was niet druk op de weg; Ginny bereikte de buitenwijken van Bristol al om tien voor één. Omdat Jem liever niet in een studentenhuis had willen wonen, had ze een aantal makelaars in de stad gebeld. In september had ze een hele dag uitgetrokken om huizen te bezichtigen en haar keus was uiteindelijk gevallen op een woning in Clifton, die ze samen met twee andere

studenten zou delen. En daar had Ginny haar drie weken geleden, voordat Jems huisgenoten waren gearriveerd, geholpen met het verhuizen van haar spullen.
Ze reed nu door de Downs richting Whiteladies Road. De locatie van Jems huis, op Pembroke Road, zat onuitwisbaar in haar geheugen geprent en ze werd er als door een soort onzichtbare navelstreng naartoe getrokken.
Nee, dat was een iets te onsmakelijk beeld. Toch maar niet. O, dat daar links zag eruit als een leuk Mexicaans restaurant. Misschien kon ze dat vanavond uitproberen met Jem. En als Jems huisgenoten meewilden, nou prima toch? Hoe meer zielen, hoe meer vreugd. Ze zette haar richtingaanwijzer aan, sloeg rechts af Apsley Road in en stelde zich ondertussen voor hoe ze met z'n allen lachend in het restaurant zouden zitten aan een grote tafel, vol met eten en flesjes ijskoud bier, terwijl de anderen uitriepen: 'Wat een mazzelaar ben jij, Jem, ik wou dat ik zo'n leuke moeder had!'
Oeps, kijk uit voor die bus.

2

Jem woonde op de eerste verdieping van een achttiende-eeuws pand. Ginny wachtte met aanbellen tot Bellamy discreet zijn behoefte had gedaan achter een boom in de voortuin. Het was zover, Jem stond op het punt de verrassing van haar...
'Ja?'
'O, hallo! Jij bent zeker Rupert!' Ginny deed haar best om niet al te overdreven enthousiast te doen tegen de huisgenoot over wie Jem haar had verteld. 'Eh... is Jem thuis?'
'Nee.' Na een korte stilte vroeg Rupert: 'En u bent?'
'O, ik ben haar moeder! En dit is Bellamy, Jems hond. Wat stom, het kwam niet in me op dat ze misschien niet thuis zou zijn. Ik heb haar wel een paar keer gebeld, maar haar mobieltje stond uit en ik ging ervan uit dat ze nog lekker in bed lag. Eh, weet je toevallig waar ze is?'

Rupert, die behalve een witte boxershort niets aanhad, was slank en bruin. Hij rilde toen er een koude windvlaag over zijn blote lijf blies. 'Ze heeft middagdienst in de kroeg. Ik geloof van elf tot twee.'
Middagdienst? In een kroeg? Ginny keek op haar horloge. 'Welke kroeg?'
Rupert haalde zijn schouders op. 'Geen idee. Ze heeft het wel eens gezegd, maar ik ben het vergeten. Ergens in Clifton, dacht ik.'
Wat een geweldige aanwijzing: er waren wel duizend cafés in Clifton. 'Mag ik misschien binnenkomen en hier op haar wachten?'
Hij keek niet bepaald enthousiast, maar zei: 'Ja, natuurlijk. Het is alleen wel rommelig.'
En dat was geen grapje geweest. In de woonkamer boven was de lichtgroene vloerbedekking bezaaid met vieze borden en lege glazen. Een exotisch uitziend meisje met kort, donker haar lag languit op de bank met een bak Choco Pops naar een zwartwitfilm op tv te kijken.
'Hallo!' Ginny schonk haar een stralende glimlach. 'En jij bent vast Lucy'.
Het meisje knipperde even met haar ogen. 'Nee, ik ben Caro.'
'Caro is mijn vriendin,' zei Rupert terwijl hij naar de keuken liep. 'Dit is Jems moeder. Ze komt voor Jem.'
Ginny vroeg zich af of ze haar een hand moest geven of dat dat absoluut niet cool zou zijn. Caro mompelde 'hallo' met een mond vol Choco Pops.
Oké, waarschijnlijk dus niet cool.
'En dit is Bellamy.' Lang leve de hond, de ultieme ijsbreker.
'Oké.' Caro knikte en likte haar lepel af.
O.
'Enne... studeer jij hier ook?' Ginny bleef maar staan, want niemand had haar een stoel aangeboden.
'Ja.' Caro liet de lege bak Choco Pops op de vloer vallen, kwam overeind en liep naar de keuken.
Ginny hoorde vervolgens wat gegiechel en een ingehouden lach en begon zich steeds ongemakkelijker te voelen. Even later stak Rupert zijn hoofd om de hoek. 'Wilt u een kop thee?'

'O, graag, heerlijk!' O, hou op, hou óp met dat praten in uitroeptekens. 'Met melk en suiker graag.'
'O, volgens mij hebben we geen suiker.'
'Laat maar, een glas water is ook goed.'
Rupert krabde op zijn hoofd. 'Volgens mij hebben we ook geen water.'
Meende hij dat nou? Of was dit hun manier om haar af te schepen?
'Tenzij u kraanwater drinkt,' zei Rupert.
Jezus, wat een kakker.
'Kraanwater is prima.'
Hij trok een vies gezicht. 'U liever dan ik.'
'Luister maar niet naar hem,' zei een stem achter Ginny. 'Rupes drinkt alleen maar water met een goudlaagje. Hoi, ik ben Lucy. Ik herken u van de foto's in Jems kamer, u bent haar moeder. Leuk u een keer te zien.'
Ah, dat was een stuk beter. Lucy was lang, slank, zwart en mooi. En wat nog beter was: ze glimlachte. Ginny was zo opgelucht dat ze haar bijna ter plekke uitnodigde voor een etentje. Lucy had binnen een paar minuten een lading borden aan de kant geschoven, de tijdschriften achter de bank gegooid en Ginny de beste stoel van de kamer aangeboden alsof ze hare majesteit zelve was.
'Jem heeft die baan pas sinds gister en dit is haar eerste werkdag. Een beetje extra geld kan nooit kwaad, hè?' Lucy babbelde er vrolijk op los; de beste huisgenoot die een moeder zich voor haar dochter kon wensen. Ze had Bellamy eerst overladen met aandacht, hem toen een bak water gegeven en zich van tevoren gewichtig verontschuldigd dat het maar kraanwater was.
Rupert en Caro bleven in de keuken en hadden muziek opgezet. Rupert kwam op een gegeven moment tevoorschijn om een blauw overhemd te strijken in de hoek van de woonkamer – iets wat hij nogal slordig deed.
'Zal ik het voor je doen?,' vroeg Ginny, die een goede indruk wilde maken.
Rupert leek haar opmerking wel grappig te vinden. 'Nee, dank u, het lukt wel.'
'Jem was nooit echt dol op strijken. Ik wil wedden dat ze een

hele stapel kleren heeft liggen die nog gestreken moet worden. Nu ik er toch ben,' zei Ginny, 'kan ik daar net zo goed vast aan beginnen.'
'Als ik mijn moeder zou vragen iets voor me te strijken,' lachte Lucy, 'zou ze me een lui zwijn noemen en zeggen dat ik het zelf maar moest doen.'
Jems kamer was rommelig maar schoon. Ginny's hart stroomde bijna over van geluk bij het zien van alle bekende spulletjes: de vrolijke familiefoto's op het prikbord, de kleren, boeken en cd's die overal lagen, de lege colablikjes en de chipszakjes die uit de prullenbak puilden. Ze kon het niet laten, maakte snel het bed op en hing alle losse kleren in de kast. Dat was vast dat nieuwe topje dat Jem in die leuke boetiek Monsoon had gekocht. Oeps, er zat een olievlek op haar favoriete spijkerbroek. Als ze die eruit wilde krijgen, zou ze hem eerst moeten weken. En was dat nagellak op die..?
Ginny hoorde de voordeur beneden met een klap dichtvallen en bleef als aan de grond genageld staan. Ze besefte dat ze eruitzag als een stalker, zo met de spijkerbroek van haar dochter tegen haar borst geklemd. Ze gooide hem vlug op het bed terug en stoof de slaapkamer uit, precies op het moment dat Bellamy begon te blaffen. Een fractie van een seconde later stond ze in de woonkamer en zag ze Jem en Bellamy elkaar uitzinnig van vreugde begroeten.
'Niet te geloven! Mam, wat doe jíj hier?' Jem keek op terwijl de uitgelaten Bellamy haar in het gezicht likte.
'Je moeder is hier helemaal speciaal voor jou naartoe gekomen,' zei Rupert lijzig. Ginny zag hoe hij naar Jem keek, een blik waaruit duidelijk bleek dat hij het nogal suf vond dat moeders honderden kilometers aflegden omdat ze zo graag hun dochter wilden zien.
Geschrokken zei Jem: 'O, mam.'
'Nee joh, dat is niet zo,' flapte Ginny eruit. 'Jezus, natuurlijk heb ik dat niet gedaan! We waren op weg naar Bath en het leek me leuk om gewoon even bij je langs te gaan.'
'Echt waar? Wat geweldig!' Jem liet Bellamy nu los en omhelsde haar moeder. Ginny streek met haar hand door Jems blonde haar met roze plukjes. Het was niet helemaal het weerzien

zoals ze het zich had voorgesteld, met Rupert, Caro en Lucy als publiek, en haar hersenen die verwoed probeerden een antwoord te verzinnen op de vraag die Jem ongetwijfeld ging stellen. Maar ze was hier wel, en dat was beter dan niets. O, wat had ze haar gemist.

'Bath?' Jem deed een stapje achteruit en keek haar verbaasd aan. 'Hoezo ben je op weg naar Bath?'

Arrggg, weet ik veel!

'Ik ga op bezoek bij een vriendin,' zei Ginny. Snel, bedenk iets.

'Maar je kent helemaal niemand in Bath.'

Dat weet ik, dat weet ik!

'Jawel,' zei Ginny opgewekt. 'Ik heb toch wel eens verteld over Theresa Trott?'

Jem schudde haar hoofd. 'Nee. Wie is dat?'

'We hebben samen op school gezeten, lieverd. Ik heb laatst op die website "oude schoolvrienden" mijn e-mailadres achtergelaten, en voor ik het wist had Theresa me gemaild. Ze woont tegenwoordig in Bath en nodigde me uit bij haar langs te komen. Het is hier vlakbij en het leek me nogal onbeleefd om niet even bij je langs te gaan. Dus hier zijn we dan!'

'Wat leuk.' Jem gaf haar nog een dikke knuffel. 'Wat leuk om je te zien. Om jullie beiden te zien.'

'Je moeder was net van plan je kleren te strijken.' Rupert grijnsde geamuseerd.

Jem lachte. 'O, ma-ham!'

Ginny besloot dat ze een hekel had aan Rupert en voelde zich nu genoeg op haar gemak om terug te slaan. Met een priemende blik vroeg ze: 'Heeft jouw moeder nooit iets voor jou gestreken?'

'Nee.' Hij haalde zijn schouders op. 'Maar dat komt doordat ze dood is.'

Shit, shit!

De deurbel ging.

'Ga jij maar, Jem,' zei Rupert lijzig. 'Dat is vast je vader.'

Jem grijnsde, trok een gek gezicht naar Rupert en huppelde toen naar beneden om open te doen. Ze kwam terug met een dunne jongen met donkere ogen en lang haar. 'Lucy, Davy Stokes voor jou.'

Lucy was druk bezig een grijze trui over haar hoofd te trekken. Ze trok het groene T-shirt eronder omlaag en zei: 'Hoi, Davy. Alles goed? Ik wilde net gaan douchen.'
Ginny hoorde Rupert tegen Caro fluisteren: 'En raad eens wie daar graag bij zou willen zijn?'
'O, sorry.' Davy hield een boek tegen zich aan geklemd. 'Ik kwam dit even langsbrengen, dat had ik je nog beloofd.'
'Wat? O natuurlijk, die dichtbundel van John Donne. Cool, dank je wel.' Lucy pakte het boek van hem aan en schonk hem een stralende glimlach. 'Heel lief van je.'
Blozend zei Davy: 'Je vindt het vast mooi. Eh... ik vroeg me trouwens af... vanmiddag is er een quiz in café The Bear. Ik vroeg me af of je misschien, eh, zin hebt om mee te gaan.'
Rupert grinnikte nu hoorbaar. Ginny snakte naar iets zwaars om naar zijn hoofd te smijten.
'Bedankt voor het aanbod, Davy, maar ik kan niet. Jem en ik moeten naar een feest. Trouwens, als we niet te laat willen komen, moeten we opschieten. Het begint om drie uur.'
Drie uur? Het was al halfdrie. Ginny vroeg zich af of Lucy loog om Davy niet te kwetsen.
'Oké. Nou, misschien een andere keer dan. Dag.' Davy keek verlegen de kamer rond terwijl hij vlug achteruitliep naar de deur.
'Ik laat je wel even uit,' zei Rupert.
Hij kwam even later weer de kamer binnen met een grote grijns op zijn gezicht. 'Je hebt weer een aanbidder gescoord.'
'Je moet hem niet belachelijk maken,' protesteerde Lucy. 'Davy is best oké.'
'Behalve dat hij geen vrienden heeft en nog steeds bij zijn moeder woont.'
'Wat voor feestje is dat eigenlijk?' Ginny zette haar opgewekte, vrolijke stem op en keek Jem aan, degene voor wie ze zojuist drieënhalf uur in de auto had afgelegd.
'Zelda's verjaardag. Een meisje van college,' zei Jem. 'We gaan eerst naar een of andere nieuwe cocktailbar op Park Street. Ik moet me nu echt gaan omkleden. Hoe laat moet je in Bath zijn?'
'O, dat heeft geen haast. Als je dat wilt, kan ik je wel afzetten bij die cocktailbar.'

'Dank je wel, mam, maar dat is niet nodig. Lucy rijdt en we pikken onderweg nog een paar andere vrienden op.'
'Jem?' Lucy's stem klonk uit Jems slaapkamer. 'Ik zie nergens dat zwarte topje dat ik mocht lenen.'
'Die ligt op de grond, naast de cd-speler.'
'Het enige wat ik op de grond zie, is de vloerbedekking.' Lucy's hoofd verscheen in de deuropening. 'Ik zie überhaupt nergens kleren van je.'
'In de kast,' verontschuldigde Ginny zich. 'Ik heb alles opgehangen.'
Rupert leek dit wederom erg grappig te vinden.
'O, mam.' Jem schudde haar hoofd. 'Straks ga je mijn bed ook nog opmaken.'
Lucy grijnsde. 'Dat heeft ze al gedaan.'
'Zeker om de lakens te controleren,' fluisterde Rupert net iets te hard in Caro's oor.
'Nou, dan kan ik je maar beter met rust laten,' zei Ginny. Ze besefte dat de meiden nog maar tien minuten hadden om zich op te tutten; ze stond nu alleen maar in de weg. Ze riep Bellamy en probeerde Jem op een niet al te wanhopige manier te omhelzen. 'En jullie ook,' voegde ze eraan toe, terwijl ze haar vinger plagend opstak naar Rupert en Caro. Of ze het nu leuk vond of niet, ze maakten deel uit van Jems leven.
'Jammer dat het nu net zo slecht uitkomt,' zei Jem. 'Ik heb je nog geen twee minuten gezien en nu moet je alweer weg.'
Het lukte Ginny een zorgeloze glimlach tevoorschijn te toveren. Daar ging haar geweldige plan om het weekend door te brengen met de liefste persoon van de hele wereld. 'Ik bel je over een paar dagen. Dag, lieverd. Kom op, Bellamy, zeg eens dag tegen Jem.'

Buiten begon het net te regenen. Terwijl ze wegreed, vrolijk zwaaiend naar Jem, voelde Ginny een brok in haar keel. Tegen de tijd dat ze Whiteladies Road had bereikt, was ze zo teleurgesteld en voelde ze zich zo verlaten dat ze niet verder durfde te rijden. Vechtend tegen de tranen zette ze vlug de auto aan de kant en greep het stuur zo stevig vast dat het een wonder was dat het niet in tweeën brak. Het is niet eerlijk, het is niet eerlijk, het is gewoon niet...

Met een schok merkte ze dat ze bekeken werd. Ze draaide zich om en keek recht in de niet-begrijpende ogen van Davy Stokes. Ze besefte dat ze bij een bushalte was gestopt, dat het een ijzig koude, regenachtige middag was en uit de blik in Davy's ogen maakte ze op dat hij dacht dat ze gestopt was om hem een lift aan te bieden.
O, geweldig.
Het was nu te laat om door te rijden. En ze had gelukkig nog geen tranen met tuiten zitten huilen. Ze draaide het raampje aan de passagierskant open, leunde opzij, zette ergens diep vanbinnen haar gewone stem weer op en riep vrolijk: 'Hallo! Je bent bijna doorweekt! Wil je een lift?'
Tja, hij was toch min of meer bevriend met haar dochter. Ze was de moeder van een meisje met wie hij min of meer bevriend was. Ginny besefte dat hij zich nu verplicht voelde die lift aan te nemen, net zoals zij zich verplicht had gevoeld hem er een aan te bieden. Hij keek haar verlegen aan en vroeg: 'Is Henbury niet te ver om?'
Ginny had nog nooit van Henbury gehoord, maar na meer dan driehonderd kilometer hiernaartoe te zijn gereden en het vooruitzicht dat ze hetzelfde aantal nog terug moest rijden, maakte die paar extra kilometers bar weinig uit. 'Geen probleem. Maar je moet me wel de weg wijzen. En maak je niet druk als Bellamy aan je oor likt, dan vindt hij je aardig.'
'Ik hou van honden. Hé, jongen.' Hij stapte in, deed zijn gordel om en streek het lange haar uit zijn gezicht. 'Mag ik u iets vragen?'
'Wat je maar wilt.' Shit! Als het maar niet over anticonceptie ging.
'Werd er over mij geroddeld toen ik weg was?'
Ginny gaf niet meteen antwoord. 'Nee.'
Er verscheen een glimlach op zijn gezicht. 'U moet niet wachten met antwoorden. Dat betekent "ja". Denken ze dat ik verliefd ben op Lucy?'
'Eh, misschien,' gaf Ginny schoorvoetend toe. 'Waarom? Ben je dat dan?'
'Natuurlijk ben ik dat. Ze is prachtig. Maar ik weet ook dat het nooit iets zal worden. Ik weet dat ik niet haar type ben,' zei

Davy bedroefd. 'Ik hoopte dat ik haar over de streep kon trekken met mijn gevatte humor en scherpzinnige geest, een beetje zoals die komiek Paul Merton, weet u? Het probleem is alleen dat elke keer dat ik Lucy zie, mijn humor me in de steek laat en ik in een onhandige kluns verander.'
Wat een schatje. Ginny was geraakt door zijn oprechtheid. 'Gun jezelf wat tijd,' stelde ze hem gerust. 'Iedereen staat in het begin met zijn mond vol tanden.'
'Ik weet best dat ze veel te hoog gegrepen is voor me. Niet doorvertellen, hè?' vroeg Davy. 'Ik heb mezelf al genoeg voor paal gezet.'
'Maak je geen zorgen.'
'Beloofd?'
'Beloofd. Zal ik je dan ook iets verklappen? Ik vond die Rupert eerlijk gezegd maar niks.'
Er verscheen een spottende grijns op Davy's gezicht. 'Rupert is een domme eikel. Sorry hoor, maar dat is echt zo. Hij voelt zich te goed voor iedereen. Gewoon rechtdoor hier bij de rotonde.'
'Klopt het dat je nog steeds thuis woont?' Wat boffen die ouders, dacht Ginny terwijl ze het bord richting Henbury volgde.
'Bij mijn moeder, ja. Mijn vader is er een tijdje geleden vandoor gegaan. Mijn moeder wilde niet dat ik uit huis ging, dus toen heb ik me alleen bij de universiteit van Bristol aangemeld. Maar goed dat ik werd toegelaten, want anders had ik echt een probleem gehad.'
Wat was die moeder een ontzettende mazzelaar. Ze had haar zoon gevraagd niet uit huis te gaan en hij had gewoon naar haar geluisterd. Zo eenvoudig, dacht Ginny. Waarom heb ik daar niet aan gedacht?
'Misschien bedenkt ze zich. Misschien gaat Rupert wel weg en dan kun jij zijn plek innemen.' Ginny maakte maar een grapje, maar zou het niet geweldig zijn als dat gebeurde?
'Behalve dat Rupert niet snel weg zal gaan,' zei Davy, 'het is zijn huis.'
'O?' Dat wist ze niet. 'Ik dacht dat ze allemaal huurden.'
Davy schudde zijn hoofd. 'Ruperts vader heeft het voor hem gekocht, voor zolang hij hier studeert.'
'O. Tja, dat is wel slim. Als je het je kunt permitteren.'

‘Van wat ik hoor, kan Ruperts vader zich alles permitteren.’
‘Dus de anderen zijn er alleen maar om de kosten te dekken en om Rupert gezelschap te houden?’
‘Hier naar rechts. Ja, en toevallig volgen ze dezelfde colleges,’ zei Davy droog. ‘Nog even, en ze gaan zijn werkstukken ook nog voor hem maken. De volgende naar links. We zijn er, ik woon daar bij die blauwe deur. Te gek. Heel erg bedankt, en wie weet tot ziens.’ Hij draaide zich om en zei: ‘Doei, Bellamy, *high five!*’
Hij wachtte tot Bellamy zijn poot had opgestoken en schudde die met een ernstig gezicht.
‘Succes,’ zei Ginny. ‘En je weet maar nooit, misschien pakt het allemaal wel beter uit dan je denkt.’
Davy stapte uit. ‘Bedoelt u dat de jongen met zijn mond vol tanden uiteindelijk het meisje krijgt? Misschien zou ik een kans maken als dit een Richard Curtis-film was, *Four Weddings and a Funeral* of zo.’ Hij haalde luchtig zijn schouders op en voegde eraan toe: ‘In het echte leven zie ik dat niet zo snel gebeuren. Nou ja, je leert ervan, hè? Iedereen moet toch weten hoe een gebroken hart voelt?’
Ginny keek hem na terwijl hij naar de voordeur liep van een bescheiden, alledaagse eengezinshoekwoning. Een huis waar Rupert ongetwijfeld zijn neus voor zou optrekken. De gebroken harten van andere mensen konden haar weinig schelen, het hare vertoonde op dit moment ook scheurtjes.
‘Tijd om naar huis te gaan, jongen.’ Ze aaide Bellamy over zijn ruwe, harige kop. ‘Helemaal terug naar Portsilver. Daar gaat ons weekendje met Jem. Sorry.’
Bellamy likte haar hand alsof hij haar wilde zeggen dat hij het niet erg vond en het haar al had vergeven. Ginny keek hem liefdevol aan. ‘O, schatje, gelukkig heb ik jou nog. Wat zou ik zonder jou moeten?’

Drie weken later was Bellamy dood. De kanker die zich razendsnel door zijn lichaam had verspreid, was niet meer te behandelen. Hij kon niet meer lopen, niet meer eten en had veel pijn. De dierenarts verzekerde Ginny dat ze hem het beste kon laten inslapen en hem zachtjes moest laten gaan.

En dat had ze dus gedaan, maar het verdriet en de pijn waren nog erger dan ze had verwacht. Bellamy was na haar scheiding van Gavin een onlosmakelijk onderdeel geweest van Jem en haar leven. Een hond zou hen misschien opvrolijken, had iemand destijds geopperd, en zo was Bellamy twee weken later in hun leven gekomen. Hij was zo veel prettiger gezelschap dan Gavin dat Ginny zich afvroeg waarom ze daar nooit eerder aan had gedacht. Gavin was ontrouw, had een aanleg voor liegen en op emotioneel vlak kon je hem al helemaal niet vertrouwen.
Bellamy was het tegenovergestelde. Hij was rustig en lief, en je kon altijd op hem rekenen. En hij hoefde nooit te liegen over waar hij was geweest. Zijn behoeften waren simpel en zijn liefde onvoorwaardelijk.
'Je houdt meer van die hond dan je ooit van mij hebt gehouden,' had Gavin gemopperd.
Ginny had geantwoord: 'Zou niet iedereen dat doen?' En ze had dat nog gemeend ook.

3

En nu was Bellamy er niet meer. Ginny kon het nog steeds niet bevatten en kon gewoon niet geloven dat ze zijn lieve snorrenbaard nooit meer zou zien. Ze hadden hem vanochtend in de achtertuin, onder de kersenboom, begraven. Jem had gisteravond de trein vanuit Bristol genomen en ze hadden zich samen door de emotionele ceremonie heen gesnotterd.
Maar Jem had colleges en werkgroepen in Bristol, en ze kon het zich niet veroorloven om die te missen. Ze moest meteen weer terug. Met een vlekkerig gezicht en rode ogen had ze rond het middaguur met tegenzin de trein genomen.
Ginny had zelf ook nogal een pafferig, vlekkerig gezicht, en het was er niet minder op geworden toen ze bij het opmaken het mascaraborsteltje in haar oog had gestoken. Ze voelde zich uitgewrongen, leeg en emotioneel uitgeput, maar ze was tegelijkertijd veel te gespannen om alleen thuis te blijven en naar Bel-

lamy's graf te zitten staren. Het paste niet bij haar zich ellendig te voelen; van nature was ze een opgewekt iemand.
Op zoek naar wat afleiding reed Ginny naar de binnenstad van Portsilver waar ze haar auto parkeerde. In november kon je je auto tenminste ergens kwijt. Zo, waarop zou ze zichzelf nu trakteren? Misschien een schitterende nieuwe lippenstift? Een sjaal met glittertjes? Hé, waarom niet een nieuw piepspeeltje voor... Nee, Bellamy is dood. Niet aan denken, niet aan denken.
Niet naar andere honden kijken.
En níet huilen.
Over een paar weken was het kerst, ze kon toch vast wat cadeautjes gaan kopen?
Wonderbaarlijk genoeg begon ze zich al wat beter te voelen. Ze kocht dingen die ze onder de boom kon leggen voor Jem; eerst een lichtroze, handgemaakte leren riem en een notitieboekje met een ingelegde paarlemoeren voorkant. In een andere winkel vond ze een blauw-groen geruite maillot, haarspeldjes van plexiglas die aan- en uitknipperden als je erop drukte, en een ballpoint met lila boaveertjes.
Rare prulletjes kopen, daar was ze altijd al gek op geweest. Nadat ze alles had afgerekend, ging Ginny naar buiten en liep verder. Even verderop zag ze een opvallend schilderij in een etalage hangen. Eens even kijken. Nee, misschien toch niet, van dichtbij was het eigenlijk niet zo mooi.
Toen ze naar de overkant van de straat keek, zag ze een vrouw die ze alleen maar bij haar voornaam kende – Vera – en haar hart begon als een razende te bonken. Ze kenden elkaar niet echt goed, ze spraken elkaar alleen wanneer ze hun hond uitlieten bij het grote strand van Portsilver. Vera had een elegante Afghaanse hond, Marcus, die op dit moment geduldig zat te wachten terwijl zijn baasje de sjaal om haar hoofd goed deed. Vera was nogal praatziek. Als ze Ginny zag, zou ze ongetwijfeld meteen vragen waar Bellamy was.
Niet in staat om haar vandaag onder ogen te komen, dook Ginny vlug een winkel in en kwam terecht tussen tafeltjes vol porseleinen snuisterijen, handgemaakte houten beestjes, hippe gekleurde glazen kandelaars en allerlei andere excentrieke cadeautjes.
Excentrieke, dúre cadeautjes ontdekte Ginny toen ze een klei-

ne, grijze pauw met een staart van ingelegde sieraden oppakte en omdraaide. Ze schrok van de prijs op het etiket. Jezus, voor achtendertig pond zou je op zijn minst échte edelstenen moeten krijgen. Het ding was trouwens ook niet helemaal haar smaak, maar Jem vond het misschien wel aardig. O, moet je die kussens daar eens zien, die zou ze zeker leuk vinden.

Alleen zou Jem niet de kans krijgen om er verliefd op te worden, want toen ze snel even op het prijskaartje keek, zag ze dat de kussens vijfenzeventig pond per stuk waren. Juist ja, dit was een enige winkel, maar niet direct de plek voor goedkope, vrolijke hebbedingetjes voor onder de kerstboom.

Ze sloop naar de tafel bij de deur en gluurde naar buiten om te zien of Vera er nog stond. Niet dat ze Vera niet aardig vond, daar ging het niet om. Het was haar nu even te veel om een andere hondenliefhebber te moeten vertellen dat Bellamy dood was. En instorten in het openbaar was wel het laatste wat ze kon gebruiken.

Nee, gelukkig, de kust was veilig. Ze keek nog een keer de winkel rond om er zeker van te zijn dat er niets was wat ze nog wilde bekijken en zich misschien kon veroorloven – dat ze dat überhaupt dacht – en merkte toen dat iemand haar opnam. Een man met zwart haar en doordringende, donkere ogen. Hij droeg een spijkerbroek en een versleten bruinleren jack, waarvan hij de kraag omhoog had gedaan, en hij keek duidelijk haar kant op. Heel even keken ze elkaar recht in de ogen, maar Ginny kon niets opmaken uit zijn blik. Jeetje, hij was wel knap en bijna smeulend intens.

En toen was het voorbij. Met een bijna onmerkbare beweging van zijn schouders draaide hij zich om, waarmee hij aangaf dat hij geen belangstelling meer voor haar had. Met een bons teruggekomen op aarde, sprak ze zichzelf bestraffend toe. Alsof iemand die eruitzag als een filmster onder de indruk zou raken van haar aanblik – vooral vandaag – met haar opgezwollen begrafenis-ogen en verwaaide kapsel.

'Droom maar lekker verder', zou Jem hebben gezegd, maar ja, pubers zijn niet de subtielste. En Jem had nog gelijk ook. Nou ja, ze had zichzelf tenminste niet voor paal gezet en geprobeerd naar hem te glimlachen, en niet verleidelijk met haar ogen geknipperd. Opgelucht dat ze wat dat betreft vrijuit ging, draaide Ginny zich om en toen de deur openging dook ze langs de nieuwe klant naar buiten, keek vlug om zich heen of ze niet alsnog tegen Vera zou opbotsen, en liep vervolgens met stevige pas in de richting van de parkeerplaats. Dat was genoeg voor vandaag; tijd om naar huis te gaan en...

'Ik zag je wel.'

Ginny's hart sprong bijna uit haar lichaam, het leek wel een grote vis op het droge. Zijn hand rustte op haar arm en hoewel ze zijn stem nog niet eerder had gehoord, wist ze meteen van wie hij was.

Wie anders kon zo'n stem hebben?

Ze draaide zich vliegensvlug om en voelde haar wangen verkleuren. O god, van dichtbij was hij nog onweerstaanbaarder. En hij was duidelijk ook slim, in staat om verder te kijken dan haar huidige verre-van-verleidelijke uiterlijk. Net als die scouts van modellenbureaus die een bleek, slungelig meisje op straat zien en meteen weten wat je met een beetje make-up kunt bereiken.

'Ik zag je wel,' herhaalde de man.

Hij rook ook nog fantastisch. Hoe die aftershave ook heette, het was haar lievelingsgeur. Buiten adem fluisterde Ginny: 'Ik zag jou ook.'

Hij bleef haar strak aankijken, zijn hand rustte nog steeds op haar arm. 'Zullen we gaan?'

Gaan? O lieve hemel, gebeurde dit echt? Het leek wel zo'n kunstzinnige Franse zwart-witfilm waarin twee mensen elkaar ontmoeten en vrij weinig tegen elkaar zeggen, maar nogal veel doen. 'Waarnaartoe?' Rustig aan, hij is een volslagen onbekende. Je kunt niet zomaar met hem naar huis gaan, de kleren van zijn lijf rukken en met hem in bed duiken als je hem net hebt ontmoet...

'Terug naar de winkel.'

Ginny's droombeeld werd ruw onderbroken. (Hij had een hemelbed met een crèmekleurig zijden baldakijn dat zachtjes wiegde op het briesje dat door het open raam kwam –in haar verbeelding was het een zwoele zomermiddag.)

'Terug naar de winkel?' Misschien was de winkel wel van hem.

Of woonde hij erboven. O god, nu wilde hij haar hand vastpakken, wat was dit romantisch! Kon ze nu ook maar ophouden met dat idiote herhalen van alles wat hij zei.
'Kom op, doe jezelf een lol en schei daarmee uit. Je mag wel goed zijn,' zei hij lijzig, 'maar zó goed ben je nu ook weer niet.'
Wat bedoelde hij daarmee? Verward keek Ginny toe hoe hij haar hand vastpakte, die omdraaide en toen een voor een de vingers van haar vuist losmaakte.
Ze voelde een koude rilling over haar rug lopen, slaakte een schreeuw van afgrijzen, gevolgd door een idioot hoog gegiechel.
'O mijn god, dat had ik helemaal niet in de gaten! Wat gênant! Ongelooflijk dat ik daar gewoon mee naar buiten ben gelopen. Godzijdank zag jij het wel! Ik breng het meteen terug en zal ze uitleggen dat...'
Ginny's stem stierf weg toen ze besefte dat hij haar stevig bleef vasthouden toen zij haar hand probeerde terug te trekken. En hij vond haar achteloze, maar onschuldige vergissing absoluut niet om te lachen.
Nee, hij hield haar pols zelfs heel stevig vast, om er zeker van te zijn dat ze er niet vandoor kon gaan.
'Wacht eens even,' zei Ginny ontdaan. 'Ik heb het echt niet expres gedaan!'
'Ik haat winkeldieven. Ik hoop dat ze je vervolgen,' zei de man op vlakke toon.
'Maar ik ben geen winkeldief! Ik heb in mijn hele leven nog nooit iets gestolen. O god, dat je dat überhaupt denkt!' Tot haar afgrijzen merkte ze dat de mensen op straat hadden gezien wat er aan de hand was en dat sommigen zelfs langzamer gingen lopen en gretig meeluisterden naar hun gesprek. Ginny draaide zich om en liep snel terug naar de winkel, de met sieraden ingelegde pauw nog in haar hand geklemd en vechtend tegen tranen van schaamte.
Als een mokerslag besefte ze dat ze Bellamy helemaal vergeten was, toen ze had staan kwijlen bij een man van wie ze belachelijk genoeg had gedacht dat hij haar wel leuk vond. Zo verschrikkelijk oppervlakkig en egoïstisch was ze dus.
Ze duwde de deur van de winkel open en zag dat er een stuk of zes klanten rondstruinden, exclusief de vrouw die er werkte. De

man liep vlak achter haar – duidelijk van plan haar tegen de grond te werken en in de houdgreep te nemen, mocht ze proberen ervandoor te gaan – en begeleidde haar in de richting van de kassa. Ginny duwde de met sieraden ingelegde pauw in de handen van de verkoopster en begon vernederd te kakelen. 'Het spijt me zo, het was echt een ongelukje, ik had niet door dat ik hem nog in mijn hand had toen ik de winkel uit liep.'
'Ze klinkt best overtuigend, hè?' De man trok een wenkbrauw op. 'Maar ik heb op haar zitten letten. Ik zag hoe ze zich gedroeg voor ze ervandoor ging.'
Zou het zo voelen als je onterecht was beschuldigd van een moord en in de dodencel zat?
'Dat is niet waar.' Ze voelden de tranen achter haar ogen prikken. Happend naar adem en zich ervan bewust dat ze nu echt in het middelpunt van de belangstelling stond, klampte Ginny zich vast aan de balie. 'Ik ben een eerlijk iemand, ik heb nog nooit de wet overtreden, ik was er alleen niet helemaal bij met mijn hoofd.'
'Nee, dat blijkt wel,' onderbrak de man haar. 'Want dan had je jezelf niet zo gemakkelijk laten pakken.'
'O, wil je alsjeblieft éven je mond houden? Het was niet mijn bedoeling om het mee te nemen! Als ik had gemerkt dat ik dit in mijn hand had, zou ik het hebben teruggebracht,' schreeuwde Ginny. 'Het was een ongelukje!' Ze staarde de verkoopster wanhopig aan en vroeg smekend: 'U gelooft me toch wel? U denkt toch niet dat ik echt van plan was het te stelen?'
De vrouw was een beetje geschrokken. 'Nou, ik...'
'Zie je dat daar?' De man wees naar een bordje naast de kassa waarop stond dat er in geval van winkeldiefstal contact werd opgenomen met de politie. 'Dat hangt daar niet voor niets.'
Ginny voelde zich licht in haar hoofd worden. 'Maar ik ben geen winkeldief.'
De man wees naar de telefoon op de balie en zei tegen de verkoopster: 'Toe dan, bel de politie maar.'
'Het was een ongelukje,' snotterde Ginny. 'Mijn hond is gisteren overleden. Ik heb hem vanochtend b-begraven.' En op dat moment begaven haar knieën het; de tranen stroomden over haar wangen, waarop de verkoopster vlug vanachter de balie

een stoel tevoorschijn pakte. ‘Het spijt me zo, het spijt me zo... het is me gewoon allemaal even te veel.’ Ze liet zich op de stoel zakken, verborg haar gezicht in haar handen en schudde haar hoofd.
‘Ze lijkt me nogal overstuur,’ mompelde de verkoopster bezorgd.
‘Omdat ze op heterdaad betrapt is. En nu haalt ze haar hele trukendoos tevoorschijn om eronderuit te komen.’
‘Maar wat als haar hond echt dood is? Het is heel erg als dat gebeurt. En ze ziet een beetje pips. Gaat het een beetje, liefje?’
Ginny schudde haar hoofd en een wee gevoel bekroop haar lijf. ‘Eerlijk gezegd ben ik een beetje misselijk.’
Een grote blauwe schaal met handgeschilderde rozen en gouden madeliefjes aan de binnenkant werd in haar handen gedrukt. De prijs op het etiket gaf 280 pond aan. Ze haalde diep adem en hoopte vurig dat ze er niet echt in zou hoeven overgeven en voelde pareltjes zweet op haar voorhoofd ontstaan.
‘Ze ziet er nogal belabberd uit.’
‘Omdat ze schuldig is.’
‘Zeg liefje, kun je me horen? Het is beter als je nu niet alleen bent. Kunnen we iemand voor je bellen?’
‘Wat zou je zeggen van de politie?’ zei de man met klem.
Dit was verschrikkelijk. Zelfs in een politiecel gegooid worden en aan de muur worden vastgeketend, was beter dan hier in deze winkel door al die mensen te worden aangestaard. Ginny schudde haar hoofd en mompelde: ‘Nee, er is niemand. Mijn dochter is er niet meer. Die is weg. Laat alles nu maar komen; bel de politie maar. Toe dan, arresteer me maar. Het kan me niets meer schelen.’
Er volgde een lange stilte; het leek alsof iedereen zijn adem inhield.
Uiteindelijk zei de verkoopster: ‘Dat kan ik haar niet aandoen. Arme ziel, hoe kan ik haar nou laten arresteren?’
‘Dan moet u mij niet aankijken. Het is uw winkel.’ De man klonk geïrriteerd.
‘Nou, eigenlijk niet. De eigenaar is een dagje naar Penzance en ik val alleen maar voor hem in. Maar deze hebben we in ieder geval terug.’ Ginny hoorde het gerinkel van de met sieraden in-

gelegde pauwenpootjes op het glazen bovenblad van de balie. 'Zullen we het daar dan maar bij laten?'
De man, die duidelijk teleurgesteld was, zuchtte even en zei nors: 'Goed dan. Ik probeerde alleen maar te helpen.'
De deur sloeg met een klap achter hem dicht. Ginny pakte een zakdoekje uit haar tas en veegde haar neus af. De verkoopster klopte haar vriendelijk op de arm en zei: 'Het is goed hoor, liefje. Zullen we maar gewoon vergeten dat dit gebeurd is?'
'Het was een ongelukje', snikte Ginny.
'Dat neem ik direct van je aan. Je hebt het moeilijk gehad, hè? Red je je wel als je zo weggaat? Je moet het rustig aan doen hoor, goed voor jezelf zorgen.'
'Ik red me wel.' Beschaamd maar tegelijkertijd dankbaar stond Ginny op en bad in stilte dat de Terminator haar buiten niet stond op te wachten. 'Dank je wel.'

4

'Je raadt nooit wat ik vorige week gedaan heb.' Toen Ginny het zei, merkte ze dat ze bloosde.
'Hé, goed gedaan, meissie.' Carla, egaal bruin en net terug van twee weken vakantie in Sardinië, knikte goedkeurend. 'Welkom terug in de echte wereld. Het werd overigens wel tijd. Waar ken je hem van?'
Niet te geloven. 'Ik heb het niet dáárover,' zei Ginny geschokt. 'We zijn niet allemaal zo oversekst als jij.'
'Des te beter. Dan blijven er meer mannen voor mij over,' antwoordde Carla geamuseerd. 'Nou, vertel me dan maar wat je aan het doen was dat zo veel lekkerder was dan seks.'
'Ik zei niet dat het lekkerder was dan seks.' Volkomen ongevraagd zweefde het beeld van het crèmekleurige hemelbed met een baldakijn dat zachtjes wiegde weer door haar hoofd, begeleid door de vage omtrek van een lange, halfgeklede gestalte. 'Het was vreselijk. Ik heb per ongeluk iets gestolen uit een winkel en werd gepakt door een heel gemene vent, die maar bleef

volhouden dat ik het expres had gedaan. Niet lachen,' protesteerde ze toen ze Carla's mondhoeken zag bewegen. 'Het was een van de ergste dingen die ik ooit heb meegemaakt. Ik was bijna gearresteerd!'

'Ja, ik haat het wanneer dat gebeurt. Wat had je trouwens geprobeerd te jatten? Iets leuks?'

Vrienden, wat heb je eraan? Met haar vork naar Carla's hand wijzend zei ze: 'Ik probeerde helemaal niets te jatten. Het was een miniatuurpauw met een staart van ingelegde sieraden. Ik vond hem niet eens mooi.'

'Steel nooit spullen die je niet mooi vindt. Waar was je met je gedachten?'

'Dat is het nu juist, ik dacht helemaal nergens aan. We hadden Bellamy die ochtend begraven en daarna had ik Jem naar het station gebracht. Ik dacht dat winkelen me misschien zou opvrolijken.' Ze trok een vies gezicht. 'Nu durf ik geen enkele winkel meer in, uit angst dat het weer gebeurt. Als het zo doorgaat, eten we met kerst wortels uit blik en cornflakes.'

'Je moet de draad weer oppakken,' zei Carla. 'Je sociale leven weer op orde krijgen, jezelf op een nieuwe man trakteren. Dat meen ik echt,' drong ze aan. 'Wortels uit blik en een voorwaardelijke straf gaan je niet verder helpen.'

'Dat weet ik, dat weet ik.' Ginny had dit al duizend keer gehoord. Haar manloze staat was voor Carla een continue bron van ergernis en verbijstering. 'Maar niet voor de kerst, oké? Want Jem komt binnenkort terug.'

'Zie je nou wel? Nu doe je het weer. Je eigen leven in de wachtstand zetten voor Jem.' Carla draaide zich om en keek met een beschuldigende blik naar de kalender in Ginny's keuken. 'Ik durf te wedden dat je de dagen tot het einde van dit semester hebt afgekruist.'

'Waarom was ik ook alweer bevriend met jou? Alsof ik dat zou doen,' antwoordde Ginny. Alsof ze de dagen zou afkruisen op de kalender in de keuken, waar Jem het zou zien als ze thuiskwam; zo stom was ze niet. Daar had ze een andere kalender voor, een geheime die ze onder haar bed had verstopt.

'Hoe dan ook, genoeg over jou. Laten we het eens over mij hebben,' zei Carla.

Ze waren inmiddels aanbeland bij de achtste dag van haar spannende vakantie op Sardinië. Geen man was veilig geweest. 'Oké, vertel maar wat er gebeurde toen Russell naar huis ging.'
'Dank je!' Carla's ogen glinsterden terwijl ze de wijnglazen bijvulde. 'Ik dacht dat je het nooit zou vragen. Nou...'
Ginny glimlachte. Nog maar negentien dagen en dan zou Jem er weer zijn. Daar wilde ze wel op drinken.

Het was de week na kerst en Ginny was in de keuken bezig de vaatwasser in te ruimen toen ze Jem uit de woonkamer hoorde gillen: 'Mam! KOM EENS HIER! SNEL!'
Ginny kwam overeind. Was er zojuist een spin over het tapijt gegaloppeerd?
'Mam, NU!'
In de woonkamer zag ze dat Jem niet meer languit op de bank lag, maar stokstijf naar het televisiescherm staarde, naar een of ander suf praatprogramma dat alleen overdag wordt uitgezonden. De presentatrice zat vrolijk te babbelen over vrijgezellenclubs. Ginny voelde de moed in haar schoenen zinken. 'O nee, daar ga ik niet naartoe, als je het maar uit je hoofd laat om me... O!'
De camera was net gedraaid, zodat ze de persoon naast de presentatrice zag.
'Wat gênant,' kreunde Jem. 'Zeg me dat je een affaire hebt gehad en dat hij niet mijn echte vader is.'
Ginny, die haar handen voor haar mond had geslagen, zag hoe Gavin vertelde over zijn lidmaatschap van een vrijgezellenclub en wat dat voor hem betekend had. Gavin glom van trots en droeg een van zijn vele bonte streepjesoverhemden. Sommige mensen zouden die hip noemen, maar bij Ginny deden ze pijn aan haar ogen. Hij kletste opgetogen en enthousiast over hoeveel plezier ze met zijn allen hadden en wat een geweldig vriendennetwerk hij had opgebouwd sinds hij lid was geworden. Gavin was niet bepaald verlegen en hij vertelde dan ook opgewekt: 'Ik weet dat ik geen Johnny Depp ben. Ik ben alleen maar op zoek naar iemand om mijn leven mee te delen en ik weet dat de juiste vrouw bestaat en ergens rondloopt. Dat is op je veertigste toch niet te veel gevraagd?'

'Veertig!' Ginny slaakte een gil van ontzetting omdat Gavin – de brutaliteit! – drieënveertig was.
'Getver, hij zit met de presentatrice te flirten!' riep Jem, die haar gezicht in een kussen begroef. 'Ik kan dit echt niet aanzien!'
Alsof het al niet tenenkrommend genoeg was, maakten Gavin en de presentatrice uiteindelijk ook nog een dansje, wat Gavin afsloot met een grappig bedoelde filmsterrenomhelzing. Jem maakte kokhalsgeluiden op de bank. Het onderwerp vrijgezellenclubs was afgelopen en werd gevolgd door een diepgaand gesprek van drie minuten over blaasontsteking.
'Ben ik echt familie van hem?' Jem durfde eindelijk haar ogen weer open te doen en jammerde: 'Jezus, alsof het al niet erg genoeg is om een vader te hebben die bij een vrijgezellenclub zit. Maar nee hoor, de mijne gaat nog een stapje verder en moet er ook nog over opscheppen op televisie. En hij heeft niet eens het fatsoen zijn gezicht onherkenbaar te laten maken.' Ze pakte haar mobieltje en belde hem op. 'Pap? Nee, je spreekt niet met Keira Knightley; ik ben het. En ja, natuurlijk hebben we het net gezien. Ik snap niet dat je ons niet even hebt gewaarschuwd. Stel dat al mijn vrienden hebben gekeken? Waarom moet ík nou degene zijn met een vader die zichzelf voor lul zet?'
'Dat is zijn levensdoel: jou vernederen,' zei Ginny.
Jem, die luisterde naar haar vader, rolde met haar ogen. 'Hij zegt dat hij honger heeft.'
'Hij heeft altijd honger. Daarom moet hij ook van die grote streepjesoverhemden dragen, om die dikke buik te maskeren. Toe maar,' zuchtte Ginny, 'zeg maar dat hij langs kan komen.'
'Hoor je dat?' zei Jem in de hoorn. Ze kreeg een brede grijns op haar gezicht. 'Pap zegt dat je geweldig bent.'
'Hij weet nog niet wat we eten.' Ginny veegde haar natte handen aan haar spijkerbroek af. 'Zeg maar dat het een salade wordt.'

5

Een uur later kwam Gavin de oprit op stuiven in zijn smerige, witte Porsche – typisch een auto voor mannen met een midlifecrisis – en even later zaten ze met zijn drieën om de keukentafel. Jems pogingen hem belachelijk te maken hadden – zoals te verwachten – niet het gewenste resultaat.

'Wat is daar nou erg aan?' Joviaal en zonder enige wroeging schepte Gavin nog een berg romige aardappelpuree op zijn bord. 'Ik breid mijn sociale leven uit, maak nieuwe vrienden en heb plezier. En ik heb een paar beeldschone meisjes ontmoet.'

En 'meisjes' was daarbij het belangrijkste woord. Soms kon Ginny zich niet voorstellen dat ze ooit met Gavin getrouwd was geweest. De laatste tijd kondigde hij telkens weer aan dat hij nu het meest geweldige wezen ooit had ontmoet, ditmaal was ze echt De Ware. Uiteraard was Gavin een geweldige charmeur, maar dat maakte hem niet bepaald verstandig. De meisjes waren steevast in de twintig, met korte rokjes, hoge hakken en witblonde haarextensies. Hun verhouding kon je nauwelijks gelijkwaardig noemen en hield meestal maar een paar weken stand. Met kerst had Gavin de hele tijd lopen opscheppen over zijn nieuwste liefde: Marina. En nu, tien dagen later, stak hij de loftrompet af over vrijgezellenclubs.

'Wat is er met Marina gebeurd?' vroeg Ginny terwijl ze een stukje brood in de knoflookmayonaise dipte.

'Wie? O die. Haar ex werd jaloers en heeft nogal stennis lopen schoppen. Ze is weer terug bij hem.'

'En jij bent weer terug bij af,' zei Ginny. 'Zijn die vrouwen in die vrijgezellenclubs trouwens niet wat ouder dan je gewend bent?'

'Ja, nou en? Dat is toch niet erg? Sommigen hebben geweldige dochters.' Gavin liet zich niet van de wijs brengen. 'En je hoeft me niet zo aan te kijken. Je zou het zelf eens moeten proberen.'

'Wat? Een stuk of vijftig vrouwen verleiden en er dan vandoor gaan met hun dochters?'

'Die club. Het zou echt goed voor je zijn. Jem gaat volgende week weer terug naar Bristol,' vervolgde Gavin. 'Je zou eens wat

vaker moeten uitgaan. Waarom kom je niet met mij mee, dan stel ik je aan iedereen voor. Dat wordt leuk.'
'Ben je gek geworden? Ik ben je ex.' Ginny kon nauwelijks geloven dat hij het serieus meende. 'Dat is niet normaal hoor, om je ex-vrouw mee te nemen naar je vrijgezellenclub. *Als* ik er al naartoe zou willen...'
Gavin haalde zijn schouders op. 'Jij moet eens wat meer met de tijd meegaan en aan je toekomst denken.'
'Pap, hou nou maar op. Het is net als wanneer je mij probeert over te halen olijven te eten omdat jij ze zo lekker vindt. Het gaat prima met mama. Ze is niet zo wanhopig als jij.'
'Ik, wanhopig?' zei Gavin verontwaardigd.
'Ja, je bent gewoon een beetje een sloerie.' Jem leunde naar voren en gaf hem een geruststellend klopje op zijn schouder. 'En dat is geen kritiek, maar de waarheid. Maar mama is anders. Die is tevreden met het leven dat ze leidt.' Ze draaide zich om naar Ginny en vroeg: 'Jij bent toch nooit eenzaam? Daar ben je het type niet voor.'
'Eh... nou...' Overvallen door deze vraag die overduidelijk retorisch bedoeld was, vroeg Ginny zich af of dit niet het juiste moment was om op te biechten dat ze soms, als ze heel eerlijk was, wel eens een beetje...
'Goddank!' vervolgde Jem vurig. 'En ik kan je vertellen dat ik daar heel blij mee ben.' Ze schudde ongelovig haar hoofd. 'Ik bedoel, je hebt geen idee hoe sommige ouders zijn. Er bestaan echt totaal hopeloze gevallen. Neem Lizzie, een meisje dat ik van college ken. Haar ouders bellen haar bijna elke dag op en ze hebben geen idee hoe gênant dat is. Iedereen moet altijd lachen als haar telefoon overgaat – net alsof haar ouders hun leven via haar leiden. En Davy is ook zo iemand. Jezus, die heeft het nog zwaarder. Arme Davy, zijn moeder wilde niet eens dat hij op kamers ging. Hij zit daar gewoon vast, letterlijk, en iedereen pest hem daarmee. Ik bedoel, waarom kan die vrouw niet een beetje normaal doen? Heeft ze niet door dat ze op deze manier zijn hele leven verpest?'
Arme Davy. Arme moeder van Davy. Arme zij. Ginny werd bijna misselijk en nam vlug een slok water. Ze was opgelucht dat Jem geen idee had hoe erg ze eraan toe was, maar aan de andere kant

besefte ze ook dat ze dat nu nooit meer zou kunnen toegeven.
'Zo bedoelt ze het niet,' verdedigde Ginny Davy's moeder.
'Ja, maar het is zo... zo zielig! Ik bedoel, we zijn toch geen stelletje baby's?' Jem zwaaide met haar vork om haar woorden kracht bij te zetten. 'We zijn volwassen, hoor!'
'Het is niet erg volwassen om iemand te pesten omdat hij nog thuis woont.' Ginny herinnerde zich hoe Jem als peuter precies op diezelfde dominante manier in haar kinderstoel zat en met haar plastic vork zwaaide. 'Je bent toch niet gemeen tegen hem geweest?'
'O mam, natuurlijk ben ik niet gemeen geweest. Het is alleen wel een beetje suf, hè? En hij wordt hierdoor wel een buitenbeentje. Als we bijvoorbeeld met een groepje mensen iets gaan drinken, eindigen we altijd op iemands kamer voor een afterparty. Maar wat kan Davy nou doen? Iedereen thuis bij zijn moeder uitnodigen? Stel je voor! Nippen aan een kopje thee van haar mooiste servies, rechtop zitten en beleefd praten met moeder de vrouw!'
Inwendig kromp Ginny ineen. Waarom prikte Jem haar niet gewoon lek met die vork? Dat deed vast minder pijn dan dit gesprek.
'Laat die jongen toch links liggen,' zei Gavin, even vaardig in politiek correct gedrag als Mr. Bean in jongleren. 'Richt je maar op je andere vrienden. Die jongen is een nicht, als je het mij vraagt.'

Ginny probeerde haar evenwicht te bewaren op een keukentrapje en was luidkeels mee aan het blèren met de radio toen ze ergens ver weg haar deurbel hoorde. Het duurde even voor ze haar handen had afgeveegd, het trapje was afgeklauterd en naar beneden was gegaloppeerd.
Tegen de tijd dat ze in de hal was aangekomen, stond Carla al door het klepje van de brievenbus te schreeuwen. 'Ik weet dat je er bent want ik hoor een vreselijk kabaal! Ben je weer aan het huilen? Schei uit, doe die deur nou open. Ik kom je opvrolijken, want ik ben nu eenmaal een geweldig attent mens.'
Ginny deed de deur open, geraakt door Carla's bezorgdheid. 'Wat lief van je.'

'Bovendien wil ik je föhn lenen omdat die van mij naar z'n mallemoer is.' Carla keek haar aan, duidelijk onder de indruk. 'Hé, je bent helemaal niet aan het huilen.'
'Goed gezien.'
'En je draagt een volkomen afgrijselijke tuinbroek.'
'U ziet ook alles, hè Miss Marple?'
'En je gezicht en je handen zitten onder een of ander fel geel spul.' Carla was even stil, dacht na over de bewijslast en kneep haar ogen toen tot spleetjes. 'Ik maak hieruit op dat je gevochten hebt in een bad vol vla.'
'Heb je het nu eindelijk door? Daarom negeert de politie je als je je weer eens bemoeit met een onderzoek.'
Carla volgde haar grijnzend naar de keuken. 'Ik kan je verzekeren dat iedere man die bij zijn "onderzoek" te maken krijgt met mijn bemoeienissen, dat verre van erg vindt. En vanwaar die verf? Wat ben je aan het schilderen?'
'De logeerkamer.'
Carla, die weinig wist van klussen, trok haar wenkbrauwen op. 'En heb je daar nog een speciale reden voor?'
'Jazeker.'
'En mag ik vragen wat die reden is?'
Ginny zette thee en pakte een rol chocoladekoekjes. 'Omdat ik genoeg heb van dat zelfmedelijden. Het is tijd om de boel weer op de rails te zetten, er moet iets gebeuren.'
'Goed zo. Maar ik snap niet helemaal wat dat te maken heeft met je huis schilderen.'
'Jem belde gisteren. Ze was samen met Lucy op weg naar een feest en ze klonk zo gelukkig. Die meiden hebben zo veel lol samen. Lucy raakte aan de praat met een van de jongens uit het rugbyteam en hij heeft haar en Jem uitgenodigd voor een wedstrijd volgende week zaterdag.'
'Arme Jem, naar een rugbywedstrijd moeten kijken.' Carla, die dol was op de geneugten van het leven, huiverde en pakte een koekje. 'Ik kan me niets vreselijkers voorstellen.'
'Maar daar gaat het niet om. Ze ontmoet steeds meer nieuwe vrienden. En voor je het weet, ontmoet ze dan hún vrienden,' legde Ginny uit. 'Als je eenmaal begint, blijft het maar groeien.'
Carla kon het niet laten. 'Lekker dubbelzinnige opmerking.'

'En dus heb ik gisteravond besloten dat ik dat zelf ook maar eens moest doen. Ik woon hier in mijn eentje in dit prachtige huis. Dat is toch zonde? Dus ik ga een advertentie zetten voor...'
'Een sexy rugbyer! Gin, wat een fantastisch idee! Of nog beter, een heel team sexy rugbyers.'
'Sorry dat ik zo saai ben, maar ik dacht eerder aan een vrouw. En liever niet het type dat rugby speelt. Gewoon een aardig en normaal iemand, die net als ik vrijgezel is. Dan kunnen we, net als Jem en Lucy, samen uitgaan en dingen doen. Ik ontmoet haar vrienden, zij de mijne en we kunnen net zoveel samen zijn als we willen. Als we geen zin hebben in uitgaan, dan gaan we lekker voor de televisie hangen. Dan trekken we een fles wijn open en gaan heerlijk een potje ouderwets roddelen.'
Carla deed alsof ze gekwetst was. Ze vóélde zich ook best een beetje gekrenkt. 'Je bedoelt dat je een advertentie gaat zetten voor een nieuwe vriendin? Maar ik dacht dat ík je vriendin was. Ik ben dol op flessen wijn opentrekken! En ik kan verschrikkelijk goed roddelen!'
'Dat weet ik. Maar jij bent al tevreden met jouw leven,' legde Ginny haar geduldig uit.
'Zo direct ga je haar nog aardiger vinden dan mij!' Carla sloeg theatraal haar handen voor haar borst. 'Dan gaan jullie tweeën over mij zitten roddelen. Als ik voor de deur sta, zul je zeggen: "Carla, eigenlijk komt het nu niet zo goed uit. Doris en ik staan op het punt een fles wijn open te trekken om eens lekker te gaan roddelen."'
'Oké dan.' Ginny stak haar met verf besmeurde handen omhoog. 'Ik geef het op. Jij mag mijn nieuwe huisgenoot worden.'
Nu was Carla pas echt ontzet. 'Ben je gek? Ik wil helemaal niet bij je wonen! Dank je vriendelijk, ik ben erg gesteld op mijn privacy.'
'Precies. Maar ik niet. Ik haat mijn privacy,' antwoordde Ginny. 'Ik ben eraan gewend iemand om me heen te hebben in huis. Zodra ik die kamer opnieuw heb ingericht, ga ik een advertentie zetten.' Ze werd al wat vrolijker. 'Nu je er toch bent, heb je zin om me een handje te helpen?'
'Zijn we nog vrienden?'
'Absoluut.'

'In dat geval weet ik zeker dat je het begrijpt,' zei Carla, 'als ik zeg dat ik nog liever levende kikkers eet dan dat ik jou help met schilderen. Waarom geef je me niet gewoon je föhn, dan laat ik je verder met rust. Je weet wel, te veel koks in de keuken geeft...'
Ginny grijnsde toen Carla opstond en wat kruimels van haar smetteloze zwarte broek veegde. 'Alsof jij ooit in je leven hebt gekookt.'
'Ah, maar ik heb andere talenten.' Carla werd opeens overspoeld door een golf van liefde en gaf Ginny een knuffel. 'En jij mag mij niet zomaar vervangen. Als je een huisgenoot wilt, prima. Maar ik blijf je beste vriendin, als je dat maar weet.'

6

'Je hoeft dit niet te doen, hoor.' Jem glimlachte naar Davy Stokes, die tegenwoordig vlak voor sluitingstijd naar de Royal Oak kwam en haar dan na haar werk naar huis bracht.
'Weet ik, maar ik kom hier toch min of meer langs,' zei Davy schouderophalend en voegde er zachtjes aan toe: 'Je schaamt je toch niet voor me? Als je het liever niet hebt, kom ik niet meer.'
'Doe niet zo stom. Ik vind het leuk om met iemand te kunnen praten. Vooral als mijn laarzen mijn tenen afknellen,' zei Jem. Haar nieuwe laarzen waren ongetwijfeld gemaakt voor de show, niet om in te werken. 'Want dan kun je me naar huis dragen.'
'Dat mocht je willen.' Grijnzend sprong Davy opzij voor ze zijn schouders kon pakken en op zijn rug was gesprongen. 'Dan had je maar gymschoenen moeten aandoen, zoals normale serveersters.'
'Maar kijk dan! Hoe kon ik deze nou thuislaten? Ze zijn zo mooi!' Jems roze cowboylaarzen waren haar nieuwe grote liefde. 'Je bent gewoon jaloers omdat jij er geen hebt.'
Kibbelend liepen ze verder over Guthrie Road, rillend in de motregen. In een opwelling vroeg Jem: 'Kerry en Dan geven vanavond een feestje. Heb je zin om mee te gaan?'

Davy schudde beteuterd zijn hoofd. 'Bedankt voor het aanbod, maar ik moet naar huis.'
Elke zaterdag nam hij, nadat hij haar thuis had afgezet, de bus naar Henbury. Jem had medelijden met hem en bleef aandringen. 'Gewoon deze ene keer. Kom op, het wordt hartstikke leuk. Iedereen gaat. En je kunt achteraf best bij ons blijven pitten.'
Aangezien Davy nog steeds verliefd was op Lucy, zou hij dat een onweerstaanbaar aanbod moeten vinden. En als dat gezien zijn verliefdheid nog niet verleidelijk genoeg was, dan wist ze het ook niet meer.
Hij duwde zijn handen verder in zijn jaszakken. 'Nee, het kan echt niet. Mijn moeder zit thuis op me te wachten.'
'Davy, je bent achttien!'
Davy ontweek haar blik. 'Weet ik, maar ze vindt het niet fijn om alleen te zijn. Begin daar nou alsjeblieft niet weer over. Mijn moeder is niet zoals de jouwe, oké?'
Jem stak haar arm in de zijne en gaf hem een kneepje om het goed te maken. 'Oké, sorry. Ik hou mijn mond verder.'
Hij ontspande zich weer een beetje. 'Dat zou eens tijd worden.'
'Trouwens, ik heb je nog niet verteld over mijn moeders nieuwste project. Ik belde haar gisteren om haar over mijn nieuwe laarzen te vertellen en toen zei ze dat ze een huisgenoot krijgt!'
'O. Wie dan?'
'Geen idee, ze moet nog iemand vinden. Ze is net klaar met het opknappen van de logeerkamer. Ze gaat volgende week een advertentie zetten in de plaatselijke krant.'
'Wow. En wat vind jij daarvan?'
'Ik vind het geweldig. Ze zal toch vast niet iemand uitkiezen die ik niet aardig vind? Ik vind het hartstikke goed van haar.' Jem was echt trots op haar moeder. 'Ze gaat door met haar eigen leven, ze doet iets positiefs. Nu ik er niet meer ben, kan ze vast wel wat gezelschap gebruiken. Weet je, waarom stel je dat niet voor aan jouw moeder? Dan kun jij zonder schuldgevoelens het huis uit.'
Davy rolde met zijn ogen. 'Nu doe je het weer.'
'Sorry, sorry, maar ik vind het zo zonde dat...'
'En nóg een keer!' Ze waren bij Jems huis aangekomen en Davy keek op zijn horloge. 'Als ik mijn bus nog wil halen moet ik nu gaan. Veel plezier op het feest.'

'Komt voor elkaar. En bedankt voor het naar huis brengen. Tot maandag.' Jem zwaaide hem na terwijl hij richting Whiteladies Road liep. Een eenzame figuur in een te grote Oxfam-jas op weg naar huis, waar zijn moeder op hem zat te wachten met een kopje warme chocolademelk en koekjes. Geen wonder dat andere mensen hem belachelijk maakten.
Arme Davy, dat was toch geen leven?
Jem liet zichzelf binnen in de verwachting dat er niemand zou zijn. Het was twaalf uur. Rupert was vast in een of andere hippe club en Lucy was al naar het feest. Ze hoefde zich alleen maar even snel om te kleden, een beetje oogschaduw op te doen en wat haarlak in haar haren te spuiten en dan kon ze gaan. En ditmaal in schoenen die minder knelden dan deze kreeften op oorlogspad.
Maar toen ze de deur naar de woonkamer openduwde zag ze Rupert op de bank voor de tv liggen met een tafel vol bakjes van de afhaalchinees.
'Hé, ik dacht dat je aan het stappen was.'
Geamuseerd deed Rupert haar verbaasde uitspraak na. 'Hé, maar dat is dus niet zo, want ik ben hier.'
'Waarom? Ben je ziek? Waar is Caro?' Terwijl ze haar jas uitdeed – het fijne aan Rupert was dat hij als huisbaas nooit moeilijk deed over de verwarming – bedacht ze opeens dat ze Caro al een paar dagen niet had gezien.
'Weet ik veel. En wat maakt het uit? Het is uit.' Hij haalde zijn schouders op en pakte een bakje zoetzure kip.
'O, dat wist ik niet. Wat jammer.'
'Dat hoef je van mij niet te zeggen, hoor. Ze was saai. Oogverblindend mooi, dat wel,' zei Rupert, een zucht slakend, 'maar met het charisma van een stuk zeep aan een touwtje.'
Dat was zo, maar Jem was zo diplomatiek dat niet te beamen. Dat zou er alleen maar voor zorgen dat ze binnen een week weer bij elkaar waren én allebei een hekel aan haar hadden.
'Dus hier zit ik dan, in mijn uppie, met meer Chinees eten dan iemand in zijn eentje naar binnen kan werken. Maar nu ben jij er ook.' Hij klopte naast zich op de bank. 'Dat komt dus mooi uit. Kom, ga zitten en tast toe. Ik heb hier een hele stapel dvd's. Hoe was je werk?'

Jem aarzelde. Rupert had haar nog nooit naar haar werk gevraagd. Ze vermoedde dat hij zich eenzaam voelde en Caro erger miste dan hij liet blijken. 'Eh, eerlijk gezegd heb ik met Lucy afgesproken, op dat feest van Kerry en Dan. Waarom ga je niet mee?'

'Kerry, die arrogante hockeyer? En roodharige Dan, alias de Ongelooflijke Hulk? Ik zou mijn voeten nog liever afhakken. Daar wil je echt niet gezien worden,' zei Rupert lijzig. 'Al die luidruchtige rugbytypes die liters goedkoop bier achteroverslaan. Het is koud buiten en het regent, dus tegen de tijd dat je daar aankomt ben je doorweekt, en wat heeft het überhaupt voor zin?'

Hij was inderdaad eenzaam, zoveel was duidelijk. En over je eigen voeten afhakken gesproken, die van haar deden vreselijk pijn. Jem aarzelde, stelde zich het feest voor dat ze dan zou missen. Ze had ongelooflijke honger, en bij Kerry en Dan kon ze hoogstens hopen op een uitgedroogd stuk stokbrood en een emmer knoflooksaus. Terwijl Rupert geen alledaagse afhaalchinees bestelde, maar naar het chicste van het chicste in Clifton ging. Het eten op tafel rook en zag er dan ook onweerstaanbaar uit.

'Misschien heb je gelijk.' Ze gaf toe aan de verleiding en plofte naast hem op de bank.

Rupert grijnsde. 'Ik heb altijd gelijk. Moet ik je even helpen?'

Jem trok haar linkerlaars uit en slaakte een zucht van verlichting toen ze haar tenen weer kon bewegen. Nadat hij haar rechterlaars had uitgetrokken, hield Rupert hem omhoog en schudde triest zijn hoofd. 'Die moet je ook niet aandoen.'

Wat dacht hij wel niet, dat hij een chiropodist was?

'Ze zijn van leer,' deelde Jem hem mee. 'Ze lopen nog uit.'

'Daar gaat het niet om. Dan zijn ze nog steeds afschuwelijk.'

'Pardon?'

'Nou, dat zijn ze toch? Hoe duur waren ze?'

'Een koopje. Twintig pond in de uitverkoop.'

'Precies.'

'Afgeprijsd van vijfenzeventig!'

'Precíes. Welk normaal mens koopt nou zoiets?'

'Ik!' protesteerde Jem en ze keek naar haar laarzen, zich afvragend of hij gelijk had.

Rupert moest lachen om haar uitdrukking en gooide ze door de kamer heen. 'Oké, genoeg gepraat over laarzen. Neem wat wijn. En pak gerust wat te eten. Heb je het warm genoeg?'
De gamba's in tempura waren subliem. Gulzig proefde Jem ook de sint-jakobsschelpen in chilisaus. Ook de witte wijn was een stuk beter dan de aanbiedingsbocht die ze gewend was. Ze deed haar ogen dicht, krulde haar tenen verlekkerd en zei: 'Weet je wat? Ik denk dat ik maar hier blijf.'
'Natuurlijk blijf je hier. Thuisblijven is het nieuwe stappen.' Als een echte professional gaf Rupert haar met stokjes een groot stuk citroenkip aan. 'Moet je die regen horen. We hebben hier alles wat we nodig hebben. Naar een of ander zielig feest gaan... dat doen alleen mensen die te onzeker zijn om thuis te blijven. Die zijn gewoon wanhopig.'
Jem slikte het stuk kip door en bedacht dat Rupert een stuk gezelliger was als je hem een op een sprak. Caro en hij waren wel een stel geweest, maar hadden zich altijd zo... nou ja, niet direct gereserveerd gedragen, maar wel afstandelijk. Nu, terwijl ze nog een slok wijn nam, besefte ze dat hij er absoluut op vooruitging. Wat zou Lucy zeggen als ze hoorde dat de überbekakte Rupert uiteindelijk toch menselijke trekjes vertoonde?
Trouwens, ze kon Lucy maar beter even sms'en en zeggen dat ze niet naar het feest kwam.

Om halftwee hadden ze al twee flessen wijn op. Jem zou de dvd van *Gangs of New York* nooit zelf hebben uitgekozen, maar het eten maakte een hoop goed. Na de film vroeg Rupert of ze zin had om *The Office* te kijken.
'O ja!' Ontspannen en een beetje aangeschoten keek ze hem stralend aan. 'Weet je? Ik ben echt heel blij dat ik ben thuisgebleven.'
'Dat doen alleen de echte helden. Anders dan dat klootjesvolk,' zei hij, terwijl buiten een groepje luidruchtige feestgangers passeerde. 'Moet je nou horen, wat een stelletje eikels.' Hij verhief zijn stem en herhaalde heel hard het woord 'eikels'.
Jem giechelde. 'Volgens mij kunnen ze je niet horen.'
Rupert sprong op, liep naar het raam, schoof het omhoog en schreeuwde: 'Eikels!'

Zijn opmerking werd beantwoord door een fluitconcert en luid geschreeuw. Hij kreeg allerlei beledigingen naar zijn hoofd geslingerd en het rinkelende geluid leek verdacht veel op een bierblikje dat tegen de muur werd gegooid.
'Doe dat raam eens dicht,' protesteerde Jem, die de koude tocht niet zo op prijs stelde.
'Ben je gek? Ze probeerden een bierblikje naar me te gooien.' Hij keek de kamer rond op zoek naar iets wat hij kon teruggooien.
'Geen flessen.' Jem graaide naar de lege wijnflessen voor hij er een kon pakken. Ze gilde het uit toen hij een van haar laarzen pakte en die het raam uit slingerde. 'En zeker niet mijn laarzen!'

7

'Stelletje sukkels!' schreeuwde Rupert toen hij, voor ze hem kon tegenhouden, de tweede laars het raam uit wierp en daarna pas het raam sloot.
'Ben je gek geworden? Ga ze halen! Dat zijn míjn laarzen.'
'Herstel. Eén: het zijn afschuwelijke laarzen.' Geamuseerd stak hij zijn armen uit en wist Jem vast te pakken voor ze langs hem heen kon glippen. 'En twee: het is nu toch te laat. Die hebben ze allang meegenomen.'
'Klootzak! Hoe durf je?'
'Hé, sst, ze hebben hun nut bewezen. Ik koop wel een nieuw paar voor je.'
'Dat was het laatste paar dat ze hadden!' Jem probeerde zich los te wurmen.
'Het waren goedkope, lelijke laarzen. Je verdient beter dan dat. Ik koop wel een fatsoenlijk stel voor je.' Rupert begon te lachen. 'Zo'n aanbod kun je toch niet afslaan, lijkt me. Oké, het spijt me, misschien had ik ze niet meteen moeten pakken, maar ik heb je echt een dienst bewezen. We gaan morgen wel een prachtig nieuw paar voor je kopen. Beloofd.'
Jem staarde langs hem heen en wist niet wat ze moest zeggen.

Haar prachtige roze cowboylaarzen, het koopje waar ze zo trots op was geweest, waren weg. Zomaar opeens weg.
Waren ze echt goedkoop en lelijk geweest? Davy had gezegd dat hij ze mooi vond. Maar Davy stond niet direct bekend om zijn feilloze gevoel voor stijl.
'Kom nou maar.' Rupert duwde haar kin omhoog zodat ze hem zou aankijken. 'Je weet dat dat beter is.' Zijn gezicht kreeg een zachte glans terwijl hij met zijn hand langs haar wang streek. 'God, wat ben jij een prachtig ding.'
Jem wist dat hij haar zou kussen. Het was nog nooit in haar hoofd opgekomen, maar nu het zover was leek het volkomen normaal. Toen zijn lippen tegen de hare streken, verspreidde zich een warme gloed door haar lichaam. Ruperts vingers gleden door haar haren en terwijl hij haar naar zich toe trok, kuste hij haar echt en vol.
Het was heerlijk. Na een tijdje maakte hij zich van haar los en nam haar gezicht in zijn handen, terwijl hij met zijn lichtbruine ogen de hare zocht.
'Wat?' fluisterde Jem.
'Sorry, dat had ik niet moeten doen.' Hij glimlachte flauwtjes. 'Ik kon mezelf niet beheersen.'
Jem aarzelde. Was het onbeschaamd als ze zou opperen dat hij het nog een keer mocht doen als hij daar zin in had?
Maar Rupert keek haar hoofdschuddend en met spijt in zijn ogen aan. 'Dat was waarschijnlijk niet zo'n goed idee.'
Dit was zijn appartement en hij was haar huisbaas. Misschien had hij wel gelijk. Jem, die niet overdreven veel ervaring had op het gebied van seks, was aan de ene kant wel blij dat hij zich inhield. Dat hij niet al zijn verleidingskunsten op haar botvierde of zijn uiterste best deed haar zijn slaapkamer in te krijgen voor een nacht van hartstochtelijke passie.
Aan de andere kant vroeg ze zich af waarom hij dat niet deed. Ze was eerlijk gezegd een beetje beledigd. Was ze soms niet mooi genoeg?
'Kom op, laten we *The Office* kijken.' Rupert woelde even vriendschappelijk door haar haren, voor hij zich omdraaide en de stapel dvd's begon te doorzoeken.
Zo gezegd, zo gedaan. Het volgende uur zat Jem naast hem op

de bank glazig naar de televisie te staren, totaal niet in staat zich te concentreren op wat er op het scherm gebeurde. Haar hersenen draaiden overuren. Ze kon alleen maar aan die kus denken en aan de manier waarop Rupert haar had aangekeken. Waarom was hij opgehouden? En voelde hij nu dan niets? Haar hele lichaam stond in vuur en vlam, de adrenaline schoot door haar aderen, en hij deed net alsof er niets was gebeurd.

Was de kus niet lekker genoeg geweest? Had ze iets fout gedaan? Had Rupert er spijt van of betekende het écht helemaal niets voor hem?

Eén ding was zeker: zij ging hem dat niet vragen.

Jems hart sloeg op hol toen Rupert naar voren leunde om de afstandsbediening te pakken. Hij zette de dvd en de televisie uit, gaapte overdreven en zei: 'Dat was het dan. Bedtijd.'

Was dat een soort code? Ze durfde amper te ademen en keek hoe hij opstond, zijn armen uitstrekte en nog een keer gaapte. Hij draaide zich even naar haar om, mompelde 'slaap lekker' en liep naar de deur.

Oké, dus niet een of andere code.

'Slaap lekker,' antwoordde Jem, zowel verward als teleurgesteld. Ze woonde al maanden bij Rupert in huis en had nooit romantische gevoelens voor hem gekoesterd, temeer omdat hij te hoog gegrepen was. Het was gewoon nooit in haar opgekomen dat er iets kón gebeuren. Ruperts achtergrond, zijn vergulde leventje en de chique mensen met wie hij omging, maakten hem anders dan andere mensen. Caro en hij gingen om met mensen uit de hogere klasse, zoefden in het weekend even naar Londen, logeerden op landgoederen bij vrienden, of vlogen even naar Parijs als ze daar zin in hadden.

Dat was een totaal andere wereld.

Maar hij had haar wel gekust.

En nu was hij gaan slapen.

Haal je nu maar niets in je hoofd, zei ze tegen zichzelf, hier blijft het bij. Ze was zo naïef geweest te denken dat er überhaupt een mogelijkheid bestond.

Ze lag nog geen tien minuten in bed of er werd op haar deur

geklopt. Voor ze kon reageren, was de deurknop al omlaag gegaan en stond de deur op een kier.

Rupert verscheen in de deuropening, slechts gehuld in een onderbroek. 'Ik moet steeds aan je denken.'

'Wat?' Het kwam eruit als een trillende fluistering en zo te voelen probeerde haar hartslag een wereldrecord te vestigen.

'Volgens mij heb je me best verstaan.' Het was donker, maar het klonk alsof Rupert glimlachte. 'Ik kan niet slapen.' Hij tikte op zijn hoofd. 'Je zit hier. Ik heb geprobeerd je eruit te krijgen, maar dat lukt niet.'

O, die stem. Die zijdezachte, luie manier van praten als van een corpsbal.

Hij kwam in het donker naar haar toe lopen. 'En ik vroeg me af of jij daar ook last van had.'

Jems tong zat vastgekleefd aan haar gehemelte. Ze kon geen nee zeggen, ze kon geen ja zeggen, ze kon helemaal niets uitbrengen.

'Is er hier nog ruimte over?' Rupert boog zijn hoofd een tikje opzij. 'Of wil je liever alleen zijn? Als ik net de fout van mijn leven heb begaan, ga ik nu onmiddellijk terug naar mijn kamer.'

Met trillende vingers pakte Jem Barney Bear, de gehavende knuffel die sinds haar vijfde bij haar in bed sliep. Ze gooide hem snel in de spleet tussen het bed en het kastje, sloeg het dekbed terug en maakte ruimte voor Rupert.

'Weet je het zeker?' vroeg Rupert, terwijl hij naast haar in bed gleed en haar in zijn armen nam.

'Ja,' fluisterde Jem in zijn oor. Ze had zich nog nooit ergens zo zeker over gevoeld.

Om vier uur klom Rupert uit bed en tastte op de grond naar zijn onderbroek.

Jem kwam overeind, steunend op een elleboog, en vroeg: 'Wat doe je?'

'Ik wil het geheim houden. Het is beter als Lucy dit niet te weten komt.' Hij kamde met zijn vingers door zijn haar. 'Misschien voelt ze zich dan het vijfde wiel aan de wagen. Het lijkt me voor iedereen beter als je het haar niet vertelt.'

Ja, daar had hij wel gelijk in. Dit was Ruperts huis, en Lucy en

zij waren zijn huurders. Het zou anders lastig kunnen worden. Ja, daar zat wat in.
Alleen... betekende dat ook dat wat ze net hadden gedaan iets eenmaligs was, niets meer dan een onbetekenende wip? Was het echt niet meer dan dat?
'Hé, je hoeft me niet zo aan te kijken.' Rupert had zijn onderbroek aangetrokken en boog voorover om haar te kussen. 'Dit is juist hartstikke leuk. Net alsof we een affaire hebben, maar dan zonder hinderlijke echtgenoten. Het is veel spannender als niemand het weet.'
Opgelucht sloeg ze haar armen om zijn hals. 'Je hebt gelijk. Het is beter als we het Lucy niet vertellen. Maar het zal niet makkelijk worden, we vertellen elkaar altijd alles.'
'Nou, dan moet je je deze keer maar eens inhouden.' Rupert richtte zich op met een brede grijns op zijn gezicht. 'We willen dit toch niet verpesten? Geloof me, sommige geheimen kun je beter niet delen.'

8

De advertentie stond zowel in de *Western Morning News* als in de *Cornish Guardian*. Ginny had uren gedaan over de tekst en was uiteindelijk gekomen op: 'OPGEWEKTE GESCHEIDEN VROUW, 38, BIEDT PRACHTIGE KAMER TE HUUR AAN IN RUIM HUIS IN PORTSILVER. GESCHIKT VOOR VROUW IN VERGELIJKBARE SITUATIE. £ 60 P.W. INCLUSIEF.'
Zo, dat klonk toch goed? Vriendelijk en gepast vrolijk? Als ze zelf op zoek was geweest naar woonruimte, zou ze zeker in de verleiding komen. Ginny staarde trots naar haar advertenties – zo nieuw en veelbelovend – en maakte een sprongetje bij de gedachte aan hoeveel lol zij en haar nieuwe huisgenoot zouden hebben wanneer ze samen gingen winkelen en...
O jee, de telefoon!
'Met Ginny.' Ze zette haar vrolijkste stem op.
'Dag schatje, je klinkt alsof je er klaar voor bent. Zin in een wip?'

O god. Verontwaardigd piepte Ginny: 'Nee, helemaal niet!' en smakte de hoorn op de haak. Haar handen trilden. Wat afschúwelijk. Was dit wat haar te wachten stond? Zou ze alleen maar door viezeriken worden lastiggevallen?
Een uur later ging de telefoon weer. Deze keer was ze erop voorbereid en nam heel voorzichtig op.
'Met mij. Hoe gaat het?'
O, wat een opluchting. Het was Gavin. 'Nog niets. Behalve een of andere viezerik.'
'Wat heb je tegen hem gezegd?'
'Dat hij kon opsodemieteren.'
'Hé luister, laat het me weten als er iemand langskomt voor de kamer. Misschien is het beter als ik er ook ben. Het is niet slim in je eentje vreemden bij je thuis te ontvangen.'
Ginny liet zich ompraten. Gavin had het al eerder aangeboden, maar toen had ze hem gezegd dat dat niet nodig was, aangezien het toch alleen maar vrouwen zouden zijn. Maar ze besefte nu dat hij gelijk had. Het was dom om het risico te lopen. Gavin mocht op veel manieren hopeloos zijn, hij had ook zijn goede kanten. 'Oké. Als er überhaupt iemand belt.' Weifelend bedankte ze hem.
'Niets te danken. Ik heb vanavond toch niets te doen. Trouwens, dat heb je niet gedaan.'
'Wat heb ik niet gedaan?'
'Hem verteld dat hij kon opsodemieteren.'
Ginny telde tot tien. 'Was jíj dat? Nou, je wordt bedankt.'
'Ach, het had blijkbaar zin. De volgende keer is het misschien iemand anders.'
Gavin was mateloos irritant als hij zijn gelijk niet kreeg. En als hij het wel kreeg, was hij ronduit onuitstaanbaar. En Ginny haatte het wanneer dat gebeurde. 'Oké, prima. Maar je moet je wel boven verstoppen. Jij gaat niet als een soort oppas zitten toekijken terwijl ik met ze praat.'
'Waarom moet je het toch altijd weer verpesten voor me?' protesteerde Gavin. 'Mijn motto is: laat nooit een kans voorbijgaan om andere vrouwen te ontmoeten. Hé, stel je voor dat er een lekker jong ding bij je intrekt en ik met haar afspreek? Dat zou wel lachen zijn, hè? Zou je jaloers zijn?'

'Nee, alleen maar geschokt dat ze zo'n bizarre smaak voor mannen heeft.' Ginny probeerde geduldig te blijven. 'En nee, het zou helemaal niet lachwekkend zijn.' Op haar vingers aftellend voegde ze eraan toe: 'En ten derde kan ik je nu al beloven dat mijn huisgenote geen lekker jong ding wordt.'

Om klokslag zeven uur ging de deurbel. Dat zou de eerste van de drie kandidaten zijn die die middag hadden gereageerd op de advertentie. Zenuwachtiger dan ze wilde toegeven – jeetje, voelde een blind date zo? – joeg Ginny Gavin naar boven en haalde een keer diep adem voor ze opendeed.
'Dag schat, ik ben Monica. Ik heb net even naar je kozijnen staan kijken en die kunnen wel een beurt gebruiken. Ja, een beetje Cif zou ze goed doen. O, en die plinten mogen ook wel eens afgestoft worden.'
Het probleem met blind dates was dat het niet beleefd was om de kansloze persoon voor je neus geen blik waardig te gunnen en dan te zeggen:
'Het spijt me, laten we er maar meteen mee ophouden, want dit wordt niks.'
Maar daar stond ze dan, oog in oog met het equivalent van een blind date met het bezielende commentaar van een ratelende verslaggever. Ze wist dat ze aardig en beleefd met deze vrouw zou moeten kletsen, want dat hoorde nu eenmaal zo. Ook al had deze vrouw zojuist haar kozijnen bekritiseerd en zou Ginny nog liever haar eigen hoofd afhakken dan haar als huisgenoot in huis halen.
Monica was klein en gedrongen, met een grijs permanentje en een soort Dame Edna-bril. Ze zag eruit als een bijziende schildpad en leek minstens vijfenzestig. En ze bleef maar doorkakelen.
'... zo doe ik dat dus, lieverd. Dat is mijn geheim. Gewoon een tandenborstel in de azijn dopen en dan even flink boenen, en je zult zien hoe je kraan weer blinkt! Hier, mijn jas. O jee, heb je geen hangertjes? Doe mij maar een lekkere kop thee, dan kunnen we even fijn bijpraten voor ik de kamer bekijk. Kunnen we elkaar eerst wat beter leren kennen. O, toe maar, Gold Blend, wat een luxe, zeg. En afwasmiddel van Marks and Spencer, zo

zo. Lekker slap, lieverd, en we kunnen dat theezakje wel delen. Nee, geen suiker alsjeblieft, ik ben al zoet genoeg van mezelf.'
O help! Red me. Ik wil hier weg. 'Sorry, maar hoe oud zei je ook alweer dat je was?'
'Tweeënveertig, pop. Ik wist wel dat we veel gemeen zouden hebben, we zijn even oud.'
'Juist ja...' Ginny overwoog Gavin te roepen; misschien dat ze wel zíjn type was.
'Zal ik je wat over mezelf vertellen? Nou, mijn man en ik gaan scheiden, we hebben onze bungalow te koop gezet, dus zoek ik nu een huurwoning. En een huisgenoot is wel zo fijn, hè? Zo gezellig. Even tussen jou en mij: ik vind het niet zo erg om van hem af te zijn. Mijn man is nogal chagrijnig. Altijd muisstil, trekt nooit zijn mond open. Als hij niet aan het werk is, zit hij in zijn geliefde schuurtje, dus ik zal hem niet missen. Maar weet je, ik was er wel helemaal kapot van toen hij me vertelde dat hij wilde scheiden! Dat had ik niet zien aankomen! Wat zijn mannen toch rare wezens, hè? Ik denk niet dat ik ooit zal snappen hoe ze in elkaar zitten. Oude dwaas. Onvoorstelbaar dat hij denkt zonder mij te kunnen. Wist je dat er aan de buitenkant van je raam een vlek zit? Het ziet eruit als vogelpoep. Je kunt het maar beter meteen schoonmaken want het is geen prettig gezicht. Ik wil het nu ook wel even voor je doen.'
'Ze klinkt perfect. Wanneer komt ze?' Gavin kwam de trap af, zodra de voordeur in het slot was gevallen.
'Sst, mijn oren doen pijn.'
'Poets ze anders even met wat Brasso. Daar knappen ze vast van op.'
'Wat een nachtmerrie,' zei Ginny rillend. 'Dat was afschuwelijk. Ik heb haar gezegd dat er heel veel belangstelling was voor de kamer en dat ik het haar morgen zou laten weten.'
'Je hebt er nog maar twee te gaan. Wat als die nog erger zijn dan zij?'
Ze smachtte naar de fles witte wijn in de koelkast en zette de glazen op het aanrecht. 'Erger dan Monica? Onmogelijk.'

'Hallo, kom binnen, ik ben Ginny.'
'Zeee.'

Ginny aarzelde, ze vroeg zich af of er een hommel in de keel van de vrouw was blijven steken. 'Pardon?'
'Zeee. Zo heet ik. Met drie e's.' Er zat iets uitdagends in de manier waarop ze het zei, voor het geval Ginny het lef had haar naam in twijfel te trekken. 'Zeee Porter. Die tafel staat daar verkeerd, wist je dat? Zo in de hal. Dat is Feng Shui-technisch helemaal fout.'
'O.' In dat geval, had Ginny haar graag gezegd, zou jij geen smerige blonde dreadlocks moeten hebben en oorbellen die groter zijn dan castagnetten, omdat die je schriele nek benadrukken. En je zou zeker geen paarse tuinbroek moeten dragen en zelfgemaakte leren sandalen met wollen tenensokken, want dat is ook Feng Shui-technisch onverantwoord.
Ze kreeg te horen dat Zeee Porter zesendertig was en – verrassing! – nog vrijgezel was. Op dit moment was haar spirituele gids de enige man in haar leven: Rennend Hert. In de zomer ging Zeee surfen, verdiende ze haar brood met het maken van henna-tatoeages en ach, je weet wel, childe ze gewoon een beetje. En de rest van het jaar? Tja, dan childe ze gewoon nog een beetje en wachtte ze tot het weer zomer was. Ja, ze had ooit echt werk gehad, in een veganistisch café in Aldershot, maar instructies opvolgen en ook nog vroeg opstaan was iets te veel van het goede geweest.
'Echt gewoon slechte vibraties, weet je.' Zeee schudde minachtend haar hoofd. 'Dat soort gedoe kan ik er gewoon echt niet bij hebben.'
Blijkbaar waren shampoo en deodorant ook te veel gedoe. Ginny vroeg zich af of Rennend Hert een knijper op zijn neus had, of misschien hadden spirituele gidsen geen last van dat soort aardse zaken.
Wat zou Monica van haar vinden? Ze zou Zeee waarschijnlijk de tuin in sturen en dan aan de gang gaan met een fles bleekmiddel en een staalborstel.
Ginny liet haar plichtsgetrouw de kamer zien die ze niet zou krijgen en zei toen opgewekt: 'Nou, er zijn héél veel belangstellenden, maar ik bel je morgen wel om het je te laten weten.'
'Ik heb geen telefoon,' zei Zeee. 'Telefoons die, nou... weet je, die zijn de ondergang van deze planeet.'

'O.' Behalve blijkbaar dan vanmiddag toen Zeee had gebeld om deze afspraak te maken.
'En eerlijk gezegd,' zei Zeee, 'kunnen we het maar beter zo laten. Ik bedoel er niks mee hoor, maar ik zou hier toch niet willen wonen. Het is niet helemaal mijn ding, als je begrijpt wat ik bedoel.'
Overdonderd zei Ginny: 'O!'
'En Rennend Hert zegt ook dat ik het niet moet doen. Hij zou zich hier niet op zijn gemak voelen.'
'Prima.' Enorm opgelucht stuurde Ginny een schietgebedje naar alle spirituele gidsen die er maar bestonden. Dank je wel, Rennend Hert.
Zeee gooide haar door motten aangetaste dreadlocks naar achteren. 'Bovendien zegt hij dat je aura modderig is.'

'God, wat stinkt het hier. Doe het raam eens open,' klaagde Gavin. 'Wie is de volgende?'
Ginny kon zich er niet meer op verheugen, en de derde en laatste potentiële huisgenoot was ook nog een man. 'Hij heet Martin. Ik zei dat ik op zoek was naar een vrouw, maar hij zei dat ik dat niet zo mocht specificeren omdat dat seksuele discriminatie was en dat ik daarvoor kon worden aangeklaagd.'
Gavin begon te lachen. 'Klinkt als een halvegare. Maar goed dat ik er ben.'
'Eerlijk gezegd klonk hij niet als een halvegare. Hij was best vriendelijk. Hij is weg bij zijn vrouw,' zei Ginny, 'en hij heeft snel nieuwe woonruimte nodig.'
'Waarschijnlijk omdat hij haar heeft vermoord en de politie hem op de hielen zit.'
Ginny was er vrij zeker van dat Martin geen moordenaar was. 'Hij verontschuldigde zich dat hij een man was, maar dat hij helemaal niet zo moeilijk was om mee samen te wonen, dat hij geen harde muziek draaide en hij wist vrijwel zeker dat hij geen irritante gewoontes had. Dus wat kon ik anders? Ik heb hem maar uitgenodigd en wie weet is hij best oké.'
'Weet je wat jij bent? Een softie. Ik zorg wel dat ik boven een bijl bij de hand heb,' zei Gavin opgewekt. 'Voor het geval dat.'

9

Martin Mason zag er niet uit als een moordenaar. Hij stelde zichzelf beleefd voor, leek ingenomen met de kamer die Ginny hem liet zien en complimenteerde haar met de inrichting ervan. In de keuken dronken ze een kop thee en hij zei: 'Ik kan me voorstellen dat je nog veel meer gegadigden hebt, maar ik wil graag dat je weet dat ik heel geïnteresseerd ben.' Droog voegde hij eraan toe: 'Hoewel je waarschijnlijk uiteindelijk voor een vrouw zult kiezen.'

'Dat weet ik nog niet. Dat beslis ik pas als ik iedereen heb gesproken.' Was haar neus al aan het groeien? Hij leek echt best aardig, maar Ginny wist dat ze hem niet zou uitnodigen om bij haar in te trekken, al twijfelde ze er niet aan dat hij de huur op tijd zou betalen. Maar een vijftigjarige vice-bankdirecteur met grijs haar en een net pak was niet helemaal wat ze in gedachten had gehad.

'Ik zou het op prijs stellen als je het snel laat weten,' zei Martin. 'Ik bivakkeer momenteel op de logeerkamer van een collega, begrijp je? Ik wil niet dat ze me deur uit kijken.'

Ginny knikte en herinnerde zich dat zijn huwelijk op de klippen was gelopen. Arme ziel, hij had het vast niet gemakkelijk; het was zeker hard aangekomen.

'Wat is er precies gebeurd? Woont je vrouw nog in jullie huis?' Was dat een ongepaste vraag? Nou ja, ze was gewoon nieuwsgierig.

Martin knipperde met zijn ogen achter zijn uilenbril. 'Voorlopig, ja.'

'Ze heeft je gewoon gezegd dat je moest vertrekken en op straat gezet?' Ginny was plaatsvervangend gepikeerd; dat was toch niet netjes.

'O nee. Ik ben zelf weggegaan,' zei hij vriendelijk. 'Het was absoluut mijn eigen keus. Het idee nog een minuut langer in de buurt van mijn vrouw te moeten zijn, was me te veel.'

Mijn hemel, dat was nu ook niet direct haar bedoeling geweest. Een beetje beduusd vroeg ze: 'Waarom? Was het zo erg om met haar getrouwd te zijn?'

Martin begon te grijnzen. Achter zijn stalen brilmontuur glinsterden zijn ogen ondeugend. 'Geloof me, als je Monica ooit had ontmoet, hoefde je dat niet te vragen.'

'Monica's echtgenoot. Arme ziel,' zei Ginny vol medeleven. 'Geen wonder dat hij blij was van haar af te zijn.'
'Heb je hem verteld dat ze hier net nog was?'
Ginny knikte en schonk twee glazen tot de rand toe vol met wijn. 'Hij zei dat wat ik ook deed, ik haar niet moest uitkiezen. Dat ik gek van haar zou worden.'
'Maar je gaat hem ook niet vragen bij je in te trekken. Dus dat is het dan.' Gavin haalde zijn schouders op. 'Je hebt ze nu alle drie ontmoet en ze voldoen geen van allen. En nu?'
'Opnieuw een advertentie zetten, denk ik. Het nog een keer proberen. Hopen dat het de volgende keer beter uitpakt.' Ginny was al aardig op weg met het glas wijn waarnaar ze zo had gesnakt en was teleurgesteld over het verloop van de avond, meer nog dan ze wilde toegeven. Ze had zich er zo op verheugd een leuk iemand te ontmoeten met wie ze meteen, vanaf de eerste zin, op dezelfde golflengte zat. Ze was naïef geweest, besefte ze nu, en de teleurstelling voelde aan als een loden last. Wat als ze bleef adverteren en er nooit een geschikt iemand opdook?
Tegen achten was de bodem van de fles in zicht en stond Gavin op het punt om weg te gaan, toen de telefoon ging.
'Hallo,' zei een warme mannenstem. 'Ik bel naar aanleiding van de advertentie voor een huisgenoot. Geldt dat nog of heb je al iemand?'
Het was meer dan een warme stem, het was een verrukkelijke stem. Een stem die deed vermoeden dat de eigenaar ervan ook wel verrukkelijk moest zijn. Terwijl ze zich afvroeg of alles dan misschien toch niet verloren was, antwoordde Ginny: 'Nee, de kamer is nog vrij.'
'Fantastisch. Nou staat er dat je de voorkeur geeft aan een vrouw...'
'Of een man. Dat maakt me niet echt uit.'
'Zolang het maar iemand is met wie je het kunt vinden.' Het klonk alsof hij glimlachte. 'Ik weet het, dat is het allerbelangrijkste, hè? Trouwens, ik heet Perry Kennedy. En je huis klinkt

geweldig, precies datgene waarnaar ik op zoek ben. Wanneer zou ik even kunnen langskomen om het te zien?'

Duizelig van hoop en van de drie achterovergeslagen glazen wijn, zei Ginny roekeloos: 'Woon je in de buurt? Als je wilt, kun je nu meteen langskomen.'

Ze had niet anders verwacht, maar toch was ze opgelucht toen ze de voordeur opendeed en ontdekte dat hij niet op een trol leek. Perry Kennedy was een meter drieëntachtig lang, had een golvende roodblonde haardos, stralende, groene ogen en een onweerstaanbare glimlach. Hij was atletisch gebouwd en droeg een donker casual jasje op een wit overhemd en een spijkerbroek.

'Wat leuk je te ontmoeten.' Hij schudde haar de hand. 'Ik heb nu al een goed gevoel over deze plek. Hé, wat mooi zo die hal.'

Twintig minuten later zaten ze in de keuken te babbelen alsof ze elkaar al jaren kenden. Perry's huidige flat was te klein; hij werd er gek van. Hij was vijfendertig en single, maar had een brede vriendenkring in Portsilver en hij hield wel van gezelligheid. Hij was een jaar geleden vanuit Londen naar Cornwall verhuisd, had zijn appartement in Putney verkocht en de opbrengst geïnvesteerd in een bedrijfje voor bedrukte T-shirts. In zijn vrije tijd deed hij aan jetskiën en duiken. Zijn lievelingseten was Thais. Hij reed in een oude MG en zijn lievelingsfilm was *The Color Purple*.

'Maar dat durf ik meestal niet te vertellen,' zei Perry. 'Ik weet niet precies waarom ik het jou wél vertel. Ik moet altijd zo huilen bij die film.' Samenzweerderig schudde hij zijn hoofd. 'Daar gaat mijn reputatie.'

'Je moest eens weten hoe vaak ik heb zitten janken bij die film,' zei Ginny.

'Ja, maar dat mag. Voor mij ligt dat anders, hè? Ik ben een man.'

Ginny lachte om de uitdrukking op zijn gezicht. Hij was perfect.

'Maar ik wil je niet ophouden. De kamer is geweldig,' zei Perry. 'En jij ook. Wat zal ik doen? Mijn nummer achterlaten en me afvragen of ik ooit nog iets van je hoor?'

Kon ze zich iets beters wensen? Pijlsnel bedacht Ginny wat ze allemaal van hem wist, zocht naar gebreken, maar kon er geen bedenken. Perry was charmant en leuk gezelschap. Oké, hij was geen vrouw en ze zouden het waarschijnlijk niet al te vaak over nagellak hebben, maar afgezien daarvan waren er toch geen bezwaren?

'Of,' zei Perry met een brede grijns, 'hebben we misschien al een deal?'

De drie glazen wijn gaven niet de doorslag, maar ze speelden zeker mee. Ginny kon geen redenen verzinnen om eromheen te draaien en gooide alle voorzichtigheid overboord. Ze had haar besluit genomen, keek Perry stralend aan en zei: 'Deal.'

Hij keek haar verrukt aan. 'Je hebt geen idee wat dit voor me betekent. Wat zal dit een hoop schelen. Wanneer kan ik erin?'

'Zodra je wilt.' Ginny zag dat hij zijn portemonnee tevoorschijn haalde en een stapeltje biljetten van twintig pond begon te tellen.

'Is zaterdag oké?'

'Zaterdag? Geen probleem.'

'Alsjeblieft, een maand aanbetaling en de eerste maand huur vast vooruit.' Perry drukte de biljetten in haar hand en zei opgewekt: 'Voordat je je bedenkt. En je wilt vast nog wat referenties. Die neem ik zaterdag wel mee. Heel erg bedankt hiervoor.' Hij keek Ginny strak aan met een blik die haar helemaal week maakte. 'En wat leuk dat ik je vanavond heb ontmoet.'

'Dat vind ik ook.' Ze keek hoe hij opstond en zijn autosleutels tevoorschijn haalde.

'Ik moet ervandoor. Zaterdagochtend, oké? Rond elf uur, of is dat onmenselijk vroeg?'

Ginny schudde haar hoofd. Dit was het begin van haar nieuwe leven en wat haar betreft kon zaterdag niet snel genoeg komen. 'Geen probleem. Elf uur is prima.'

Het lastige van ex-mannen was dat ze altijd dingen opmerkten waarvan je hoopte dat ze die juist niet zagen.

En natuurlijk moesten ze je het ook nog eens flink inwrijven.

'Ha!' zei Gavin triomfantelijk toen hij naar beneden kwam.

Ginny bedacht dat bluf nu de beste tactiek was. 'Hm?'

'Je valt op hem.'

'Niet waar!'

'O, jawel. Je vindt hem heel erg leuk. En je wordt rood!'

'Alleen omdat jij dat denkt,' protesteerde Ginny. 'Niet omdat het waar is.'
'Ik denk het niet, ik weet het. Ik hóórde het aan je!' Met een zelfgenoegzame grijns begon hij aan een walgelijk goede imitatie van haar, waarbij hij willekeurige woorden die hij had opgepikt accentueerde met meisjesachtig gegiechel en net iets te hard gelach.
Waarom kon ze geen ex hebben die duizend kilometer van haar vandaan woonde? In Australië of zo? Ja, Australië zou mooi zijn.
'Je hebt ons zitten afluisteren.' Ginny trok haar lippen verwijtend omhoog om hem te laten merken wat ze van zulk laag gedrag vond.
'Het ging me om jouw veiligheid. Het was mijn taak om je in de gaten te houden. Mooie chaperon zou ik zijn als ik boven bleef zitten met een walkman op mijn kop. Je zou hier je longen uit je lijf hebben kunnen staan schreeuwen terwijl ik niets hoorde. Dan zou ik beneden komen en nog net op tijd zijn om hem de laatste stukjes van jouw lichaam in de afvalbak te zien vegen. Dan zou je pas spijt hebben!'
'Hoe dan ook, hij trekt zaterdag in,' zei Ginny opstandig. 'En ik heb geen oogje op hem, oké? Hij lijkt me gewoon erg aardig en we kunnen het goed met elkaar vinden. Meer niet.'
'Hm.' Gavin trok speels zijn wenkbrauwen op. 'Heel erg goed, zo te horen. Ziet hij er toevallig ook goed uit?'
'Gemiddeld,' antwoordde Ginny. 'Beter dan die andere drie die hier vanavond waren. Of nee, andere vier.' Om het Gavin betaald te zetten, wees ze naar hem. 'Inclusief jij.'
Hij grijnsde. 'Dit wordt nog interessant.'
Ginny voelde een opgewonden rilling over haar rug lopen. Interessant! Ja, dat hoopte zij ook.

10

Op zaterdagochtend om elf uur was het huis helemaal aan kant en – alsof hij aanvoelde dat er iets te vieren viel – was de zon ook tevoorschijn gekomen. Zo direct kwam Perry Kennedy. Ginny, die haar best deed om niet te klinken alsof ze een oogje op hem had, had tijdens het schoonmaken van de keuken geoefend op haar lachje: hij moest niet te luid of te hoog zijn. Uiteraard, als Perry eenmaal gesetteld was en ze wat meer aan elkaar gewend waren, zouden andere dingen hopelijk ook settelen en zou ze zich niet meer zo...

O god, zo te horen was hij daar al! Ze gooide de vaatdoek in de wasbak, veegde haar handen af aan haar spijkerbroek en fatsoeneerde haar kapsel. Het hese gebrul van een sportauto verstomde toen de motor werd uitgezet. Ze maakte de voordeur open.

'Hallo.' Perry was al uitgestapt en zwaaide naar haar. Hij droeg deze keer een donkerblauwe trui, een crèmekleurige spijkerbroek en Timberlands.

'Hallo!' Ginny zag hoe het andere autoportier werd geopend en er een slanke vrouw tevoorschijn kwam met een bos lange, roodblonde krullen en een bleek gezicht met sproeten. Ze was onthutsend mooi en droeg een lange, zwarte jas die openviel en een lichtgrijs topje en pantalon onthulde.

'Dit is Laurel.' Perry begeleidde de slanke vrouw naar de deur. 'Mijn zus.'

Oef, gelukkig. Natuurlijk was het zijn zus. Al dat ongelooflijke roodblonde haar – wat een opluchting.

'Hoi Laurel, leuk je te ontmoeten.' Ginny schudde haar enthousiast de hand.

'Dag,' was Laurels vlakke antwoord.

'Kom op, laten we de spullen naar boven brengen.' Perry was druk bezig met het uitladen van de piepkleine achterbak van de MG. 'Laurel, neem jij deze maar. Ik breng de rest van de tassen wel.'

'Geef mij er maar een paar.' Ginny wilde graag helpen en stak haar armen al uit. 'Die kan ik wel dragen.'

Perry keek Laurel aan. 'Zie je nou wat ik bedoel? Heb ik je niet gezegd hoe geweldig ze is?'
Ginny's gezicht kreeg een blos van plezier. Ja, ze had de juiste beslissing genomen.
Laurel knikte. 'Ja, dat heb je inderdaad gezegd.'
Toen alle tassen en koffers eenmaal in de logeerkamer boven stonden, liet Ginny Perry en zijn zus even alleen en ging naar de keuken om theewater op te zetten.
Even later kwam Perry de keuken in. 'Thee is niet nodig, hoor.'
'Nee? Heb je liever koffie?'
Hij schudde zijn hoofd en haalde de fles tevoorschijn die hij achter zijn rug had verstopt.
'Wow, champagne. Op zaterdagochtend!' En nog wel Veuve Clicquot, niet van die waardeloze troep.
'Júist op zaterdagochtend. Dat is de beste tijd om het te drinken. Snel, glazen,' zei Perry terwijl hij de kurk al richting het plafond schoot.
'Nou, proost.' Ginny proostte tegen zijn glas en zag toen dat hij maar twee van de drie glazen had gevuld. 'Wil Laurel niet?'
'Laurel drinkt niet. Proost. Op jou.'
Als Gavin er nu was geweest, zou hij hebben gezegd dat antwoorden met 'op ons' ongelooflijk flirterig was. Dus slikte Ginny die woorden maar in. In plaats daarvan glimlachte ze en nam een bescheiden slokje van de champagne. Toen ze boven het geluid hoorde van meubels die verzet werden, vroeg ze: 'Waar is Laurel mee bezig? Wil ze hier niet bij zijn?'
'O, die redt zich wel. Laat haar maar lekker uitpakken.' Perry's ogen glinsterden. 'Ze richt de kamer gewoon iets anders in en pakt haar koffers uit. Je kent het wel.'
'Wat zei je?' Ginny dacht dat ze hem niet goed had verstaan.
'Wat?'
Was het een verspreking geweest? Ja, natuurlijk, een verspreking. Ginny glimlachte. 'Je zei dat ze háár koffers aan het uitpakken was.'
Perry knikte. 'Ja.'
Oké, wacht even, was ze misschien in een soort parallel universum beland?
Haar hart begon onaangenaam te bonzen. 'Maar... waarom zou

ze haar spullen uitpakken? Zij is niet degene die hier intrekt. Ik heb de kamer aan jóú verhuurd.'

Perry keek haar aan. 'Jezus, dat spijt me, dacht je dat echt? Nee, nee, de kamer is niet voor mij. Die is voor Laurel.'

Dit kon niet waar zijn.

'Maar jij was degene die hem kwam bekijken! Je zei dat het precies was wat je zocht!' Ze begon steeds harder te praten – en niet op een ik-heb-een-oogje-op-je-manier. 'Je zei dat de kamer perfect was!'

Hij knipperde verbijsterd met zijn ogen. 'Hij is ook perfect. Voor Laurel.'

Ginny probeerde zich als een razende voor de geest te halen wat hij allemaal tegen haar had gezegd. 'Nee, wacht even, je zei dat jouw appartement te klein was...'

'Dat is ook te klein. Ik bedoel, voor mij alleen is het prima,' legde Perry uit, 'maar met zijn tweeën is het wat krap. Laurel is zes weken geleden bij me ingetrokken en eerlijk gezegd begint ze op mijn zenuwen te werken.'

Op jouw zenuwen! Wat denk je dat het met míj doet? Nog steeds half in shock herhaalde Ginny: 'M-maar ik heb de kamer aan jou verhuurd.'

'Dat weet ik. Dat klopt ook. Ik heb je een voorschot gegeven en ik betaal de huur ook. Daar hoef je je geen zorgen over te maken. Ik geef wel een machtiging af. Echt, het komt allemaal goed.'

Goed? Hoe kon het nou góéd komen? Ginny's hoofd stond op ontploffen. 'Je hebt me in de waan gelaten dat het om jou ging! Je hebt het nooit over je zus gehad. Je wíst dat ik dacht dat het om jou ging.'

Perry spreidde zijn armen. 'O, maar dat was echt niet mijn bedoeling.'

'Maar het hele idee om mensen uit te nodigen om de kamer te bezichtigen, is dat je dan kunt beslissen of je die persoon bij je in je huis wilt!'

'Is dat zo?' Perry zag er oprecht verbaasd uit. 'Dat is niet in me opgekomen.' Hij zweeg even. 'Maar dat hindert niet, want je zult geen last hebben van Laurel. Toen ik je zag wist ik meteen dat jullie het goed met elkaar zouden vinden. Je bent precies de persoon die Laurel nodig heeft.'

Wat?
Wát?
Ginny had het liefst gebruld dat het niet ging om wat iemand ánders nodig had, maar wat zíj nodig had.
'O ja, ik heb die referenties nog meegenomen. Je hoeft je bij Laurel echt geen zorgen te maken.' Perry haalde een paar enveloppen uit zijn zak. 'Ze is eerlijk, netjes, attent – alles wat je van een huisgenoot zou wensen.'
Dit liep allemaal zo in het honderd dat Ginny niet helder kon nadenken. Was Gavin er nu maar geweest om haar te helpen. Op dit moment leek zij de enige die dacht dat er iets mis was. Alleen zou Gavin het te druk hebben met zich een breuk lachen omdat het haar gelukt was alles in de soep te laten lopen. Haha, dat komt er nou van als je te hard van stapel loopt en dom genoeg bent om te denken dat iemand je misschien ook echt ziet zitten.
'Bovendien,' vervolgde Perry, 'had je het in de advertentie over een vrouw. Dat is wat je eigenlijk wilde.'
'Maar waarom heeft Laurel dan niet zelf opgebeld? Waarom is ze niet naar de kamer komen kijken?'
Hij zuchtte en schonk zichzelf nog wat champagne in. Hij bood Ginny ook wat aan, maar ze schudde haar hoofd.
'Laurel vond het prima bij mij op de bank te blijven slapen. Woonruimte zoeken was voor haar niet echt een prioriteit. Eerlijk gezegd is ze de laatste tijd een beetje depri. Haar vriend heeft het afgelopen zomer uitgemaakt en ze heeft het sindsdien niet bepaald makkelijk gehad. Ze is haar baan in Londen kwijtgeraakt. En haar ex heeft iemand anders ontmoet en zich verloofd; dat hielp ook niet echt. Laurel had het helemaal gehad. Ik vroeg haar waarom ze niet wegging uit de stad en voor ik het wist stond ze bij mij op de stoep.' Perry werd even stil en haalde zijn schouders op. 'Prima voor een paar dagen, hoor. Het was geweldig haar weer te zien. Alleen heeft ze nu besloten om in Portsilver te blijven, maar mijn appartement is echt niet groot genoeg voor ons tweeën.'
'Verhuis dan naar een groter appartement.'
'O, Ginny, het spijt me. Ik wilde je niet overvallen, maar ik ben gewend aan mijn eigen leven. Ik wil graag mijn eigen plek heb-

ben. En toen ik jou ontmoette dacht ik alleen maar aan hoe fantastisch je was. Zo gezellig en opgewekt, en ik wist dat je perfect zou zijn voor Laurel. Intrekken bij jou is precies wat ze nodig heeft om weer een beetje op de rails te raken.'
Ginny schudde haar hoofd. Dit was niet zoals het hoorde te gaan, dit was niet wat ze wilde. En dat zou ze hem nu moeten vertellen. 'Het is alleen...'
'Luister, je zult haar vast leuk vinden.' Perry staarde haar aan. 'En hoe graag ik ook zou willen dat ík nu bij je introk, dat kan gewoon echt niet.'
'Waarom niet?' Ginny wreef over haar bonzende slapen; ze snapte het echt niet.
Er verschenen lachrimpeltjes in zijn gezicht. 'Kom op, dat weet je zelf ook wel. Je bent fantastisch. Hoe kan ik hier nou wonen als ik een beetje boel voel voor de hospita? Dat zou... god, dat zou echt niet kunnen.'
O! Dat had Ginny niet verwacht. Over een donderslag bij heldere hemel gesproken. Dus hij vond haar wél aantrekkelijk.
'Sorry, overval ik je nu weer?' Perry glimlachte berouwvol. 'Heb ik je de stuipen op het lijf gejaagd?'
'Nee, nee...'
'Ik ben meestal wat subtieler. Maar je vroeg er zelf om. Eerlijk gezegd zit ik me hier al de hele tijd af te vragen of je volgende week met me uit eten zou willen. Maar of ik ook het lef heb je dat te vragen...' Hij keek haar spottend aan. 'Het is best eng hoor, man zijn. Als we iemand uit vragen lopen we altijd het risico een blauwtje te lopen. Jullie vrouwen snappen niet hoe fragiel onze ego's zijn.'
Ginny stond met haar mond vol tanden. Terwijl ze wanhopig naar een antwoord zocht, hoorden ze voetstappen op de trap. Vlak daarna zwaaide de keukendeur open en kwam Laurel binnen.
'Ik heb alles uitgepakt.'
'Mooi zo.' Perry keek haar stralend aan. 'Nou, dat was toch niet al te veel werk? Goed gedaan, meisje.'
O god. Ginny nam nog een flinke slok champagne en merkte dat ze Laurel niet durfde aan te kijken. Als ze iets zou zeggen, moest ze dat nú doen. Maar hoe kon ze het nou zeggen? Hoe

kon ze Laurel vertellen dat ze niet bij haar kon komen wonen, dat ze haar spullen weer kon inpakken?
'Is er iets?' vroeg Laurel.
Haar hart begon te galopperen en Ginny bedacht hoe ze moest zeggen dat er sprake was van een vreselijk misverstand, dat ze niet kon blijven omdat... nou, omdat... eh, omdat...
'Perry? Wat is er?'
Perry keek Laurel aan en haalde zijn schouders op.
'Luister, het spijt me heel erg,' flapte Ginny eruit, 'maar ik had niet door dat jíj bij me zou intrekken. Ik had je broer niet helemaal goed begrepen. Ik dacht dat híj degene was die woonruimte zocht.'
Laurel fronste. 'Nee, hij heeft al een appartement.'
'Ja, dat weet ik nu ook.' Haar knokkels waren helemaal wit geworden. 'Maar dat heeft hij me net pas verteld.'
Laurel bleef haar aanstaren. 'En wat bedoel je daarmee?'
O god, wat had ze gezegd? Totaal in paniek voelde Ginny dat haar gezicht rood werd. Jezus, ze was Brits; het zat niet in haar aard om iemand doelbewust te kwetsen. Als ze Laurel niet had, moest ze opnieuw beginnen aan dat hele gedoe van adverteren en mensen uitnodigen en wie weet of ze dan een beter iemand vond? Bovendien vond Perry haar wél leuk en had hij haar bijna uitgenodigd voor een etentje. Dat was goed nieuws en op een bepaalde manier zelfs bijna beter dan...
'Wil je me hier niet hebben?' In Laurels grote groene ogen welden tranen op. 'Moet ik weer gaan?'
Laat ook maar. Hoe kon ze nou 'ja' antwoorden en verder leven? Ginny schudde haar hoofd. 'Nee, nee, natuurlijk hoef je niet weg. Het is prima zo.'
Laurel wist haar tranen te bedwingen en glimlachte flauwtjes. 'Dank je wel.'
Perry straalde opgelucht. 'Geweldig.'
Ginny voelde zich meteen al beter nu ze niet langer door schuldgevoelens werd verscheurd. Zo, ze had het gedaan. En ze had een eerste afspraakje met Perry om naar uit te kijken, dus alles zou inderdaad dik in orde komen. Ze vergat wat hij haar net had gezegd, pakte de champagnefles en zei opgewekt tegen Laurel: 'Kom, laten we het vieren!'

'Ik mag niet drinken.' Laurel schudde haar hoofd. 'Vanwege mijn medicijnen.'
Medicijnen. Alles zou dik in orde komen, bracht Ginny zichzelf in herinnering. Begripvol vroeg ze: 'Antibiotica?'
Laurel schudde haar hoofd. 'Antidepressiva.'
O.
'Goed, ik moet maar weer eens terug naar de winkel,' zei Perry terwijl hij overeind sprong. 'Dan kunnen jullie elkaar wat beter leren kennen. Nou, dag.'
'Ik laat je wel even uit,' zei Ginny meteen en volgde hem naar de voordeur.
'Ze is een leuke meid. Je zult er geen spijt van krijgen,' zei Perry zachtjes. 'Ik neem nog wel contact op, oké? Als ik de moed kan verzamelen om je binnenkort uit eten te vragen, denk je dan dat je misschien "ja" zegt?' Hij glimlachte speels.
Flirterig antwoordde Ginny: 'Misschien.'
'Mooi zo. Ik bel je nog wel. Maar doe me een lol en zeg er maar niets over tegen Laurel.'
'Waarom niet?' vroeg Ginny niet-begrijpend.
'O, gewoon omdat ze wat nare ervaringen heeft gehad met mannen. Ze is nogal anti-relatie op het moment. Ik heb haar verteld dat je gescheiden bent en het idee dat ze zou intrekken bij iemand die in hetzelfde schuitje zit, staat haar wel aan. Als ze erachter komt dat wij met elkaar afspreken, voelt ze zich misschien een beetje buitengesloten.'
Ginny vroeg zich af of ze hier echt goed aan deed. Op de een of andere manier waren al haar plannen in één ochtend helemaal in de war geschopt. Waar was ze aan begonnen?
'Sst, maak je geen zorgen.' Blijkbaar in staat om haar gedachten te lezen – of wat waarschijnlijker was: hij zag de paniekerige godwat-heb-ik-gedaan-blik in haar ogen – legde Perry zijn wijsvinger tegen zijn mond, glimlachte en drukte diezelfde vinger toen teder tegen haar lippen. 'Jullie zullen het echt leuk hebben samen. Je bent precies wat Laurel nodig heeft om uit haar dipje te komen.'
Toen hij met zijn vinger langs haar lippen had gestreken, had dat een heerlijk explosief gevoel in haar knieën veroorzaakt. Mijn god, als dat een zoen-op-afstand was, dan kon ze niet wachten op het echte werk.

En natuurlijk zouden Laurel en zij het goed kunnen vinden; ze had zelf toch ook wel eens last gehad van een dip? Ze zouden vast en zeker hechte vrienden worden.
'Ik moet echt gaan,' zei Perry met een blik op zijn horloge.
Ginny deed de voordeur open. 'Dag,' zei ze, met een mond die nog natintelde van de zoen-op-afstand.
Alles zou dik in orde komen.

'Volgens mij had Perry er schoon genoeg van dat ik het er altijd over had,' zei Laurel vlak. 'Mannen doen daar niet echt aan, hè? Vooral broers niet. Elke keer dat ik Kevins naam noemde, probeerde hij van onderwerp te veranderen. Maar ik moet wel over Kevin praten,' vervolgde ze. 'Ik kan echt niet anders. Ik hield zoveel van hem, weet je. Zoveel! En ik kan hem niet gewoon uit mijn leven bannen, want hij zit hier nog.' Ze tikte tegen haar hoofd. 'Ik moet steeds aan hem denken. Hoe kun je nou iemand vergeten die je hart heeft gebroken en het in duizend stukjes heeft laten vallen?'
'Nou,' probeerde Ginny, 'eh...'
'Hoewel hij me waarschijnlijk al vergeten is.' Laurel depte haar ogen met een echte zakdoek. (Niet eens met een tissue.) 'Omdat ik er voor hem gewoon niet meer toe doe, hè? Kevin is verder gegaan met zijn leven en heeft in *no-time* iemand anders ontmoet. Iemand van wie hij genoeg hield om haar ten huwelijk te vragen. Ik reed vroeger wel eens langs zijn huis, weet je. Op een avond zag ik ze voor zijn deur zoenen. Wat voelde ik me toen belabberd. Ik dacht dat ik dood zou gaan. En weet je? Ze had dikke enkels. Dikke enkels, niet te geloven hè? Echt... ze had mollige enkels!'
Ginny deed haar best om er gepast geschokt en meelevend uit te zien, maar voelde een vreselijke aandrang om te gapen, een gevoel dat via haar ribbenkast omhoogkroop en een gooi naar de vrijheid dreigde te doen in de milliseconde waarin ze haar kaakspieren even zou ontspannen. Ze luisterde nu al anderhalf uur naar Het Verhaal over Kevin. Anderhalf uur, zo lang duurde een speelfilm ook. Ze had *Anna Karenina* kunnen kijken, en dan had ze zich een stuk minder depressief gevoeld dan nu.
'Je vindt me waarschijnlijk heel saai,' zei Laurel vlak.

'Nee, nee,' zei Ginny, haastig haar hoofd schuddend.
'Ik dacht echt dat we zouden trouwen en kinderen krijgen en de rest van ons leven samen gelukkig zouden zijn. Totdat hij van gedachten veranderde, en nu heb ik helemaal niets meer. Hij krijgt nu waarschijnlijk kinderen met haar. Wat een vreselijke gedachte. Waarom is het leven toch zo oneerlijk?'
O jezus, nog zo'n onmogelijke vraag. Enigszins wanhopig vroeg Ginny: 'Ik weet het niet, maar wat als je nou eens probeert om... eh, niet meer zo vaak aan hem te denken?'
Laurel keek haar vol ongeloof aan, alsof ze net had voorgesteld de zwaartekracht uit te doen. 'Maar ik hield zoveel van hem. Hij was alles voor me. En dat is hij nog steeds.'
O god.

11

Ondanks zijn belofte dat hij nog contact zou opnemen, had Perry Kennedy nog niet gebeld en Ginny voelde zich niet al te best. Carla, die dat nog niet had gezegd, was er niet zo zeker van dat Laurels broer met zijn gladde praatjes wel te vertrouwen was, en nam een belangrijk besluit. 'Goed, ik trakteer, we gaan lunchen.'
Ginny keek verrast op. 'Wanneer?'
'Vandaag. Nu. Tenzij je daar geen zin in hebt.'
'Ben je gek?' Ginny's ogen begonnen te stralen. 'Natuurlijk heb ik daar zin in.'
'Zeker weten?'
'Jáá!'
Carla haalde haar schouders op. 'Want als je liever thuis wilt blijven en een lekker vrouwengesprek wilt hebben met je nieuwe vriendin Laurel, dan begrijp ik dat best, hoor.'
'Néé!'
'Nee echt, welke persoon met zijn volle verstand zou nou met míj willen gaan lunchen als ze ook in de keuken kon zitten kletsen over Kevin Kevin Kevin...'

'Ik dus,' smeekte Ginny.
'Kevin Kevin Kevin Kevin... o, en dan nog een laatste opmerking over Kevin...'
'Hou je mond. Ik wil nu getrakteerd worden op die lunch.'

Carla hield van haar werk en was er ook goed in. Wanneer potentiële klanten contact opnamen met *Portsilver Serres* maakte ze altijd een afspraak om bij hen thuis langs te gaan. En dan maakte ze gebruik van haar eigen, speciale vooral-geen-druk-uitoefenen-verkooptechniek om ze ervan te overtuigen dat als ze op zoek waren naar de ideale serre, haar bedrijf de juiste keus was. En in bijna alle gevallen slaagde Carla ook. Ze was een bedreven charmeur en in staat haar klanten te laten inzien hoeveel gelukkiger ze zouden zijn met een zonnige serre. Ze reisde het hele zuidwesten van Engeland door en werkte vaak 's avonds en in het weekend. Dat vond ze helemaal niet erg, want dat betekende dat ze op andere dagen gewoon vrij kon nemen als zij daar zin in had.
Zoals vandaag. En ze was vastbesloten er een memorabele dag van te maken omdat die lieve Ginny het de afgelopen paar maanden niet makkelijk had gehad. Ze verdiende wel een uitje. Carla vermoedde dat die plotselinge verliefdheid op Perry grotendeels te wijten was aan het feit dat Ginny al heel lang geen aandacht meer had gekregen van een aantrekkelijke man. Het leek erop dat Perry Kennedy haar vrij opzichtig had proberen te versieren, en dat Ginny zich gevleid had gevoeld door al die aandacht. Carla hoopte maar dat ze niet gekwetst zou worden.
Ginny had er nu al lol in. Ze stoven over de weg in Carla's sportieve zwarte Golf, de zon scheen, en ze ging zich níet schuldig voelen over het feit dat ze Laurel thuis had gelaten op de keukenvloer, een dweil in de hand. Ze had het niet gevraagd en was er evenmin van uitgegaan, maar Laurel had zelf aangeboden te dweilen. Met een zielig stemmetje had ze gezegd: 'Ik hou van soppen. Dan voel ik me nuttig. Toen ik met Kevin was, boende ik elke dag de keukenvloer.'
Toen Ginny het huis ontvluchtte had ze achterovergeleund op haar hakken en gezegd: 'Ik vind het leuk om hier te wonen. Is het niet fijn dat we huisgenoten zijn?'

Ginny had niet geweten wat ze daarop moest antwoorden. Ze kon moeilijk zeggen dat een huis delen met Sylvia Plath waarschijnlijk net zo leuk was.

Hoe dan ook, drie zalige Kevinloze uren lagen in het verschiet. Misschien was dit wel de oplossing voor al haar problemen, ze moest gewoon zo'n vrouw worden die elke dag buiten de deur ging lunchen.

Nou ja, misschien eerst maar eens de loterij winnen.

'Ik vraag me af wat hij nu aan het doen is,' zei Carla.

Ginny dacht meteen aan Perry. 'Wie?'

'Kevin.'

'Hou op. We moeten Laurel niet belachelijk maken.'

'Ik maak haar niet belachelijk, ik vraag het me echt af. Ik zou hem graag willen ontmoeten,' zei Carla ondeugend. 'Hem het bed in sleuren en ontdekken waar al die heisa nou om te doen is. Kijken of hij al die ophef waard is.'

'Dan is het maar goed dat hij in Londen woont. Wat is er mis met Jamie?'

'Helemaal niets.' Carla's *toyboys* hadden meestal een levensduur van vier maanden, maar Jamie had drie daarvan in Australië doorgebracht. 'Hij is geweldig, beter dan welke fitnessvideo dan ook,' zei Carla. 'Maar je kent me, ik hou ervan mijn opties open te houden. Je weet nooit wanneer je iemand ontmoet die nog nét iets geweldiger is. Zo, we zijn er.' Ze sloeg rechts af en minderde vaart toen ze de oprit opreed.

Ginny had het blauw met gouden bord gezien. 'Penhaligon's. Daar heb ik goede dingen over gehoord. We wilden hier met de kerst naartoe, maar toen waren ze al volgeboekt.'

'Een van mijn klanten raadde het aan. De lunch kostte hem tweeduizend ballen,' zei Carla, 'maar hij vond het nog steeds de moeite waard.'

Tweeduizend? Jezus. 'Ik beloof dat ik alleen droog brood en kraanwater bestel,' zei Ginny.

Het restaurant bevond zich in een grote, wit gestuukte en door klimop bedekte zestiende-eeuwse boerderij, met een grijs leistenen dak en een felrode voordeur. Aan de zijkant stonden een paar mooi gerenoveerde bijgebouwen die met elkaar waren verbonden. Zo vormde het geheel drie zijden van een rechthoek rond een grote binnenplaats. Toen Carla de auto parkeerde tussen een stoffige oude blauwe Astra en een glimmende, scharlakenrode Porsche, sprong er uit een van de bijgebouwen een zwarte kat tevoorschijn. Hij werd op de voet gevolgd door een man van middelbare leeftijd met een houten kastje dat hij in de achterbak van een bestelbusje zette. De kat keek toe met een gevaarlijk langzaam kwispelende staart en stond op het punt zijn klauwen in de benen van de man te zetten.

'Het is niet alleen een restaurant, maar ook een antiekzaak,' legde Carla nogal overbodig uit, want het stond te lezen op een bordje boven de deur. 'Best een slim idee. Die klant die me dit aanraadde was hier vorige week met zijn vrouw om hun trouwdag te vieren. Ze waren na de lunch nogal aangeschoten, hebben hier toen wat rondgekeken en uiteindelijk voor achttienhonderd pond een achttiende-eeuwse kandelaar gekocht.'

Ginny keek omhoog naar het gebouw. Het zonlicht weerkaatste in de ruiten en de glanzende ranken van de klimop wiegden zachtjes in de wind. De lucht was gevuld met een verrukkelijke geur van knoflook en houtvuur. Uit het restaurant steeg gezellig geroezemoes op en in de antiekwinkel hoorde ze Robbie Williams *Angels* zingen. Nou ja, waarschijnlijk niet Robbie in hoogsteigen persoon, maar zou het niet fantastisch zijn als dat wel zo was?

De zwarte kat haalde uit naar de man, die de deuren van het busje snel dichtsloeg, opzijsprong en zei: 'Niet zo onbeschoft, hij is nu van mij.'

'Mwiaaarrrg,' sneerde de kat, voor hij zich omdraaide en wegsloop.

'Rotbeest!' riep de man hem na.

'Wat ben jij stil geworden,' zei Carla, die keek hoe de man in het busje stapte en wegreed, en Ginny ondertussen een speelse por in haar zij gaf. 'Ben je je tong verloren?'

In zekere zin wel, ja. Nou ja, niet letterlijk, maar ze had haar hart verloren aan het gezicht, de geluiden en de geuren van *Penhaligon's Restaurant and Antiques Centre*. Ginny was helemaal onder de indruk en werd overvallen door de charme van de plaats, het was bijna liefde op het eerste gezicht.

'Nog één drankje,' drong Ginny aan, met de fles Fleurie naar Carla zwaaiend. 'Toe nou, eentje kan nog best.'
'Beter van niet. Ik moet nog rijden.'
'Laat die auto dan staan. Die halen we morgenochtend wel op. God, wat is dit geweldig. Waarom kunnen niet alle restaurants zo zijn?'
Voor een dinsdagmiddag in februari was het in Penhaligon's indrukwekkend vol. Het restaurant had donkerrode muren die bedekt waren met reproducties en echte schilderijen, en was heel apart ingericht met antiek meubilair in allerlei verschillende stijlen. De sfeer was informeel en vriendelijk, en het eten was goddelijk. Nadat Ginny zich tegoed had gedaan aan haar voorgerecht van sint-jakobsschelpen in limoensaus, was ze nu bijna klaar met het hoofdgerecht van gerookt rundvlees. En niet te vergeten: bijna een hele fles wijn.
'Oké dan, als je me het mes op de keel zet,' zei Carla. 'Maar als ik straks hiernaast iets wil kopen moet je me tegenhouden.'
Eén fles werden er twee. Ze kletsten onafgebroken en keken door het raam hoe de zwarte kat bezoekers op de binnenplaats besloop en intimideerde. Vanuit de antiekwinkel dreef een hele serie liedjes hun kant op, van Frank Sinatra tot Black Sabbath, en zo nu en dan hoorden ze het keukenpersoneel hardop meebrullen.
'Koffie en een cognac, graag,' zei Carla tegen de serveerster toen die hun bestelling kwam opnemen. 'Gin?'
Ginny knikte instemmend. 'Lekker.'
De serveerster keek wat verbaasd. 'Koffie en gin? Eh, weet u dat zeker?'
'Twee koffie en twee cognac.' Carla grijnsde breeduit. 'Zij heet Gin.'
'O, gelukkig maar! Ik vond het al een beetje raar klinken! Maar goed dat ik het vroeg!' Het meisje verontschuldigde zich. 'Sorry, maar mijn hersens hebben vandaag hun limiet bereikt. Druk druk druk.'
'Hé, Martha,' riep een van de mannen aan het tafeltje naast hen. 'Ben je vandaag alleen, lieverd? Waar is Simmy?'
'Simmy heeft naar Thailand geshimmyd met haar vriendje. Nou ja, ze vertelde het ons maar liefst drie uur voor vertrek, dus wat

klaag ik nou? Ik hoop maar dat we een nieuwe serveerster vinden voordat mijn voeten eraf zijn gevallen. Als het je een leuke baan lijkt, Ted, hou je vooral niet in.'
Ted, die in de zestig was, antwoordde: 'Ik zou een verdomd slechte serveerster zijn, schat. Daar zijn mijn benen niet op berekend. Trouwens, tafel zes wil de rekening.'
'Bedankt, Ted. Goed, twee koffie en twee cognac. Ik kom ze zo snel mogelijk brengen.'
Martha snelde weg en Carla verdeelde het laatste beetje wijn over de twee glazen. Ze keek Ginny aan.
Ginny keek terug.
'Wat zit je te denken?' vroeg Carla na een korte stilte.
'Dat weet je best.' Een kleine scheut van opwinding werkte zijn weg als een kurkentrekker omhoog door Ginny's maagstreek. 'Ik zou hier best willen werken. Het lijkt me zelfs fantastisch om hier te werken.'
'Weet je dat zeker? Het is pas februari.'
'Dat maakt niet uit.' Omdat Ginny meestal seizoensbaantjes had werkte ze vaak van april tot oktober, maar dat deed er toch niet toe? Penhaligon's had haar uitverkoren. Ze had vorig jaar in een tearoom aan het strand gewerkt. Een drukke plek, maar niet bepaald opwindend. Krentenmuffins en komkommersandwiches verliezen na een tijdje hun charme en de klantenkring bestond bijna geheel uit tachtigplussers. De roomkleurige kanten gordijnen met ruches en het bord boven de deur met de tekst OLDE TEA SHOPPE misten hun uitwerking niet. Ginny's tenen waren door zo veel slordig bestuurde rolstoelen overreden, dat had ze met geen wandelstok kunnen tegenhouden.
Als ze er alleen maar aan dacht, deden haar tenen al pijn. 'Het kan nooit zo erg zijn als de *Olde Tea Shoppe*,' zei Ginny.
Carla voelde een koude rilling over haar rug lopen en knikte instemmend. 'Om maar niet te spreken over die andere plek: Kinderhel.'
Dat was niet de echte naam, maar het was wel heel toepasselijk. Ginny had twee zomers daarvoor gewerkt in kinderactiviteitencentrum Kinderhemel! – inclusief het vrolijke uitroepteken – waar ze gezichtjes schminkte. Ze had haar uiterste best gedaan dierengezichten te schilderen op gillende, kronkelende

kinderen, die onder het ijs zaten of lolly's aten die ze per se in hun mond wilden houden, of verkouden waren – wat gepaard ging met vreselijke loopneuzen en wangen vol... nou ja, laten we gewoon maar zeggen dat het geen al te beste invloed had op de schmink.
Niet dat Carla dit drama ooit zelf had aanschouwd – ze keek wel uit! – en in haar ogen waren kinderen sowieso nogal zinloos, maar ze had er van Ginny genoeg over gehoord om te weten dat die baan gelijkstond aan afval scheiden met je tanden.
'Ja, ik wil hier werken!' herhaalde Ginny. 'Ik heb gewoon een goed gevoel over deze plek.' Ze somde de voordelen op op haar vingers en kwebbelde opgewonden verder: 'Het is maar... wat, vijf kilometer met de auto? En je kunt hier altijd parkeren, dat is ook hartstikke fijn! En de enige reden dat ik nog nooit een echte baan in de bediening heb gehad is omdat ik, toen Jem nog thuis woonde, niet 's avonds wilde werken. Maar nu ze weg is maakt dat niet meer uit!'
'En zo kun je Laurel ontvluchten,' merkte Carla droog op.
'O jezus, dat klinkt afschuwelijk!'
'Afschuwelijk maar waar. Je hebt 's werelds saaiste huisgenoot weten te vinden en elk normaal mens zou haar de deur wijzen. Jij bent alleen te soft om dat te doen, dus neem je een baan zodat je niet te lang in je eigen huis hoeft te zijn. Omdat alles beter is dan thuisblijven en te moeten luisteren naar die geschifte Laurel die maar dooremmert over Kevin.'
Ze had wel een beetje gelijk. Oké, misschien was ze inderdaad wel te soft – een beetje maar – maar ze moest ook rekening houden met Perry. Het zou haar niet al te veel bonuspunten opleveren als ze zijn zus op straat zou knikkeren.
Met een zwierig gebaar sloeg ze haar laatste slok wijn achterover en zei: 'Laurel of geen Laurel, dat doet er niet toe. Als ik serveerster wil zijn, dan word ik toch gewoon serveerster! Ik vind dit een geweldige plek en ik zou hier zo graag willen werken.'
'Echt waar?'
'O!' Ginny was zich er niet van bewust geweest dat Martha achter haar stond met hun drankjes. Dat ze geduldig stond te wach-

ten tot Ginny was uitgemaaid met haar armen, zodat ze het dienblad op tafel kon zetten. Vol overtuiging riep Ginny uit: 'Ja, echt. Dat lijkt me geweldig!'
'Wat fantastisch.' Martha's sproetengezicht begon te stralen. 'Ik ga het Evie meteen vertellen, oké? Zij runt het restaurant. Wat zal die in haar nopjes zijn.'
'Ze zijn wanhopig. Ze nemen je nog aan voor je "slavenarbeid" kunt zeggen,' mompelde Carla terwijl Martha wegsnelde. 'Dit is vast een afschuwelijke plek om te werken. Je moet het niet overhaasten.'
'Ik wil het juist overhaasten! Hé, hoor je dat? Dat is Queen.' Ginny klapte in haar handen toen de drum van *We will rock you* luid over de binnenplaats galmde. 'Hoe kan het nou een afschuwelijke plek zijn als ze Queen draaien?'
'Je kunt maar beter stoppen met praten over afschuwelijke plekken. En ook niet gaan zingen, alsjeblieft,' zei Carla streng. 'Bewaar die Freddy Mercury-imitatie maar voor later – de grote baas komt onze kant op.'
De manager van het restaurant beende met haastige passen naar hun tafeltje. Ze was halverwege de vijftig, lang en elegant als een renpaard, en haar goudbruine haar zat in een knotje. Haar make-up was kundig aangebracht, waaronder Bardot-achtige eyeliner en glanzende rode lippenstift. Breed glimlachend stak ze haar hand uit. 'Dag, ik ben Evie Sutton. Wat leuk je te ontmoeten. Zou je als jullie klaar zijn met eten even in mijn kantoortje willen komen babbelen, of...?'
'We zitten al aan de koffie.' Ginny gebaarde naar de lege stoel aan tafel en voelde zich heerlijk proactief. 'Als je wilt, kunnen we het er nu meteen over hebben.'
Twintig minuten later had ze de baan. Drie middagdiensten en vier avonddiensten. Ze kon beginnen wanneer ze wilde.
'Morgen kan ook al,' zei Evie terwijl ze haar een formulier gaf. 'Je hoeft alleen maar dit in te vullen en mee te nemen, dan regelen wij wel dienstkleding voor je.'
'Perfect.' Ginny kon nauwelijks wachten. 'Heel erg bedankt, ik weet zeker dat ik het hier erg naar mijn zin zal hebben.'
'O zeker, daar twijfel ik ook niet aan. We gaan ervoor zorgen dat de klanten je snel leren kennen. En mijn dag kan in ieder

geval niet meer stuk.' Evies blauwe ogen schitterden. 'Niets is erger dan sollicitatiegesprekken te moeten voeren met een stel nietsnutten.'
Ginny vond haar steeds aardiger worden en antwoordde vol medeleven: 'Och, vertel mij wat.'

12

'Nee, we gaan nog niet naar huis. Ik wil de antiekwinkel nog zien.' Opgewonden en volkomen ongeremd door alle drank, huppelde Ginny als een schoolmeisje over de zonnige binnenplaats.
De gerenoveerde bijgebouwen waren vanbinnen smaragdgroen geverfd en hier kwamen ze terecht in een soort winkel van sinkel. Stampvol goed uitgelichte schilderijen, spiegels, gelakte meubels en andere kunstvoorwerpen. Midden in de grootste ruimte stond een schitterende jukebox, waar op dat moment Stevie Wonders *Superstition* uit schalde. Een eindje verderop, in een ruimte aan de rechterkant, showde een man enkele klanten een bureau van walnotenhout. Op de balie bij de kassa stond een mok koffie, ernaast lag een half opgegeten KitKat en een opengeslagen exemplaar van *Millers Gids voor Antiek*. En daaronder – er piepte nog net een klein stukje onderuit – een recent exemplaar van het tijdschrift *Heat*.
'Moet je kijken.' Ginny gleed met haar vingers verlekkerd over een met fluweel beklede chaise longue met bronzen pootjes. Ze trok wit weg toen ze het prijskaartje zag en riep zichzelf abrupt een halt toe om zich het voorwerp in haar woonkamer voor te stellen.
'Dat is nog niks, moet je deze zien!' Zes meter verderop hield Carla een paar zware, zilveren achttiende-eeuwse kandelaars omhoog. 'Wat zijn die prachtig!'
'Hou op.' Ginny's ogen glinsterden toen Carla de kandelaars in haar roomkleurige leren handtas probeerde te proppen. 'Stoute meid! Leg terug.'

'Die klotetas is niet eens groot genoeg. Weet je wat mijn probleem is? Ik plan nooit vooruit. Aha, maar dit past er wel in.' Ze pakte een emaillen doosje op en liet het speels door haar vingers glijden.
'Een gewei!' Ginny slaakte een hoog gilletje en snelde ernaartoe om het van dichtbij te kunnen bewonderen. 'Ik heb altijd al een echt gewei willen hebben!'
'Dat past helemaal niet bij je. En je kunt hem zeker niet in je handtas verstoppen.' Maar Carla's blik verplaatste zich opeens naar iets achter Ginny.
'En ik heb liever dat je dat niet probeert.'
Zodra ze de stem achter zich hoorde, wist Ginny het. Ook haar huid reageerde instinctief met kippenvel en in haar maag voelde ze een misselijkmakende golf van herkenning opborrelen.
'En leg die ook maar weer neer,' zei de stem, nu tegen Carla.
Verbouwereerd door zijn toon, legde Carla het fraaie emaillen doosje terug. 'Ik was niet van plan het te stelen, hoor. We waren gewoon aan het dollen. Het was een geintje!' zei ze kattig.
'Dan is het maar goed dat je geen stand-upcomedian bent, de mensen zouden nog geld toe willen.'
'Goh, wat ben jij charmant.' Met fonkelende ogen voegde Carla er verontwaardigd aan toe: 'Behandel je je klanten altijd zo?'
'Absoluut niet.' Zijn antwoord klonk koeltjes. 'Maar jullie zien er ook niet uit als klanten. Je mag het ouderwets noemen, maar ik zou een klant omschrijven als iemand die betaalt voor wat hij uit een winkel meeneemt.'
Ginny deed haar ogen dicht. Dit was afschuwelijk, echt verschrikkelijk en Carla was bijna witheet van...
'Hoe durf je!' gilde Carla, die al naar de deur liep. 'Alsof iemand met ook maar een greintje verstand íets van deze prullaria zou willen kopen. Kom op Gin, we gaan. En maak je geen zorgen hoor, ik zet nooit meer een voet in deze rottent.'
Maar ik wél, bedacht Ginny in paniek.
'Mooi zo.' De man stapte opzij en liet Carla passeren. 'Missie volbracht.'
'O nee, helemaal niet,' flapte Ginny eruit. 'Hou op! Carla, kom terug. We gaan dit rechtzetten.'
'Haha! De enige manier waarop we dit kunnen rechtzetten, is

als ik hem aan zijn eigen gewei mag spietsen.' Carla begon als een razende op de toetsen van haar mobieltje te drukken. 'Hallo? Hallo? Ja, ik wil nu onmiddellijk een taxi...'
'We hebben hier net geluncht.' Ginny draaide zich met een wanhopige blik naar hem om. 'We hebben heerlijk gegeten.'
'Heb je de rekening ook betaald?'
'Ja!'
Zijn ogen fonkelden. 'Met je eigen creditcard?'
'O, allemachtig, wil je alsjeblieft ophouden mij steeds zo te beschuldigen... We hebben...'
'O, geweldig, je bent er nog!' Met een stralende glimlach op haar gezicht verscheen Evie in de deuropening. 'Ik wilde Finn net over je komen vertellen, maar ik zie dat jullie al kennis hebben gemaakt. Finn, heeft Ginny je het goede nieuws al verteld?'
'Nee, dat heb ik nog niet gedaan,' zei Ginny meteen. 'Want er is namelijk een...'
'We hoeven geen advertentie te zetten voor een nieuwe serveerster!' onderbrak Evie haar. 'Dit is Ginny Holland. Ze gaat voor ons werken, vind je dat niet...?'
'O nee, dat gaat ze niet,' zei Finn bot. Heel bot.
'Ik ga voor jóu werken,' zei Ginny, die Evie aankeek en hoopte dat ze haar zou geloven als het hele, afschuwelijke verhaal zo direct boven zou komen.
'Dat denk je misschien,' reageerde Finn meteen, 'maar Evie runt het restaurant alleen maar. Ik heet Finn Penhaligon en ik ben de eigenaar van deze tent. En dat betekent dat je hier alleen komt te werken als ik dat goed vind.'
De uitdrukking op Evies gezicht veranderde op slag. 'Finn, kan ik je buiten even spreken?'
Hij leek het echt lollig te vinden. 'Dat lijkt me geen goed idee. Ik heb liever dat wij hier blijven en dat die twee naar buiten gaan.'
Ginny had het gevoel alsof haar hoofd zou barsten. Wat was dit oneerlijk. Ze wilde hier zó graag werken en nu zag het ernaar uit dat dat niet ging gebeuren.
'Het is diezelfde vent, hè?' Het kwartje was eindelijk gevallen en Carla keek vol afschuw naar Finn. 'Hij is die man uit die winkel die je aan het huilen maakte.'

‘Wat is hier in godsnaam aan de hand?’ vroeg Evie, die er duidelijk niets van begreep.
‘Dat gaat hij je zo vast wel vertellen,’ zei Ginny. ‘Het spijt me van die baan.’ Ze slikte een brok weg. ‘Ik had dolgraag voor je gewerkt.’ Ze volgde Carla naar de deur en controleerde snel of ze niet nog een of ander antiek voorwerp in haar hand had. Ze hield haar tas wijd open om Finn Penhaligon te laten zien dat er niets uit de winkel in zat. Vastbesloten tenminste iets van haar waardigheid te behouden, keek ze hem strak aan en zei op zelfverzekerde toon: ‘Ik weet dat je denkt dat je gelijk hebt, maar je hebt het mis.’
‘Ik weet wat ik destijds heb gezien.’ Finn was niet onder de indruk van haar opmerking en haalde zijn schouders op. ‘Maar weet je wat je écht de das om deed? De blik waarmee je me aankeek toen ik je voor die winkel staande hield.’
De blik waarmee ze hem had aangekeken. Onder andere omstandigheden zou ze erom hebben kunnen lachen. Hij zou dat nooit weten, maar dat was geen schuldgevoel geweest in haar ogen.
Het was begeerte.

Het was middernacht. De wolken scheerden voor de maan langs. Ginny en Carla waren begonnen aan hun missie om onder dekking van de duisternis, in het geniep, Carla’s auto bij Penhaligon’s op te halen.
‘Wat een klootzak!’ Carla was nog steeds laaiend over de manier waarop Finn Penhaligon hen eerder die dag had behandeld.
Ginny concentreerde zich op de weg. ‘Vertel mij wat.’
‘Ik bedoel, die vent heeft echt een ernstige gedragsstoornis!’
‘Vertel mij wat.’ Ze waren er bijna.
‘Maar je hebt me destijds niet verteld dat hij zo knap is.’
Dat wist Ginny dondersgoed. Ze had Carla niet verteld dat ze over Finn Penhaligon had gefantaseerd. En aangezien het er nu eigenlijk niet meer toe deed, vond ze het ook niet nodig om dat alsnog op te biechten. ‘Is dat de oprit? Jezus, stel je voor dat hij er is. We hadden bivakmutsen op moeten doen.’
‘Dat past niet bij mijn outfit. Daarbij zou hij ons dan waarschijnlijk met een geweer bedreigen en moet ik hem met mijn

blote handen om zeep helpen. Oké, daar gaan we.' Carla leunde naar voren terwijl ze de binnenplaats op reden en zag dat haar zwarte Golf nog eenzaam bij de muur achterin geparkeerd stond. 'Draai maar om en parkeer naast mijn auto, dan spring ik er wel uit. We zijn weg voordat... Shit, er zit iets op de voorruit. Als die slome duikelaar me een parkeerbon heeft gegeven...'
Vliegensvlug sprong ze uit de auto. Toen ze de envelop onder de ruitenwissers vandaan griste stoof er een luid miauwende zwarte schaduw over de binnenplaats. De kat werd heel even gevangen in het schijnsel van Ginny's koplampen, maakte toen een enorme sprong en verdween in de duisternis.
Super. Hij zat nu waarschijnlijk onder de auto en als ze probeerde weg te rijden, zou ze over hem heen rijden. Ginny rolde haastig het raampje naar beneden en siste: 'Waar zit die kat?'
'Weet ik niet, maar dit is voor jou.' Carla gaf haar de envelop. 'Vast een dwangschrift dat je niet binnen een straal van tien kilometer bij hem in de buurt mag komen.'
'Dat lijkt me geen enkel probleem.' Ginny scheurde de envelop open. 'Wil je nog even kijken of die kat onder de auto zit?' Ze moest het lampje in de auto aan doen om het briefje te kunnen lezen. Het was een korte en bondige krabbel van Evie.

> Beste Ginny,
> We hebben je echt nodig! Sorry van vandaag – Finn is soms een onbeschofte zakkenwasser, maar hij is echt zo kwaad nog niet. Ik heb hem gesproken en alles rechtgezet. Ik hoop echt dat je hier alsnog komt werken.
> Bel me alsjeblieft.

'Van wie is het?' vroeg Carla door het open raampje. 'Wat staat erin? Jezus, wat was dat in godsnaam?' Ze schrok toen er op de binnenplaats plotseling een deur werd dichtgeslagen en knalde daarbij met haar hoofd tegen het portier. 'Au, dat doet pijn!'
'Daar heb je hem.' Evies briefje was misschien wel geruststellend, maar Ginny voelde nog steeds een bijna onbedwingbare drang om keihard met haar voet op het gaspedaal te trappen en er met piepende banden vandoor te gaan zoals je Steve McQueen in films altijd zag doen.

Alleen zou het niet bij piepende banden blijven als ze die verdomde kat overreed. Ginny zat klem en keek behoedzaam toe hoe Finn Penhaligon over de binnenplaats hun kant op kwam. Hij droeg een wit T-shirt en een donkere broek. En ze vertrouwde hem voor geen cent.
'Het goede nieuws,' zei Carla, 'is dat hij geen geweer bij zich heeft.'
'Tenzij die in zijn zak zit.' Er ontsnapte een nerveus lachje uit Ginny's keel. 'En zo te zien is hij niet echt blij met onze komst.'
'Shit, maar het is wel een lekker ding, zeg.'
Carla had het niet heel hard gezegd, maar blijkbaar verplaatste geluid zich makkelijker dan je dacht over de verlaten binnenplaats.
'Dank je wel.' Finn knikte haar toe en wendde zich vervolgens tot Ginny. 'Heb je Evies briefje gelezen?'
'Ja.'
'En?'
'Ze heeft gelijk.' En in een roekeloze opwelling van moed voegde ze eraan toe: 'Je bent inderdaad een onbeschofte zakkenwasser.'
Getuige de blik op zijn gezicht had hij het briefje zelf niet gelezen, en wist hij dus ook niet wat er precies in stond.
Heel even – en dat sierde hem – gleed er een glimlach over zijn gezicht. 'Tja, daar heeft ze misschien ook wel een beetje gelijk in. Wat zei ze nog meer?'
'Dat ze jou had gesproken en alles had opgehelderd.' Ginny kon nog niet helemaal geloven dat dit echt gebeurde. Dat ze hier in de auto zat, midden in de nacht, en dit gesprek voerde. 'En ze wil nog steeds dat ik in het restaurant kom werken. Nou ja, officieel zou ik in het restaurant werken. Ondertussen ben ik uiteraard aan het knoeien met de rekeningen, steek ik alle fooien in mijn eigen zak en kopieer ik de creditcardgegevens van de klanten.'
'Misschien reageerde ik wat fel,' zei Finn. 'Maar neem maar van mij aan dat als je in dit vak zit, winkeldieven de nagel aan je doodskist zijn.'
Woedend siste Carla: 'Ho even, ze is geen...'
'Oké, oké.' Finn stak zijn handen omhoog. 'Laten we niet weer

beginnen.' Hij keek Ginny met een onpeilbare blik aan. 'Hoor eens, als je die baan nog wilt, is-ie van jou.'
Ginny hoorde haar hartslag in haar oren bonzen. Aan de ene kant zou het een verrukkelijk gevoel van genoegdoening opleveren hem nu te kunnen vertellen dat hij zijn grootmoedige aanbod én zijn kloterestaurant in zijn reet kon steken.
Aan de andere kant was het niet echt een kloterestaurant. En ondanks alles wilde ze die baan nog steeds. Na een korte stilte zei Ginny: 'Wat heeft Evie eigenlijk gezegd om je op andere gedachten te brengen?'
Zijn ogen fonkelden. 'Wil je dat echt weten?'
'Ja.'
'Ik heb haar verteld over onze ontmoeting in die winkel in Portsilver.' Hij zweeg even. 'En Evie vertelde me dat ze een keer een warenhuis was uit gelopen met een Christian Dior-mascara in haar hand. Ze had het pas door toen ze bij de auto was. Ze heeft hem teruggebracht naar de winkel en de verkoopster vond het niet erg en vertelde dat zij op haar beurt een keer zonder te betalen een winkel had verlaten met twee badmatten en een toiletborstel.'
Ginny bleef hem strak aankijken. 'Zit je kat onder mijn auto?'
Hij schudde zijn hoofd. 'Nee, die kwam naar binnen stuiven toen ik de voordeur opendeed. En? Hoe zit het met die baan? Wat kan ik tegen Evie zeggen?'
Ze trapte het gaspedaal in, liet de motor flink ronken, en zei stoer: 'Zeg maar dat ik erover na moet denken.' En toen, omdat ze niet vaak het gevoel had dat ze de situatie zozeer meester was, schonk ze Finn Penhaligon een stralende, je-kunt-me-wat-glimlach en riep: 'Doei!'

13

Ginny's hart maakte een sprongetje toen ze Jems stem hoorde. Een telefoontje van haar dochter vrolijkte haar altijd op.
'Hoi, mam. Hoe gaat het? Hebben Laurel en jij dikke pret samen?'

Was het maar waar. Wat was het tegenovergestelde van 'dikke pret'? Een vermoeid 'pfft'-geluid? Je zinnen zetten op Perry en vervolgens Laurel in de maag gesplitst krijgen, was te vergelijken met naar Disneyland vliegen en er dan achter komen dat je vliegtuig wordt gekaapt en wordt omgeleid naar Siberië.
'O, prima!' Ginny had zich voorgenomen niet aan Jem te laten merken dat het een rampzalige vergissing was geweest. 'Laurel is al wat meer gewend. En hoe is het met jou? Alles goed?'
'Meer dan goed.' Jem klonk alsof ze in topvorm was. 'Ik heb het zo ontzettend leuk, mam.'
'O lieverd, wat fijn.' In een opwelling voegde ze eraan toe: 'Zeg, je bent voor het laatst met kerst thuis geweest. Waarom kom je dit weekend niet even langs met Lucy? Het zal je goed doen om er even uit te zijn en pap zou het enig vinden je te zien...'
'Dan kan niet, mam. Vanwege mijn werk in de kroeg, weet je nog? Ik doe de zaterdagavond en de zondagmiddag.'
Die verrekte kroeg ook.
'Nou, als je jezelf maar niet over de kop werkt,' zei Ginny. 'Ik kan best wat meer geld sturen als je dat wilt. Dan hoef je niet zo hard te werken.'
'Maar ik vind mijn werk leuk! Maak je geen zorgen. En Pasen duurt niet lang meer, oké? Dan kom ik wel even naar huis.'
Even? Dat woord stond Ginny helemaal niet aan. En ze had zichzelf op dat moment niet meer in de hand. 'Even? Ik dacht dat je de hele paasvakantie zou komen.'
'Dat was ik ook van plan. Maar mijn baas heeft me ook al gevraagd of ik met Pasen wil werken. Als ik hem zeg dat ik een paar weken weg ben, word ik misschien ontslagen. O jezus, is het al halftien? Ik heb om tien uur een werkgroep. Mam, ik bel je volgende week wel weer. Zorg goed voor jezelf en liefs voor papa. Veel plezier! Dag!'

Ginny zong normaal gesproken graag onder de douche, maar vanochtend even niet. Ze miste Jem zo erg dat het pijn deed. En ze miste Bellamy ook vreselijk. In plaats van een nieuwe huisgenoot alias vriendin die haar levensgeluk vergrootte, zat ze opgescheept met Laurel. En in plaats van een liefdesleven – wat voor soort dan ook – had ze een groot gapend gat. Uiteraard

had Perry Kennedy zijn woord niet gehouden: hij had niet gebeld om haar uit eten te vragen. Daardoor voelde ze zich niet alleen onaantrekkelijk, maar ook nog een ontzettende trut omdat ze zo goed van vertrouwen was geweest.
Oké, genoeg. Dit was háár leven en zij moest er iets van zien te maken. Ginny draaide de douchekraan dicht, wikkelde zichzelf in een blauwe handdoek, veegde de condens van de badkamerspiegel en staarde strak naar haar eigen spiegelbeeld. Ze was geen voetveeg en het was tijd – voor de zoveelste keer – om dat weer eens te bewijzen. Vanochtend tijdens het thee zetten, had ze in de tuin een stel eekhoorns elkaar achterna zien zitten, waarop ze had gezegd: 'Jullie beseffen niet eens dat jullie boffen. Om na al die jaren eindelijk weer de tuin voor jezelf te hebben. Bellamy zat altijd en eeuwig achter jullie aan.'
Waarop Laurel, die een heel erg dun laagje margarine op haar geroosterde volkoren boterham smeerde, had geantwoord: 'Je gaat toch geen nieuwe hond nemen, hè?' Het was eerder een verklaring dan een vraag. 'Ik hou niet van honden.'
'Waarom niet?'
'Ze zijn vies. Ze stinken.'
Beledigd, alsof ze gezegd had: 'Jíj bent vies, jij stinkt,' had Ginny heftig met haar hoofd geschud. 'Misschien stinken sommige honden, maar Bellamy niet.'
Laurel had alleen maar haar schouders opgehaald en gezegd: 'Maakt niet uit, ik vind ze toch niet leuk,' en ze liep met haar boterham de keuken uit.
Ze dacht terug aan dat gesprek en wreef woest haar natte haar droog. Het was nog te vroeg om Bellamy te vervangen – dat voelde als verraad – maar als ze Laurel nou vertelde dat ze een nieuwe hond wilde, zou Laurel dan besluiten dat ze hier niet langer wilde blijven wonen? Was dat het antwoord op haar gebeden? Oké, het was wel een leugen, maar het was veel makkelijker dan Laurel vertellen dat ze moest verhuizen omdat ze saai en vervelend was en eindeloos doorzanikte over Kevin.
Ginny fleurde meteen op. Wat een geweldig idee: een fictieve hond. En liefst nog een stinkende.

'Aha, daar ben je.' Laurel stond, met radio 2 op de achtergrond,

deeg te kneden in de keuken toen Ginny beneden kwam, aangekleed en klaar om eropuit te gaan. 'Je ziet er goed uit, zeg. Wat een mooie jurk,' zei Laurel.
'Dank je wel.' Laurel had de verontrustende gewoonte om af en toe, totaal onverwacht, aardig te doen.
'Luister, het spijt me als ik net een beetje bot deed. Ik bedoelde niet dat jouw hond vies was. En het was vast een lief beest.'
'Dat was hij inderdaad.' Doodsbang dat Laurel op het punt stond te verklaren dat ze dol was op honden, zei Ginny meteen: 'Hoewel hij natuurlijk niet altijd schoon was. Honden blijven honden. Bellamy vond het heerlijk om lekker te rollen in modderige plassen of in de vossenpoep.'
'Hoe dan ook, het spijt me. En zodra ik klaar ben met dit brood, ga ik een amandelkersentaart maken. Je lievelingstaart!'
'Goh, bedankt.' Ginny voelde zich meteen al schuldig. 'Dat hoef je niet te doen, hoor.'
'Maar ik vind het leuk. Je verdient het. Perry belde trouwens toen je onder de douche stond. Ik heb hem verteld hoe gelukkig ik hier ben.'
Perry had gebeld! Bij het horen van zijn naam begonnen haar wangen al te gloeien. Of moest ze hem eerder als Perry-die-verrekte-leugenaar aanspreken?
Al knedend vervolgde Laurel haar verhaal. 'Hij vroeg of je hem – als het je uitkomt – even kon terugbellen. Iets met een machtiging, geloof ik.'
'Prima, bedankt.' Betekende dat dat hij haar echt wilde spreken over een machtiging? En terloops vervolgde ze: 'Nou, ik moet ervandoor. Ik zie je later nog wel.'
'Dag.' In Laurels groene ogen welden opeens dikke tranen op en haar kin begon te trillen.
O god, wat nu weer? Een beetje beduusd bleef Ginny in de deuropening staan. 'Ben je... gaat het wel?'
'Ja, ja.' Laurel wapperde wild om zich heen met haar handen, die onder de bloem zaten, en veegde haar ogen met haar dunne sprietarmpjes af. Ze knikte naar de radio, ze speelden *Crazy Horses* van The Osmonds. 'Sorry, het komt door dit liedje. Het doet me zo ontzettend aan Kevin denken.'

Ginny stapte in de auto en zei tegen zichzelf dat ze Perry wel zou terugbellen als het háár uitkwam. Het was beter om niet al te gretig over te komen. Ze had vandaag veel te doen, heel veel te doen, en moest vooral even langs Penhaligon's gaan om het met Evie te hebben over...

O shit! Laat ook maar.

Zodra Ginny de hoek om was en uit het zicht van haar eigen huis, parkeerde ze de auto langs de stoep en duikelde haar mobieltje op uit haar handtas.

'Hé, hallo. Hoe gaat het?' Perry leek heel blij haar stem te horen. 'Hoe gaat het met jou en Laurel?'

'Eh, nou...' Ze klampte de telefoon vast, zichzelf vervloekend dat ze niet in staat was hem de waarheid te zeggen. Die stomme ouders van haar ook, die haar van kleins af aan hadden ingepalmd dat het belangrijk is om altijd en overal beleefd te zijn. 'Prima.'

'Zie je wel? Dat had ik je toch gezegd? En Laurel is zo veel gelukkiger. Je hebt een wonder verricht.'

Ginny's mond werd droog van de spanning, in afwachting van wat er zou volgen. 'Laurel zei iets over een machtiging?' Nu was het Perry's beurt te lachen en te zeggen: 'Hé, dat was gewoon een smoes je mee uit eten te kunnen vragen.'

Maar in plaats daarvan zei hij: 'Eigenlijk was dat gewoon een smoes om je over Laurels pillen te kunnen vragen. Het zit namelijk zo. Ze zou het vreselijk vinden als ze vermoedt dat ik haar controleer, maar het is belangrijk dat ze die slikt. Zou je haar er volgende week heel subtiel aan kunnen herinneren dat ze een herhalingsrecept bij de dokter moet halen?'

En dan wordt ze nog depressiever. Nee, daar wilde je toch niet aan denken, zeg. 'Prima.' Ginny beet op haar onderlip.

'Perfect.'

Een golf van teleurstelling overspoelde haar. 'Was dat het?'

'Ja, ik geloof het wel. Nou, je wilt vast verder met...'

Godsgloeiende kutzooi! Dat was het inderdaad! Wat een klootzak! Ze had schoon genoeg van altijd en eeuwig beleefd zijn – nou ja, eigenlijk van over zich heen te laten lopen – en flapte eruit: 'Eerlijk gezegd denk ik niet dat het goed gaat komen. Misschien kun je maar beter andere woonruimte voor Laurel gaan

zoeken. Ik heb je gezegd dat als het niet ging, dat ik je dan vier weken de tijd zou geven om...'
'Ho ho, wacht even!' Perry klonk erg geschrokken. 'Ik geloof mijn oren niet.'
Ginny kon de hare ook niet geloven, maar ze had het echt gezegd. De woorden waren er als een duveltje uit een doosje uit gefloept.
'Ginny, waar zit je precies? We moeten hierover praten. Luister, ik weet dat je niet met me uit eten wilt, maar kunnen we dan tenminste even iets drinken? Heb je het druk vandaag?'
Stomverbaasd hoorde Ginny zichzelf stamelen: 'N-nou n-nee, niet echt.'
'Wat zou je zeggen van Smugglers' Rest? Om één uur?'
Om één uur. Dat duurde nog twee hele uren. Ze probeerde niet al te gretig te klinken. 'Eén uur in Smugglers' Rest. Prima.'

Perry zat al aan de bar te wachten toen ze binnenkwam. Hij gaf haar aarzelend een hand – een hand! – en zei: 'Leuk je weer te zien, je ziet er... nee sorry, dat kan ik maar beter niet zeggen. Wat kan ik voor je bestellen?'
Ginny wachtte tot ze tegenover elkaar aan een tafeltje bij het raam zaten voor ze de vraag durfde te stellen die al twee uur door haar hoofd spookte. 'Waarom zei je aan de telefoon dat ik niet met je uit eten wilde?'
Perry haalde zijn schouders op, keek uit het raam en zag er ongemakkelijk uit. 'Omdat ik dat merkte. Het spijt me, ik vond je echt aardig, maar liep iets te hard van stapel. Ik stond vast voor schut. En dat is niet de eerste keer. Zoals ik al zei, is het eng altijd de eerste stap te moeten zetten met het risico een blauwtje te lopen. En ik merkte dat dat bij jou het geval was. Het was zonneklaar dat je geen belangstelling had.' Hij schraapte zijn keel en nam een slok. 'Zeg, dit is nogal gênant. Kunnen we het ergens anders over hebben?'
'Nee.' Veel te nieuwsgierig om het daarbij te laten, zei Ginny: 'Ik snap niet wat ik gedaan heb om je die indruk te geven. Ik dacht dat het prima ging. Jij vroeg me of ik met je uit eten wilde en ik zei ja.'
Perry schudde zijn hoofd. 'Je zei misschien.'

'Ik bedoelde ja.'
Een sprankje hoop glinsterde in zijn ogen. 'Ik dacht dat je gewoon beleefd deed en me niet wilde kwetsen.'
'Nee, dat deed ik niet. Ik heb gewacht tot je zou bellen, omdat je dat had beloofd. En ik heb me zitten afvragen waarom je dat maar niet deed.'
Perry keek haar verbaasd aan. 'Echt waar?'
'Echt waar.'
'Had ik het fout?'
Ginny vond het heerlijk dat hij zich zo kwetsbaar opstelde. 'Helemaal, ja. Compleet fout.'
Hij sloeg zijn handen voor zijn ogen. 'Wat een eikel ben ik ook. Ik ben ook zo bang om afgewezen te worden. Als ik niet vijfduizend procent zeker ben dat iemand belangstelling heeft, laat ik het daar maar bij.'
'Dat zou je niet moeten doen.'
'Makkelijker gezegd dan gedaan,' antwoordde Perry met een scheve glimlach. 'Als je als puber een trauma hebt opgelopen kom je daar niet zomaar vanaf. Op mijn vijftiende had ik eindelijk de moed verzameld om een meisje uit te nodigen voor een schoolfeestje. Ze zei oké en ik was helemaal in de wolken. Toen ik haar ging ophalen, deed haar vader open en zei dat ze al weg was.'
'O, wat zielig voor je!'
'Dus toen ben ik alleen naar het feestje gegaan en daar was ze, met al haar vriendinnen, en iedereen wist het. Ze bleek alleen maar ja te hebben gezegd vanwege een weddenschap. De hele school lachte me uit.'
Ginny had ontzettende medelijden met hem en haar hart ging naar hem uit. Ze zag het al helemaal voor zich. Ze kon zich levendig voorstellen hoe ellendig hij zich moest hebben gevoeld. 'Wat zijn kinderen toch wreed.'
'Tja, maar inmiddels zou ik daar toch overheen moeten zijn. Zo zie je maar wat een lafaard ik ben.' Hij haalde even diep adem. 'Dus als ik je mee uit eten vroeg, zou je echt ja zeggen?'
'Ja.'
'Echt? Echt? En je zou het ook menen? Je zou het vijfduizend procent zeker weten?'

Wie had gedacht dat zo'n aantrekkelijke vent – iemand die op het oog zo zelfverzekerd overkwam – zo onzeker kon zijn? 'Natuurlijk weet ik het zeker,' zei Ginny. 'Vijfduizend procent zeker. Misschien zelfs wel zes.'
Er verscheen een brede glimlach op Perry's gezicht. 'Oké, voor ik het niet meer durf, wat zeg je van morgenavond?'
'Dat lijkt me heel leuk.' Ginny merkte dat ze knikte om nog eens extra aan te geven hoe leuk ze het vond.
'Fantastisch. Dan gaan we naar Penhaligon's.'
Oei.
'Liever niet naar Penhaligon's. Daar ga ik vanmiddag namelijk naartoe; ze zoeken een serveerster.'
'Hé, wat goed zeg! Ze hebben zulk lekker eten. Oké, de Green Room dan, op Tate Hill? Zullen we daar – even kijken – om acht uur afspreken?'
'Acht uur.' Ginny zat weer te knikken, zelf ook een beetje verrast over hoe blij ze was.
'Beloof je echt dat je me niet laat zitten?'
'Beloofd. Zolang jij dat ook maar niet doet.'
'Dat lijkt me niet echt waarschijnlijk.' Grijnzend pakte hij haar hand vast en kneep er even in. 'Je bent fantastisch. Geen wonder dat Laurel het zo fijn vindt om bij je te wonen. Ze zou radeloos zijn als je haar wegstuurde.'
O god, daar had hij gelijk in. Ginny voelde zich schuldig, pakte vlug haar Spritzer en nam een slok van de ijskoude drank.
'Wat heeft ze gedaan?' vroeg Perry. 'Is ze te slordig?'
'Nee.'
'Doet ze niets in het huishouden?'
'Nee, dat is het niet.'
'Maakt ze te veel lawaai?'
Ginny wrong zich in allerlei bochten. Laurel maakte juist te weinig lawaai. Ze was stil, bedachtzaam, attent – technisch gesproken de ideale huisgenoot, zonder irritante gewoontes of asociale neigingen.
'Heeft ze iets gebroken? Maakt ze al het warme water op? Eist ze de afstandsbediening op?'
Nee, dat deed Laurel allemaal niet. Ze praatte alleen te veel over Kevin, de man die haar hart had gebroken.

'Oké.' Ginny gaf zich gewonnen. 'Ze mag blijven.'
Perry's opgeluchte blik sprak boekdelen. 'Dank je wel. Echt. God, ik zou je wel... willen zoenen!' Hij keek even om zich heen; de kroeg was behoorlijk druk aan het worden. 'Nou ja, misschien niet hier.'
'Lafaard,' zei Ginny speels.
'Daag je me soms uit?' Hij stond op en trok haar naar zich toe. En toen kuste hij haar – kuste hij haar écht – midden in de kroeg, ten overstaan van iedereen.
Jeetje, dus toch niet zo'n lafaard.
'Getver, wat goor.' Een stokoude visser die tegen de bar leunde, snoof vol afschuw.
'Wow. Die zijn eh, zeg maar, echt óúd,' giechelde een mager meisje in een felroze strapless topje.
Een serveerster, die op dat moment net uit de keuken kwam met twee overvolle borden, schreeuwde: 'Ik heb hier een vegetarische taart en een extra grote braadworst.'
Wat uiteraard een hoop gegniffel opleverde.
In een poging wat van haar waardigheid terug te krijgen, deed Ginny een stapje achteruit. 'Laten we maar gaan.'
Perry had een geamuseerde uitdrukking op zijn gezicht. 'Eigen schuld. Jij daagde me uit.'
Mannen, wat hadden die een lef.
'Alleen omdat ik dacht dat je het niet zou doen!'

14

Toen Ginny bij Penhaligon's aankwam begroette Evie haar alsof ze een zus was die ze al jaren niet had gezien. Het was drie uur en de lunch zat erop. Ze gingen met een pot koffie in het verlaten restaurant zitten en praatten over de baan, de werktijden en het salaris, en Ginny vulde een sollicitatieformulier in.
'De diensten zijn wel flexibel, toch? Ik bedoel, we mogen diensten toch omruilen als er iets tussenkomt?' vroeg Ginny voorzichtig. 'Mijn dochter zit namelijk op de universiteit. Als ze be-

sluit een weekendje langs te komen, lijkt het me vreselijk als ik die dagen dan moet werken.' Niet dat Jem veel aanstalten maakte om dat binnenkort te doen, maar hoop doet leven, hè?
'Geen probleem.' Evie knikte begripvol. 'Die drie van mij zitten door het hele land heen en leiden hun eigen leven, maar als ik de kans krijg ze te zien, grijp ik die met beide handen aan.'
'Ik snap wat je bedoelt. Ik mis Jem soms zo erg dat het bijna gênant is!' Ginny herkende een geestverwant en voegde er gretig aan toe: 'Ik heb trouwens een paar foto's van haar in mijn tas.'
'Ik ook!' Evie haalde opgewonden haar tas uit het kantoortje en liet Ginny wat foto's van haar eigen kinderen zien. Ze bogen zich samen over de foto's en Ginny vroeg zich af waarom iemand zoals Evie – of nog beter, Evie zelf – niet op haar advertentie had kunnen reageren.
De telefoon in het kantoortje rinkelde en Evie, die halverwege een anekdote was over haar jongste zoon, stond op. Even later ging de deur van het restaurant open en kwam Finn Penhaligon binnen. Hij trok zijn wenkbrauwen op bij het zien van Ginny.
'O. Hallo.'
'Hallo.' Ginny voelde dat haar mond droog werd. Het was nog steeds moeilijk hem te zien en dan níet te denken aan het hemelbed met het crèmekleurige baldakijn dat zachtjes op de wind wiegde. Ze moest die fantasie echt de kop in zien te drukken, temeer omdat zij de sloerie was die nog geen twee uur geleden in een overvolle kroeg had staan zoenen.
'Waar is Evie?'
'In het kantoortje. Ik begin trouwens donderdag. Vier middagdiensten en drie avonddiensten.' Ginny wees naar het ingevulde formulier dat voor haar op tafel lag.
'Prima. Mooi.' Hij las het formulier snel door en zag toen de foto's op tafel. 'Wie is dat?'
'Mijn dochter. Jem.' Bij Evie had ze zich vrij gevoeld om vol trots te vertellen hoe geweldig haar dochter was, maar nu hield ze zich in. Mannen waren toch anders.
Finn keek zwijgend naar de foto. Uiteindelijk zei hij: 'Wat is er met haar gebeurd?'
'Wat? O, je bedoelt met haar haren! Dat is gewoon blond, maar ze heeft een paar plukjes roze laten verven.'

'Nee, ik bedoel...' Hij fronste zijn voorhoofd. 'Zij is toch degene die is overleden?'
Wat?
'Ik snap niet waar je het over hebt. Jem is mijn enige dochter. Ze is springlevend!'
Hij schudde zijn hoofd. 'Maar dat zei je toen wel. In die winkel. Daarom wilde die vrouw de politie niet bellen.'
'Ik zweer dat ik dat niet heb gezegd! Waarom zou ik zoiets zeggen?'
'Dat weet ik niet. Om medelijden op te wekken en te zorgen dat je onder die winkeldiefstal uitkwam?'
'Dit verzin je ter plekke!' Ze keek hem vol ongeloof aan en riep: 'Wat gemeen om dat te zeggen!'
'Je was helemaal hysterisch. Je zei dat je je hond die ochtend had begraven.' Hij haalde zijn schouders op. 'Maar dat was misschien ook wel niet waar.'
'Dat was wél waar! En ik was dol op mijn hond!'
'Die verkoopster vroeg of ze iemand kon bellen en toen zei je dat je niemand had,' drong Finn aan. 'Je zei dat je dochter er niet meer was, dat ze weg was.'
Eindelijk viel het kwartje. Met afgrijzen besefte Ginny dat ze hen per ongeluk had misleid. 'Dat was ze ook, maar ik bedoelde niet dat ze dood was. Jem is springlevend en woont in Bristol.'
Finn keek haar strak aan. 'We hadden medelijden met je.'
'Echt? Nou, sorry hoor, maar daar heb ik niets van gemerkt.'
'Ze heeft de politie niet gebeld. Dus het werkte wel.'
'Laat me raden,' zei Ginny woedend. 'Je hebt zeker geen kinderen?'
Hij bleef haar even strak aankijken en schudde toen zijn hoofd. 'Nee.'
'Dat is overduidelijk, want als je die wel had zou je weten dat geen enkele fatsoenlijke ouder ooit zo'n afgrijselijke leugen zou vertellen om ergens onderuit te komen! Ik zou mijn leven voor haar geven.'
'Oké, oké. Je zult wel gelijk hebben, zullen we er maar over ophouden?' Finn stak zijn hand uit. 'We zijn niet al te best begonnen, maar vanaf nu werk je voor me, dus het lijkt me voor

iedereen een stuk gemakkelijker als we normaal doen tegen elkaar. Denk je niet?'
Ginny kookte nog steeds van woede, maar wist dat hij gelijk had en schudde dus zijn uitgestoken hand. 'Ja, dat lijkt me ook.'
'Mooi zo. Als je me nu wilt excuseren, ik moet Evie even spreken.'
Hij verdween naar het kantoortje. Ginny dronk haar lauwe koffie op en leunde achterover in haar stoel terwijl ze afwezig een paar plukken haar om een vinger wond. Hier zou ze dus gaan werken. In dit zonnige restaurant met zijn bijzondere inrichting, balkenplafond en glanzende eikenhouten vloer. De schilderijen aan de karmozijnrode muren waren een interessante mengeling van oud en modern, best mooi. De fluwelen gordijnen voor het raam werden bijeengehouden door dikke satijnen koorden en op elke tafel stond weer een andere vaas of schaal met lentebloemen en groene takken.
Ginny wachtte totdat Evie zou terugkomen en had niets beters te doen dan haar omgeving bestuderen. Na een paar minuten zag Ginny op de grond, half onder de tafelpoot van tafel zes, een verkreukeld bankbiljet liggen.
Ze bukte, pakte het biljet op en overwoog even om het in duizend stukjes te scheuren.
Dat zou hem leren.
Maar twintig pond was twintig pond en ze kon zichzelf er niet toe brengen dat te doen. In plaats daarvan pakte ze haar handtas, haalde haar portemonnee tevoorschijn – gelukkig had ze vanochtend nog gepind – en verwisselde het verkreukelde twintigpondbiljet voor twee knisperende tienpondbiljetten, die ze vervolgens onder de poot van dezelfde tafel schoof.
Evie kwam even later het restaurant binnen stormen, op de voet gevolgd door Finn. 'Sorry dat ik je zo lang alleen heb gelaten! Finn bleef maar praten.'
Dat geloof ik graag, dacht Ginny, die zag dat Finns donkere ogen in de richting van tafel zes schoten. Toen hij de twee tienpondbiljetten zag liggen, verscheen er bijna – bijna! – een glimlach op zijn gezicht.
'Leuk geprobeerd,' zei Ginny toen hun blikken elkaar kruisten.
'Wat?' Evie was duidelijk niet op de hoogte van de spontane test waaraan Ginny was blootgesteld.

Finn schudde zijn hoofd. 'O, niets. Prima, ik laat jullie nu verder alleen. Zo te zien is mijn dealer uit New York gearriveerd.'
Voor de antiekwinkel stond een grote, zwarte auto. Ginny en Evie keken toe en zagen Finn over de binnenplaats lopen en de dealer begroeten.
'Jakkes, een vrouw. Die kan het wel schudden,' zei Evie met een schuine blik naar Ginny. 'Maakte hij het je weer moeilijk?'
'Hij probeerde het wel, maar ik raak er inmiddels wel aan gewend. En ik heb hem zelfs weten terug te pakken.' Trots vertelde ze Evie het verhaal. 'Hij maakte een opmerking over Jem en ik zei dat het overduidelijk was dat hij geen vader is.'
'Aha. En hoe reageerde hij?'
'Niet. Nou ja, hij gaf toe dat hij geen kinderen had.'
Evie ging weer tegenover haar zitten. 'Oké, aangezien je hier komt te werken, kan ik het je maar beter vertellen. Finn zou afgelopen kerst gaan trouwen. Tamsin en hij hebben afgelopen zomer een dochtertje gekregen.'
'O god!' Ginny sloeg vol afgrijzen haar hand voor haar mond en wist nog net uit te brengen: 'Je gaat me toch niet vertellen dat de baby is gestorven!'
Evie schudde haar hoofd. 'Nee, nee, er is niemand gestorven. Mae is in juli geboren en ze was het prachtigste wezentje dat je ooit hebt gezien – tja, wat wil je met zulke ouders? Finn was stapelgek op haar, echt ongelooflijk. Hij... hij straalde helemaal. Hij is echt ontzettend veranderd. Hij had dit net gekocht en we werkten dag en nacht door om de verbouwing af te krijgen zodat het restaurant open kon. Maar hij kon zichzelf amper van Mae lostrekken. Ze was altijd bij hem. Je kunt je geen gelukkiger man voorstellen,' zei Evie verdrietig. 'Hij was er voor in de wieg gelegd.'
Ginny snapte er niets van. 'En toen?'
'O god, het was afschuwelijk. Finn was weg, naar een veiling in Wiltshire. Ik was hier, om toe te zien op de inrichting van het restaurant, toen er een taxi voor de deur stopte. Een donker, Italiaans type stapte uit en ik vroeg hem waarmee ik hem kon helpen. Hij zei dat hij Tamsin en Mae kwam ophalen. En voor ik het wist kwam Tamsin uit het appartement boven de winkel – daar woonden ze met zijn drieën – met een hele la-

ding koffers. Ze zei dat ze vertrok. Ik had amper door wat er gebeurde. Ze zette haar spullen en Mae in de taxi en gaf me een brief voor Finn. Ik stond inmiddels echt te trillen op mijn benen. Ik zei: "Je kunt Mae niet zomaar meenemen, Finn is haar vader!" En die Italiaans uitziende vent – hij bleek ook echt een Italiaan te zijn – lachte me straal in mijn gezicht uit en zei: "Nee, dat is hij niet. Ik ben Mae's vader." Toen keek hij op zijn horloge en zei tegen Tamsin dat ze moest opschieten, dat de helikopter op hen wachtte en dat hij om drie uur in Londen moest zijn.'

Ginny voelde een golf van misselijkheid opkomen. Wat een afschuwelijk verhaal. 'En was het waar? Was hij echt de vader?'

'O ja. Finn heeft me die avond de brief laten lezen. Het kwam erop neer dat Tamsin die Italiaan, Angelo Balboa, in een nachtclub had ontmoet toen Finn op zakenreis was. Ze hadden een affaire die een paar weken duurde, tot Angelo voor zijn werk naar Australië moest. Toen Tamsin ontdekte dat ze zwanger was, was het een kwestie van gissen wie de vader was. En toen werd Mae geboren – tja, Finn en Angelo hebben allebei donker haar en donkere ogen, dus ze had ermee weg kunnen komen.'

'Maar waarom deed ze dat dan niet?'

'De eerste paar maanden deed ze dat ook.' Evie maakte een draaiend gebaar met haar vinger. 'Maar misschien gaf die helikopter je al een aanwijzing. Angelo Balboa was namelijk stinkend rijk. Zijn familie heeft miljoenen verdiend in de olijfolie. En Tamsin is altijd al gevoelig geweest voor de goede kanten van het leven, vooral voor aantrekkelijke miljardairs. Ik bedoel, Finn heeft niet slecht geboerd, maar dat is wel iets anders dan die Angelo. En ik kan me voorstellen dat dat Tamsin over de streep trok. Ze schreef Finn dat ze een DNA-test had laten doen en dat Mae niet van hem was. Uiteraard voelde ze zich toen verplicht om Angelo te melden dat hij een dochter had. En bingo, Angelo deed precies waarop ze hoopte! Romantisch en modern als hij was, vroeg hij natuurlijk wel om een extra DNA-test als bewijs. Maar zodra ook die bleek te kloppen, deed hij wat hem te doen stond en verklaarde dat Tamsin en Mae vanaf dat moment van hém waren.'

'Wat een nachtmerrie! Arme Finn.' Ginny had niet gedacht dat

ze dat ooit zou zeggen. Ze streek met haar vingers door haar haren. 'Wat heeft hij toen gedaan?'
Evie haalde haar schouders op. 'Wat kon hij doen? Niets. Nou ja, behalve zich een tijdje een stuk in zijn kraag zuipen. De trouwerij afzeggen. Zichzelf erbij neerleggen dat hij uiteindelijk toch geen vader was.'
'Jezus. En hij heeft ze sindsdien nooit meer gezien?'
'Nee. Ze zitten in Londen, bij Angelo.'
'Wanneer is dit gebeurd?'
'In oktober.'
Oktober. En Mae was in juli geboren. Dat betekende dat Finn drie maanden lang een band had opgebouwd met dat levende, ademende wezentje. In de veronderstelling dat ze zijn dochter was, had hij zielsveel van haar gehouden. Ze was weggevoerd zonder dat hij haar ook nog maar één keer in zijn armen had kunnen houden en afscheid had kunnen nemen.
Ze kreeg een brok in haar keel en kon niets uitbrengen. Hoe zou zij zich hebben gevoeld als iemand Jem, toen ze nog een baby'tje was, van haar had willen wegnemen?
'Misschien had ik het je niet moeten vertellen,' zei Evie, die haar bezorgd aankeek.
'Jawel.' Ginny knikte heftig met haar hoofd. 'Jezus, ik heb al één keer een flater geslagen. Dat is meer dan genoeg.' Ze bedacht opeens iets anders. 'En die keer dat ik hem in de winkel zag, dat was maar een paar weken na dat drama. Geen wonder dat hij toen niet bepaald het zonnetje in huis was.'
'Nu snap je ook waarom Finn zo'n belang hecht aan eerlijkheid en vertrouwen.' Evie frunnikte wat aan de fresia's voor haar neus. 'En ik kan hem denk ik geen ongelijk geven. Voordat Tamsin hem in de steek liet, zat hij altijd op te scheppen over hoe goed hij mensen kon inschatten. Het voelt waarschijnlijk als een behoorlijke klap in je gezicht als je erachter komt dat je je zo hebt vergist in de vrouw met wie je ging trouwen.'
Tja, nogal. Heel veel mensen kwamen er pas later achter dat ze zich hadden vergist in hun levenspartner (zonder namen te noemen... oké dan, Gavin).
Maar wat Tamsin had gedaan was echt onvoorstelbaar.

15

Toen Ginny om vijf uur thuiskwam zag ze Gavins witte Porsche – nog viezer dan anders – voor de deur staan. Haar gezicht vertrok, omdat dat betekende dat hij zichzelf aan Laurel had voorgesteld zonder dat zij als buffer had kunnen fungeren.
Haar gezicht vertrok nog meer toen ze de voordeur opendeed en Gavin hoorde zeggen: '... moet je naar die schoenen kijken. Die zijn lelijk! Als je daarmee over straat gaat, zal er nooit iemand naar je fluiten.'
Die goede ouwe Gavin, altijd even subtiel en aardig. Ze haastte zich naar de woonkamer en zag Laurel stokstijf, rechtop in een stoel zitten met een verschrikte blik in haar ogen.
'Gavin, laat haar met rust.'
'Ik? Ik heb haar met geen vinger aangeraakt. We zaten gewoon gezellig te babbelen.' Gavin, de onschuld zelve, spreidde zijn armen. 'Ik kwam even langs voor jou, maar je was er niet en dus hebben Laurel en ik vast kennisgemaakt. En ik kan je verzekeren dat ik een hoop wijzer ben geworden!'
Daar twijfelde Ginny niet aan. Brutale vragen stellen was een van zijn specialiteiten.
'Hij zegt dat ik saai ben,' zei Laurel, die met wit weggetrokken knokkels haar knieën had omklemd.
En dan had ze het nog niets eens over brutaal zijn mening ventileren, ongevraagd of niet.
'Gavin!' Ginny keek hem woedend aan. 'Dat kun je niet zomaar tegen iemand zeggen.'
'Jawel.' Onverstoord wendde hij zich weer tot Laurel. 'Je bent ook saai! Dat is geen hogere wiskunde, hoor. Je zult Kevin pas vergeten als je iemand ontmoet die je hem doet vergeten, maar je gaat nooit iemand anders ontmoeten omdat je alleen maar over Kevin praat.'
'Hoe lang ben je hier al?' Ginny vroeg zich af of een flinke dreun misschien zou werken.
'Een uur. Een heel uur en geloof me, het voelt als een week. Ik heb haar verteld dat ze verder moet met haar leven, dat ze dat hele Kevin-gedoe achter zich moet laten.' Gavin maakte daarbij

een wegwerpgebaar. 'Gewoon doorgaan. Dat betekent dus: uitgaan en andere mensen ontmoeten. En andere schoenen aantrekken zodat mannen niet gillend wegrennen.'

Laurel zag er nog steeds uit alsof ze net een bomaanslag had overleefd. 'Ben je altijd zo onbeschoft?'

'Ja,' verontschuldigde Ginny zich in Gavins plaats.

'Ik noem het liever eerlijk. Als je prachtige schoenen droeg, zou ik dat ook zeggen. En je ziet er niet slecht uit,' vervolgde Gavin, die Laurel keurde alsof ze een renpaard was. 'Een mooi gezichtje, glanzend haar, een redelijk figuur. Ik val niet echt op roodharigen, maar...'

'Mooi zo, want ik val niet op mannen met onderkinnen en een terugwijkende haargrens.'

'Die zit. Smaken verschillen.' Gavin was niet eens beledigd. 'Maar ik meen het echt, vergeet die ex van je.' Hij zweeg even en staarde peinzend voor zich uit. 'Ik ken trouwens iemand met wie je het volgens mij heel goed zou kunnen vinden.'

Laurel reageerde meteen. 'Nee, dank je!'

'Zie je wel? Je moet niet zo negatief doen! Ik denk echt dat jullie elkaar leuk zouden vinden.'

'Geen interesse.'

Ondanks haar bange voorgevoelens vroeg Ginny toch: 'Wie dan?'

'Hamish. Een onwijs leuke vent. Een beetje verlegen, maar een hart van goud. Beetje gevoelig type.' Gavin kwam nu echt op dreef. 'Je kent het wel: schrijft gedichten. Leest boeken.'

Ginny keek hem stomverbaasd aan. 'Hoe ken jij in hemelsnaam iemand die gedichten schrijft?'

'Hij zit ook bij de club. De vrijgezellenclub,' legde Gavin Laurel uit. 'Dat is echt hartstikke leuk. We komen twee keer per week bijeen. Ik zou Hamish over jou kunnen vertellen, een goed woordje voor je kunnen doen, en als jij dan een keer komt stel ik jullie aan elkaar voor, en klaar is Kees.'

Laurel sperde haar groene ogen open van afgrijzen. 'Schrijf dat maar op je buik.'

'O, schei uit zeg, je moet wel een beetje lol in het leven hebben! Weet je, hoe meer ik erover nadenk, hoe meer ik vind dat jullie perfect bij elkaar passen. Hij is lang en dun, net als jij. En stil!

De helft van de tijd zit hij in zijn eentje in een hoekje en dan hebben wij amper door dat hij...'
'Nee!' Ze schudde heftig haar hoofd en vervolgde: 'Echt niet. Ik naar een vrijgezellenclub? Mij niet gezien.'
'Dus jij wilt je liever lamlendig blijven voelen?'
'Ik ga niet naar een vrijgezellenclub,' herhaalde Laurel vlak.
'Laat haar toch,' kwam Ginny zwakjes tussenbeide. Gavin mocht dan verre van subtiel zijn, wat hij zei klopte wel. Het zou heerlijk zijn als Laurel een maatje ontmoette.
'Durf je niet in je eentje? Oké dan. Gin, waarom komen jullie niet met zijn tweeën?' Gavin, de eeuwige verkoper, trok een wenkbrauw op naar Ginny, net alsof het een onweerstaanbaar aanbod was.
Misschien was dat het proberen waard. 'Nou...'
'Morgenavond.'
'O.' Morgen was haar uit-eten-met-Perry-avond. 'Dan kan ik niet,' verontschuldigde Ginny zich. 'Dan heb ik iets.'
'Wat dan?'
'Een afspraak met een vriend.'
'Oké, volgende week dan?'
'Sorry hoor, maar ben ik soms onzichtbaar?' Laurel schudde haar lange haar naar achteren en stond op. 'Ik zei toch dat ik niet zou gaan en dat meen ik. Dus wil je alsjeblieft ophouden me iets op te dringen wat ik niet wil?'
'Als je Hamish zou ontmoeten, zou je hem echt leuk vinden,' probeerde Gavin haar te overtuigen.
'Dat denk jij, ja.' Ze schreed de woonkamer uit en voegde eraan toe: 'Als je het mij vraagt, klinkt hij als een slome drol.'

Ginny had de volgende avond met Perry afgesproken in de Green Room, het restaurant even buiten Portsilver dat boven op een klif lag. Deze keer stond hij niet op om haar ten overstaan van iedereen te kussen, maar het eten was heerlijk, ze kletsten onafgebroken en elke keer dat ze naar hem keek, voelde ze een heerlijke tinteling in haar lijf.
'Je ex klinkt als een apart figuur, zeg.' Perry had haar hand gepakt toen ze klaar was met haar verhaal over Laurels aanvaring

met Gavin, en streelde haar vingers afwezig. 'Hoe lang zijn jullie al gescheiden?'
'Negen jaar.' Ginny had moeite haar hoofd erbij te houden; haar hand was opeens een erogene zone geworden.
'Negen jaar. Dat is lang. Ik neem aan dat je sindsdien wel andere relaties hebt gehad.'
'Eh, nou, jawel.' Probeerde hij erachter te komen of ze een goedkope slet was die elke man het bed in sleurde? 'Niet veel. Alleen... nou ja, een paar.'
Perry trok vragend een wenkbrauw op.
'Oké, drie.'
Hij glimlachte. 'Dat is goed. Drie is een mooi, damesachtig getal. Ik wist wel dat je een dame was.'
Dat was een compliment, maar Ginny wist niet of ze dat verdiende. Als ze zich niet zo verantwoordelijk had gevoeld, was haar seksleven misschien veel opwindender geweest. Maar Jem had haar daarvan weerhouden. Moeder zijn stond bovenaan en mannen, ach, die leiden alleen maar af.
'Weet je, dat waardeer ik van je. Ja, echt.' Perry knikte en bleef haar hand strelen. 'Het is veel romantischer als mensen de tijd nemen om elkaar goed te leren kennen, vind je niet? Er zijn tegenwoordig zo veel mensen die gewoon van het ene in het andere avontuurtje duiken. Ik vind dat maar niks.' Zijn ogen boorden zich in de hare. 'Ik ben zo blij dat jij niet zo bent.'
Verrek, dacht Ginny, omdat ze vróéger zo was geweest betekende nog niet dat ze nú zo wilde zijn.
Perry hield zich aan zijn woord. Na het eten gaf hij haar op de parkeerplaats een zoen en hielp haar als een echte heer met instappen – voordat Ginny hem op de motorkap kon gooien en zijn overhemd van het lijf kon rukken, want dat is wat ze eigenlijk wilde doen.
Tja, het was op een bepaalde manier wel vleiend hoor, maar... Als Perry haar een respectabele vrouw vond was dat... nou ja, dan was dat fijn.
'Je bent fantastisch,' fluisterde Perry. Hij hield haar gezicht tussen zijn warme handen en kuste haar nog een keer, heel innig, voor hij een stapje achteruit deed.
Zie je wel? Dat was pas écht fijn. En duizendmaal romantischer

dan betast te worden door een hijgende neanderthaler die erop gebrand is je beha los te krijgen.
'Ik bel je nog wel,' zei Perry. 'Pas goed op jezelf.'
Hij vindt me echt leuk, dacht Ginny, terwijl ze met een gelukzalig gevoel de parkeerplaats af reed.
Was dat niet gewéldig?

16

Ginny vond zonder hond wandelen maar een vreemde bedoening. Het leek een beetje op wakker worden op kerstochtend en er dan achterkomen dat er niets onder de boom ligt. Ze merkte dat ze nog steeds vaak om zich heen keek, in de verwachting dat Bellamy naast haar trippelde of als een gek rondjes aan het rennen was, op zoek naar een of andere schat.
Nog verontrustender – tenminste, voor mensen die haar dat zagen doen – was dat ze af en toe een stok opraapte en door de lucht gooide, en pas dan bedacht dat Bellamy er niet meer was om te apporteren.
Dat leverde vaak rare blikken op van voorbijgangers.
Het strand was altijd hun lievelingsplek geweest. Nu liep ze langs het water, haar handen diep in de jaszakken van haar zwarte bodywarmer gestoken. Verderop lag wat wrakhout, omringd door glanzend, nat zeewier – perfect om te gooien. (Níet oppakken, Gin, níet gooien.) Voor haar schoot een krab over het zand, op weg naar de beschutting van een steen die half onder water lag. Een van Bellamy's lievelingsspelletjes was snuffelend achter krabben aan gaan om ze dan voorzichtig een duwtje te geven met zijn neus en dan, als de krab hem terugpakte met zijn grijpscharen, achteruit te springen – net een verbolgen vrijgezelle tante die opeens oog in oog staat met een stripper.
O jezus, ze miste Bellamy zo verschrikkelijk. Zonder hem was een strandwandeling niet meer hetzelfde. En ook niet zonder Jem. Jarenlang hadden ze met zijn drieën door de golven ge-

spetterd, woeste spelletjes gespeeld en schelpen verzameld voor op Jems vensterbank.
En nu loop ik hier alleen, dacht Ginny, terwijl ze naar de zee staarde en keek hoe een eenzame vissersboot, achtervolgd door zeemeeuwen, voortpufte.
Ze hoorde haar mobieltje overgaan in haar zak.
'Mam?'
'Dag, lieverd!' Om juist nu Jems stem te horen, nu ze het nét zo nodig had, beurde haar meteen op. 'Wat fijn dat je belt! Wat heb je de afgelopen tijd allemaal gedaan?'
'O, je weet wel, niks bijzonders hoor. Stapels werk. Saaie, stomme werkstukken, bazige docenten... heb je mijn e-mail gister nog gekregen?'
'Ja.' Jem had haar een foto gestuurd van Lucy en haar, op weg naar een feest. 'Ik was stomverbaasd dat je je nieuwe laarzen niet aan had.' Als Jem iets nieuws kocht droeg ze dat meestal drie maanden lang onafgebroken.
Jem giechelde. 'Jawel, hoor.'
'Ik bedoelde die roze. O nee, stouterd, je gaat me toch niet vertellen dat je nóg een paar laarzen hebt gekocht.'
'Ik niet. Rupert. Hij vond mijn roze laarzen niet mooi en heeft ze uit het raam gegooid naar een stel irritante, dronken voorbijgangers.' Jem vertelde lachend verder: 'Toen heeft hij me de dag erna geld gegeven om nieuwe te kopen. Niet te geloven, hè? Ik kreeg honderd pond van hem!'
Ginny was laaiend. 'Hij heeft ze gewoon uit het raam gegooid? Wie doet dat nou? Je was weg van die laarzen!'
'Maar nu ben ik weg van deze! O mam, het was grappig, je had erbij moeten zijn. En de mijne zagen er wel een beetje goedkoop uit. Deze zijn veel mooier. Ik heb ze nu ook aan. Rupert vindt ze prachtig. Hij zegt dat ik er nu niet meer als een slet uitzie.'
Rupert was niet zomaar een droplul, hij was een arrogante droplul. Als hij iets uit háár raam had willen gooien, zou Ginny hem erachteraan hebben gesmeten. En nu Jem, die normaal gesproken zo verstandig was, hem meteen verdedigde, maakte dat een onbestemd en ongemakkelijk gevoel in haar wakker.
'En heeft hij dat vriendinnetje nog? Hoe heette ze ook alweer... Caro?'

'Nee. Dat is uit.' Toen ze dat hoorde werd Ginny's ongemakkelijke gevoel nog groter. 'Maar waar ik eigenlijk voor belde,' zei Jem, 'is om te vragen hoe het met je nieuwe baan gaat. Is het leuk?'

Oké. Ander onderwerp. Terwijl de zeemeeuwen boven haar hoofd duikvluchten maakten, vertelde Ginny haar dochter over haar eerste avonddienst bij Penhaligon's. Finn was er niet geweest en ze had zichzelf kostelijk vermaakt. Evie en Martha waren leuke collega's, het keukenpersoneel was vrolijk en werkte hard, en ze had kennisgemaakt met de vaste klanten.

Jem was verrukt. 'Hé mam, wat goed van je! Misschien moet ik daar dan ook maar eens langskomen.'

'Behalve dat je moet werken.' Ginny sprong opzij om een golf te ontwijken.

'O nee, dat hoef ik niet. Daarom bel ik ook.' Jem klonk helemaal triomfantelijk. 'Mijn baas belde vanochtend. Er is gisteravond een leiding gesprongen in het plafond en de hele boel is ondergelopen. Ze zijn de komende week dicht. En dat betekent dat ik vrij ben,' vervolgde ze opgetogen, 'dus ik wilde dit weekend even langskomen, als jij dat tenminste goed vindt.'

Deze keer was Ginny zo blij dat ze de volgende golf, die dwars over haar schoenen spoelde, niet eens opmerkte. Ze zou het ook niet hebben gezien als er een haai uit het water was opgedoken met een zeemeermin op zijn rug. 'Natuurlijk vind ik dat goed. O lieverd, dat is geweldig! Ik kan niet wachten!'

'Nee, doe dat nou niet.' Rupert kwam net uit de keuken toen Jem de telefoon neerlegde. 'Je moet niet naar huis gaan. Dat is echt zonde van je weekend.'

'Hoe kan het nou zonde zijn van mijn weekend? Ik zie mijn moeder toch?'

'Ik bedoel zonde voor óns.' Hij bleef midden in de woonkamer staan en omhelsde haar. 'Ik ben dit weekend namelijk helemaal alleen thuis. Wat moet ik nou met mezelf als jij weggaat?'

'Je bent niet alleen. Lucy is er ook.'

'Niet waar. Ze vertelde me net dat ze naar Manchester gaat, naar een bruiloft van een of ander nichtje.'

'Shit.' Lucy stond te douchen; Jem keek beteuterd naar de dich-

te badkamerdeur. 'Ik dacht dat ze er zou zijn en dat wij dus niet... je weet wel... samen konden zijn.'
'Ja, maar ze is dus weg. En dat geeft ons alle tijd van de wereld om... je weet wel... samen te zijn.' Terwijl hij haar uitdrukking na-aapte, verscheen er een ondeugende glimlach op zijn gezicht en hij drukte zijn kruis tegen haar aan. 'Ik bedoel, stel je eens voor hoe veel samenzijn we wel niet kunnen doen.'
Jem stond in tweestrijd. Dit was een kans die ze niet vaak zouden krijgen. Had ze nou maar twintig minuten eerder geweten dat Lucy er niet zou zijn.
'Mmmm,' fluisterde Rupert, draaiend met zijn heupen. 'Samenzijn, samenzijn...'
'Maar ik heb het mijn moeder nu al gezegd. Ze rekent op me.'
'Je begint een beetje als Davy Stokes te klinken. Kom op zeg, je hebt het haar pas vijf minuten geleden verteld. Bel haar terug en zeg dat het je toch niet gaat lukken.' Op haar oor sabbelend, zei hij geamuseerd: 'Zeg haar gewoon dat er iets tussen is gekomen. En dat is niet eens gelogen, toch?'
Al half gezwicht stelde Jem zich voor hoe ze haar moeder zou vertellen dat ze toch in Bristol bleef. Misschien was het wel zo netjes om een minder geile reden aan te dragen dan degene die Rupert net had voorgesteld. Zou haar moeder teleurgesteld zijn?
'Ze klonk zo blij toen ik haar vertelde dat ik zou komen.'
'Zo zijn moeders nu eenmaal.' Rupert haalde zijn schouders op. 'Ze moeten wel blij klinken. Dat hoort bij hun functieomschrijving. Je zou het toch niet leuk vinden als ze zei: "O god, moet dat nou?"'
Was dat zo? Hm, misschien had hij wel een beetje gelijk, nu ze erover nadacht. Haar moeder had een nieuwe baan en een nieuwe huisgenote. Ze had een druk, gelukkig leven. Waarschijnlijk was het laatste waar ze op zat te wachten een terugkerende bemoeizuchtige dochter die nog meer beslag op haar tijd zou leggen.
'Als je me hier alleen laat,' zei Rupert met een pruilgezicht, 'moet ik misschien wel de koffer in duiken met een of andere vies, dik wijf. En dat zou ik echt vreselijk vinden.'
Jem grijnsde en nam een besluit. 'Weet je wat? Dat lijkt mij ook vreselijk.'

Ginny stond in de rij bij de delicatessenzaak om te betalen voor haar mandje heerlijkheden, toen haar telefoon weer ging.
'Mam? Weer even met mij. Luister, het gaat me toch niet lukken. Ik zag net pas dat ik ontzettend achterloop met mijn werkstukken. Als ik dit weekend niet gebruik om wat in te halen, ga ik echt een groot – megagroot! – probleem krijgen. Dat is wel oké, toch? Je hebt het waarschijnlijk toch veels te druk.'
Ginny's mond werd droog en ze voelde zich op slag depri worden. Jem kakelde als een kip zonder kop door, een duidelijk teken dat het een smoes was. Ze kwam dus niet. Een golf van teleurstelling ging door haar heen. En wat was dat rare piepgeluid?
'Wat was dat daarnet?'
'Wanneer?'
'Dat gepiep. Je zei dat je dan een groot probleem zou hebben en toen piepte je.'
Jem giechelde. 'O, dat was gewoon Rupert die liep te klooien. Verder niks. Dus het is goed? Ik kom je hectische leven dus maar even niet in de war schoppen.'
Het mandje woog opeens een ton. Ginny stapte uit de rij en zei heel voorzichtig: 'Prima, lieverd. Ik had het heel fijn gevonden om je te zien, maar het is jouw beslissing. Als je je werkstukken moet inhalen... tja, dan moet je dat maar doen.'
'Ik wist dat je het niet erg zou vinden. Oké, mam, ik moet nu gaan. Veel liefs!'
Ginny stopte de telefoon terug in haar tas en slofte terug door de winkel om alles uit haar mandje terug te zetten op het schap. Weg met die blikjes gevulde olijven, de cashews en macadamianoten, de plakjes *prosciutto* en de gemarineerde artisjokken: stuk voor stuk Jems lievelingshapjes.
'Ben je je portemonnee vergeten, schat?' Een oudere vrouw keek haar vriendelijk aan.
Ginny schudde haar hoofd. 'Ik dacht dat mijn dochter dit weekend naar huis zou komen. Ze belde net dat het haar toch niet gaat lukken. Te druk.'
'O ja, dat ken ik. Wat zijn kinderen egoïstisch, hè? Die van mij deden dat ook wel eens.' De vrouw klakte afkeurend met haar tong. 'Neem maar van mij aan dat we daar vaak genoeg ruzie over hebben gehad. En niet zo'n beetje ook.'

Ginny had geen zin in ruzie met Jem, maar ze was zo teleurgesteld dat ze het bijna zou overwegen. 'En hielp dat?'
'Ik kan het je niet aanraden, schat.' De vrouw slaakte een diepe zucht, pakte een potje pesto en zei verdrietig: 'Ach ja, ze is getrouwd met een man die mij niet aanstond. Daar hebben we ook wel eens bonje over gehad. En toen hebben ze veertien jaar geleden hun boeltje gepakt en zijn naar Australië geëmigreerd.'

17

Het was zaterdagavond en het was druk in het restaurant. Finn was druk bezig met het verwelkomen van de nieuwe gasten en liep als een echte professional langs alle tafeltjes, waarbij hij ruimschoots de aandacht trok van het vrouwelijke deel van de cliëntèle. Het viel Ginny op dat de vrouwen begonnen te stralen als hij iets tegen ze zei, en dat hij vervolgens net zo gemakkelijk met de echtgenoten van de getrouwde dames babbelde, om hen ervan te verzekeren dat hij geen bedreiging was.
En dat vonden de vrijgezelle dames op hun beurt wel prima, want dan maakten zij des te meer kans. Als een man zo aantrekkelijk als Finn Penhaligon op het toneel verscheen, koesterde iedereen opeens weer hoop.
'Ben je aan het kijken hoe het moet?' Duidelijk geamuseerd stopte Evie even met twee borden mosselen in haar handen voor tafel zes. 'Voel jij die vrouwelijke flirt-hormonen ook in de lucht hangen?' Knipogend voegde ze eraan toe: 'Die goede ouwe Finn. Hij is het nog niet verleerd.'
'Ja, dat zie ik.' Gevolgd door alle vrouwelijke ogen in het restaurant liep Finn door de zaal om de telefoon op te nemen.
'Kijk maar uit. Misschien ben jij wel de volgende.'
Ginny grijnsde omdat dat een belachelijk idee was. 'Dat lijkt me sterk. Hij zou veel te bang zijn dat ik zijn portemonnee pik.'
Even later gebaarde Finn of ze even naar de bar wilde komen.
'Familie van je?'

'Wat?' Ginny tuurde naar het reserveringsboek waar hij de naam Holland had genoteerd voor halftien.
'Een tafeltje voor twee. Ik heb de reservering net aangenomen. Ze zei het niet, maar ik dacht dat het misschien je dochter was.'
Haar hart sprong bijna uit haar borstkas en ze hoopte inderdaad dat het Jem was. Was ze toch uit Bristol gekomen om haar te verrassen? En een tafeltje voor twee? Betekende dat dat ze iemand had meegenomen?
Als het Rupert was, zou Ginny haar uiterste best doen aardig te zijn tegen hem.

Een uur later werd haar ijdele hoop de grond in geboord toen Gavin het restaurant binnen stapte met een blondine. Het meisje zag eruit alsof haar levensdoel bestond uit het verschijnen op pagina drie van een Britse tabloid, met een pruilmondje dat zei: 'Och hemeltje, waar zijn mijn kleren nou gebleven?'
Finn had duidelijk moeite om Jems foto te combineren met wat hij nu voor zich zag, inclusief de tien centimeter hoge, blinkende stilettohakken, en vroeg weifelend: 'Is dat je dochter?'
'Als dat zo was, zou ik haar zeggen dat ze die uitgroei moet verven en een beha moet aantrekken.' Overspoeld door teleurstelling voegde ze er vlug aan toe: 'Dat is mijn ex met een van zijn schattige, jonge mokkels. En ik gok dat het hem niet om haar intelligentie te doen is.'
'O jee.' Finns mondhoeken krulden omhoog. 'Je moet nooit afgaan op een eerste indruk. Dat zou jij toch moeten weten.'
Ze wist dat dat een steek onder water was, maar haar gedachten vlogen alweer door naar iemand anders die ze op het eerste gezicht niet aardig had gevonden. Maar misschien had ze het mis en was Rupert minder vervelend dan hij leek.
'Behalve als iemand een pistool op je richt.' Ze pakte een paar met leer ingebonden menukaarten. 'Als ze dat doen, is het beter om op je eerste indruk te vertrouwen. En er dan vliegensvlug vandoor gaan.'
'We wilden je verrassen,' zei Gavin opgewekt toen Ginny naar ze toe kwam met de menukaarten. 'Dit is Cleo. Cleo, dit is Gin.'
'Hoi!' Cleo had best een lieve, vriendelijke glimlach, maar door haar doorschijnende, diep uitgesneden bloesje en ontbreken-

de beha zou dat mannen waarschijnlijk niet eens opvallen.
'Inderdaad een hele verrassing. Toen Finn zei dat een meisje had gebeld om te reserveren, dacht ik even dat het Jem was.'
Cleo giechelde. 'Dat was ik. Gavin stond onder de douche en vroeg me of ik wilde bellen.' Ze keek nieuwsgierig om zich heen. 'Ik ben nog nooit in zo'n restaurant geweest, ik ben meer een hamburgermeisje. Zijn dit... de servetten?' Ze wees naar de donkerblauwe linnen servetten.
Beleefd antwoordend zei Ginny: 'Dat klopt.'
'Wreed! Stel je voor, servetten die niet van papier zijn!'
Na het hoofdgerecht wankelde Cleo op haar enorme palen naar de wc en Gavin gebaarde Ginny even naar hun tafeltje te komen. 'En? Wat vind je van haar?'
'Best aardig. Mooi. Jong.' Ginny haalde onhandig haar schouders op. Wat verwachtte hij dan dat ze zou zeggen? 'Maar doe me een lol, stel de bruiloft nog even uit, oké?'
Gavin straalde; hij voelde zich nooit beledigd. 'Ze is hartstikke leuk. We hebben het heel erg naar ons zin samen. Over leuk gesproken, hoe gaat het met je huisgenote? Nog steeds zo'n feestbeest?'
'Oké, oké.' Ginny besefte dat ze hem een steek onder water gaf met die opmerking over zijn vriendin. Het was niet meer dan eerlijk dat hij haar terugpakte met Laurel.
'Woensdag hè? Dan neem je haar toch mee naar ons vrijgezellenfeest?'
'O nee, niet weer. Ze komt toch niet.'
'Ah, maar jij moet haar ook zien over te halen.' Gavin leek erg tevreden met zichzelf. 'Je weet dat dat een slimme zet is. Luister eens, ik heb een ideetje.'
'Lijkt het toevallig op die keer dat je een blik benzine over de barbecue heen goot om de boel wat te versnellen? Dat idee waardoor je drie maanden lang zonder wenkbrauwen door het leven moest gaan?'
Hij negeerde haar vernederende geheugensteuntje. 'Je moet Laurel zeggen dat jíj naar die vrijgezellenavond wilt, maar dat je te verlegen bent om in je eentje te gaan. Je smeekt haar om mee te gaan voor morele steun. Briljant of niet?'
Doorzichtig was meer het woord dat in haar opkwam. Zoals

Cleo's bloesje. Hardop vroeg Ginny: 'En jij bent er dan ook?'
Gavin keek haar aan alsof ze net had beweerd dat de zee roze was. 'Natuurlijk ben ik er!'
'En Cleo dan?'
'We zitten niet aan elkaar vastgegroeid, hoor.' Zijn ogen twinkelden. 'Bovendien heeft ze op woensdagavond yoga.'
Hij was onverbeterlijk. Zelfs op zijn tachtigste zou geen enkele nog dartele weduwe veilig voor Gavin zijn.
'Is alles naar wens?' vroeg Finn, die zich bij hen voegde.
'Fantastisch, dank je wel. Het was heerlijk.' Gavin wreef over zijn buik en zei opgewekt: 'Ik probeerde Ginny net te overtuigen dat ze eens naar de plaatselijke vrijgezellenclub moet komen.'
De aandrang om Gavins stoel te pakken, die naar achteren te trekken en hem op de grond te smijten, was bijna onweerstaanbaar. Zou een beurs achterwerk pijnlijk genoeg zijn? Had haar ex echt niet door dat ze misschien liever niet had dat hij dat soort dingen tegen haar nieuwe baas er uitflapte? De nieuwe baas die nu zijn gezicht in de plooi probeerde te houden.
'Ik heb geen belangstelling voor een vrijgezellenclub!' Ginny voelde dat ze erg rood werd.
'Sorry, natuurlijk heb je dat niet.' Tot overmaat van ramp gaf Gavin haar ook nog een knipoog en legde hij zijn vinger tegen zijn lippen om aan te geven dat het hun geheimpje was. 'Woensdag, om acht uur. Je zult het geweldig vinden. Oké, sst, Cleo komt eraan.'
'Hoi!' kwinkeleerde Cleo toen Gavin haar aan Finn voorstelde. 'Het is hier echt leuk, hè?' Ze leunde naar voren leunend, legde haar hand op Finns mouw en fluisterde: 'Ik hoop niet dat je het erg vindt dat ik het zeg, maar iemand heeft de handdoek uit het damestoilet gestolen. Ik moest mijn handen afdrogen met wc-papier! Ik bedoel maar, je verwacht toch niet dat mensen in zo'n chique tent spullen stelen?'
'Ik ga wel even kijken,' mompelde Ginny snel, voor Finn of Gavin kon reageren met een o-zo-gevatte opmerking.
Twintig seconden later was ze weer terug. 'Ze liggen er nog allemaal, hoor.' En vanwege Cleo's verbijsterde blik voegde ze er

vlug aan toe: 'De donkergroene handdoekjes, die twee stapeltjes op het plankje boven de wasmand.'
Cleo's uitdrukking veranderde op slag. 'O, die! Maar die zijn zo klein! Ik dacht dat dat washandjes waren voor als je je gezicht wilde wassen!'
Gavin barstte in lachen uit en gaf haar een kneepje in haar schouder. 'Mijn eigen kleine Eliza Dolittle. Dat zijn handdoekjes, lieverd. Je droogt je handen ermee af en dan gooi je ze in de wasmand zodat ze gewassen worden.'
Cleo verkeerde in totale verwarring. 'O! Nou, dat is wel heel extravagant.'
Arme Cleo. Ginny stak haar even een hart onder de riem en zei: 'Ja, dat vind ik ook.'

Het was woensdagavond en ze waren er nog ook. Ginny kon het zelf nog niet helemaal geloven. Laurel had gisteren verteld dat Kevin en zij elkaar op die datum voor het eerst hadden ontmoet. Laurel was dus ontroostbaar geweest en staarde reddeloos naar een beduimelde foto van haar vroegere geliefde terwijl ze zich, steeds weer opnieuw, hardop afvroeg waarom ze nog moeite zou doen om door te gaan met leven, want wat had het nog voor zin?
Bij het vallen van de avond was Ginny het helemaal met haar eens geweest. Als Laurel er een eind aan wilde maken door zichzelf in bad te elektrocuteren, had ze met alle liefde een föhn aangedragen.
'Sorry, ik weet dat dit stomvervelend moet zijn voor jou.' Laurel trok de laatste tissue uit de doos en veegde haar tranen weg. 'Ik mis hem alleen zo erg, weet je? Het voelt alsof ik niets meer heb om voor te leven. Jij kunt makkelijk praten, jij bent over Gavin heen en je wilt hem ook niet terug. Maar ik wil Kevin nog steeds. Zo ontzettend grahaaaag!'
'Ik hoef Gavin misschien wel niet terug,' flapte Ginny eruit, 'maar ik zou best een man in mijn leven willen. Eerlijk gezegd zou ik best naar die vrijgezellenavond toe willen waar Gavin het over had. Alleen... alleen durf ik echt niet in mijn eentje.'
Laurel haalde luidruchtig haar neus op. 'Dat durf je best. Gavin is er toch ook.'

‘Precies! Daarom kan het dus niet. Ik ken er niemand behalve mijn ex!’ Compleet wanhopig smeekte Ginny: ‘Maar als jij nou meegaat, alleen deze ene keer maar, zou je me echt een groot plezier doen. Morgenavond. Wil je dat voor me doen? Alsjeblieft?’

Ze had geen moment gedacht dat Laurel zou instemmen.

‘Oké dan.’

Wat?

Ginny staarde haar aan. ‘Echt?’

‘Als je dat echt wilt, ga ik wel mee,’ zei Laurel verdrietig. ‘Ik vind het natuurlijk vreselijk, maar ik ben je dat wel verschuldigd, hè? Dat weegt misschien op tegen al die keren dat ik een beetje somber ben.’

Een beetje?

Verbijsterd zei Ginny: ‘Goh, bedankt.’

‘Maar verwacht niet dat ik ook met mannen ga praten. Vooral niet die Hamish over wie Gavin het had.’

‘Natuurlijk niet.’ Ginny kruiste haar vingers achter haar rug.

‘En ik ga alleen deze ene keer mee.’

‘Natuurlijk.’ Shit, nu moest zij dus ook echt gaan.

De vrijgezellenclub kwam bijeen in een zaaltje in de White Hart. Ze stonden in de deuropening en Laurel vroeg: ‘Weet je zeker dat je dit wilt doen?’

‘Natuurlijk!’ Ginny keek haar stralend aan. ‘Dit is spannend! Denk je eens in, misschien ontmoet ik zo wel de man die mijn leven gaat veranderen!’

Laurel streek een lange lok van haar rode haar achter haar oor. ‘Wat moet het fijn zijn om zo hoopvol te kunnen zijn. Nou, ik hoop dat hij er is.’

Ik ook, dacht Ginny. En belangrijker nog, ik hoop dat hij Hamish heet.

18

Het was druk, gelukkig maar. Toen ze naar binnen liepen bleef de muziek gewoon doorspelen en er viel ook geen enge gelagkamer-stilte. Er werd wel gekeken; hun aanwezigheid was beslist opgemerkt. Zich volledig bewust van het tiental paar ogen dat op haar gericht was, bedacht Ginny dat ze nu de bliksemsnelle beoordeling onderging die alle nieuwkomers te beurt viel. De andere vrouwen schatten de concurrentie in terwijl hun gezamenlijke blik over haar kapsel, haar gezicht en haar kleren gleed. Gavin had hoog opgegeven over deze mensen en haar ervan verzekerd dat de sfeer heel vriendelijk was, maar erg blij leken ze niet met haar komst.

Een snelle blik wees uit dat de vrouwen in de meerderheid waren: twee vrouwen voor elke man, vandaar misschien hun gebrek aan enthousiasme. Ginny was het liefst naar ze toe gerend om eruit te flappen dat ze zich geen zorgen hoefden te maken, dat ze hier niet was om hun mannen af te pikken.

Maar met Laurel aan haar zijde was dat helaas onmogelijk.

Bedroefd zei Laurel: ‘En? Zie je al iemand die je aanstaat?’

Arme Laurel. Ze wilde hier zo snel mogelijk weer weg. Als het aan haar lag zou Ginny een man uitkiezen, met een lasso boven haar hoofd zwaaien en hem daarmee tegen de grond werken. Hoe sneller ze hem had gevangen, hoe eerder ze weer naar huis konden.

‘Ik denk dat ik misschien toch iets langer dan twintig seconden nodig heb.’ Ginny scande de tentoongestelde mannen en vroeg zich af of er misschien ook echt iemand was die haar beviel. Er was nogal veel keus: dikke mannen, lange mannen, mannen mét haar en enkelen zonder, mannen in hippe kleren en anderen in spullen die hun moeder waarschijnlijk voor hen had uitgezocht. Sommigen waren gezegend wat betreft hun uiterlijk, terwijl anderen… tja, misschien moesten die het van hun bruisende karakters hebben.

Zo op het eerste gezicht was er geen enkele man die haar hart sneller deed kloppen. Geen enkele die er Perry-achtig uitzag.

Maar er was wel een man die er Gavin-achtig uitzag. Hij liep

nu op hen af. Laurel kneep haar ogen tot spleetjes en mompelde: 'Als hij maar niet weer zo onbeschoft doet.'
Wat iets weg had van hopen dat een hongerige tijger geen hap uit je been neemt.
'Meisjes, meisjes, jullie zijn er! Geweldig.' Gavin klopte Laurel zo hard op haar rug dat ze bijna viel. 'Dit belooft een leuke avond te worden.'
'Dat zal wel meevallen. Ik ben hier alleen maar omdat Ginny me smeekte haar gezelschap te houden.' Geprikkeld voegde Laurel eraan toe: 'En noem ons geen meisjes. Dat is seksistisch.'
'O god, begin je nu al? Heb je liever dat ik je een ramp op leeftijd noem?'
'Ik wil wel iets te drinken,' zei Ginny snel, voor Gavin haar ook echt een ramp op leeftijd noemde en Laurel naar buiten zou vluchten. 'En wees een beetje aardig', voegde ze er bijna geluidloos aan toe.
'Ik dóé aardig,' protesteerde Gavin. 'Zij begon. Wat is er zo erg aan meisje te worden genoemd? Hoe dan ook,' zei hij nadat Ginny hem nog een woedende blik had geschonken, 'laten we nou niet gaan kibbelen. We zijn hier toch voor ons plezier? Laurel, ik zal je aan een paar vrienden van me voorstellen...'
Zonder tijd te verliezen voerde hij haar af. Ginny liep naar de bar en bestelde twee drankjes: een jus d'orange voor Laurel en een wodka-tonic voor zichzelf. In de spiegel boven de bar kon ze zien dat Gavin een duidelijk onwillige Laurel aan een groepje mensen voorstelde. Ze strekte haar nek uit en vroeg zich af of Hamish er ook bij was, maar geen van de mannen droeg een kilt of had een doedelzak in de aanslag. Hoewel... het zou toch niet die mollige zijn, die vent die er als een Michelin-mannetje uitzag, of die man met die oranje trui, die minstens zestig was?
'Ben jij Gavins ex-vrouw?'
Ginny draaide zich om en zag dat een aantrekkelijke brunette van haar eigen leeftijd, gekleed in een roomkleurig broekpak, haar belangstellend opnam. 'Dat klopt. Ik ben Ginny. Hoi.' Ze schudde haar hand en vroeg: 'Hoe wist je dat?'
'Gavin had gezegd dat je vanavond zou komen. Hij zei dat je heel mooi was, een jongere versie van Goldie Hawn. En ik kan

je vertellen dat dat niet echt goed viel bij het vrouwelijke kamp.' Ze glimlachte. 'Ik ben trouwens Bev.'
'Misschien had ik wat tanden zwart moeten maken en een grote wrat moeten aanbrengen.' Ginny trok een gezicht. 'Gavin zei dat iedereen zo aardig was, maar...'
'Ja, omdat iedereen dol is op Gavin. Hij is onze ster. Alle vrouwen willen hem en alle mannen willen op hem lijken. Maar zo werkt het bij ons niet, hè? En ik weet hoe het voelt, neem dat maar van mij aan. Ik ben ook niet erg geliefd bij de vrouwen.'
'Omdat ze alle mannen hier voor zichzelf willen?'
'Niet déze mannen. Het is het idee dat George Clooney op een dag zou kunnen binnenkomen en dat zij dan niet als eerste de kans krijgen.'
Ginny moest lachen om haar uitleg. 'En daar wacht jij ook op?'
'Nou, ik zou hem niet afwijzen, maar eerlijk gezegd ben ik een beetje verliefd op een van de mannen hier.'
'Echt?' Gefascineerd scande Ginny de zaal nog eens door. Nee, niet die. En hij ook niet, en hij niet... Zéker niet die man...
'Op Gavin,' zei Bev.
'Dat is jammer.'
'Inderdaad.' Bev beaamde haar opmerking met een schuin hoofd. 'Hopeloos. Ik ben veertig! Als ik tien jaar jonger was geweest maakte ik misschien een kans, maar ja. Een hopeloze kwestie dus.'
'Misschien komt hij nog eens tot inkeer en beseft hij dat het tijd wordt zich te settelen met iemand van zijn eigen leeftijd. Ik hoop het maar,' zei Ginny medelevend.
'Maar dat zie je niet snel gebeuren, hè?'
'Nee, eerlijk gezegd niet. Ik acht de kans groter dat George Clooney komt binnenwandelen.'
'Tja, dat moet dan maar. Arme George, gedegradeerd naar de tweede rang. En jij wilt hem zeker ook?' Bevs ogen twinkelden. 'Dan moeten we nog om hem vechten.'
Als het aan Ginny lag, zou ze hier na vanavond nooit meer terugkomen, maar ze kon Bev moeilijk zeggen dat ze hier alleen maar was vanwege Laurel.
'Over George Clooney gesproken,' zei Bev, nu wat zachter, 'er komt iemand op ons af die er... absoluut niet zo uitziet.'

De daaropvolgende tien minuten was Ginny in gesprek met Bev en een ernstig kijkende, gescheiden accountant van negenenveertig met bril, die verzot was op het verbouwen van groente. En waar hij nog meer van hield, was haar stap voor stap uitleggen hoe hij dat precies deed. Daarna voegde ene Timothy zich bij hen: een vierendertigjarige man, die overdag slager was en 's avonds Elvis-imitaties deed.

Elvis met een spraakgebrek dan.

'Je vindt nu mitthien niet dat ik erg op hem lijk,' vertelde Timothy enthousiast, 'maar wacht maar tot je me met mijn pruik en make-up thiet!'

En daarna – Ginny vermoedde dat het niet de eerste keer was – wilde hij hun graag zijn dansje laten zien. Aangezien Timothy blond piekhaar had en een rond, mollig, roze babygezicht, was het net zo onwerkelijk als prinses Anne Freddie Mercury zien nadoen. Timothy vertelde haar trots dat zijn witte lycra Elvis-overall op maat was gemaakt en hij had 'alle loverthjeth er thelf met de hand opgethet'.

Toen kwam Jim: een wiskundeleraar, die drie jaar geleden weduwnaar was geworden. Zijn hobby's waren bergbeklimmen en badminton. 'Maar niet tegelijkertijd, hoor!' Jim hield zijn buik vast terwijl hij oorverdovend bulderde: 'Dat zou pas echt gevaarlijk zijn!'

Na de hilarische Jim volgde David de veeboer, die best aantrekkelijk was – op een blozende, buitenmens-achtige manier. Hij leek heel charmant, maar zodra hij zijn mond opendeed had hij helaas last van een spuug- en sproeiprobleem.

'Jezus, het spijt me, nou doe ik het weer.' David haalde schuldbewust een grote katoenen zakdoek uit zijn zak en depte Ginny's wang droog. 'Dat komt omdat ik zenuwachtig ben. Ik heb er hier altijd last van, maar op de boerderij, als ik alleen met de koeien ben, is er niks aan de hand.'

Het was een verademing dat Gavin eindelijk terugkwam en haar voor zich opeiste. Hij mocht dan zijn slechte kanten hebben, hij had haar nooit onder gespuugd.

'Hoe gaat het met Laurel?'

'Als een trein. Hopeloos met mannen,' zei Gavin. 'Ik heb haar gewaarschuwd dat ze het niet over Kevin moest hebben, maar

ze kon zich niet inhouden. Geen al te beste versiertruc – om mannen te vertellen dat je niet drinkt omdat je aan de antidepressiva bent omdat je bent gedumpt. En dat je weet dat je er nooit overheen zult komen omdat hij de enige man is van wie je ooit zult houden. De meesten wisten niet hoe snel ze zich uit de voeten moesten maken. Maar gelukkig kwam ik op het briljante idee om haar aan de drie heksen voor te stellen. Ook gedumpt door hun man,' legde hij uit toen Ginny hem niet-begrijpend aankeek. 'Verbitterd is nog een understatement voor hoe zij zich voelen. Ze zitten de hele tijd met de koppen bij elkaar te mompelen over hoe alle mannen al bij hun geboorte in een emmer water verdronken zouden moeten worden.'
'Ik dacht dat het er hier aardig aan toe ging,' zei Ginny.
'Schei uit, het is om te gillen. En ze doen heel aardig tegen Laurel. Kijk maar.' Gavin wees naar een tafeltje in de hoek waar ze met zijn vieren omheen zaten. Laurel zat huilend iets te vertellen terwijl de drie heksen heftig zaten mee te knikken; ze waren het duidelijk met haar eens dat Kevin een eersteklas klootzak was.
'Dus geen succes wat Hamish betreft. Waar is hij eigenlijk?' vroeg Ginny, hoopvol om zich heen turend.
'Hij is er niet. Hij is vanavond niet komen opdagen.'
Uiteraard. Na alle moeite die Ginny had gedaan om Laurel hiernaartoe te slepen, in de hoop dat het tussen Hamish en haar zou klikken, had hij niet eens het fatsoen om op te dagen. Nou ja, het was toch een belachelijk idee geweest, een van die krankzinnige invallen van Gavin. En sinds wanneer had hij een greintje verstand van koppelen?
Over koppelen gesproken...
'Bev is leuk, vind je niet?'
'Bev is geweldig.' Gavin haalde zijn schouders op en zag toen pas de blik in haar ogen. 'O nee, dat kun je op je buik schrijven. Ze is niet mijn type.'
Echt, soms werd ze horendol van hem. Was Gavin soms de meest irritante man in heel Cornwall?
'Omdat ze geen rokjes draagt die even lang zijn als haar onderbroek?'
Hij grijnsde. 'Dat zou best eens kunnen, ja.'

Ginny keek op haar horloge. 'Denk je dat Hamish nog komt opdagen? Misschien is hij gewoon te laat.'
'Hij is er altijd om halfnegen.'
Nou, dat was het dan. 'Geweldig. Zonde van mijn avond, zeg.'
'Hé, hou eens op met zeuren. Hij komt volgende week wel.'
'Maar wij niet. Ik ga dit niet nog een keer doen.' Het vooruitzicht alleen al. Inmiddels waren er een paar mensen gaan dansen, en sommigen van hen zouden dat beter niet in het openbaar kunnen doen. Ze voelde zich hier niet op haar gemak. Ze had nu ook ergens met Perry kunnen zitten, waar ze heel gezellig...
Helaas was dat niet helemaal waar. Ze kon niet ergens zijn met Perry, want hij had haar de hele week nog niet gebeld. En hoewel ze niet veel wist van de huidige date-regels, wist ze wel dat het verre van cool was om de man in kwestie op te bellen en hem te vragen waarom hij nog niets van zich had laten horen.
'Misschien hoef je ook niet terug te komen.' Gavin draaide haar gezicht naar het hoektafeltje toe. 'Moet je Laurel zien.'
Laurel was opgehouden met huilen. De vier vrouwen zaten hysterisch te lachen, klampten zich stevig aan elkaar vast en giechelden als een stel achttienjarigen. 'Ik wist niet dat ze kon lachen,' zei Ginny verbaasd.
'Ze heeft zich aangesloten bij de heksenkring. Let op mijn woorden: vanaf nu komt ze hier elke week.' En heel bescheiden voegde Gavin daar aan toe: 'God, wat ben ik toch goed.'
Was hij dat inderdaad? Had hij eindelijk eens iets goeds gedaan? Tot de slotsom gekomen dat dat misschien inderdaad het geval was, gaf Ginny hem dankbaar een knuffel en voelde ogenblikkelijk een golf van rancune haar kant op komen van alle vrijgezelle vrouwen in de zaal. Ze liet Gavin snel weer los, deed een stapje achteruit en landde bovenop iemands teen.
'Au... thorry!' Ineengekrompen maar zich groot houdend vroeg Elvis Presley haar: 'Ik vroeg me af of ik je kan verleiden tot een danthje?'
'Natuurlijk kan dat,' zei Gavin hartelijk voor Ginny haar mond kon opendoen.
De heksenkring keek haar met priemende ogen na terwijl Timothy haar naar de dansvloer leidde. Toen er bijna direct een an-

der liedje werd opgezet, werd het Ginny bijna te veel. In de hoek begonnen de heksen weer te gniffelen.
Timothy, zijn mond millimeters van haar linkeroor verwijderd terwijl hij haar ronddraaide, neuriede vrolijk mee met 'Thuthpiciouth Mindth'.
Goddank dat Jem er niet was en haar nu zó kon zien.

Ze gingen om elf uur naar huis. Opgebeurd omdat de drie heksen Laurel onder hun hoede leken te hebben genomen, vroeg Ginny opgewekt: 'En? Minder erg dan je had verwacht?'
Laurel keek haar geschrokken aan. 'Waarom denk je dat? Het was nog veel erger!'
'Maar je hebt nieuwe mensen leren kennen, die eh... eh, die vrouwen, toch? Ik dacht dat jullie wel lol hadden samen.'
Zonder enige intonatie in haar stem zei Laurel: 'Ze waren verschrikkelijk.'
'Maar ik zag je lachen.'
'Dat heet beleefd zijn. Het was verschrikkelijk, maar net iets minder verschrikkelijk dan te moeten praten met die kerels. Dat is de enige reden dat ik daar bleef.'
'Dus je hebt je niet vermaakt?'
'Natuurlijk heb ik me niet vermaakt! Jij wel?'
'Ik vond het... leuk.' Ginny kneep in het stuur om haar leugen kracht bij te zetten. 'Ik bedoel, het is altijd een beetje eng om voor het eerst naar iets nieuws te gaan, maar misschien, als je het volgende week nog een keer probeert, merk je dat...'
'O nee.' Laurel schudde haar hoofd zo vastberaden dat haar lange haren bijna in Ginny's gezicht kwamen. 'O nee, waag het niet om me over te halen.'
'Maar...'
'Ik heb het één keer gedaan en dat was meer dan genoeg. Goh, eerlijk gezegd wist ik niet dat je zo wanhopig op zoek was naar een nieuwe man.' In de oranje gloed van de straatlantaarns keek Laurel Ginny aan alsof ze een buitengewoon sletterige puber was, en eentje in wie ze bovendien ook nog zwaar teleurgesteld was. 'Het spijt me, maar als je nog een keer naar die plek toe wilt, zul je toch echt alleen moeten gaan.'

19

'Hij heeft nog steeds niet gebeld,' zei Ginny.
Carla lag op de vloer van haar woonkamer sit-ups te doen. Haar platte buik glansde van het zweet, maar haar spraakvermogen leek er niet onder te lijden. 'Heb je hém al gebeld?'
'Onmogelijk.'
'Dus je blijft gewoon wachten?'
'Wat kan ik anders?'
Carla haalde haar schouders op halverwege een sit-up. 'Hem bellen.'
'Nee! Ik het snap het gewoon niet. Wanneer ik hem spreek is hij zó aardig. Hij lijkt me echt te mogen. Hij zei dat hij zou bellen en hij klonk echt alsof hij het meende. Ik geloofde hem.' Ginny slaakte een zucht en wierp een blik op de televisie waar een schuldig kijkende figuur in een Australische soap net geconfronteerd werd met zijn vrouw en zijn minnares. ('Noelene, je snapt 't niet, ik kan 't uitleggen...')
Carla volgde haar blik. 'Misschien heeft hij iemand anders.'
Daar had Ginny zelf ook al aan gedacht. 'Als dat zo is, wou ik dat hij me dat gewoon vertelde.'
Carla was klaar met haar tweehonderdste sit-up. Ze pakte de telefoon van de tafel. 'Wat is zijn nummer?'
'Waarom?'
'Omdat jij mijn beste vriendin bent en hij je als oud vuil behandelt.'
'Dat is niet waar,' protesteerde Ginny. 'Dat is het nu juist. Als we elkaar zien, behandelt hij me als een prinses.'
'Moet je vrijdagavond werken?'
'Nee. Waarom?'
'Geef me het nummer nou maar.'
Ginny wist niet of ze haar vingers in haar oren wilde stoppen – haar eigen oren, niet die van Carla – of dat ze wilde horen hoe Carla Perry uitfoeterde.
'Spreek ik met Perry? Hoi, met Carla James. Ik ben een vriendin van Ginny.' Carla was in haar kordate, ik-laat-niet-met-mesollen-bui en ijsbeerde al telefonerend door de kamer. 'Je weet

nog wel wie dat is, hè? Diegene die je al anderhalve week niet hebt gebeld.'
Ginny vertrok haar gezicht van afschuw en duwde haar vingers in haar oren. Helaas kon ze nog steeds horen wat Carla zei.
'Dus ik vroeg me af of je soms een andere vriendin hebt met wie je al je vrije tijd doorbrengt. Of ben je misschien getrouwd?' Stilte. 'Weet je dat zeker? Oké, wil je Ginny soms niet meer zien?' Stilte. 'Dat is mooi. Ik ben blij dat te horen, hoewel ik eigenlijk niet weet of je haar verdient. Als je mijn vriend was, had ik je allang aan de kant gezet.' Stilte. 'O, daar hoef je bij mij echt niet mee aan te komen, hoor. Iedereen heeft het druk! Als je iemand wilt zien, dan maak je maar tijd. Wat zeg je van morgenavond?'
Ginny had het niet meer en was zelf verbaasd dat ze niet ín de bank was verdwenen. Ze sprong op en vluchtte naar de keuken, achtervolgd door de woorden van een woedende Australische echtgenote die in haar oren na echoden: 'Bruce, je bent gewoon een waardeloze, leugenachtige zak.'
Tegen de tijd dat ze klaar was met de vaatwasser zo luidruchtig mogelijk uitruimen, kwam Carla met een zelfvoldane blik op haar gezicht de keuken in lopen.
'Geregeld.'
'Je hebt hem bedreigd. Dat is de enige reden dat hij het doet,' jammerde Ginny. 'Wat voel ik me nu gewild en begeerd, zeg.'
'Hé, je hebt me zelf zijn nummer gegeven. Je wilde nog een keer met hem uit en je gaat nog een keer met hem uit. Sterker nog,' zei Carla opgewekt, 'ik ook.'
'Waarom?'
'Zodat ik hem kan beoordelen. Als ik denk dat hij je aan het lijntje houdt, krijg je dat te horen. Als ik hem niet aardig vind, ben je de eerste die het weet. Als ik denk dat hij niet te vertrouwen is, laat ik het je ook weten. Want je verdient beter dan een of andere gladde klootzak die met je solt, en ik blijf niet aan de zijlijn toekijken tot je gekwetst wordt.'
Typisch Carla: no-nonsense, de situatie meester. Twijfel behoorde niet tot haar vocabulaire.
'Maar je vindt hem zeker aardig. Je kunt hem niet níet aardig vinden,' zei Ginny.
'Daar zou ik maar niet zo zeker van zijn. Vooralsnog heeft hij

nog geen al te beste indruk gemaakt. Hoe dan ook,' zei Carla, terwijl ze een fles Evian uit de koelkast pakte en de helft ervan opdronk, 'jullie hebben morgenavond een date in het Carson Hotel.'

Het Carson Hotel was het grootste hotel in Portsilver dat na een enorme verbouwing, die acht maanden had geduurd en vele miljoenen had gekost, morgen op grootste wijze werd heropend. Het was een enorme klapper voor Carla, want ze had hun de grootste serre verkocht die haar bedrijf ooit had gebouwd. Ginny wist dat er niet op het feest werd beknibbeld. Er waren honderden uitnodigingen verstuurd. Ze wilde alleen niet dat Perry alleen maar met haar afsprak omdat Carla hem daartoe had gedwongen. Aan de andere kant beloofde het wel een spectaculaire avond te worden.

Ginny was nog nooit in Perry's winkel geweest. Alle muren waren bedekt met T-shirts met opdruk. Achter de balie zat een meisje met een slordige ik-kom-net-uit-het-water-coupe en een lippiercing kauwgom te kauwen. Ze droeg een T-shirt met de tekst IK BEN SLIMMER DAN IK ERUITZIE. Tolstojs *Oorlog en Vrede* lag als bewijsstuk naast haar.

'Hoi, is Perry er ook?'

'Achterin.'

Na een paar seconden te hebben gewacht, vroeg Ginny: 'Zou ik hem misschien even kunnen spreken?'

'Ik neem aan van wel.' Het kauwgomkauwen ging onverminderd door. 'Hoe heet je?'

'Ginny Holland.' Geen teken van herkenning; Perry had het blijkbaar niet met zijn assistente over haar gehad. Ach, nou ja.

'Loop maar door.' Het meisje gebaarde met haar hoofd in de richting van de deur en gaapte uitgebreid.

Misschien was *Oorlog en vrede* toch van iemand anders.

Perry was in de achterkamer bezig T-shirts in allerlei kleuren uit dozen te halen. Hij sprong overeind toen hij Ginny in de deuropening zag staan.

'Sorry, ik weet dat je het druk hebt.' Ze had voorbereid wat ze zou zeggen en flapte het er dus in één keer uit. 'Ik wilde alleen mijn excuses aanbieden voor Carla. Die weet soms niet van ophouden. En laat morgenavond maar zitten, dat gaat niet door. Maak je daar geen zorgen om. Goed, ik moet nodig naar mijn werk dus...'

'Ho, hé, wacht even.' Hij greep haar arm voor ze kon weglopen. 'Wat is er?'

Alleen een man zou zo'n vraag stellen.

'Niks. Ik heb alleen geen andere mensen nodig om dingen voor me te regelen. En jij ook niet. Dus zullen we het daar maar gewoon bij laten? Het spijt me dat Carla je heeft gebeld.'

'Hou op met die verontschuldigingen. Dat hoor ik juist te doen.' Zwijgend bestudeerde hij haar gezicht. 'Ik heb het echt druk gehad, weet je, met de voorbereidingen voor het vakantieseizoen. Maar ik had je moeten bellen. Je vriendin had gelijk dat ze me zo liet zweten. En ik zou het leuk vinden morgen naar het Carson Hotel te gaan. Heel erg leuk.'

O god, niet nog meer verwarring. Nu hij haar zo aankeek en zo oprecht berouwvol deed, wist ze niet meer wat ze moest doen of zeggen. Ze had zich voorgenomen om sterk te zijn en ze voelde dat ze zwakker werd, omdat ze hem zo ontzettend graag wílde geloven.

'Alsjeblieft?' zei Perry op dat moment, terwijl hij haar naar zich toe trok met een schitterende, onweerstaanbare glimlach op zijn gezicht. 'Geef me een kans om het goed te maken. Het wordt een fantastische avond, dat beloof ik je. En ik zal mijn best doen om Carla ervan te overtuigen dat ik geen harteloze klootzak ben. Trouwens, is ze net zo eng als ze klinkt?'

'Nog enger,' antwoordde Ginny. Het had geen zin. Ze kon niet verhullen dat ze blij was dat hij alles zei waarop ze had gehoopt. 'Oké, dan zie ik je morgenavond daar.'

'Hoera.' Hij kuste haar. 'Je bent fantastisch.'

O, wat voelde zijn mond verrukkelijk aan. 'En ik wil dat jij Carla voor je wint.'

'Jij bent het belangrijkst. Zolang ik jou voor me heb gewonnen, ben ik dik tevreden.' Perry's ogen twinkelden. 'Bovendien, wat kan die Carla me nou helemaal maken?'

'Laat ik het zo zeggen,' zei Ginny, 'je kunt misschien maar beter een kogelvrij vest aantrekken.'

Ginny kwam uit de keuken van het restaurant lopen en het duurde even voordat ze de drie vrouwen herkende die net voor de lunch waren binnengekomen. Het kwartje viel. Getver, de heksenkring.

Tot overmaat van ramp was Evie vrij en was Finn nu bezig ze te begroeten en hun jassen aan te nemen.

'Ik ben de eend, schat. Hij de krab.'

'Oeps, sorry.' Ginny verwisselde snel de borden die ze net had neergezet. Achter haar rug voelde ze de blikken van de heksen op haar.

'Ginny, kom eens.' Finn stond bij de bar waar de heksen vast een drankje gingen bestellen. 'Deze dames zeggen dat ze je ergens van kennen.'

'Jij bent toch niet Gavins ex-vrouw?' Van dichtbij zag ze dat de hoofdheks zwaar was opgemaakt met heel veel felgroene glitteroogschaduw. Ze had een akelige schittering in haar ogen. 'Je was gisteren op onze club en hebt je vriendin toen bij ons gedumpt. We kregen geen kans om even met jou te praten, heel jammer.' Ze wendde zich tot Finn en legde uit: 'Een vrijgezellenclub, we gaan gezellig met elkaar om. Maar sommige mensen vinden het blijkbaar zonde van hun tijd om met mensen van hetzelfde geslacht te praten. Zo leek Ginny veel geïnteresseerder in het ontmoeten van alle mannen. Ik geloof zelfs dat je de godganse avond met onze mannen hebt staan praten, is het niet? Niemand anders kreeg zelfs maar een kans.'

Ginny wrong zich in allerlei bochten. Finns gezicht achter de bar was om in te lijsten. Logisch, vorige week had ze nog zo verontwaardigd gereageerd toen Gavin had geopperd of ze misschien niet eens naar de club wilde komen.

Met trillende mond zei Finn: 'Ik dacht dat je niet zou gaan. Waarom ben je van gedachten veranderd?'

Ginny's gezicht stond in brand; ze hoefde niet in de spiegel achter de bar te kijken om te weten dat Campari dezelfde kleur had. 'Het was de bedoeling dat Laurel iemand zou ontmoeten. Ik ben alleen meegegaan om haar gezelschap te houden.'

Heks nummer twee gniffelde. 'Maar dat heb je niet gedaan, hè? Je hebt haar aan haar lot overgelaten. En zij vertelde ons dat je wanhopig op zoek bent naar een nieuwe man, dat ze alleen daarom met jou was meegegaan!' Ze stopte even om haar sigaret aan te steken en blies een rookwolk uit. 'Nou, van wat wij zo zagen, heb je er anders genoeg ontmoet. Timothy leek behoorlijk verliefd toen jullie aan het schuifelen waren.'

Finn trok een wenkbrauw op. 'Klinkt alsof je een leuke avond hebt gehad.'

'Hij vroeg me ten dans. Het zou onbeleefd zijn geweest om te weigeren. En ik heb niet alleen maar met mannen gepraat,' zei Ginny. 'Ook met Bev.'

'O ja, zij! Hm... Die vindt zichzelf beter dan de rest.' Heks nummer drie schudde haar onder de haarlak bedolven en uitgestreken haar naar achteren. 'Dat is ook een mannenverslindster. Echt een slet. Niemand vindt haar aardig.'

'Nou, ik wel.' Ginny pakte de menukaarten en overhandigde er een aan elke heks. 'Maar ik kom niet terug naar jullie club, hoor.'

'Jammer,' zei Finn lijzig. 'Het klinkt reuzeleuk.'

'Hij is trouwens vrijgezel,' zei Ginny en ze zag de heksenkring meteen opfleuren. 'Als het hem zo leuk lijkt, waarom proberen jullie hem dan niet over te halen eens langs te komen?'

Bingo. De ogen van de eerste heks begonnen te fonkelen onder de dikke laag mascara. Ze legde haar hand op Finns arm. 'Wat een geweldig idee!'

'En je hoeft niet bang te zijn dat je alleen bent,' zei Ginny vrolijk. 'Ik weet zeker dat deze dames zich wel over je ontfermen.'

'Je wordt bedankt.' Finn had gewacht tot het restaurant leeg was; de drie heksen waren als laatsten vertrokken.

Wat kon wraak toch zoet zijn. Ginny was druk bezig de tafels schoon te maken en keek hem stralend aan. 'Niets te danken. Je vindt het er vast geweldig!'

'Ik spring nog liever in een ravijn. Niet dat er iets mis is met vrijgezellenclubs,' voegde hij er haastig aan toe. 'Maar het vooruitzicht dat die drie me de hele tijd zouden achtervolgen, is me iets te veel. Los van het feit dat het goed is om verandering te willen brengen in een alleenstaande situatie.'

Ginny overwoog even alles nog een keer uit te leggen, maar besloot dat toch maar niet te doen. Hoe feller ze protesteerde, hoe wanhopiger ze zou overkomen. Ze knikte dus alleen maar en zei: 'Ik weet het.'

'Dit is overigens geen uitnodiging voor een afspraakje,' kondigde Finn aan toen ze uit de keuken terugkwam om de tafelkleden op te ruimen, 'maar gewoon een aanbod. Ik ben namelijk uitgenodigd voor de heropening van het Carson Hotel morgenavond en ik mag een introducé meenemen. Als je mee wilt gaan, dan kan dat dus.'

Dat was nog eens een verrassing. Met de stapel tafelkleden tegen haar borst aangedrukt, zei Ginny: 'Wil je dat ik met jou meega naar een hotel? Ben je niet bang dat ik ochtendjassen ga stelen?'

Finn glimlachte. 'Ik moet maar hopen dat je je weet te gedragen.'

'Ik weet niet of me dat gaat lukken. Denk je dat er veel alleenstaande mannen zijn?'

'Dat zou kunnen, ja. Daarom dacht ik ook dat je het leuk zou vinden. En terwijl je met ze praat, kun je meteen een goed woordje doen voor Penhaligon's.'

Ginny dacht er even over na. 'Dus ik mag reclame maken voor jouw restaurant terwijl ik mannen versier?'

'Absoluut. Zoveel je wilt.'

Misschien bedoelde hij het goed, maar ze vond het toch wat betuttelend overkomen. Ze keek hem stralend aan. 'Dat is erg aardig van je, maar nee, bedankt.'

'Ga je niet mee?' Finn zag er verbouwereerd uit, als een weldoener die een eenzame gepensioneerde uitnodigt voor het kerstdiner en wordt afgewezen.

'Ja, eerlijk gezegd omdat ik morgen al naar het Carson Hotel ga. Met mijn vriendje.' Was het heel erg fout om iemand je vriendje te noemen als je achtendertig was? Nou ja. 'Dus dan zie ik je daar wel.'

'Prima.' Hij keek haar geamuseerd aan. 'Prima. Ik dacht: ik vraag het je gewoon.'

'Zie je nou wel? Ik ben niet zo hopeloos als je wel dacht.'

'Ik vind je niet hopeloos. En hoe dan ook, je kunt nog steeds reclame maken voor het restaurant.'

'Dat zal ik zeker doen.' Terwijl ze langs hem heen liep met haar armen vol tafelkleden, schonk ze hem een oogverblindende glimlach. 'Als ik het niet te druk heb met feesten.'

20

'Wat zie je er mooi uit,' zei Laurel.

Ginny voelde zich acuut schuldig. Laurel zat in haar flodderige ochtendjas op de bank, half te lezen in een roman met een deprimerende voorkant en half te kijken naar een documentaire over haaruitval. De titel van het boek was: *Hoe moet ik verder zonder jou?* Laurel kon veel beter wat lekker vlot geschreven chicklit gebruiken.

'Dank je.' Ze streek haar felgroene jurk glad over haar heupen en stak trots de lila schoenen omhoog die bij haar handtasje pasten. 'De hakken zijn wel een beetje hoog, moet ik zeggen. Misschien val ik wel om en breek ik mijn enkel. Heel jammer dat je niet mee kunt gaan, maar...'

'Weet ik. Carla had maar één extra kaartje.' Laurel leek het niet al te erg te vinden. 'Maak je geen zorgen, ik vind het prima om thuis te blijven.'

'En je hebt een heerlijke curry gemaakt,' ratelde Ginny iets te enthousiast door. 'Dus dat is ook iets om naar uit kijken!'

Getver, nu klonk ze alsof ze op ziekenbezoek was.

'Weet ik. Misschien vraag ik Perry wel om langs te komen. Hij is dol op curry.' Laurel zag de gealarmeerde blik in Ginny's ogen. 'Dat mag toch wel?'

O god, nog meer leugens.

'Natuurlijk! Oké, ik moet maar eens...'

Op dat moment ging haar mobieltje. Ze hoopte maar dat het Perry niet was en viste de telefoon vlug uit haar tas.

Nee, godzijdank. 'Jem! Dag lieverd, hoe is het?' Ze zwaaide Laurel gedag en liep naar de hal.

'Heel erg goed, mam. Ik wilde alleen even zeggen dat je me morgenochtend niet moet bellen, omdat we hier vanavond een feest-

je hebben. Waarschijnlijk blijven er heel veel mensen slapen, ik denk dat niemand voor twaalf uur wakker is.'
Ginny glimlachte en stelde zich voor hoe het er daar morgenochtend uit zou zien. De flat zou waarschijnlijk een ravage zijn.
'Prima schatje, ik zal je lekker laten uitslapen. En vergeet niet dat je al die mensen ook laat opruimen. Je moet het niet in je eentje doen.'
Jem lachte. 'Wees maar niet bang. Rupert heeft al schoonmakers geregeld. Die komen morgenmiddag de boel weer oplappen. Dat is een van de voordelen van rijk zijn – we hoeven geen poot uit te steken.'
'Klinkt goed. Dus jullie kunnen het nog steeds goed met elkaar vinden?' Aangezien Jem nooit zelf was gekomen met informatie over haar relatie met Rupert, vroeg Ginny er ook maar niet naar. Dat zou Jem waarschijnlijk alleen maar bemoeizuchtig vinden. Ginny wist dat ze niet net kon doen alsof ze het geweldig vond en een ruzie was wel het laatste wat ze konden gebruiken.
'Het gaat super.' Jem klonk inderdaad erg opgewekt. 'We zijn druk bezig met alle hapjes. Lucy en ik zijn worstjes aan het grillen, uien aan het snijden...'
'En Rupert?' Zie je wel. Ze moest het wel vragen.
'O, dat is een luie donder. Die zit in bad!'
Goh, wat verrassend. Maar Jem lachte, te gelukkig om te zien dat Rupert hautain, egoïstisch en duidelijk geen werkpaard was.
In een opwelling vroeg Ginny: 'Heb je Davy ook uitgenodigd voor het feest?'
'Mam, ik zou bijna denken dat je iets met hem hebt,' giechelde Jem. 'Je hebt het altijd over hem.'
Omdat het een aardige jongen is, wilde Ginny antwoorden. Anders dan sommige anderen van wie ik de naam zou kunnen noemen. 'Sorry.'
'Davy en Rupert zijn niet de beste vrienden. Dus het was beter om hem niet uit te nodigen. Maar,' veranderde Jem snel van onderwerp, 'ik heb helemaal nog niet gevraagd hoe het met jou gaat. Wat ga je dit weekend doen? Iets leuks?'
'Ja, iets heel leuks.' Ginny liep naar buiten om buiten het gehoor van Laurel vrijuit verder te vertellen. 'Ik ben op dit moment zelfs op weg naar een feestje. Het Carson Hotel gaat ein-

delijk weer open en dat vieren ze nogal groots. Carla heeft me samen met een vriend uitgenodigd en hopelijk krijgen we iets beters voorgeschoteld dan gegrilde worstjes en gebakken uien.'
'Wat geweldig, mam. Wie is die vriend? Een van Carla's toyboys?'
'Nee, iemand met wie ik al een paar keer ben uitgeweest. We kunnen het goed met elkaar vinden.' Ginny zei het heel terloops, alsof ze al met miljarden mannen was uitgeweest.
'Mam!' Jem, die wist dat dat niet zo was, was meteen een en al oor. 'Wie is het dan?'
'Gewoon een aardig iemand. Maak je geen illusies.' Ginny vond het vreselijk dat ze tot nu toe had gezwegen over Perry, maar zelfs nu durfde ze zijn naam niet te noemen. Voorzichtigheid was niet Jems sterkste punt. Ooit had ze in een bus geroepen dat de Kerstman niet bestond en zo een stel jongere kinderen aan het huilen gebracht.
Oké, ze was destijds pas tien geweest, maar toch.
'Ga me nou niet vertellen dat hij niets bijzonders is, want het is hartstikke spannend! Is hij knap? Heeft Carla hem al ontmoet? Wat cool, zeg!'
Ginny stak net de straat over toen Carla naar buiten kwam. 'Ja, hij is knap. En Carla gaat hem zo voor het eerst zien. We zijn nu op weg naar het hotel, dus ik ga ophangen. Veel plezier vanavond, lieverd. En braaf zijn, hè?'
Jem klonk alsof ze een grote grijns op haar gezicht had. 'Jij ook.'

'Dat is hem.' Ginny wees vol trots naar Perry, die aan de andere kant van de zaal stond. Hij was goed gekleed (hoera) en (dubbel hoera) zag er nog aantrekkelijker uit dan normaal. Zijn roodblonde haar glansde in het felle licht van de kroonluchters, zodat hij nogal opviel tussen alle andere mannen. Hij droeg een donkerblauw pak en een blauw-wit gestreept overhemd. Toen hij Ginny en Carla zag kwam er zo'n ongelooflijke glimlach op zijn gezicht dat er allemaal tintelingen langs Ginny's rug omhoogschoten.
Hij kwam op hen af en Ginny stelde ze aan elkaar voor.
'Leuk je eindelijk te ontmoeten.' Perry schudde Carla de hand.
'Hm,' zei Carla koeltjes. 'Daar ga je misschien nog wel anders over denken.'

Perry wendde zich tot Ginny. 'Nou, je had gelijk toen je zei dat ze eng was.'
'Ginny is mijn vriendin. Ik geef om haar welzijn,' zei Carla bits.
'Weet je? Dat is nergens voor nodig.'
Carla's ogen schoten vuur. 'Als ik een nieuwe vriend heb, belt hij me dag en nacht. Dan kan hij niet zonder me. En zien we elkaar continu.'
'Zolang hij zijn huiswerk maar heeft gedaan en weg mag van zijn moeder,' kaatste Perry terug.
'Oké, hou op.' Ginny ging tussen hen in staan – jezus, dit leek wel op *Eastenders*. 'Hou op met dat geruzie. Ik wil dat jullie aardig tegen elkaar doen.'
Perry haalde zijn schouders op. 'Zij begon.'
'Wat ben jij een slapjanus, zeg.'
'Niet doen,' smeekte Ginny.
'Oké. Sorry. Het is vast een geweldige vent.' Carla knikte kortaf en keek om zich heen. 'En nu moet ik gaan netwerken. Dan kunnen jullie lekker beppen.' En ze liep weg.
Geschrokken zei Ginny: 'Zo doet ze anders nooit.'
'Maak je geen zorgen, ik ken die types. Sommige vrouwen kunnen wel goed schelden, maar niet incasseren. Moet je dat kapsel van haar zien,' zei Perry minachtend. 'En die kleren en make-up. Een meedogenloze vrouw die zich wanhopig graag wil bewijzen. Daarom valt ze ook op jongere mannen. Dan kan ze die lekker de les lezen en de lakens uitdelen. Maar diep vanbinnen is ze heel onzeker.'
Hij klonk zo zelfverzekerd en laatdunkend. 'Carla is niet onzeker. Ze is...'
'Genoeg over Carla. Jij bent er en dat is voor mij het enige wat telt.' Hij keek haar diep in de ogen. 'Kom, we gaan er een leuke avond van maken.'
Ondanks het vervelende begin was Ginny blij hem weer te zien. Perry pakte twee glazen champagne van een passerende serveerster en ze proostten.
'Op jou. Je ziet er fantastisch uit,' zei hij en keek vol bewondering naar haar jurk. 'En vertel eens, wat heb je de afgelopen week allemaal gedaan?'
Ze vertelde hem over haar werk bij Penhaligon's, over het cha-

peronneren van Laurel naar de vrijgezellenclub en over Laurel die nu thuis in een flodderige ochtendjas naar deprimerende televisieprogramma's zat te kijken. 'Ze was van plan je vanavond uit te nodigen,' besloot Ginny haar verhaal. 'Ik voelde me zo rot.'
'Nergens voor nodig. Je bent heel goed voor haar.'
'Maar ze is nog steeds depressief vanwege die Kevin.'
'Moet je nagaan hoe erg het zou zijn als ze jou niet had.' Perry keek even langs haar linkeroor. 'We worden trouwens bekeken. Niet een van je exen, hoop ik?'
Ginny draaide zich om en zag Finn een eindje verderop met een beeldschone brunette staan praten. Af en toe keek hij even hun kant op. 'Dat is mijn baas.'
Finns aandacht werd weer in beslag genomen door de rondborstige brunette, maar Ginny, die het heerlijk vond dat hij hen had gezien, merkte dat ze wat geanimeerder werd. Ze ging ook wat dichter bij Perry staan en raakte zijn arm aan tijdens het praten. Als Finn had verwacht dat ze met een doodgewone, onopvallende man zou aankomen, nou taadaa! Dat was dus niet zo! Ze hoopte stiekem dat hij onder de indruk was. Later, als de mogelijkheid zich voordeed, zou ze wel zijn kant op wandelen en hem aan Perry voorstellen. O heerlijk, nog een dienblad met drankjes.

Carla had het afgelopen uur rondgelopen, bekenden gegroet en zichzelf voorgesteld aan onbekenden. Het Carson Hotel was het enige vijfsterrenhotel in Portsilver en de opzichtige opening was een grootse gebeurtenis. Iedereen was onder de indruk van de Victoriaanse serre, die prachtig was afgewerkt en een schitterend uitzicht over zee had. Drie gasten waren al naar haar toegekomen voor offertes voor hun eigen huis of bedrijf.
Tot dusverre was het dus een geslaagde avond. Met maar één lastige, maar niet onoverkomelijke hindernis.
Op weg naar de damestoiletten kwam ze hem tegen. Zonder een spier te vertrekken, soepel als een behendige goochelaar, duwde Perry een deur open in de lange gang en trok haar een lege kamer in.
'Wat heeft dit te betekenen?' vroeg Carla kwaad.

'Heb je dit wel eens eerder meegemaakt?'
Ze kneep haar ogen tot spleetjes. 'Je bedoelt, ontvoerd worden?'
'Je weet best waar ik het over heb.'
Hij keek op haar neer en drukte haar schouders tegen de muur aan. Carla slikte en merkte opeens dat ze trilde. 'Laat me los.'
'Je hebt mijn vraag nog niet beantwoord.'
'Dat hoef ik ook niet.'
'Volgens mij moet je dat wel.'
'Als je me bang probeert te maken...'
'Dat is nergens voor nodig,' zei Perry glimlachend. 'Je bent zo te zien heel goed in staat jezelf bang te maken. En? Durf je het nu toe te geven?'
Carla's mond werd kurkdroog. 'Wat zou ik dan moeten toegeven?'
Als antwoord liet hij een van haar schouders los en legde de palm van zijn hand tussen de v van haar blouse en het kuiltje in haar hals. Onmiddellijk – alsof ze daaraan herinnerd hoefde te worden – voelde Carla haar hart bonzen. Het ging zo hard tekeer, het leek wel alsof ze net de marathon had gelopen.
'Ik ben geen arts,' zei Perry op vertrouwelijke toon, 'maar ik gok op honderdtwintig slagen per minuut.'
Ze was aan het verliezen. Hij wist het!
'Dat is toch niet zo gek als je met een vreemde in een kamer zit opgesloten?' Ze probeerde zichzelf nog verder tegen de muur aan te drukken. 'Vooral als het iemand is die je niet vertrouwt.'
'Alleen was het daarvóór ook al gebeurd, hè? Toen Ginny ons in de balzaal aan elkaar voorstelde. Ik zag het aan je.' Perry glimlachte weer terwijl hij met zijn vinger lichtjes over de ader in haar hals streek, die overduidelijk heel hard klopte.
Dit was verschrikkelijk, een nachtmerrie. Carla was altijd, áltijd, in staat geweest haar echte gevoelens te verbergen. En ze was trots op die gave. Maar had ze ooit zoiets gevoeld, zo'n intens en zo'n overweldigend gevoel als dit? Vanaf het moment dat ze Perry Kennedy zag, had haar lichaam onafhankelijk van haar hersenen gereageerd. Ze geloofde niet in liefde op het eerste gezicht, maar had ze dat wel gedaan... nou, dan zou dat zó voelen.
Maar hij was van Ginny. En Ginny was haar beste vriendin. Ze mocht zichzelf hier niet aan overgeven!

'Ik heb dat ook,' fluisterde Perry. 'Precies hetzelfde. Jij bent het, jij bent alles waar ik ooit van heb gedroomd. Sorry, ik weet dat het als een cliché klinkt. Maar het is echt zo.'
'Laat me los. Dit ga ik niet laten gebeuren. Ik wil je nooit meer zien.' Carla voelde zich licht in haar hoofd worden en hapte naar adem terwijl ze hem van zich af probeerde te duwen.
'Maar je moet wel. Je weet dat het niet anders kan. Luister, ik wil Ginny ook niet kwetsen. En ik weet dat we vanavond niets kunnen doen, maar ik moet je nog een keer zien. Geef me je telefoonnummer, dan bel ik je. Kunnen we elkaar morgen zien?'
'Nee.' Ditmaal lukte het Carla zich los te wurmen. 'Nee!' hijgde ze en ze wankelde de kamer uit.
Lieve hemel, waarom moest dit háár nou overkomen?
Gelukkig was het damestoilet leeg. Ze sloot zichzelf op in een van de marmeren hokjes en ging met het hoofd in haar handen op de wc zitten. Ze bedekte haar vuurrode wangen en wilde de afgelopen tien minuten uit haar hoofd bannen. Wis. Terugspoelen. Denk aan Ginny, denk aan Ginny, denk níet aan...
Trr. Carla's mobieltje begon te trillen, en ze viel bijna van de pot. Met trillende handen keek ze op haar scherm: een onbekend nummer. Laat maar overgaan naar de voicemail, laat maar gaan.
Nee, ze kon het niet.
'H-hallo?'
'Met mij.'
Ze wist dat hij het zou zijn. 'Ik had toch gezegd dat je me niet mocht bellen.'
'Dat heb je niet gezegd.' Perry's stem klonk heel ontspannen, bijna speels. 'Je zei dat je me je nummer niet zou geven.'
'En hoe heb je dan...?'
'Gelukkig staat er in de serre een tafel met brochures van je werk.' Hij wachtte even. 'En niet te vergeten, een stapel visitekaartjes.'
'Ik wil niet met je praten. Ik ga ophangen.'
'Ik woon in het appartement boven mijn winkel. Harbour Street, 25B. Kun je morgenavond om acht uur?'
Carla sloot haar ogen en drukte haar trillende knieën tegen elkaar. 'Je bent gek. Ginny is mijn vriendin!'

'Acht uur dus.'
'Ik ga haar dit vertellen. Ik ga nu naar haar toe en haar vertellen wat jij achter haar rug uitspookt.'
'Acht uur,' zei Perry.
Klik.
Carla staarde naar de telefoon in haar hand. Hij had opgehangen.

21

'Dit is hem.' Ginny stond naast Finn en stelde Perry trots aan hem voor.
'Hallo. Leuk je te ontmoeten.' Perry schudde Finn de hand. 'Sorry dat het even duurde. Ik kwam een bekende tegen.'
Opgewekt zei Ginny: 'Maakt niet uit. Ik heb met een heleboel mensen gepraat en gezegd dat ze naar Penhaligon's moeten komen! Een stel wil reserveren voor volgende week; ze zijn op zoek naar een plek voor de bruiloftsreceptie van hun dochter.'
'Bruiloftsrecepties.' Perry huiverde. 'Sorry, maar dat vind ik altijd zo'n nachtmerrie. Kinderen die gillend rondrennen, krijsende baby's... heb jij kinderen?'
'Nee.' Finn spande zijn kaken.
'Heel verstandig. Niet doen. Ik snap niet wat er zo leuk aan is. Iedereen zegt altijd dat kinderen je leven veranderen... nou nee, bedankt. Ik wil mijn leven helemaal niet veranderen. Ik hou het liever zoals het is. Wie zit er nou te wachten op al dat gedoe?'
'Dat is niet zo'n slimme opmerking,' fluisterde Ginny hem toe toen Finn zichzelf had verexcuseerd om zijn gesprek met de beeldschone brunette weer op te pakken. 'Zijn vriendin heeft vorig jaar een baby gekregen. Finn dacht dat het zijn kind was, maar dat was dus niet zo. Ze is er uiteindelijk vandoor gegaan met de vader van de baby.'
'Dat noem ik nou mazzel hebben. Nou zeg, je hoeft me niet zo aan te kijken.' Perry grijnsde en legde zijn arm om haar middel. 'Kinderen zijn gewoon niet mijn ding. En geloof me, er is niets

ergers dan een broedse vrouw. Ik bedoel maar, kijk naar Laurel. Al dat Kevin-gedoe komt minstens voor de helft omdat ze bang is dat ze de boot mist. Haar hormonen zijn in paniek en vliegen als een stel kippen zonder kop in de rondte.' Hij drukte haar nog eens stevig vast. 'Dat vind ik nou juist zo leuk aan jou.'

'Wat? Dat mijn hormonen als kippen zonder kop in de rondte vliegen?'

'Dat ze dat níét doen.' Perry had een olijke, groene glans in zijn ogen. 'Laurel en jij zijn even oud, maar jij hebt jouw aandeel al gehad. Je hebt geen behoefte meer aan dat hele broedgedoe. Begrijp me niet verkeerd, ik vind het geweldig dat je een dochter hebt. Ik zit er alleen niet op te wachten om er zelf ook een te hebben.'

'Je klinkt precies als Carla.'

'God, je gaat me toch niet vertellen dat we het ook nog eens ergens over eens zijn? Ik weet niet goed wat ik daarvan moet denken.'

'Carla is echt leuk.' Ginny wilde zo graag dat ze elkaar zouden mogen. 'Wacht maar tot je haar beter kent.'

Perry trok een gezicht. 'Liever niet.'

'Niet zo gemeen doen. Ze is mijn beste vriendin.'

'Ze is een adder. Maar waarom verdoen we onze tijd met haar? Ik heb je nog niet eens gezoend.'

In dit gezelschap? Gealarmeerd piepte Ginny: 'Dat kan hier echt niet!'

'Dat weet ik, ik ben geen totale barbaar, hoor.' Met zijn arm om haar middel leidde hij haar door de volle balzaal en knikte vriendelijk toen ze langs een strak kijkende Carla liepen. Ze stond met een potentiële klant te praten. 'Daarom dacht ik ook dat we de tuin maar eens moesten verkennen.'

'Het is donker buiten. Straks struikel ik ergens over en lig ik languit op de grond.'

'Dat gebeurt niet, het is volle maan. En de tuin is bovendien verlicht.' Hij opende de serredeuren en duwde haar zachtjes naar buiten. 'Maak je geen zorgen, ik beloof dat je niet valt.'

Ginny genoot van de manier waarop hij dat zei. Zo zou James Bond het ook zeggen. Nu voelde ze zich helemaal veilig.

Carla kon het niet laten en liep naar Finn Penhaligon, die bij de bar stond. Hij herkende haar meteen en trok een wenkbrauw op.
'Mag ik je iets vragen?' God, haar maag was helemaal van streek. 'Wat vind je van Ginny's vriend?'
'Ik heb hem maar even gesproken. Ik ga meestal niet op een eerste indruk af.' Hij zweeg even en voegde eraan toe. 'Maar in dit geval wil ik daar wel een uitzondering op maken.'
'En?'
'Wat een klootzak.' Hij klonk neerbuigend.
Dat was precies wat Carla wilde horen. Ze brak een cocktailprikkertje in tweeën.
'En?' aapte Finn haar plagend na. Grappig hoe zo'n op het oog aantrekkelijke vent geen enkel effect op haar had, terwijl... o god, niet doen, niet aan Perry Kennedy denken!
Carla knikte en pakte een volgend cocktailprikkertje om in tweeën te breken. 'Helemaal mee eens.'

De muziek weerkaatste tegen de muren van de kamer en de vloer trilde helemaal. In de woonkamer was een rumoerig spel aan de gang, dat bestond uit een blikje bier zo lang mogelijk zien te balanceren op je voorhoofd, en waarbij veel werd geduwd en gemorst. Het tapijt was doorweekt en overal lagen lege blikjes. Jem, die zag hoe een van Ruperts vrienden een andere vriend tegen de vloer werkte – pats! – had nu al medelijden met de schoonmakers.
Ze schrok toen ze een hand op haar billen voelde. Ruperts mond streek langs haar oor en hij fluisterde: 'Waar denk je nu aan?'
'Dat als dit stelletje hier vanavond wil blijven slapen, ze misschien wel verdrinken.'
'Dat is hun probleem, niet het mijne. Heb je een slipje aan?'
'Ja!' Jem probeerde zich los te wurmen terwijl zijn vingers de achterkant van haar spijkerbroek verkenden.
'Jammer. Niemand zou het zien als we even wegglipten. Zin in een vluggertje?'
'Dat kan niet.' Jem draaide zich om en keek hem grijnzend aan. 'Het is niet netjes om je gasten alleen te laten.'
'Die gasten kunnen de pot op. *It's my party* en als ik wil neuken...'

'Rupert, kun je iets doen aan Tilly en Marcus?'
Jem schrok omdat Lucy uit het niets achter hen was opgedoken. Ze keek Rupert doordringend aan. 'Ze hebben zich opgesloten in de badkamer en er moeten mensen heel nodig naar de wc.'
'Grote geesten denken hetzelfde,' fluisterde Rupert in haar oor voor hij zichzelf van de muur weg duwde. 'Oké, ik ga hun plezier wel bederven.'
Toen hij weg was vroeg Lucy met een vreemde klank in haar stem: 'Wat zei Rupert net tegen je?'
O jezus, ze had het toch niet gehoord? Ongemakkelijk antwoordde Jem: 'Niks. We hadden het alleen over de vloerbedekking die doorweekt raakt door al dat bier. Kijk maar.' Ze gebaarde met haar hoofd naar de andere kant van de kamer waar zojuist weer een blikje bier door de lucht vloog en schuim in de rondte spoot.
'Zo zag het er anders niet uit.' Lucy had haar handen diep in de zakken van haar heupbroek gestoken. 'Jullie stonden te smoezen.'
Jems mond werd droog. Lucy had tenminste niet gezien dat Rupert haar betastte; gelukkig was hij discreet geweest.
'En had hij zijn hand niet op je billen?'
'Nee... nou ja, hij was gewoon een beetje aan het zieken,' stamelde Jem. 'Dat had niks te betekenen.'
Lucy fronste. 'Speelt er iets tussen jou en Rupert?'
Zie je nou wel? Het zat haar duidelijk dwars. En daarom kon Jem de waarheid dus ook niet vertellen. 'Nee!' riep Jem verbijsterd uit. 'Jezus, dat meen je niet, hè? Doe normaal! Dat je dat überhaupt denkt.'
Zo, was dat overtuigend genoeg? Ze bleef de verontwaardigde onschuld zelve spelen en hoopte maar dat Lucy geen leugendetector tevoorschijn zou toveren.
'Oké,' zei Lucy vlak. 'Maar als het wel zo was, dan zou je het me vertellen, hè?' Haar woorden klonken broos. 'Ik bedoel, ik zou het wel willen weten.'
Natuurlijk zou ze het willen weten. En als ze erachter zou komen? Dan zou de gemoedelijke, blije sfeer in huis zijn verpest, zou Lucy zich het vijfde wiel aan de wagen voelen en zou ze binnen no-time willen verhuizen.

En dat wilde Jem niet. Lucy was haar beste vriendin hier in Bristol en de perfecte huisgenoot.

'Als dat zo was, zou ik het je vertellen,' zei Jem, 'maar dat is niet zo. Echt waar. Jezus, ik ben toch lang niet chic genoeg voor Rupert?'

Een flauwe glimlach verscheen op Lucy's gezicht. 'Je zou zijn ruige vriendinnetje kunnen zijn.'

'Goh, wat ben je weer aardig!' Jem was opgelucht dat de ondervraging voorbij was en deed net alsof ze aan de opzichtige oorbellen van haar vriendin wilde trekken. 'Ha, dat geldt misschien voor jou.'

Lucy grijnsde terug, net zo opgelucht als Jem. 'Ruik jij ook verbrande worstjes?'

Ja, dat rook zij ook. Nog een wonder dat het rookalarm niet was afgegaan. Dankbaar dat de crisis was afgewend en omdat ze graag aardig wilde zijn, zei ze: 'Je hebt al zo veel klaargemaakt. Ik neem de keuken wel van je over.'

'We hebben meer gesnipperde uien nodig.'

'Prima, dat doe ik wel.'

Lucy hield haar hoofd een tikkeltje schuin en zei heel luchtig: 'Last van een slecht geweten?'

'Nee!' Jem probeerde haar andere oorbel te grijpen. 'Doe normaal, zeg. Ik wil gewoon als eerste kunnen kiezen, anders krijg ik al die zwartgeblakerde worstjes.'

'Ik heb ze al uit de oven gehaald,' zei Davy toen Jem de keuken in kwam stormen. De bakplaat met worstjes stond op het fornuis na te smeulen en Davy stond met opgerolde mouwen een hele lading uien te snijden.

'Mijn held! Ik wist niet eens dat je er al was!' Jem omhelsde hem, helemaal blij dat Davy toch nog was gekomen. Na het telefoontje met haar moeder had ze hem uit schuldgevoel alsnog een sms'je gestuurd om hem uit te nodigen voor het feest. Nu was ze extra blij dat ze dat had gedaan. 'En op het nippertje! Je hebt onze worstjes gered!'

'Niet allemaal. Sommige zijn behoorlijk gecremeerd.'

'Ik kan je verzekeren dat die mensen buiten dat toch niet zien. De helft van hen is zo lam dat ze ook houtskool zouden eten als we er een klodder ketchup op zouden smeren. Hier, probeer eens

een niet-verbrande.' Ze koos het beste worstje uit, brak hem in tweeën en duwde de ene helft in Davy's mond en de andere helft in haar eigen.
Godver, wat heet. 'Aaahhhhh!' Jem gilde het uit van de pijn.
'Jeeesssus.' Davy, met in zijn ene hand een halve ui en in zijn andere hand een scherp mes, klemde het worstje tussen zijn tanden en wiebelde ermee alsof hij Mr. Bean was.
'Heet-heet-heet,' hijgde Jem, met haar armen driftig op en neer wapperend en van de ene voet op de andere springend.
'Je stijgt zo echt niet op, hoor,' hoorde ze Ruperts lijzige stem achter zich.
'Hmpf.' Jem draaide zich om met haar mond nog vol worst.
'Wat doet hij hier?' vroeg Rupert.
Jem kauwde, slikte haar hap door en wuifde zichzelf wat koelte toe. 'Ik heb hem uitgenodigd. En hij helpt met het eten.'
'En zo te zien helpt hij ook met opeten.'
'Ik schrijf wel een cheque voor je uit,' zei Davy op vlakke toon.
'Doe geen moeite, die is waarschijnlijk toch niet gedekt. En bovendien wil ik ook mijn steentje bijdragen aan het armoedeprobleem in dit land.'
'Rupert! Jezus, wat kun jij soms een klootzak zijn.' Jem draaide zich om naar Davy. 'Dat meent hij niet, hoor.'
Droogjes zei Davy: 'Natuurlijk niet. En wees niet bang, ik laat jullie nu verder met rust.'
Jem schrok. 'Je gaat toch niet weg?'
'Nee.' Davy waste zijn handen en keek haar glimlachend aan. 'Nee hoor, ik ga niet weg.'
Toen hij de keuken uit was zei Jem: 'Ik haat het als je zo doet.'
Rupert grijnsde en liep op haar af. 'Maar het is juist zo leuk.'
'Helemaal niet. En dát moet je ook niet meer doen.' Ze sprong opzij toen hij een uitval naar haar deed. 'Lucy heeft ons net gezien. Ze vermoedt iets.'
'Wat heb je haar gezegd?'
'Dat er niets aan de hand was, natuurlijk. Ik zei dat je niet mijn type was. En dat ben je ook niet,' voegde Jem er nadrukkelijk aan toe, 'zeker niet als je zo gemeen doet tegen Davy. Als je niets aardigs over iemand kunt zeggen, hou dan gewoon je mond.'
'Jezusmina, waar is de secondelijm? Dan kan ik mijn mond maar

beter meteen dichtlijmen. Alhoewel, hoe moet ik dan drinken?'
Rupert slenterde de keuken uit en Jem stortte zich op de rest van de uien. Toen ze zich twintig minuten later weer in het feestgedruis voegde, zag ze dat er midden in de kamer een luidruchtige limbowedstrijd aan de gang was. Rupert lachte toen Lucy als een hoopje ellende op de grond viel. Hij trok haar overeind, probeerde het toen zelf en wonderbaarlijk genoeg lukte het hem nog ook. Zijn luidruchtige vrienden klapten en brulden vol bewondering, en vonden het blijkbaar ook zonder limbopaal al moeilijk genoeg om overeind te blijven. Toen ze Jem zagen met haar schaal hot dogs begonnen ze weer te schreeuwen. Binnen een paar seconden hadden ze zich als hongerige wolven op haar gestort.
Gelukkig waren het vriendelijke wolven. Jem sloeg een paar handen weg – ze waren niet allemaal op zoek naar hot dogs – en wist drie broodjes achter te houden. Ze liep naar de andere kant van de kamer waar Davy met een mollige, maar mooie brunette zat te praten.
Jem kreeg te horen dat ze Suze heette en dat Patty Carson haar zus was. Patty, die ze van college Engels kende, stond op dat moment te vozen met een van de rugbyers. Suze was verpleegster en woonde in Birmingham. Ze was bij haar zus op bezoek en leek blij met Davy's gezelschap. Jem gaf hun een hot dog, opgelucht dat Davy een leuk meisje had gevonden om mee te praten.
'De deurbel,' werd er gebulderd als aankondiging van nog een stel laatkomers. Jem merkte dat niemand aanstalten maakte om open te doen, rolde met haar ogen en verexcuseerde zich bij Davy en Suze. Ze had de nieuwe gasten binnengelaten en wilde net teruglopen naar het feest toen ze een oorverdovend lawaai uit de keuken hoorde komen.
'O, Jem, het spijt me vreselijk.' Een blozende Patty Carson pakte haar arm. 'Ben is nogal bazig en wist van geen ophouden. En toen viel de grote glazen schaal met salade zomaar op de grond.'
Patty en Ben, allebei straalbezopen, vormden eerder een risico dan dat hun hulp van pas kwam. Nadat ze zich drie keer hadden gesneden, stuurde Jem hen de keuken uit en ging alleen verder met het opruimen van de scherven. Dat was veiliger voor

iedereen, bovendien hadden Patty en Ben de laatste pleisters opgemaakt.
'Niet binnenkomen,' gilde Jem toen de deurknop omlaag ging.
'Ik ben het maar,' zei Davy, die toch binnenkwam. 'Zal ik je even helpen?'
Een nuchtere hand, wat een luxe. Jem knikte dankbaar. 'En Suze dan?'
'Die is een hartig woordje aan het wisselen met Patty. Er zit trouwens sla in je haar.'
'Overal zitten slablaadjes en glas. En olie. Kijk uit, want de vloer is helemaal glibberig van de dressing. Het leek wel alsof Patty en Ben hun eerste schaatsles hadden gehad.' Met een elleboog haalde Jem de pony uit haar gezicht. 'Ik moest ze wel wegsturen, voor een van hen een slagaderlijke bloeding kreeg.'
Samen ruimden ze de rotzooi op. Toen ze zich eindelijk weer in het feestgedruis stortten, was Rupert met Suze Carson aan het praten. Davy pakte een flesje bier uit een bak met smeltende ijsklontjes. 'Zo, nu kan ik het wel vergeten.'
'Dat zegt niks. Hij doet gewoon aardig tegen haar.'
'Hm. Iets te aardig.' Davy trok een wenkbrauw op en toen Jem weer naar Rupert en Suze keek, zag ze tot haar schrik dat ze aan het zoenen waren. Suze hield haar hoofd achterover en had haar armen in extase om Ruperts nek geslagen.
Jem keek snel weg en nam een grote slok wijn. Even later kwam Lucy hun kant op dansen en greep haar bij de hand. 'Kom, we gaan dansen!' schreeuwde ze over de luide muziek heen. 'Kom op, Davy, jij ook.'
Rond vier uur 's ochtends was het feest eindelijk afgelopen. Verspreid over de banken en de stoelen lagen allemaal mensen te pitten; degenen die niet snel genoeg waren geweest moesten het doen met de zompige vloer.
'Naar bed,' geeuwde Lucy, deed de cd-speler uit en struikelde bijna over een snurkend iemand achter de deur. 'Slaap lekker, Davy. Slaap lekker, Jem. Slaap lekker, stelletje dronkenlappen.'
Het was een vreselijke opgave geweest om te doen alsof er niets aan de hand was, maar het was Jem de afgelopen paar uur gelukt en ze was niet van plan nu de handdoek in de ring te gooien. Rupert had de hele avond lopen flirten en hartstochtelijk zit-

ten zoenen met Suze Carson. Patty en haar schaal verbrijzelende rugbyspeler waren om twee uur vertrokken. Kort daarna waren Rupert en Suze naar Ruperts slaapkamer verdwenen, en ze had hem vast geen EHBO-cursus gegeven. Jem had haar best gedaan om zich voor te doen als zorgeloze vrijgezel terwijl er in haar buik ondertussen een gigantische knoop ontstond.
Ze wendde zich tot Davy met een van ellende doortrokken gezicht. 'Zal ik een taxi voor je bellen?'
Davy antwoordde aarzelend: 'Eh, je had gezegd dat ik, als dat nodig was, hier mocht blijven pitten. En het is nogal laat.'
Het was inderdaad laat. En ja, dat had ze gezegd. Maar het was zo lastig om je hoofd erbij te houden als je niets liever wilde dan de gang door rennen en op Ruperts dichte slaapkamerdeur te bonzen en te gillen: Hou op! Hou op met wat je daar ook aan het doen bent. Hou op!'
Jem knikte. 'Natuurlijk kan dat. Sorry, ik dacht alleen dat je naar huis zou willen.'
'Ik heb mijn moeder gezegd dat ik hier zou logeren. En ze reageerde er niet eens slecht op. Een kleine stap voor de mensheid.' Davy keek haar vol zelfspot aan. 'Maar een enorme stap voor mij.'
'Goed gedaan, Davy.' Jem had wat meer enthousiasme willen opbrengen voor zijn overwinning, want het wás echt iets groots. 'Goed zo.'
'Maak je geen zorgen over waar ik moet slapen.' Hij gebaarde naar een plekje op de grond voor de bank. 'Ik red me hier wel.' De zompige vloerbedekking zoog zich vast onder zijn schoenen en op de bank lag Tommy Beresford-Smith als een walrus te snurken. Mocht hij zich in zijn slaap omdraaien, zou hij waarschijnlijk van de bank rollen en Davy pletten.
'Daar kun je niet slapen.' Ze wreef in haar vermoeide, van de rook rood doorlopen ogen en zei: 'Kom maar in mijn kamer slapen. De vloerbedekking is droog en ik snurk niet.'

22

Het voelde alsof ze maar vijf minuten had geslapen toen Jem haar ogen weer opendeed, maar een blik op de wekker wees uit dat het halftwaalf was. Davy's geïmproviseerde bed van kussens en dekens op de vloer was leeg en ze hoorde mannenstemmen in de keuken.

Jem kroop langzaam uit bed, had enorme nadorst en een droge mond van de spanning, toen de deur openging en Davy naar binnen kwam met twee mokken thee.

'Hoi. Net gezet.'

'Dank je wel.' Ze nam de stomende mok van hem aan. 'Is iedereen al op?'

'Alleen Rupert.'

'Ik heb een glas water nodig. Ik ben zo terug.' Ze haalde haar vingers door haar net-uit-bed-haar en stapte langs Davy.

Rupert was in de keuken en zag er walgelijk gezond en onaangedaan uit na alle drank die hij de avond tevoren had weten te verstouwen. Hij had een spijkerbroek aan en schepte met een vuile grijns op zijn gezicht suiker in twee mokken koffie. 'Goedemorgen, schoonheid.' Hij gaf haar een knipoog. 'Heb je lekker geslapen?'

Misselijk van jaloezie deed Jem de keukendeur dicht zodat niemand hen zou horen en vroeg: 'Ben je met haar naar bed geweest?'

'Met wie?'

'Met Scarlett Johansson.' Jem schudde ferm haar hoofd. 'Wie denk je? Dat meisje!'

'O, je bedoelt Suze. Dát meisje.' Geamuseerd voegde hij eraan toe: 'Natuurlijk niet.'

Jem griste een bierglas van het aanrecht, spoelde de bierresten eruit waarbij ze het glas zo onder de kraan hield dat de hele voorkant van haar nachthemd doorweekt raakte met ijskoud water. 'Ik geloof je niet.'

Hij haalde zijn schouders op. 'Tja, daar kan ik niks aan doen. Maar het is wel waar. We zijn in slaap gevallen.'

'Je hebt met haar gezoend.' Jezus, wat was het erg om als een

neurotische, zeurende trut te klinken, maar wat kon ze anders? Hij had haar wel degelijk gezoend!
'Ik dacht dat je het wel fijn zou vinden,' zei Rupert.
'Fijn?!'
'Lucy vermoedde iets. Door Suze mee te nemen naar mijn kamer heb ik dat in de kiem gesmoord. Een geniale vondst, al zeg ik het zelf.'
Jem slikte. 'Heb je het daarom gedaan?'
'Ja. Nou ja, een van de redenen.' Er brak een glimlach door op zijn gezicht. 'Een andere reden was dat ik haar wilde afpakken van jouw maatje, Davy,' voegde hij er lijzig aan toe.
'Waarom?'
'Waarom denk je? Om hem voor lul te zetten.'
'Ik denk nog steeds dat je met haar hebt geslapen.'
'Dat heb ik dus niet gedaan. Maar prima, denk vooral wat je wilt. En trouwens,' zei Rupert, 'moet je jou horen. Wat hebben Davy en jij uitgespookt?'
'Niets!'
Hij hield zijn hoofd schuin. 'Dat zeg jij, ja. Maar laten we wel wezen, hij heeft vannacht in jouw kamer geslapen en dat moet wel de allereerste keer zijn dat hij überhaupt ergens is blijven slapen. Weet jij een betere manier om dat te vieren?' Hij kreeg een kwaadaardige blik in zijn ogen toen hij verder ging. 'Jezus, hoe denk je dat zijn moeder eraan toe is? Ze heeft de afgelopen zes uur waarschijnlijk aan een stuk door het alarmnummer gebeld. Er cirkelen vast helikopters boven de stad, en de rivier wordt misschien al doorzocht door duikers van de politie.'
'Ze wist dat hij hier zou blijven. En hij heeft op de grond geslapen. Je weet best dat we niks hebben gedaan! Dat zou ik nooit doen!'
'Bedoel je dat ik je gewoon maar moet vertrouwen? Nee maar.' Hij plantte een luie zoen op haar blote schouder toen hij met de twee mokken langs haar heen liep. 'Maar vergeet niet dat Lucy je dankzij mij nu met rust laat.'
Ze voelde dat ze voor hem zwichtte. Zelfs een vluchtige kus op haar schouder maakte dat ze op haar benen trilde. Terwijl ze hem zag weglopen, voelde ze een onstuimig verlangen. Als je erachter kwam dat je verwikkeld was in een affaire met iemand die écht sexyer was dan Johnny Depp, wist je dat je verloren was.

In de slaapkamer dronk ze haar inmiddels halflauwe thee op en luisterde naar Davy's korte telefoongesprek met zijn moeder. 'Ja, mam, ik leef nog. Nee, ik heb geen drugs genomen. Nee, de politie is niet gebeld. Mam, het is allemaal goed! Ik zie je later wel, oké? Ja, ik ook van jou.'

Jem zonk neer op het bed. Wat afschuwelijk als je zo'n aanhankelijke, neurotische moeder had. Ze zag dat Davy ophing en nog een nummer intoetste. 'Hoi, met mij. Waar is het en wanneer beginnen we?' Hij luisterde, knikte, pakte een paarse viltstift van Jems dressoir en noteerde een adres.

Hij schreef alleen nauwelijks iets op.

'Oké,' zei Davy vlak. 'Ik zie je daar wel.'

Toen hij de telefoon had neergelegd vroeg Jem: 'Ga je iets leuks doen?'

Hij haalde zijn schouders op en liet haar het papiertje zien.

Jem fronste. 'Maar... dat is hier.'

'Heb ik effe mazzel.'

'Ik snap het niet. Met wie heb je dan afgesproken?'

Davy blies zijn wangen bol en wreef over de achterkant van zijn hoofd. Uiteindelijk zei hij: 'De rest van het Spuug & Poets-team.'

Spuug & Poets: het schoonmaakbedrijf dat door Rupert was ingehuurd om de flat in een normale staat terug te brengen. Of eigenlijk meer dan normaal, gezien de prijzen die ze vroegen.

'Ik wist niet dat je daar werkte,' zei Jem.

'Ik ben ook pas een paar weken geleden begonnen. En paar uur op zaterdag en op zondag. Het verdient niet slecht en het leek toen een goed idee.' Hij slaakte een diepe zucht. 'En wat zal Rupert ervan genieten wanneer hij het hoort.'

Jem had haar best gedaan om iedereen niet al te zachtzinnig wakker te krijgen en de flat uit te bonjouren, maar het leek een beetje op water naar de zee dragen. Stipt om twaalf uur stopte het feloranje busje met het opvallende turkooizen Spuug & Poets-logo voor de deur. Vijf schoonmakers in feloranje en turkooizen overalls sprongen als duveltjes uit een doosje tevoorschijn.

'Daar heb je ze.' Davy stond bij het raam en draaide zich om. 'Zet je maar schrap. Die met het hoofddoekje is Rhonda.'

'Dag schat, Spuug & Poets tot uw dienst.' Toen Rupert de deur opendeed werd hij bijna opzij geduwd door een oranje miniwervelwind in een fluorescerende oranje hoofddoek. 'O hemeltjelief, dat was niet zomaar een feestje zo te zien. Wat een toestand, dat wordt een kwestie van de handen flink uit de mouwen steken.' Rhonda schoot langs hem heen en nam met haar priemoogjes en haar hoofd een tikkeltje schuin de rotzooi van het feestgebeuren in zich op. En vervolgens gaf ze Rupert een klopje op zijn arm. 'Maak je geen zorgen, schat, wij gaan al dat vieze werk voor je doen. Voor je het weet hebben we deze smerige, oude bende weer piekfijn in orde. Nee maar, en wat ben jij een aantrekkelijke jongen, zeg. Wat ik graag wil, is dat iedereen hier effe weggaat zodat wij ons werk kunnen doen. En als jullie om drie uur weer terugkomen, herken je het hier niet terug, dat beloof ik je!'
'We gaan wel even lunchen.' Rupert telde de figuren in overalls die de flat in kwamen zetten met hun emmers en schoonmaakattributen. 'Ik dacht dat jullie met z'n zessen waren.'
'Dat zijn we ook, schat. Alleen nummer zes is er nog niet, maar maak je geen zorgen, die komt vast zo – o, nee maar, als je het over de duvel hebt... Dag schat, die Davy is er nog eerder dan wij! Janice, geef die knul zijn overall eens aan, dan kunnen we aan de slag.'
Rupert deed zijn best om zijn gezicht in de plooi te houden, terwijl Janice een oranje overall naar Davy gooide die net in de deuropening was verschenen. Hij trok hem aan en ritste hem tot aan zijn nek dicht.
'Werk je voor dit bedrijf?' vroeg Rupert.
'Ja.'
'Dus jij gaat mijn huis schoonmaken.'
'Daar lijkt het wel op, ja.'
'Leuk. Vergeet de wc niet te schrobben, hè?'
'Komt voor elkaar,' zei Davy op vlakke toon.
'Ik zou graag willen dat jij dat doet. Dan kan mijn dag echt niet meer stuk.'
Vanuit de keuken riep Rhonda: 'Jezus, wat een bende! Davy, kom je me hier even helpen, schat?'
Rupert gniffelde. 'Davy, ik zou maar voortmaken, schat. De keu-

ken was het toch? Laten we in dat geval maar hopen op wat minder spuug en meer poets.'

Nog steeds helemaal vol van gisteravond kon Ginny nauwelijks wachten om Jem te bellen en te horen hoe het feest was gegaan. Om één uur – nu kon het toch zeker wel, ze zouden toch niet nog steeds in hun nest liggen? – belde ze uiteindelijk.
Na de vierde keer werd er eindelijk opgenomen. 'Ja?'
Geen Rupert. Mooi zo. Opgewekt vroeg Ginny: 'Hallo, is Jem er ook?'
'Nee, het spijt me. Iedereen is weg.'
'O. Oké.' Kwam die mannenstem haar niet bekend voor? 'Maar jij bent er wel.'
'Ja.' Een korte aarzeling. 'Spreek ik met Jems moeder?'
'Ja.' Verbaasd vroeg Ginny: 'En wie ben jij?'
'Davy Stokes. U weet het vast niet meer, maar u hebt me een keer een lift gegeven...'
'Davy! Natuurlijk weet ik dat nog! Wat leuk je weer te spreken. Hoe gaat het met je?'
'Prima, dank u wel.'
'Dus je was ook op het feest gisteravond. Ik belde alleen omdat ik wilde weten hoe het was gegaan.' Ginny kreeg een inval. 'O hemeltje, Jem is er niet, maar jij dus wel. Betekent dat dat jij en Lucy iets hebben?'
Hij moest een beetje lachen. 'Dat zou wel leuk zijn geweest, hè? Maar helaas, ik moet u teleurstellen. Ik denk dat ik bij Claudia Schiffer nog meer kans maak.'
'Maar wat doe je...'
'Wat ik hier doe? Rupert heeft een schoonmaakbedrijf ingehuurd. En daar werk ik voor.' Hij voegde er droog aan toe: 'En dat – dat spreekt voor zich – vond Rupert natuurlijk hilarisch.'
'Dat kan ik me voorstellen.' Ginny zweeg even, Davy en zij hadden Rupert allebei niet echt hoog zitten; dat was hun geheimpje. In een opwelling zei ze: 'Mag ik je wat vragen?'
'Tuurlijk. Iets over Jem?'
'En Rupert.' Ze formuleerde haar woorden zorgvuldig. 'Speelt er soms... eh, nou ja, speelt er soms iets tussen hen?'
Davy klonk verbaasd. 'U bedoelt of ze een stelletje zijn? Vol-

gens mij niet. Ze heeft er tegen mij nooit iets over gezegd.'
'Nee?' Ginny was nog steeds niet gerustgesteld. 'Maar zou ze je dat wel vertellen dan?'
'Luister, ik weet zeker dat er niets is. Ik heb vannacht op de vloer van haar kamer geslapen. Rupert was met iemand anders.'
'O. Oké.' Dat leek er meer op, dat was een stuk bemoedigender.
'Hebt u het haar zelf al gevraagd?'
'Ik durfde het niet, uit angst dat ze "ja" zou zeggen. Hoe dan ook, als Rupert een ander meisje heeft gestrikt, zul je wel gelijk hebben.' Ginny slaakte een zucht van verlichting. 'Nou, dan kan ik je maar beter niet langer van je werk afhouden. Wil je Jem zeggen dat ik later nog wel bel? En succes met Claudia Schiffer!'
Ze hing op – wat een aardige jongen was het toch – en Ginny probeerde vervolgens Carla te bereiken, om te vragen of ze zin had om te gaan lunchen. Maar Carla's mobieltje stond uit, wat waarschijnlijk betekende dat ze aan het werk was, druk bezig met alle contacten van gisteravond die ze zo vlijtig had weten te verzamelen.
Oké dan, niet erg. Ze kon natuurlijk ook even naar de stad gaan voor een nieuwe jurk...
Of ze kon luisteren naar Laurels meest recente aflevering in de nog steeds lopende Saga van Kevin.
Ginny pakte haar tas. Ja, winkelen dus. Zeker weten.

23

Rupert had iedereen meegenomen naar Pink, een restaurant op Whiteladies Road dat net was geopend. Het was warm en zonnig genoeg om buiten te kunnen zitten. Ze waren met zijn tienen en de champagne vloeide rijkelijk, ter verlichting van hun pijnlijke katers. Jem voelde zich al wat beter, hoewel ze zich nóg beter zou voelen als Suze het zou opgeven, haar verlies erkende en terugging naar haar zus, zodat zij zonder haar konden doorgaan met feestvieren. Het was pijnlijk duidelijk dat ze helemaal weg was van Rupert. Ze zat met een verliefde grijns op haar gezicht naast hem, overduidelijk in de hoop dat ze later de kans kreeg met hem alleen te zijn als ze maar lang genoeg bleef hangen.

Maar net zo duidelijk was dat Rupert totaal geen belangstelling had voor haar. Ze werd volledig buitengesloten van het gekscherende gesprek dat over en weer ging. Rupert en zijn knappe vrienden uit Londen waren in topvorm, Jem en Lucy deden vrolijk mee en hoorden erbij.

'O o, daar komt de grote baas.' Rupert grijnsde toen de manager zich een weg tussen de tafeltjes door baande. 'Misschien zet hij ons er wel uit.'

Jem hoopte van niet. 'Zouden we te luidruchtig zijn?'

Ruperts ogen begonnen te glinsteren. 'Ik kan nog veel luidruchtiger zijn dan dit.'

'Ik ook.' Suze lachte aanstellerig en schoof haar stoel nog wat dichter naar hem toe. Jem rolde met haar ogen naar Lucy. Het liefst had ze Suze van haar stoel geduwd.

De manager was niet naar ze toegekomen om hen eruit te gooien. Hij wees Rupert op een fotograaf van een glossy magazine, die foto's aan het maken was voor een artikel over chique restaurants in het zuidwesten van Engeland.

'Jullie zijn het toonbeeld van de cliëntèle waar we op mikken,' zei de manager. 'Is het goed als we wat foto's van jullie nemen?'

'O wow!' Suze deed opgewonden haar haar goed. 'Cool!'

En daarmee liet ze juist blijken hoe totaal niet-cool ze was.

'Mij best.' Rupert keek nonchalant de tafel rond. 'Wat vinden jullie?'

De fotograaf kwam naar ze toe en Suze kwetterde meteen: 'Ik kan niet wachten om dit aan mijn vrienden te vertellen. Ik heb nog nooit in een tijdschrift gestaan! Oooo, ik kan maar beter mijn make-up gaan bijwerken!'

Wat ontzettend zielig. Jem kon het niet aanzien hoe Suze Ruperts arm bezitterig vastklampte om hun samenzijn te benadrukken. Waarschijnlijk vond iedereen het wel spannend om in een glossy magazine te staan, maar Suze was de enige die dat zo nadrukkelijk liet blijken.

'Kunnen we de boel een beetje herschikken?' De fotograaf kwam

in actie, bestudeerde alles vanuit verschillende hoeken en gebaarde dat er een paar stoelen aan de kant moesten. Hij sprak Rupert aan en zei: 'Blijf jij maar zitten, ik wil jou in het midden hebben. Dan wil ik twee meisjes aan weerskanten van je...'
'Dat ben ik dus.' Zelfvoldaan bleef Suze zitten.
'Jij en jij, kunnen jullie wat dichter bij elkaar gaan zitten?' De fotograaf gebaarde naar Lucy en een van Ruperts snelle vrienden, en keek toen van Jem naar Suze. 'En kunnen jullie twee van plaats wisselen?'
Yes, yes, yes! Jem had hem wel kunnen zoenen. Suzes glimlach verdween van haar gezicht als sneeuw voor de zon. De fotograaf positioneerde zich en richtte de camera op Ruperts kant van de tafel. Terwijl Jem in de stoel ging zitten die door een sip kijkende Suze was achtergelaten, drapeerde Rupert zijn arm losjes over haar schouder en fluisterde in haar oor: 'Welkom in de wereld van mooie mensen.'
'Mogen die asbakken uit beeld?' De fotograaf maakte krachtige wegveeg-gebaren. 'En dek die wijnvlek op het tafelkleed even af.'
'Waar is Davy als je hem nodig hebt?' Rupert knipte plagend met zijn vingers. 'Godsamme, personeel is tegenwoordig ook zo lastig te krijgen, hè? Maar uiteindelijk is het maar goed dat hij er niet is – wie zou nou foto's van ons willen maken als je Davy kunt fotograferen?'
'Doe niet zo gemeen.' De woorden rolden er als vanzelf uit.
'Ik ben niet gemeen, gewoon eerlijk. Die jongen is een loser.' Rupert haalde de fles uit de koeler en vulde hun glazen bij. 'Zeg nou zelf: het leven is er om te worden geleefd. Wat zou jij liever doen? Hier in de zon zitten en champagne drinken, met heerlijk eten op tafel en je laten fotograferen voor een glossy, of een foeilelijke oranje nylon overall aantrekken en de toiletpot van een vreemde schrobben?'
'Wat ben jij toch een ongelooflijk vervelende eikel,' zei Lucy losjes.
Hij gaf haar een knipoog. 'Weet ik, maar ik ben wel een godvergeten móóie, ongelooflijk vervelende eikel. En ik heb verstand van plezier maken.'
De fotograaf bleef maar foto's maken en op straat bleven men-

sen stilstaan om te kijken wat er aan de hand was. Jem voelde zich heel bijzonder en glamoureus, ze genoot van alle aandacht, schudde haar haren – klik klik – naar achteren en nam een slok van de ijskoude champagne.
Ze kon het niet ontkennen, Rupert had wel een beetje gelijk.

Penhaligon's was die avond uitsluitend gereserveerd voor een bedrijfsuitje: de veertigste verjaardag van de baas werd gevierd. Finn en Ginny waren voor aanvang de laatste hand aan de eetzaal aan het leggen volgens de instructies die ze hadden gekregen. Wat onder meer inhield dat ze aan elke stoelleuning een heliumballon moesten vastmaken.
Ginny knoopte de laatste vast en stapte achteruit om te zien hoe het eruitzag. 'Het lijkt wel een kinderfeestje.'
'Dit is wat ze wilden.' Finn haalde zijn schouders op. 'En ze betalen ervoor. Dat is blijkbaar een traditie van ze: na afloop van het eten maken ze allemaal het knoopje van hun ballon los, zuigen wat helium naar binnen en zingen dan "Lang zal ze leven" met Mickey Mouse-stemmetjes.'
'Sommige bedrijven hebben rare tradities.'
'En het is nota bene een accountantskantoor. Zo, klaar,' zei hij terwijl hij een paar stoelen aanschoof. 'Het is te hopen dat ze die ballonnen als onkosten declareren.'
Ginny kon vanuit haar positie de binnenplaats goed overzien. Er was zojuist een busje gestopt, waar nu een man uitkwam met een enorm in cellofaan verpakt boeket.
'Hebben de accountants gezegd dat ze ook voor bloemen zouden zorgen?'
'Nee.' Finn keek ook uit het raam. 'Misschien is het voor jou, van die vent van je.'
Het net iets te laconieke toontje in zijn opmerking stoorde haar. 'Hij heet Perry. En als hij me bloemen had gestuurd, zou hij ze bij me thuis laten afleveren.' Het lukte haar het te laten klinken alsof Perry haar minstens drie keer per week bloemen stuurde, zo niet elke dag. O god, maar stel dat ze inderdaad van hem waren en hij niet het risico wilde lopen dat Laurel het slijmerige kaartje erbij zou lezen?
De leverancier zei haar opgewekt gedag toen ze de deur voor hem

opendeed. 'Hoi, schat. Sorry, ik heb het vandaag ontzettend druk. Maar beter laat dan nooit, hè? Kun je hier even tekenen?'
Ze zette haar handtekening en nam het boeket aan: een spannende, exotische combinatie van opvallend mooie tinten blauw en oranje. Ze draaide het envelopje dat erbij zat om en keek naar de naam die erop stond. Shit.
'Ze zijn voor jou.' Ginny gaf de bloemen aan Finn, die zijn wenkbrauwen optrok.
'Goh, wat ontzettend aardig, heel erg bedankt en wat een verrassing. Is dit jouw manier om me te bedanken dat ik zo'n geweldige baas ben?'
'Absoluut. De beste ooit. En die bloemen hebben me een fortuin gekost, dus een loonsverhoging zou goed van pas komen.'
Ginny keek toe hoe hij de envelop openmaakte en zijn ogen snel over het briefje liet glijden. 'Van wie zijn ze?'
'Van Catherine.'
'Zeta Jones? Oef, nu ben ik echt onder de indruk.'
Finn glimlachte flauwtjes.
'Nou? Catherine wie?'
'Nieuwsgierig aagje.'
'Niet nieuwsgierig. Belangstellend. Je kunt niet iemands naam noemen en dan niet vertellen wie het is.'
'Je hebt haar gezien. Ze was gisteravond ook op het feest. Ik heb haar alleen maar een lift naar huis gegeven.'
Die sexy brunette met die fraaie rondingen. Ginny zag haar weer voor zich. 'Donker haar en een witte jurk?'
'Ja, precies.'
'En ze stuurt je nu bloemen? Dat moet nogal een lift zijn geweest.'
'Goede service staat hoog in het vaandel.'
Ginny wist dat ze zich aanstelde – hij was single en Catherine waarschijnlijk ook – maar de enigszins minachtende manier waarop hij over Perry had gesproken, had haar competitieve kant naar boven gebracht. 'Nou, dat is je zo te zien aardig gelukt. Ga je iets met haar afspreken?'
'Misschien wel, misschien niet. Nog niet echt over nagedacht. Ik denk het eigenlijk niet.' Hij trok een gezicht. 'Het voelt een beetje raar, om bloemen te krijgen van een vrouw. Dat is me

nog nooit overkomen. Als je wilt, mag jij ze wel hebben.' Hij stak het boeket, dat minstens vijftig pond had gekost, naar haar toe.

'Nee, dank je. Ik hoef jouw afgedankte bloemen niet. Arme Catherine, ze moet je wel heel leuk vinden. Je moet haar wel bellen en bedanken, hoor.'

Hij wierp haar een blik toe. 'Nieuwsgierig en nog bazig ook.'

'Ik meen het. Echt waar, wat kunnen alleenstaande mannen soms vreselijk zijn.'

'Je spreekt niet uit ervaring, hoop ik.' Finns toon was luchtig, maar ze wist bijna zeker dat dit nog een steek onder water was.

'Nee, niet uit ervaring. Toevallig ben ik erg gelukkig met Perry. We hadden het gisteravond heel leuk samen.'

'Fijn om te horen. Mooi zo. Hé, zo te zien zijn de feestgangers gearriveerd.' Een stroom taxi's draaide de binnenplaats op. 'Maar wie zou de jarige job zijn?'

Uit de tweede taxi sprong een snelle blondine in een felrode jurk met Mickey Mouse-oren en een ketting met een tekst die aan- en uitknipperde: 40 vandaag!.

'Noem het vrouwelijke intuïtie,' zei Ginny, 'maar ik denk dat zij dat is.'

'En zij is dus hun senior accountant,' zei Finn verbaasd.

'Ho ho, je gaat weer op eerste indrukken af. Jij denkt dat accountants niet weten wat lol is. Wat een vooroordeel.'

'Je hebt gelijk. Ik zal het goedmaken.' Finn liep naar de deur om de groep te verwelkomen, begroette de senior accountant met twee dikke zoenen op haar wangen en bood haar toen het boeket aan.

'O, wat aardig! Goh, die zijn prachtig.' De vrouw duwde haar neus gelukzalig in de exotische bloemen en kwam weer tevoorschijn met een laag stuifmeel op haar neus. 'Wat lief! En je raadt het nooit, maar mijn zus belde vanochtend en vertelde me dat ze je gisteren heeft ontmoet! Je hebt haar een lift gegeven vanuit het Carson Hotel. Wat een toeval, hè?' Helemaal stralend vervolgde ze haar verhaal. 'Catherine had in geen tijden zo'n aardige man ontmoet!'

24

Het was zaterdagavond, tien over acht en Ginny was aan het werk. Carla stond in de keuken en keek nadrukkelijk niet naar haar mobieltje dat ze had uitgezet.
Als ze handboeien had gehad, zou ze zichzelf aan de oven hebben vastgeketend en het sleuteltje hebben ingeslikt.
O god, dit was echt ondraaglijk. Ze was vreselijk aan het twijfelen. Ze had gisteravond amper een oog dicht gedaan en als een bezetene elke seconde doorgenomen van haar korte maar noodlottige ontmoeting met Perry Kennedy. En vandaag was elke minuut met meer van hetzelfde gevuld, ze kon hem niet uit haar hoofd krijgen. Bestond er maar een knopje om het uit te zetten.
Twaalf over acht. Tot nu toe was zij aan de winnende hand. Ze kon Perry niet ontmoeten, dat mocht onder geen beding gebeuren! Hij was geen vrijgezel, hij was bezet. Sterker nog, bezet door Ginny. En Ginny was dolverliefd op hem en dat maakte hem zo ongelooflijk niet beschikbaar dat ze hem maar beter helemaal uit haar gedachten moest bannen.
Met een droge mond keek Carla op haar horloge. Twaalfeneenhalve minuut over acht inmiddels. Hij was thuis en zat op haar te wachten. En zij was hier, waar ze ook hoorde te zijn. Oké, het was dan heel zenuwslopend, maar ze hoefde het nog maar vijftien tot twintig minuten uit te houden. Want als ze om halfnegen nog niet was verschenen, zou hij heus wel beseffen dat ze niet meer kwam opdagen en zou hij het opgeven.
Er ging een halfuur voorbij.
Veertig minuten, toen vijftig. Ze was er nog, ze was niet naar Perry gegaan. Maar waarom kon ze zich dan nog niet ontspannen?
Om kwart over negen klonk het snerpende geluid van de deurbel en alle zenuwen in Carla's lichaam sloegen op hol. Daarom had ze zich niet kunnen ontspannen.
Ze opende de voordeur op een kier, hield het kettingslotje erop en siste: 'Ga weg. Ik ga dit niet doen.'
'Laat me op zijn minst even binnenkomen.' Perry droeg een hoed

in een poging zich te vermommen en fluisterde gekweld. 'Ongelooflijk dat je me hiernaartoe hebt laten komen. Laurel woont aan de overkant, ze kan elk moment naar buiten kijken en me zien.'

O god, o god. 'Ik kan je niet binnenlaten. Dat kan echt niet.'

'Carla, ik ga niet weg.' Het was hem duidelijk menens. 'Dit is té belangrijk. We moeten praten, dat weet jij ook.'

Carla beefde; ja, dat wist zij ook. Maar niet in haar huis, met Ginny aan de overkant.

'Ik kom wel naar jouw huis. Ga nou weg. Ik kom over tien minuten.' Zou ze dat echt doen? Of niet? Ze wist het zelf niet eens.

'Beloof je dat?' fluisterde Perry.

'Dat beloof ik.' Was dat de zoveelste leugen? Misschien wel, misschien niet.

'Tien minuten,' zei Perry. 'Ik wacht op je.'

'Oké. Tot zo.' Carla deed de deur dicht en keek door het raampje in de hal naar zijn kleiner wordende schaduw. Hij glipte het pad af naar de plek waar hij zijn auto blijkbaar had geparkeerd. Ze moest niet gaan, nee, dat kon ze echt niet maken!

In gedachten verzonken zette ze haar auto om tien over halftien ergens langs de stoep. Ze was zo gespannen en haatte zichzelf zo erg dat ze niet eens in de achteruitkijkspiegel durfde te kijken, bang voor haar van schuldgevoel doortrokken gezicht.

De parkeerplaats was een kleine tweehonderd meter van zijn huis. Carla herinnerde zichzelf eraan dat ze Perry Kennedy nauwelijks kende. Op het eerste gezicht kon je je ongelooflijk aangetrokken voelen tot iemands uiterlijk, maar dat zei nog niets over zijn karakter – wie weet wat voor scala aan onaantrekkelijke karaktereigenschappen ze later zou ontdekken.

Oké, ze was er. Dit was Perry's winkel vol bedrukte T-shirts met ernaast de deur die naar zijn appartement leidde. Een heel gewone donkerblauwe deur met een bronzen nummer – 25B – dat wel een poetsbeurt kon gebruiken. Zie je wel? Ze kende hem eigenlijk helemaal niet. Misschien zou een snelle blik in Perry's appartement genoeg zijn om op magische wijze af te rekenen met alle gevoelens die ze tot dan toe voor hem had gekoesterd, korter dan de tijd die je nodig had om een kakkerlak te vertrappen. Misschien was zijn huis wel een smerige bende, een misselijkmakende rotzooi. Of misschien stonden er kattenvoerbakjes op het aanrecht te weken, naast de rest van de afwas – helemaal perfect. Of had hij een geheime passie voor treinen, compleet met een modelspoorbaan die pontificaal in de woonkamer stond. Of misschien hingen de wanden vol posters van topless vrouwen, leunend op motorfietsen. Of misschien bewaarde hij zijn afgeknipte teennagels graag in een glazen pot in de keuken.

Of beter nog, andermans teennagels!

Misselijk van de spanning, de schaamte, de lustgevoelens en de angst en tegen beter weten in hopend dat er daarboven íets zou zijn waarop ze volledig zou afknappen, belde Carla aan en bereidde zich voor op Perry's ontvangst.

Ze haalde diep adem en wachtte.

En wachtte.

Ze drukte nog een keer op de bel.

En wachtte nog even.

Niets, o god, hij was er niet eens. Carla's hart begon te bonken terwijl de paniek steeds groter werd. Hoe kon hij er nou niet zijn?

Nog steeds geen teken van leven. Ze kon niet nog een keer aanbellen – hij was er niet en dat was het dus. Of hij was er wel en had besloten dat hij niet zou opendoen. Of hij was er wel, maar had nog snel even een douche willen nemen, had zich toen gestoten en lag nu bewusteloos en tragisch dood te bloeden op de badkamervloer…

Oké, dus hij was expres weggegaan.

Carla draaide zich om en wilde al weglopen. Dat was het dan, voorbij voordat het was begonnen. Nou ja, ze kon maar beter blij zijn dat een van hen tenminste nog verstandig was geworden en…

'Carla.'

Ze draaide zich vliegensvlug om, zag hem in de deuropening staan en slaakte een krampachtige kreet van opluchting. En voor ze het wist had Perry, minus de idiote hoed, zijn armen om haar heen geslagen, overstelpte haar gezicht met zoenen en perste daarbij bijna de lucht uit haar longen.

'Ik dacht dat je van gedachten was veranderd,' mompelde Carla wezenloos.
'Dat zou ik nooit doen.'
'Maar je deed niet open!'
'Ik zat daarboven.' Hij wees naar het raam met de gordijnen op de eerste verdieping. 'Ik wilde zien hoelang je het zou blijven proberen.'
'Sadist!'
'Ik moest weten of dit voor jou net zoveel betekent als voor mij.' Hij zweeg en boorde zijn ogen in de hare. 'Is dat zo?'
'Klootzak, dat weet je best. Anders zou ik hier toch niet staan? Ginny is mijn beste vriendin, ik haat mezelf!'
'Sst, kom, laten we naar binnen gaan.' Hij duwde haar zachtjes naar binnen, de trap op. En Carla wist dat er niets in zijn huis kon zijn, zelfs geen teennagels op het aanrecht, wat haar nu nog zou tegenhouden.
Toch was het wel een opluchting om te zien dat er ook echt niets ergs was. Perry, die zag hoe ze in een oogopslag zijn domein verkende, vroeg meteen: 'Wat doe je?'
'Ik schat in hoe je bent. Niets zeggen. Dat behang kan écht niet.'
'Weet ik. Kan me niet schelen. Het is maar een huurhuis.'
'De kussenslopen passen niet bij het dekbed.'
'Ik hou niet van dingen op elkaar afstemmen.'
Vanuit de enige slaapkamer die er was, zoefde Carla langs hem heen naar de woonkamer. 'Wat leuk, een surfplank zo tegen de muur.'
'Fijn dat je het leuk vindt.'
'En een bananenschil in de prullenbak. Bananenschillen moeten meteen in de afvalbak in de keuken! Ik haat de geur van bananen.'
'Ginny zei inderdaad dat je ziekelijk netjes bent.'
'Dat klopt.' Ze inspecteerde nu de badkamer. 'En daar ben ik trots op. Je scheermes is trouwens bot.'
'Als het tijd wordt om mijn polsen door te snijden, koop ik wel een nieuwe. Is de shampoo goedgekeurd?'
Carla rook aan de inhoud van het shampooflesje. 'Die kan ermee door. Hoewel ik niet echt dol ben op haar dat naar kokos ruikt.'

'Oké. Ik scheer me wel kaal.'
'En blauw wc-papier is ook fout.'
Perry stond met zijn handen in zijn zij en een scheef hoofd naar haar te kijken. 'Je hebt overal kritiek op.'
'Dat is ook wel nodig hier.'
'Waarom doe je zo?'
'Je hebt me laten wachten,' zei Carla. 'Ik stond net voor lul bij die deur.' Ze gebaarde afgemeten. 'Dus ik pak je even terug.'
Perry glimlachte flauwtjes. 'Dat vertelde Ginny me ook. Dat je het mannen altijd moeilijk maakt.'
'Kunnen we het alsjeblieft niet over Ginny hebben? Ik voel me al schuldig genoeg.'
'Oké. Ik heb nog een veel beter idee. Waarom houden we niet helemaal op met praten?'
De adrenaline joeg door Carla's lijf toen ze een stapje naar hem toe zette. Ze had zich in haar hele leven nog nooit zo gevoeld. Ze was hier nu; ze hadden elkaar lang genoeg laten wachten. Ze greep Perry's gezicht tussen haar handen en staarde hongerig naar zijn smalle, verrukkelijke mond en zei: 'Goed plan.'
Hun vrijpartij was woest, heftig en door het schuldgevoel extra intens. Carla had nog nooit zulke seks gehad – en ze kon uit ervaring spreken. Maar dit keer, in plaats van een puur lichamelijk samenzijn, waren haar gevoelens er ook bij betrokken. En dat was voor het eerst, besefte ze nu. Er was sprake van écht contact tussen Perry en haar, zo onvermijdelijk en overweldigend dat ze bijna moest huilen.
Hier had ze, onbewust, haar leven lang op gewacht.
Het maakte niet uit dat de kussenslopen niet bij het dekbedovertrek pasten. Waar waren de kussens trouwens? Steunend op een elleboog keek ze over de rand van het bed. Daar lagen ze, naast de kleren die ze van elkaars lijf hadden gerukt. Ze had een linnen jurk aangehad; als ze hem zo liet liggen zou die er straks uitzien als een vod.
Maar wat maakte het uit?
Ze deed haar ogen dicht. Er waren belangrijker dingen dan een verkreukelde jurk.
'Wat gaan we doen?'
'Hmm?' Perry was haar schouder aan het zoenen en kroop lang-

zaam met zijn vingers over haar dijen omhoog. 'Ik geef je een hint... ik heb misschien een paar minuten nodig voor we het weer proberen.'
'Ik bedoel met Ginny.'
De hand stopte met kruipen. 'Dat weet ik niet.'
'We moeten het haar vertellen.'
'Dat kan niet.'
'Dat kan wel. We moeten wel. Ik ben een eerlijk mens,' zei Carla. 'Ik lieg niet tegen mijn vrienden.'
'Heb je haar verteld dat je me vanavond zou zien?'
'Nee, ik heb haar de hele dag niet gesproken. Ik heb mijn telefoon expres uitgezet. Maar ik ga haar niet bedriegen. Als je iets met mij wilt, moet je het uitmaken met Ginny.'
'O god.' Wanhopig streek Perry met zijn hand over zijn gezicht. 'Ik wil ook bij jou zijn! Maar... ik kan toch niet gewoon...'
Nog meer 'maren'. Waarom aarzelde hij zo? 'Oké,' zei Carla, 'wie van ons tweeën heb je het liefst?'
'Jou!'
'Want jij en ik, wij lijken op elkaar. Jij weet dat en ik weet dat. Terwijl ik je niet eens ken.' Onverwacht vulden haar ogen zich met tranen. 'Ik weet dat we bij elkaar horen en ik kan niet geloven dat ik dit nu allemaal zo zeg. Ik heb nog nooit zoiets meegemaakt.'
Perry knikte, duidelijk in tweestrijd. 'Je hebt gelijk. Het is ongelooflijk. Jezus, wat dit is moeilijk, zeg.' Hij draaide zijn hoofd naar haar toe. 'Ginny zal je haten.'
'Dat weet ik, ik haat mezelf ook. En ze zal radeloos zijn van verdriet,' zei Carla, die zich echt heel ellendig voelde. 'En het is dubbel verraad. Een dubbele klap in haar gezicht.'
'Vindt ze me echt leuk?'
'Ja.'
'Hoe leuk?'
Carla rolde met haar ogen. 'Heel erg leuk. Bovendien denkt ze dat jij haar ook leuk vindt.'
'Dat vind ik ook. Ze is mooi en grappig, en leuk gezelschap. Ik vind haar ook echt leuk. Alleen... niet op die manier.'
'Waarom niet?'
'Jezus, hoe moet ik dat weten? Je kunt je gevoelens voor iemand

niet sturen. Ginny is een prachtige vrouw. Misschien is ze wel te lief voor me. In ieder geval liever dan jij,' voegde hij er met een flauwe glimlach aan toe. 'Maar dat doet er niet toe. Jij bent mijn type, jij bent degene die ik wil. En zij niet.'

En zo draaiden ze in kringetjes rond. Carla was het helemaal met hem eens dat Ginny veel liever was dan zij. Zij, Carla, was de doelgerichte, succesvolle zakenvrouw met de supersnelle hersenen en het bijbehorende lijf. Haar kleren waren stuk voor stuk superchic, haar leven was precies zoals ze het wilde en er was helemaal niets waar ze niet tevreden mee was. Ginny was daarentegen warm en impulsief, ongeorganiseerd en deed algauw de verkeerde dingen. En wat kleding betreft hoorde ze bepaald niet tot de avant-garde. Ze was, zoals Perry al zei, mooi en grappig op een dom blondje-achtige manier, maar ze was ook overweldigend moederlijk, knuffelig en verzorgend, en haar vergevingsgezindheid was groter dan Carla ooit zou kunnen opbrengen.

Maar ze vermoedde dat dit verraad zelfs Ginny te ver zou gaan.

'We moeten het haar vertellen,' herhaalde Carla.

'Dat kan niet.'

'Maar je zei het net zelf, Ginny is niet jouw type! Ik weet niet waarom je dan überhaupt iets bent begon...'

'Luister eens,' onderbrak Perry haar, 'we moeten Laurel niet vergeten. Ik ben er niet trots op, maar ik was zo wanhopig. Ik heb met mijn charme Ginny zover weten te krijgen dat ze me uit de brand hielp met mijn zus en de enige reden dat dat me gelukt is, was door... je zul het wel emotionele chantage noemen. Maar het werkte wel. Als ik het uitmaak met Ginny zet ze Laurel op straat, zo eenvoudig is het.'

Carla besefte ineens hoezeer Perry en zij op elkaar leken. Hij was genadeloos geweest tegenover Ginny en zij was nu bereid even genadeloos te zijn tegenover Laurel. 'Ja, en? Ze is geen vijf meer, hoor. Ze is een volwassen vrouw!'

Perry slaakte een zucht. 'Ze is zo breekbaar. Ik weet dat ze mijn oudste zus is, maar ze heeft altijd al een beetje extra zorg nodig gehad. En sinds Kevin ertussenuit is geknepen, is dat alleen maar erger geworden. Ze is depressief en aanhankelijk. Ik weet best dat ik niet verantwoordelijk voor haar ben, maar zo voelt het

wel. Dat ze bij Ginny ging wonen was perfect, maar als die haar niet meer wil... dan weet ik echt niet wat ik moet doen. Dan wil Laurel weer bij mij intrekken. En dat is werkelijk het laatste wat ik wil. Ze gaat dan lopen smeken en zeuren en uiteindelijk kan ik toch geen nee tegen haar zeggen.' Hij draaide zijn hoofd om en zei bars: 'Ze heeft niemand anders en kan nergens anders naartoe.'
O jezus, dit begon echt een nachtmerrie te worden. Carla wilde helemaal niet stilstaan bij de ellende die dit gedoe voortbracht. Wat zou het leven makkelijk zijn geweest als ze elkaar nooit hadden ontmoet.
Maar dat was nu eenmaal wel gebeurd en ze wilde weer met hem vrijen, want er was één ding dat ze zeker wist: Perry Kennedy had haar rustige, geordende, superefficiënte leventje uit balans gebracht en wat er verder ook gebeurde, ze wist dat ze hem niet kon laten gaan.

25

'Ik heb straks een groot probleem, zei Finn terwijl hij drie glazen rode wijn inschonk. 'En dat is jouw schuld.'
Het was middernacht en de luidruchtige, opgetogen accountants hadden zichzelf eindelijk door middel van een polonaise in een rij wachtende taxi's geperst. Ginny, Evie en Finn zaten aan een tafel in het restaurant en genoten van een drankje om de geslaagde avond te vieren.
'Dat kun je mij niet in de schoenen schuiven,' protesteerde Ginny.
'Jawel. Je had dat boeket hoffelijk kunnen aannemen toen ik het je aanbood.'
'Je had het überhaupt niet moeten weggeven! Wat een lef, zeg! Als je iemand mee uit eten neemt, zou je het toch ook niet leuk vinden als die persoon vervolgens het restaurant uit loopt en zijn bord aan een vreemde op straat aanbiedt?'
'Dat is iets totaal anders. Catherine heeft me niet gevraagd of ik

het leuk zou vinden als ze me bloemen stuurde.' Finn zweeg even. 'Misschien komt ze er wel nooit achter wat ermee gebeurd is.'
Ginny en Evie keken elkaar even aan, wat een typische mannenopmerking.
'O, daar komt ze wel achter, hoor,' zei Ginny.
'En Catherine zal zich behoorlijk genaaid voelen,' voegde Evie er nog eens fijntjes aan toe. 'Ze zal laaiend zijn. Ik zou als ik jou was vanaf nu eerst controleren of er geen explosieven onder je auto zitten.'
Finn nam een flinke slok wijn. 'Bedankt, dat helpt echt.'
'Ik had je best kunnen helpen.' Evie begon te glunderen. 'Ik ben namelijk minder kieskeurig dan sommige andere mensen; ik neem altijd afgedankte bloemen aan. Als je mij dat boeket had gegeven, had ik het meteen aangenomen en dan had je ze nooit aan Alex' zus kunnen aanbieden.'
'Alex?' Fin fronste zijn wenkbrauwen. 'Wie is Alex?'
'O sorry, wat dom van me, dat is die vrouw uit *Fatal Attraction*. Die door Glenn Close wordt gespeeld, weet je nog? Ze werd afgewezen door Michael Douglas, ging toen door het lint en begon hem te stalken. Wat grappig dat ik die naam nu noem,' zei Evie opgewekt. 'Wat een verspreking! Ik bedoelde natuurlijk Catherine!'
'Nogmaals bedankt,' merkte Finn droog op. 'Als je niet te laat was gekomen, had ik dat boeket wel aan jou aangeboden.'
Evie ging nog even lekker door. 'Ah, maar daar had ik een heel goede reden voor. Mijn schat van een dochter belde me toen ik op het punt stond om weg te gaan. Ze is net verhuisd naar een nieuw appartement in Salisbury en ze geven morgen een housewarming. Ik ga er morgenochtend heen!'
Ginny probeerde een steek van jaloezie te onderdrukken. Wat was Evie een bofkont dat ze naar haar dochter Philippa ging. Ze had heel wat over voor een telefoontje van Jem die zou vragen: 'Hé mam, we houden een feestje, je komt toch wel, hè?' God, ze zou er als Superman die uit een kanon wordt afgevuurd naartoe snellen. En ze zou nog koken en afwassen ook.
Helaas was de kans daarop vrij klein. De leuke moeder-dochterweekenden in Bristol waren een droom gebleven en Jem kwam zelden naar Portsilver.

Wat was die Evie een mazzelaar.
'Wat voor huis hebben ze?' vroeg Finn.
'De tweede etage van een gerenoveerd achttiende-eeuws pand, met twee slaapkamers. Ik kan niet wachten het met mijn eigen ogen te zien. O, heb jij trouwens een wegenkaart?' Evie raakte zijn arm even aan. 'Mijn buren hebben de mijne geleend en zijn hem nu kwijtgeraakt.'
'Er moet er hier ergens nog eentje liggen. Ik weet alleen niet waar.' Finn dacht even na. 'Salisbury, dan neem je toch de A36? Ik kan het wel even op internet opzoeken.'
'Ik weet het wel.' Ginny sprong op.
'Wat? Waar Salisbury ligt?'
'Nee, de kaart. Die heb ik laatst nog zien liggen.'
De atlas lag in de tweede la onder de bar, half verscholen achter een stapel telefoonboeken. Ginny voelde zich bijzonder tevreden en capabel, en haalde het boek met een zwierig gebaar en een bescheiden buiging tevoorschijn. 'Dank je wel, dank je wel, het stelt niets voor.'
'Zo heerlijk, hè, als mensen dat doen?' zei Evie, die verrukt begon te klappen. 'Ik moet je eens meenemen naar huis zodat je al mijn zoekgeraakte spullen kunt opsporen. Ergens moet nog een blauwe sandaal liggen, die ben ik al jaren kwijt.'
'Wat is dat?' vroeg Finn, toen er iets uit de kaart met de voorkant op de grond viel. Ginny bukte zich en raapte het op.
'Een foto?' gokte Evie, gezien het formaat.
Het was inderdaad een foto. Ginny keek er maar heel even naar, maar het beeld zou haar lang bijblijven. Ze keek vlug naar Finn en gaf hem toen de foto zonder iets te zeggen. Evie, die haar ogen wijd opensperde van plezier, vroeg meteen: 'Is het een schunnige foto, Finn? Toch geen foto van jou met een of andere schaarsgeklede dame!'
Ginny beet op haar lip en keek de andere kant op, want iets ongepasts had de foto wel. Het was een foto van Finn, zittend op een stenen muurtje, gekleed in een spijkerbroek en een wit T-shirt. Het was een zonnige dag en de wind had een lok van zijn donkere haar over zijn voorhoofd heen geblazen. In zijn armen lag een baby met net zulke donkere haren en ogen. De baby, met alleen een piepklein roze-wit zomerjurkje aan, keek stralend op

naar Finn. En hij glimlachte terug met een blik die zo liefdevol was, zo vol geluk en totale devotie, dat je meteen een brok in je keel kreeg, ook zonder het hele verhaal erachter te kennen.
'Wat is het? Laat eens zien!' zei Evie dwingend terwijl ze haar hand uitstak naar de foto in Finns hand. Toen ze de foto zag veranderde haar uitdrukking op slag. 'O.'
Er viel een ongemakkelijke stilte totdat Finn de foto terugpakte en op tafel legde. Hij keek Ginny aan en zei: 'Je vraagt je waarschijnlijk af hoe het zit. De baby is het dochtertje van een ex-vriendin van me. Nou ja, ex-verloofde.'
Ginny aarzelde een ogenblik, besefte dat ze hem niet kon zeggen dat ze al over Tamsin en Mae had gehoord. Evie zweeg ook; zij had Ginny het hele verhaal toevertrouwd en Finn zou het waarschijnlijk niet op prijs stellen als er achter zijn rug om over hem werd gepraat.
'O.' Ze zette zich schrap; dit soort liegen was niet haar sterkste punt. Ze zette haar ik-weet-van-niets-blik op – een moeilijke balans tussen niet te grote ogen opzetten en ook weer niet te dom kijken – knikte en zei heel onschuldig: 'Dus je was... eh, verloofd.'
O briljant. Hierna de quiz 'wie is de slimste' en dan kon ze daarna meteen haar graad in de astrofysica behalen.
'Ja, ik was verloofd.' Finn zweeg even. 'Ik dacht ook dat Mae mijn dochter was. Maar dat was uiteindelijk niet het geval.'
'O! Wat afschuwelijk!' Ginny sloeg haar hand voor haar mond en schudde haar hoofd ontzet. Doe normaal, *doe normaal*. 'Wat moet dat... ontzettend... eh...'
Hij knikte. 'Ja, dat was het zeker. Tamsin is teruggegaan naar Mae's vader. Ze wonen nu in Londen. Hij is heel rijk.'
'Is... is dat zo?'
'Maar dat wist je al.'
Ginny's uitdrukking veranderde, sneller nog dan een Formule 1-auto kan optrekken. Ze deed haar uiterste best om een gezicht op te zetten alsof ze geen idee had waarover hij het had. 'H-hoe zou ik dat moeten weten?'
'Laat me raden,' zei Finn die nadrukkelijk Evies kant op keek. 'Iemand heeft je dat verteld. Want jij bent werkelijk de slechtste leugenaar die ik ooit heb gezien.'

'Ja, ik heb het haar verteld,' biechtte Evie op.
'Je wordt bedankt,' zei Finn.
'Ze was niet over je aan het roddelen, hoor,' zei Ginny haastig. 'Ze legde het alleen maar uit. Na die blunder van me. Dat ik zei dat je duidelijk geen vader was. Daar voelde ik me achteraf zo vreselijk over.'
'Oké.' Hij pakte de foto weer op. 'En wat moet ik hier nou mee? Weggooien, waarschijnlijk.'
'Dat mag niet.' Ginny griste de foto uit zijn handen voor hij hem kon verfrommelen. 'Niet zo'n foto.'
Er verscheen iets onbestemds in zijn ogen. 'Maar het is gebaseerd op een leugen.'
'En toch mag je hem niet weggooien.' Ze probeerde de sfeer wat te verlichten en zei: 'Alleen al omdat het je iets menselijks geeft.'
Droog antwoordde Finn: 'Goh, nogmaals bedankt.'
'Dat is echt zo. Beloof me dat je hem niet weggooit,' zei Ginny.
Hij keek haar vertwijfeld aan, maar deed de foto in zijn borstzak.
'Oké, ik ga ervandoor.' Evie dronk haar glas leeg en pakte de wegenkaart. 'Mag ik deze meenemen en maandag teruggeven?'
Jaloers zei Ginny: 'Veel plezier morgen.'
'O, dat zal wel lukken. Ik kan niet wachten om mijn baby'tje weer te zien!' Te laat besefte Evie wat ze net had gezegd. 'O Finn, die grote mond van mij ook. Ik bedoelde Philippa. Ik weet dat ze volwassen is, maar voor mij is ze nog steeds mijn baby.'
Evie zei haastig gedag en ging ervandoor. Ginny dronk haar glas ook leeg en pakte haar spullen bij elkaar.
Toen Finn haar naar de deur begeleidde, zei Ginny: 'Het spijt me echt van vanavond.'
'Daar kun jij niks aan doen.' Er verscheen een klein lachje op zijn gezicht. 'Ditmaal niet tenminste.'
'En ik vind het vreselijk wat er met Tamsin en Mae is gebeurd. Ik kan me niet voorstellen hoe dat moet hebben gevoeld. Dat moet een nachtmerrie zijn geweest.'
Finn antwoordde niet meteen, maar knikte uiteindelijk. Hij hield zijn gezicht afgewend, zodat ze alleen zijn ondoorgrondelijke profiel zag. 'Dat is denk ik wel een goede samenvatting, ja. Mae was het middelpunt van mijn bestaan, het belangrijkste wat me

ooit is overkomen. Opeens was ze er, en ik zou mijn leven voor haar hebben gegeven, echt letterlijk. En net zo plotseling was ze ook weer weg en toen bleek dat ik ook nooit echt haar vader was geweest. Ze leeft, maar ik denk niet dat ik haar ooit nog zal zien. En er is ook geen reden waarom ik haar zou willen zien, behalve dat zij natuurlijk niet is veranderd.' Hij zweeg weer even. 'Alleen is ze nu niet meer *míjn* kind.'

Het was een vreselijk verdrietig verhaal en Ginny kreeg weer een brok in haar keel. Als het Finn niet was geweest, had ze haar armen om hem heen geslagen. In plaats daarvan klemde ze haar autosleutels en haar handtas in haar handen en zei op een wat ongemakkelijke toon: 'Je komt wel weer iemand anders tegen. De ware. En dan krijg je alsnog een echt eigen gezin.'

'Ik dacht de vorige keer ook dat ik een eigen gezin had. En moet je kijken waar dat op uitliep.' Hij bleef haar met zijn donkere ogen even doordringend aankijken, voor hij zich weer op de deurknop richtte. Zijn toon was smalend, waarmee hij aangaf dat het gesprek nu echt was afgelopen. 'En ik geloof niet dat ik het nog een keer wil proberen.'

Carla draaide zich om in bed, pakte haar mobieltje en keek naar het scherm. Als het Ginny was, zou ze niet opnemen.

'Zet dat ding uit,' kreunde Perry, zijn hoofd onder het kussen duwend.

Ze herkende het nummer niet, misschien was het een nieuwe klant. Ze nam op met haar efficiënte, zakelijke stem. 'Met Carla James.'

'Wow, ik zou nu bijna meteen een enorme serre van je willen kopen. Hoi Carla, met Jem!'

Jem. In hemelsnaam, het was maanden geleden dat ze voor het laatst iets van Jem had gehoord. Intuïtief draaide ze zich op haar zij, weg van Perry. 'Goh, wat een verrassing. Is alles goed, lieverd?'

'Prima. Ik barst alleen van nieuwsgierigheid over die nieuwe vent van mijn moeder en ze is niet bepaald scheutig met haar informatie. Het enige wat ik weet is dat hij aardig is en dat ze hem erg leuk vindt. Ze blijft maar zeggen dat het nog te vroeg is om er iets over te zeggen,' klaagde Jem opgewekt. 'Ik kan het niet

helpen, maar ik moet gewoon meer weten. En ik weet dat jij hem vrijdagavond hebt ontmoet, dus ik dacht: ha, ik bel Carla gewoon en dan krijg ik wel te horen hoe hij echt is!'
De moed zonk Carla heel diep in de schoenen. Het was zondagochtend en ze lag in bed naast Perry. Hoe had ze zo laag kunnen zinken? Wat zou Jem zeggen als ze haar de waarheid vertelde? Hoe zou Ginny, haar beste vriendin, reageren als ze hoorde dat...
'Niet doen!' siste Carla over haar schouder, terwijl ze de hoorn afdekte en buiten het bereik van Perry's hand probeerde te komen, die langs haar ruggengraat omlaag gleed. Brandend van schaamte zei ze tegen Jem: 'Ik heb hem maar heel even gezien, ik kan er niet veel over zeggen. Zoals je moeder al zei, is het nog niet lang genoeg aan om echt serieus te zijn. Volgens mij zien ze elkaar gewoon af en toe.'
'Neeee!' jammerde Jem, hevig teleurgesteld. 'Dat is niet eerlijk! Je weet hoe mijn moeder is, het is jaren geleden dat ze iemand leuk vond,' protesteerde ze, 'dus ik wil wel even wat meer horen. Jezus zeg, dit kan mijn nieuwe stiefvader worden. En nu hou jij je lippen ook al stijf op elkaar! Zeg dan tenminste of hij er goed uitziet.'
Dat laatste had Perry ook gehoord. Hij tikte op Carla's schouder en knikte.
'Hij kan ermee door.' Carla vertrok haar gezicht toen het getik in gepor overging. 'Oké dan, hij ziet er best goed uit. Voor een roodharige.'
'Vond je hem aardig?'
'Dat weet ik niet zo goed. Hij leek me wel aardig.'
'Hopeloos,' was Jems boze reactie. 'Oké, als jij hem op een feestje zou tegenkomen, zou je hem dan leuk vinden?'
God, wat was dit verschrikkelijk.
'Ik val op jongere mannen.' Carla probeerde weer weg te komen van Perry, die haar arm nu in de houdgreep had.
'Ja, dat is bekend. Maar mij hou je niet voor de gek, hoor.'
'Hoezo?'
'Echt voor geen millimeter,' zei Jem.
Carla durfde bijna niet te ademen. 'Hoe bedoel je?'
'Ik ben niet helemaal gek.'

'O nee?'
'En ik ben ook geen vijf meer. Ik weet wat er aan de hand is.'
Dat kón ze niet weten. Dat kon echt niet.
'Wat is er dan?' Carla leek wel een papegaai.
'Ik hoor heus wel dat je niet alleen bent.' Jem stem klonk plagerig
O. 'Hoe wist je dat?'
'Afgezien van het feit dat je je hand op de hoorn legde en hem net vertelde dat hij van je af moest blijven?'
'Ja, dat is inderdaad wel duidelijk,' beaamde Carla.
'En wedden dat ik nog iets anders over hem weet?'
Carla's zucht van verlichting maakte rechtsomkeert. 'En wat is dat dan?'
Op triomfantelijke toon zei Jem: 'Ik durf te wedden dat hij minstens tien jaar jonger is dan die geheimzinnige Perry.'

26

Vorige week was Ginny nog jaloers geweest op Evie. Maar nu niet meer, want – tralalalala! – nu was het haar beurt. Het was bijna Pasen en Jem kwam eindelijk naar huis.
'Ik heb mijn diensten in de kroeg geruild,' had Jem gezegd. 'Rupert is naar Zuid-Frankrijk en Lucy gaat naar Birmingham, dus ik dacht: waarom zou ik hier in mijn eentje zitten kniezen als ik ook naar jou kan komen?'
Dus Rupert was in het buitenland; kwam Jem daarom langs? Als dat zo was, lang leve Rupert. Opgewekt zei Ginny: 'Wat een geweldig nieuws! Ik kijk er zo naar uit je weer te zien. En dan kun je Laurel eindelijk ook ontmoeten.'
'En Perry natuurlijk.' Jem klonk ondeugend. 'Die wil ik absoluut ontmoeten.'
Hm, als hij daar tijd voor had. Ginny had kortgeleden bedacht dat Perry misschien toch niet zo gek op haar was als hij deed voorkomen; tuurlijk kon je het druk hebben op je werk, maar ze vermoedde dat er iets anders aan de hand was.

Aan de andere kant, een ontmoeting met Jem gaf haar misschien de kans erachter te komen wat dat dan precies was. 'Dat is goed, maar hou je wel gedeisd. Je weet wat ik je over Laurel heb verteld.'
'Ja ja. Hoewel ik het nogal idioot vind dat jullie het geheim moeten houden.'
Ginny vond dat zelf ook, maar ze begreep Perry ook wel weer. Niet dat ze de laatste tijd veel stiekems hadden gedaan – hij beweerde dat hij het razend druk had en ze hadden elkaar dus de hele week nog niet gezien.
'Dat weet ik lieverd, maar het is zijn zus en hij wil haar niet kwetsen. Ze is gewoon een beetje depri, meer niet.'
'Nou, vertel haar dan maar dat ik anderen heel goed kan opvrolijken. Ik kom vrijdagavond, oké? Mam, je weet hoeveel ik van je hou, hè?'
'Schaamteloos wicht.' Ginny grijnsde omdat dit kruipgedrag bekend terrein was. 'Natuurlijk haal ik je op van het station.'
'Jee! En je hebt vrijdagavond dus vrij?'
'Absoluut.'
'In dat geval,' zei Jem, 'kunnen we ook naar Penhaligon's gaan om te vieren dat ik terug ben. Ik trakteer!'
'Jem, dat kun je helemaal niet betalen.'
'O nee? Oké dan, jij trakteert! Tafel voor drie?'
'Jij, ik en pap? Dat is een leuk idee.' Ginny moest niet vergeten Gavin te bellen. Ze wist niet zeker of hij nog iets met Cleo had, maar hij kon haar toch wel één avondje missen?
'Eerlijk gezegd heb ik pap al gebeld; ik zie hem zaterdag. Ik dacht eerder aan jij, ik en Perry.' Jem was erg tevreden met zichzelf en voegde er vrolijk aan toe: 'Slim, hè? Op die manier zie ik al je nieuwe, leuke vrienden in één klap!'

Alleen al het zien van die afbladderende, blauwe voordeur had een magisch effect op Carla. Er ging een enorme aantrekkingskracht vanuit. Ze kwam hier nu al voor de twaalfde keer en de magie was heviger dan ooit. Zodra ze aanbelde en Perry opendeed zaten ze in hun eigen cocon waar buitenstaanders verboden waren. Dit gevoel had ze nooit eerder gehad. Absolute liefde. Absolute zekerheid. Absoluut geluk.

Totdat Ginny erachter zou komen.
Carla haatte dit, maar ze kon er niet mee stoppen. Haastig drukte ze twee keer op de deurbel en wachtte gespannen tot ze Perry de trap af hoorde rennen. Zodra de deur openging, voelde ze haar hart sneller kloppen.
Hij keek haar met een brede grijns aan en trok haar vlug naar binnen. 'Hallo daar.'
En daar was dat gevoel weer. Dit was helemaal het einde. Hoe kon iemand nou zoiets volkomen perfects opgeven?
Carla kwam na hun vrijpartij met haar verrassing op de proppen. 'Morgen doen we dit in een hemelbed.'
'Wat?'
'Ik heb een kamer geboekt in Curnow Castle. De beste suite die ze hebben.' Voor het exorbitante bedrag van driehonderd pond per nacht mocht het ook wel hun beste suite zijn. Niet dat ze er ook maar een moment spijt van had. Ze had juist zin gehad in een extravagant gebaar, om te vieren wat ze voor Perry voelde. Ze streek een klamme sliert rood haar van zijn voorhoofd. 'Je zult het geweldig vinden.'
'Nee, want ik kan niet. Annuleer het maar.'
'Waarom?'
Hij haalde zijn schouders op en zei: 'Ik heb morgenavond met Ginny afgesproken.'
'Wat?' Carla schoot overeind en voelde een klomp in haar maag. 'Maar ik wil je morgenavond zien. Zeg maar tegen Ginny dat er onverwachts iets is tussengekomen!'
Perry moest lachen om haar subtiele uitleg en schudde spijtig zijn hoofd. 'Ik wil jou ook zien – natuurlijk ben ik liever bij jou! – maar dat kan niet. Ze gaat me voorstellen aan haar dochter.'
'Aan Jem?'
Hij knipte met zijn vingers. 'Zo heet ze, ja. Jem. Ik denk steeds dat het Jenny is.'
Carla's teleurstelling werd nog groter toen Perry vertelde dat Ginny hem de avond ervoor had uitgenodigd voor een etentje bij Penhaligon's. Hij had voorzichtig geprobeerd haar aanbod af te slaan, maar Ginny had hem bijna gesmeekt om te komen. Jem wilde hem zó graag ontmoeten en... nou ja, het was alle-

maal nogal ongemakkelijk geweest. Uiteindelijk kon hij het niet over zijn hart verkrijgen om nee te zeggen.
'Het is heel belangrijk voor haar,' zei Perry tot slot. 'Ik kon haar echt niet teleurstellen.'
'Vanwege Laurel.' Carla had meteen door dat het niet alleen maar goed bedoeld was. 'Omdat je deze poppenkast wel moet volhouden. Om Ginny tevreden te houden.'
Hij spreidde zijn handen uit. 'Precies. Niet omdat ik haar wíl zien.'
'Dit klopt echt voor geen meter.' Carla schudde resoluut haar hoofd. 'Laurel bepaalt je hele leven en ze weerhoudt ons ervan samen te zijn!'
'Hé, wacht even,' protesteerde Perry, 'we zijn nu toch samen?'
'O ja? We verstoppen ons hier bij jou thuis als een stelletje vluchtelingen, terwijl we niets fout hebben gedaan. Ik wil een normaal stel zijn!' Carla keek hem wanhopig aan. 'Ik hou van je. Zo kunnen we niet doorgaan. Dat is voor niemand eerlijk. Je zet Ginny voor lul. Mijn vriendin?!' Haar stem ging omhoog. 'Dit verdient ze niet.'
'Dat weet ik, maar we hebben geen keus, nu althans niet. Als het moment daar is, leg ik alles wel uit.' Perry probeerde haar te troosten in de hoop dat ze hem zou vertrouwen. 'Nog even geduld.'

'Weet je zeker dat het niet te zwaar is?' vroeg Finn.
'Nee, het is niet te zwaar.' Toen Ginny het restaurant was uit gelopen na een drukke vrijdagmiddagdienst, kwam Finn net aanrijden in zijn bus. Hij was naar een veiling geweest in een landhuis in Bodmin Moor en had haar trots het victoriaanse marmeren beeld laten zien dat hij had gekocht. Omdat zijn assistent Tom op dat moment bezig was met een klant, had Ginny aangeboden hem te helpen het beeld naar de winkel te dragen.
Marmer was alleen iets zwaarder dan ze had gedacht. Maar het was vrijdag en over een paar uur zou Jem er zijn. Ginny was zo uitgelaten dat ze het idee had dat ze zelfs in haar eentje het standbeeld én het busje kon optillen.
Maar gelukkig was dat niet nodig.
'Heb je het goed vast?' vroeg Finn nog een keer.

'Hou eens op. Ik ben sterker dan ik eruitzie.' Ze schudde haar haren uit haar gezicht, keek hem grijnzend aan en klemde haar armen stevig om de enkels van het vrouwenbeeld. Finn had zijn armen om de borst van de vrouw geslagen. Samen schuifelden ze achteruit over het grind, wisten door de deuropening te komen, zetten het standbeeld rechtop... en ademden diep uit.
'Goed gedaan.' Finn nam haar vol bewondering op. 'Ik dacht dat je haar zou laten vallen. Je bent inderdaad sterker dan je eruitziet.'
'Geef me een telefoonboek,' zei Ginny bescheiden, 'en ik scheur het zo voor je doormidden.' Ze streelde de koele, zijdezachte marmeren schouder van het standbeeld en bedacht hoe mooi het zou staan in haar tuin. 'Hoeveel vraag je ervoor?'
'Drieduizend.'
Jezus, toch maar niet. Misschien had de doe-het-zelfzaak wel een goedkopere versie van kunststof.
'Maar goed dat ik dat niet wist. Anders had ik hem zeker laten vallen.'
'Ze is wel een dure dame, ja.' Finn gaf het standbeeld een waarderend klapje op de billen. 'En ze is ook ouder dan ze lijkt.'
Ginny kon zichzelf er niet van weerhouden te bedenken hoe het zou voelen als Finn je een tikje op je billen gaf. Ze duwde de gedachte vlug uit haar hoofd. 'Maar wel zonder cellulitis. Ze heeft goed voor zichzelf gezorgd. Of ze heeft hier en daar wat laten straktrekken. Laten we haar Cher noemen.' Op dat moment ging haar mobieltje: het was Carla. 'Over vrouwen zonder cellulitis gesproken... hallo daar! Waar heb jij al die tijd uitgehangen?'
'Gewoon... druk gehad.' Carla klonk ingetogener dan anders. 'Hoi. Luister eens, ik ben thuis en ik wil je graag even spreken. Waar ben je?'
'Ik ben net klaar met werken.' Geïntrigeerd zei Ginny: 'Je klinkt geheimzinnig. Wat is er?'
'Kun je nu bij me langskomen?'
'Ik moet eerst even wat spullen halen in de stad, maar ik kan er over een uurtje zijn. Jem komt trouwens vanavond!'
Het bleef even stil. 'O ja?'
'Ik moet haar om halfzeven ophalen van het station. Ik kan nau-

welijks wachten. En weet je wat? We gaan uit eten met Perry, met zijn drietjes!'
'Geweldig.' Carla leek andere dingen aan haar hoofd te hebben. 'Eh, dus je bent hier over een uur?'
Ginny keek op haar horloge. 'Uiterlijk om vier uur, dat beloof ik. Kan je niet een tipje van de sluier oplichten?'
'Dat komt straks wel.'
Ze klonk niet echt als de oude, vertrouwde Carla. Ginny ving Finns blik op en vroeg: 'Heb je soms iets stouts gedaan, Carla?'
Weer een stilte. 'Ja.'
'Vertel!'
'Dat kan niet,' zei Carla en ze hing op.
Ginny deed de telefoon terug in haar tas. 'Carla doet geheimzinnig.'
'Dan kun je maar beter gaan. Tot vanavond.'
'We komen om acht uur,' zei Ginny stralend. 'Ik vind het zó leuk dat je Jem gaat ontmoeten.'
'En zij gaat Perry ontmoeten. Wat als ze hem niet aardig vindt?'
Was dat een steek onder water? Jezus zeg, alleen maar omdat Perry een onschuldige, ondoordachte opmerking had gemaakt over kinderen en het vaderschap. Kon hij niet gewoon blij voor haar zijn?
'Ik weet zeker dat ze hem geweldig vindt,' zei Ginny zelfverzekerd.
Finn haalde zijn schouders op. 'Hm, wie weet...'
'Twee dingen. Ten eerste, ik ken mijn dochter. En ten tweede...' haar ogen glinsterden want uitgerekend vandaag wilde ze haar goede bui niet laten verpesten, 'moet je niet zo pessimistisch zijn.'

27

'Oké, ik ben er. Kom maar op.' Zodra Carla de deur opendeed, sloeg Ginny haar armen om haar heen. Pas toen ze van de winkels naar huis terugreed, had ze opeens bedacht dat Carla mis-

schien wel ziek was. Ze had plagend gevraagd of ze iets stouts had gedaan en Carla had dat op ernstige toon bevestigd. Maar wat als ze doelde op die brief van vorig jaar met een herinnering dat ze weer een uitstrijkje moest laten maken en dat ze daar door haar drukke werk niet aan toe was gekomen?
Zodra die mogelijkheid in haar opkwam, kon ze ook aan niets anders meer denken. En Carla beantwoordde haar omhelzing nu ook al niet en stond daar alleen maar zo stijf als een plank en had – dat zag Ginny nu pas – tranen in haar ogen.
'O mijn god!' Ginny staarde haar volkomen ontzet aan, ze had het gevoel alsof er net nat cement onder in haar maag was gestort. Ze kon amper spreken, greep Carla's hand vast en voelde haar keel samenknijpen. 'Is het... heb je kanker?'
Carla draaide zich abrupt om en liep naar de keuken. 'Nee, geen kanker.'
O.
'Nou, gelukkig maar.' Ginny liep achter haar aan, slaakte een zucht en klopte op haar bonzende borstkas. Voor de zekerheid vroeg ze: 'Dus je bent niet ziek of zo?'
'Nee.'
Nu was ze echt opgelucht. 'Je hebt geen idee wat er allemaal door mijn hoofd is geschoten.'
'Ginny, ik ben niet ziek.' Carla draaide zich naar haar om en weer hoorde Ginny dat rare toontje in haar stem.
'Is er iemand overleden?'
Carla zwaaide haar volmaakt symmetrische boblijn van links naar rechts, maar hield haar lippen stijf op elkaar geklemd.
'Help me even,' zei Ginny, 'want ik snap niet wat er aan de hand is. Ik heb echt geen idee.'
'Weet ik.'
'Wat bedoel je daar nou weer mee? Waarom zeg je dat zo?'
'Ginny, ik heb je heel hoog zitten. Je bent mijn beste vriendin en het laatste wat ik zou willen, is jou pijn doen.' Carla greep de rand van het granieten aanrecht stevig vast terwijl de woorden eruit rolden. 'Geloof me, ik heb je nooit iets willen aandoen. Het gaat over Perry. Hij heeft een ander.'
Het werd doodstil in de keuken; alle zuurstof leek uit de lucht gezogen. Carla kon zichzelf er nog niet toe brengen om de rest

te vertellen. Eén mokerslag per keer. Haar nagels deden pijn omdat ze zich zo stevig vasthield aan het aanrecht. Dit was verschrikkelijk, maar het kon niet anders. Ginny staarde haar sprakeloos aan en was in shock, wat ook niet meer dan logisch was. God mocht weten wat ze... O, die kut telefoon ook.

Maar toen Carla naar die kut telefoon keek en zag wie er belde, moest ze wel opnemen.

'Hoi, met mij. Luister, ik ben uiterlijk om twaalf uur vanavond terug,' zei Perry. 'Wacht maar op me bij mij.'

'Ik ben thuis. En Ginny is er ook.'

'Echt waar?' Hij klonk alsof hij onder de indruk was. 'Ik dacht dat je haar probeerde te ontwijken.'

'Niet meer.' Carla zweeg even en hoorde toen haar eigen stem, heel vreemd, als een echo terug in haar eigen oren. 'Ik heb het haar net verteld.'

'Wát? Dat meen je niet! Over ons?'

'Ja.' Nou ja, bijna. Het scheelde niet veel.

'Jezus Christus, wat heb je gedaan?' schreeuwde Perry. 'Ik zei toch dat je niks mocht zeggen!'

Ja, en dan? Het kon niet anders. Op nuchtere toon antwoordde ze: 'Maar dat heb ik dus wel gedaan,' en ze hing op.

Ginny staarde haar met grote ogen aan. 'Wie was dat?'

'Het spijt me.'

'Was dat Perry? Wat is er aan de hand? Oké, je hebt hem dus met iemand gezien.' Ginny schudde niet-begrijpend haar hoofd. 'Weet je het wel zeker, vergis je je niet?'

'Ik vergis me niet.'

'Dus hij heeft het ook nog toegegeven? Weet je zeker dat hij iemand anders heeft? Wat een klootzak!' Met trillende handen pakte Ginny een glas van het aanrecht en hield het onder de koude kraan. 'Sinds wanneer weet je dit? Waar heb je ze gezien? Verdomme, ik vond hem echt leuk.' Het glas tikte tegen haar tanden toen ze de helft ervan in één keer naar binnen klokte. 'Waarom kan er nou nooit eens iets goed gaan bij mij? Weet je, ik dacht echt dat het iets zou worden. En nu is die lul gewoon een vieze, vuile leugenaar. O nee, arme jij!'

'Hè? Hoezo?' Nu was het Carla's beurt om in de war te zijn.

'Dat jij me dat moet vertellen. Wat zul je daar tegen op hebben

gezien.' Ginny's wrange glimlach kon haar verslagenheid niet maskeren. 'Het is vreselijk om het slechte nieuws te moeten brengen. Maar ik ben blij dat je me het hebt verteld. Echt waar. En je hoeft niet bang te zijn, ik zal de brenger van de slechte boodschap geen kopje kleiner maken!'
Carla kon geen woord uitbrengen. De laatste paar kostbare seconden van hun vriendschap tikten weg. Er lag hier een tikkende tijdbom in deze keuken, en hij zou elk moment kunnen afgaan.
'Heb je haar ook echt gezien?' wilde Ginny weten. 'Ze is vast jonger dan ik. Hoe ziet ze eruit?'
Nog maar een paar seconden. Carla's mond was zo droog dat ze de woorden er nauwelijks uit kreeg. 'Ze is... eh, een beetje zoals ik.'
'Dus het tegenovergestelde van mij. Ik had het kunnen weten.' Ginny bekeek haar weerspiegeling in het raam en haalde haar vingers met een minachtend gebaar door haar verwaaide Goldie Hawn-kapsel. 'Dat is dus het teken van Moeder Natuur die je vertelt dat je nodig naar de kapper moet.' Ze klopte vervolgens op haar ietwat bolle buikje. 'En dat ik ook maar eens wat sit-ups moet doen.'
'Er is niks mis met je.' Carla kon niet aanzien hoe Ginny zichzelf naar beneden haalde en voegde er fel aan toe: 'Je bent warm, grappig, mooi...'
'Blijkbaar denkt Perry er anders over, want hij heeft liever iemand zoals jij.'
De tijdbom leek steeds harder te tikken. Ze hoefde dit niet te doen, ze kon Perry in het geheim blijven zien.
Nee, dat kon niet! Dat zou achterbaks zijn.
Ze kon er ook voor kiezen niet meer af te spreken met Perry.
Nee, dat kon ze niet! Wat een onmogelijke situatie.
Ze kon... ze kon...
Nee, ze kon het niet.
De tijdbom ging af. 'Ik ben het.'
'Wat ben jij?'
'Perry heeft voor mij gekozen. Ik ben die andere vrouw. En het spijt me zo! Ik haat mezelf, ik kan ook niet geloven dat het is gebeurd. Maar het is wel gebeurd. En je bent mijn beste vriendin,' voegde ze er half smekend aan toe. 'Ik heb je echt nooit

willen kwetsen, maar ik heb nog nooit zoiets voor iemand gevoeld... Toen ik Perry ontmoette was het gewoon... nou ja, een soort aardbeving. Als ik het had kunnen tegenhouden, had ik dat gedaan. Maar ik kon gewoon niet...' Ze was uitgeraasd. Ze werd misselijk en kon wel door de grond zakken, en merkte dat ze van ellende haar vuisten had gebald. Ze dwong zichzelf Ginny aan te kijken en fluisterde moedeloos: 'En het spijt me zo, zó ontzettend.'
Ginny had het gevoel alsof ze naar een film zat te kijken, eentje met een heel onverwachte wending. Een wending die je de adem beneemt en waardoor je blijft zitten met de vraag hoe het in godsnaam gaat aflopen. Carla's gezicht was lijkbleek en stond strak van de spanning. Ze was duidelijk uitgepraat. Ze leek wel een vreemde, of een figuur uit *Dr. Who*, die zijn gezicht afpelt en dan opeens een robot blijkt te zijn. Want één ding was zeker: dit was niet de Carla die ze de afgelopen vijftien jaar had gekend, de vriendin van wie ze had gehouden en die ze had vertrouwd.
'Je hebt me nooit willen kwetsen?' Ginny was zelf eigenlijk verbaasd dat ze nog kon praten. 'En ik ben je beste vriendín?' Haar stem ging omhoog. 'Goh, wat interessant. Want als je je beste vrienden zó behandelt, ben ik wel benieuwd wat je met je vijanden doet.'
Carla's gezicht vertrok. 'Het spijt me.'
'Wil je ophouden met zeggen dat het je spijt? Dat heeft niets te betekenen! Als het je echt speet, zou je nooit achter mijn rug om met Perry hebben afgesproken, toch? Dan had je vriendelijk bedankt, zoals iedere normale vriendin, en was je weggelopen. Dat noem je trouw.' Ginny schudde vol walging haar hoofd.
'Dat weet ik en dat wílde ik ook doen. Echt, geloof me, dat wilde ik ook. Maar ik kon het niet. Ik hou van hem,' smeekte Carla. 'En hij houdt van mij. Soms gebeuren die dingen nu eenmaal.' Op dat moment hoorden ze voor het huis de piepende banden van een sportauto tot stilstand komen. Er werd een portier dichtgeslagen en voetstappen raceten het pad op. De deurbel ging.
'Daar zal je de prins op het witte paard hebben. Hij komt je redden. Wat lief.' Ginny's hart ging als een razende tekeer. 'Ge-

weldig. Ik neem aan dat je met hem naar bed bent geweest?'
'Natuurlijk ben ik met hem naar bed geweest.' Carla liep naar de voordeur. 'Dat doen normale stellen namelijk.'
Het mes werd nog eens omgedraaid in haar maag. Het werd Ginny pijnlijk duidelijk dat Carla gelijk had. Al dat zogenaamde hoffelijke gepraat over het langzaamaan willen doen en haar beter leren kennen, was helemaal niet romantisch geweest. Het was gewoon... compleet gelul.
En daar had je hem nu, de lul zelf, die de smetteloze keuken in kwam stormen met ongekamde haren en een woeste blik in zijn ogen.
Hij zag er ineens niet meer zo onweerstaanbaar uit.
En onder de huidige omstandigheden kwam haar dat goed van pas.
'Het spijt me. Ginny, het spijt me zo.'
O, in godsnaam, niet weer!
'Je bent een geweldig mens,' vervolgde Perry, 'en ik heb je echt nooit willen kwetsen...'
Ook dat nog!
'Dit begint saai te worden,' zei Ginny.
'Maar ik meen het, echt. Ik had nooit verwacht dat zoiets als dit zou gebeuren. Wij allebei niet. Het is gewoon gebeurd.' Perry liet zijn armen verslagen langs zijn lichaam hangen. 'Het was een... coup de foudre.'
'Vast.' Ginny stelde zich voor hoe ze de zware glazen fruitschaal zou pakken en die naar zijn hoofd zou slingeren.
'Dat betekent liefde op het eerste gezicht,' voegde Perry eraan toe.
Wat een betuttelende klootzak. Hij dacht niet alleen dat ze goedgelovig was, maar ook nog dom.
'Nee, dat betekent het niet,' zei Ginny. 'Het betekent door de bliksem worden getroffen.' Getroffen door de bliksem of door een zware glazen fruitschaal, dat was haar om het even.
'*Whatever*, we houden van elkaar. Het was niet de bedoeling dat je er op deze manier achter zou komen...'
'Ik heb de indruk dat ik er helemaal niet achter had moeten komen.' Ginny liet Carla nu links liggen en richtte al haar aandacht op Perry. 'Hoe lang is het al gaande?'

'Sinds die avond in het Carson Hotel. We konden er niets aan doen. We zagen elkaar en dat was het. We wisten het gewoon.'
'Wat mooi. Heel romantisch. En? Heb je haar op de plee of in de bosjes geneukt?'
'Geen van beide,' zei Perry beledigd. 'Ik was met jou.'
'Oké, de avond erna dan. Carla is meer het type van spijkers met koppen slaan.' Door hun schuldbewuste blikken wist Ginny dat ze gelijk had. Om het af te maken zei ze: 'Je bent wel een stuk ouder dan de mannen voor wie ze normaal gesproken valt.'
'Het spijt me,' zei Perry voor de verandering. 'Ik weet dat dit een schok voor je is, maar ik hoop dat we vrienden kunnen blijven.'
Het was de smekende, laten-we-vooral-redelijk-blijven-toon in zijn stem die Ginny's vermoedens bevestigde. Perry had haar van begin af aan al misleid en een relatie voorgewend, puur en alleen om zijn zus bij haar te dumpen. Alsof Laurel een zak oude kleren was en Ginny het plaatselijke Leger des Heils-depot.
En getuige de uitdrukking op zijn gezicht was hij nu doodsbang dat ze hem de zak ging teruggeven.
Ginny merkte tot haar stomme verbazing dat ze in staat was de verschillende emoties te onderscheiden die door haar lichaam raasden, alsof ze messen, vorken en lepels in een besteklade sorteerde.
Ze voelde zich vernederd omdat hij haar in de waan had gelaten dat hij haar aardig vond.
Ze was woedend omdat Jem naar huis kwam en het vandaag zo'n mooie dag had moeten zijn.
En ze voelde zich nog meer vernederd omdat ze met zijn drieën naar Penhaligon's zouden gaan en ze tegen Finn had lopen opscheppen dat Jem dol zou zijn op Perry.
Ze was woedend omdat Perry haar als een makkelijk slachtoffer had gezien.
En ze voelde zich nog meer vernederd omdat Finn met moeite zijn lachen in zou kunnen houden als hij hoorde wat er was gebeurd.
Tot zover de lepels en vorken. Nu de messen nog. Met een maag die zich weer omdraaide, besefte Ginny dat Carla die messen had gebruikt om haar in de rug te steken. Want boosheid was

in de verste verte geen toereikende omschrijving voor wat Ginny van Carla vond, haar zogenaamde vriendin. Withete, ziedende woede kwam meer in de buurt. En vooral dát deed meer pijn dan al dat andere. Want besodemieterd worden door je beste vriendin, was duizend keer erger dan besodemieterd worden door een man.
Want bij mannen kon je, diep vanbinnen, dat vroeg of laat toch wel verwachten.
Nou, Carla en Perry mochten elkaar hebben, hoor. Graag zelfs. En – wat enig! – Carla kreeg een kant-en-klaar gezinnetje in de schoot geworpen.
'Zal ik het Laurel vertellen of doe jij het?'
Perry keek haar angstig aan. 'Haar wat vertellen?'
'O, dat weet je best. Je hebt me er van begin af aan ingeluisd zodat ik je van je zus verloste. Nou, ik hoef haar niet meer. Je mag haar terug hebben.'
Hij knipperde een paar keer snel met zijn ogen. 'Ginny, je kunt toch niet...'
'Dan kunnen jullie gezellig met zijn drieën gaan samenwonen. Is dat niet enig?'
'Maar ze heeft het fijn bij jou,' smeekte Perry.
'Dat doet er niet toe. Dat is niet mijn probleem. Neem maar van mij aan dat ik blij zal zijn als ze weg is.'
'Je kunt haar toch niet op straat zetten?'
'O nee? Dat zullen we nog wel eens zien.' Ginny beende de keuken uit en keek nog één keer met een walgende blik over haar schouder naar Carla. 'En ik hoef jullie nooit meer te spreken.'

28

Over twee uur moest ze Jem van het station halen. Toen Ginny het huis uit sloop hoopte ze dat Laurel er of niet was, of sliep, of boven naar een cd van Leonard Cohen aan het luisteren was. Helaas pindakaas. Zodra de voordeur zachtjes in het slot gleed, kwam Laurel uit de keuken tevoorschijn. 'Ah, daar ben je!

Houdt Jem van chocola? Ik heb namelijk een citroentaart gemaakt, maar als ze liever chocola heeft kan ik net zo goed... O!' Laurel keek haar bezorgd aan. 'Wat is er gebeurd?'
'Niets. Er is niets gebeurd. Citroen is prima. Of chocola. Dat maakt niet uit. Jem houdt van alles als het maar taart is.'
'Maar je ziet eruit alsof je een spook hebt gezien. Er is iets.'
Zou ze het haar vertellen? Of zou ze het haar niet vertellen? Ginny werd gered en hoefde geen beslissing meer te nemen, omdat Laurel langs haar heen liep, de voordeur opendeed en naar buiten keek, op zoek naar de reden waardoor ze zo van streek was.
'Dat is Perry's auto.' Ze wees naar de overkant. 'Wat is er? Waar is Perry?'
'Oké.' Ginny deed de deur dicht en leidde Laurel terug naar de keuken. 'Zou je het erg vinden als ik je vertelde dat ik... dat ik met Perry ben uitgeweest?'
Laurel keek haar stomverbaasd aan. 'Jij? En Perry? Echt waar? Maar dat is geweldig! Waarom zou ik dat erg vinden?'
Precies. Inderdaad. Waarom? Hoewel het een erg aanlokkelijk idee was om een fles wijn open te trekken, pakte Ginny een blikje cola uit de koelkast en ging zitten.
'Dat is jammer, want Perry zei dat je dat niet leuk zou vinden. Hoe dan ook, het zal niet nog eens gebeuren.' Ze trok hard aan het lipje en keek hoe het schuim over de rand van het blikje borrelde. 'Het is uit.'
'O, gelukkig, godzijdank!'
Ginny keek op. 'Waarom?'
'Omdat hij verschrikkelijk is!' Laurel rolde met haar ogen. 'Voor jouw eigen bestwil ben ik daar echt heel blij om. Ik bedoel, begrijp me niet verkeerd, ik ben stapelgek op hem, maar Perry's relaties lopen altijd uit op een fiasco. Wat vrouwen betreft heeft hij het concentratievermogen van een mug. Het ene moment is hij stapelverliefd en even later zijn ze alweer verleden tijd. O god.' Ze sloeg haar hand voor haar mond. 'Heeft hij dat soms ook met jou gedaan?'
'Nee... niet echt...' Ginny had het hart niet om de ware toedracht te vertellen van Perry's zogenaamde verliefdheid. 'Nou ja, misschien wel een beetje. Hij heeft iemand anders.'

'Ja, dat was te verwachten. Maar eerlijk gezegd is het maar goed dat je van hem af bent.' Laurel leunde voorover en keek zo bezorgd dat er rimpels in haar voorhoofd verschenen. 'Ben je er kapot van?'
Kapot. Ginny probeerde het zich voor te stellen maar kon er geen 'kapot' van maken. Vernederd en kwaad wel – o ja, dat wel, geen probleem – maar kapot zijn van Perry was niet aan de orde. Haar beste vriendin kwijtraken – haar zogenaamde beste vriendin – dat was veel erger dan Perry Kennedy verliezen.
Ze schudde haar hoofd. 'Nee. We zijn maar een paar keer uitgeweest. Het was nog niet echt serieus.'
Dat was duidelijk niet het antwoord dat Laurel wilde horen. Of ze geloofde haar gewoon niet. 'Maar je moet wel van streek zijn. Hij heeft je gedumpt. Dat doet altijd pijn.' Ze ging op ernstige toon verder. 'Maar ik kan goed luisteren. Praat er gerust over, zoveel als je wilt. Het maakt niet uit dat het mijn broer is, gooi het er maar uit, lucht je hart, want ik weet dat er niets ergers is dan je rot voelen en niemand te hebben met wie je kunt praten over...'
'Eerlijk gezegd doe ik dat nooit.' Ginny kreeg een geweldig idee. 'Ik heb gemerkt dat eindeloos denken en praten over iets wat is stukgelopen, het alleen maar erger maakt. Ik ben meer iemand van 'uit het oog, uit het hart'. Maar je kunt me wel een plezier doen. Wil je ervoor zorgen dat ik nooit meer over Perry praat?'
'Natuurlijk wil ik dat! Maak je geen zorgen.' Laurel schudde enthousiast haar hoofd. 'Zodra je zijn naam noemt, geef ik je direct een waarschuwing.'
'En... het helpt misschien ook als jij zou proberen Kevins naam niet meer te noemen. Want als je dat doet, zal dat me alleen maar aan Perry herinneren, en eerlijk gezegd, hoe minder ik aan hem word herinnerd, hoe sneller ik over hem heen ben.' Ja, briljant. Perry was toch nog ergens goed voor.
'Goed punt. Oké, zal ik doen. En maak je geen zorgen, je bent er goed vanaf gekomen. Moet je nagaan hoe erg het was geweest als jullie twee zo lang samen waren geweest als ik en Kev... oeps, sorry!' Laurel trok een schuldbewust gezicht. 'Dat ging bijna fout!'
'Maar je merkte het zelf! Dat is heel goed.' Ginny knikte haar

bemoedigend toe. 'En met wat oefening gaat het ons allebei wel lukken.'
'Vast en zeker.' Alsof dat idee nog nooit in haar was opgekomen, rechtte Laurel haar schouders en zei trots: 'Uit het oog, uit het hart!'
'O ja. Nog één ding voor we echt beginnen. De reden dat Perry's auto voor de deur staat, komt omdat hij nu iets met Carla heeft.'
'Carla? Je beste vriendin?' Laurels lichtgroene ogen werden zo groot als schoteltjes.
'Ze wás mijn beste vriendin.' Ginny merkte dat haar vingers het colablikje nog strakker omklemden. 'Ze hebben het me net verteld.'
'Niet te geloven! Je bedoelt dat ze hem van je heeft afgepakt? Wat een teef!'
'Dank je wel. Dat vond ik ook.'
'Maar je weet tenminste dat het niet lang zal duren,' probeerde Laurel haar te troosten.
'Nou, misschien wel. Deze keer was het anders,' antwoordde Ginny. 'Ze zijn verliefd. Perry had het over een...'
'Coup de foudre?' Laurel snoof hooghartig. 'God, niet weer, hè?'
Ginny nam nog een slok cola, genoot van deze onthulling. Het was inderdaad een troost om te weten dat het niet lang zou duren.
'En nog iets.' Brandend van nieuwsgierigheid vroeg Ginny: 'Waarom heb je me nooit eerder over Perry verteld?'
Laurel keek haar verbaasd aan. 'Omdat je me dat nooit hebt gevraagd.'
Tja, daar had ze gelijk in.
'Hij is mijn broer,' vervolgde Laurel. 'En hij is altijd heel aardig voor me geweest. Dan kan ik toch niet gaan kwaadspreken over hem? En ik wist niet dat er iets tussen jullie was.' Ze schudde heftig haar hoofd. 'Als je het had verteld, had ik je kunnen waarschuwen.'
'Maar Perry zei...'
'Oké, stop!' Laurel stak beide handen als een verkeersleider omhoog. 'Nu stoppen. Zie je wat je doet? Je brengt het gesprek

weer terug op Perry en je kwelt jezelf alleen maar met wat er gebeurd is. En het is mijn taak om ervoor te zorgen dat je dat niet doet. Zet hem nou maar uit je hoofd. Niet meer aan hem denken. Hij is het niet waard.'
Ginny wist haar gezicht nog maar net in de plooi te houden. Ze had nooit verwacht dat Laurel zo bazig en overtuigend kon zijn.
'Goed,' zei ze gedwee.
'Neem maar van mij aan,' zei Laurel terwijl ze wijs knikkend vier eieren boven een schaal brak en kordaat begon te kloppen, 'dat is de enige manier.'

De dag had dan misschien een smetje opgelopen, maar hij was niet helemaal verpest. Zodra ze Jem uit de trein zag springen, verdwenen alle gedachten over Perry en Carla als sneeuw voor de zon. Ze bleven bijna een halve minuut lang op het perron staan en omhelsden elkaar alleen maar heel stevig. Jem, haar baby, was weer thuis en dat was het enige wat telde. Ze duwde haar gezicht in Jems blonde haar met roze plukjes en ademde diep in. Ze begroef haar neus er heel diep in, achter die trendy, nieuwe parfum op zoek naar de geliefde, oneindig subtiele maar bekende lichaamsgeur die haar geruststelde dat dit haar dochter was.
Uiteindelijk maakten ze zich met een stompzinnige grijns op hun gezichten van elkaar los.
'O lieverd, wat fijn om je weer te zien.' Ginny's hart deed bijna pijn van zo veel liefde. 'Je hebt je haar geknipt.'
Jem trok speels aan Ginny's te lange blonde lokken. 'En jij niet.'
'En waar zijn alle zakken met was? Ik dacht dat dat in de huisregels voor studenten stond, dat je op zijn minst vijftig kilo vieze was mee naar huis moet nemen.'
'We hebben een superdeluxe was-droogcombinatie van Bosch.'
'In dat geval breng ik mijn was voortaan naar jou. Hoe gaat het met Lucy?'
'Prima.'
'En met Rupert?'
'Ook prima.'
'En met Davy?'
Jem haalde haar schouders op. 'Best goed. Hij heeft het druk

met andermans huizen schoonmaken. Maar kom op, laten we naar huis gaan. Ik kan niet wachten om iedereen te leren kennen.' Terwijl ze over het perron liepen haakte ze haar arm door die van Ginny en voegde er samenzweerderig aan toe: 'Vooral Perry.'

'Ongelooflijk. Wat een klootzak! Hoe kan hij haar nou boven jou verkiezen?' Franz Ferdinand schalde uit de luidsprekers en Jem moest schreeuwen om boven de muziek uit te komen. 'En wat die verschrikkelijke Carla betreft... ik ga nooit, zolang ik leef, maar dan ook nooit meer een woord tegen haar zeggen. Wat een kutwijf.'

Ginny was geroerd door haar felle reactie. Het was halfnegen, ze waren op weg naar Penhaligon's en Jem bleef maar stoom afblazen. Aangezien Laurel hen verboden had het in huis over dát onderwerp te hebben, was Jem dat nu aan het inhalen. In de wetenschap dat Carla gek was op haar perfect geometrische boblijn, luidde het recentste plan 's nachts bij haar naar binnen te sluipen en haar haren dan met een snoeischaar af te knippen. En misschien dan ook meteen even een tegenovergestelde liposuctie uitvoeren door een paar liter drillerig vet in Carla's gebruinde, superstrakke dijen te spuiten.

'Ik wil wedden dat ze bij hem was toen ik haar belde,' zei Jem opeens. 'Jezus, dat ik daar nu pas aan denk. Over hypocriet gesproken... ze lagen waarschijnlijk nog in bed ook. Wat een slet. Ik zou haar zo graag voor haar hypocriete kop willen slaan.'

'Doe dat maar niet,' zei Ginny ferm. 'Als we haar zien, negeren we haar.'

'Spelbreker.'

'Zij moet zien te leven met haar geweten. En als ik Laurel mag geloven, gaat die relatie niet lang duren. Perry dumpt haar toch. En daar kijk ik nu al naar uit.'

'En als het dan uit is?' Jem keek haar aan. 'Wat dan? Je gaat me toch niet vertellen dat je dan weer vriendinnen met haar wordt?'

Ginny schudde haar hoofd; wat dat betreft had ze haar besluit al genomen. 'Nee, absoluut niet.'

'Mooi zo.' Tevreden leunde Jem achterover.

'En wat vind je van Laurel?' Ze wilde van onderwerp veranderen en leunde voorover om Franz Ferdinand wat zachter te zetten.
'Ze is heel aardig! Je zei dat ze depressief was, maar ze kwam op mij juist heel vrolijk over.'
Ginny lachte in zichzelf. Jem had gelijk. De omslag in Laurel was ontstellend groot. Wie had kunnen raden dat een depressieve lotgenoot het enige was wat Laurel nodig had om een punt te zetten achter haar eigen malaise? Ze ging volledig op in haar nieuwe rol als hoofd-opvrolijker. Al was Ginny niet zo rouwig om het verlies van Perry als Laurel haar wilde doen geloven.
'En ze bakt heerlijke taarten,' voegde Jem er opgetogen aan toe. 'Dat is echt een extraatje.'
'Dat klopt.' Ginny knikte opgelucht want ze had Perry dan wel verteld dat ze Laurel niet meer in huis wilde, diep in haar hart wist ze dat ze haar nooit op straat zou zetten.
'Even alles op een rijtje. Als ik het goed heb, dacht jij dat Carla een heel goede vriendin van je was, maar blijkt ze een absolute heks te zijn.' Jem telde op haar vingers af. 'Je dacht dat Perry perfect was, de man op wie je al die jaren hebt gewacht. En wat jou betreft, was Laurel depressief. Weet je? Volgens mij is het maar goed dat ik hier ben,' zei ze tegen Ginny. 'Want je bent behoorlijk van het pad af geraakt. Tot nu toe heb je iedereen verkeerd ingeschat.'

29

Finn kwam net zijn huis uit toen Ginny de auto op de binnenplaats parkeerde.
'Is dat je baas? Je had me niet verteld dat hij zo knap was. Voor een oudere man dan,' zei Jem.
'Sst, kan het iets zachter?' Finn kwam op hen aflopen, en Ginny vreesde dat Finn het had gehoord.
'En jij moet Jem zijn.' Hij glimlachte en gaf haar een hand. 'We hebben al zoveel over je gehoord.'

'Ik ook over jou. Jij bent de man die mijn moeder wilde laten arresteren.'
'Dat doe ik tegenwoordig nog maar zelden,' zei Finn.
Jem keek langs hem heen. 'Iemand zit naar me te blazen.'
De kat zat met een zwiepende staart boven op de hoge, met klimop begroeide muur van de binnenplaats hooghartig op hen neer te kijken. De kat knipperde met haar ogen en liet weer haar tanden zien.
'Dat is Myrtle. Niet bepaald de liefste van de wereld,' zei Finn. 'Ze is waarschijnlijk zwanger, maar het is nog niemand gelukt om dat van dichtbij te checken.'
'Als het zo'n kreng is, ben ik wel heel benieuwd hoe ze zwanger is geraakt. Maar ja, je hebt van die vrouwen, hè,' zei Jem met nadruk. 'Vanbuiten zie je er niets van, maar diep vanbinnen zijn het gewoon sletten.'
Finn keek vragend naar Ginny, die voelde dat ze begon te blozen. O geweldig, dacht hij dat Jem het over haar had?
'Als Myrtle zwanger is, moet ze niet meer op die hoge muren klimmen. Dat is gevaarlijk.' Jem liep langs Finn, spreidde haar armen uit naar de kat en maakte zoengeluidjes. 'Kom dan, schatje. Het is goed. Kom, kom er maar af.'
Myrtle keek Jem aan alsof ze gek was geworden, keerde vervolgens iedereen arrogant de rug toe en sprong als Spiderwoman naar een van de bovenste takken van een moerbeiboom.
'En u bent zeker Dr. Dolittle?' Finn moest een beetje lachen om Jems mislukte poging.
'Over het algemeen ben ik ben heel goed met dieren.' Teleurgesteld keek Jem naar Myrtle die heel elegant over de tak liep en naar een volgende boom sprong. 'Ik geloof trouwens niet dat ze zwanger is.'
In het restaurant keek Finn om zich heen en zei: 'Nog geen Perry, zo te zien.'
'Dat is maar goed ook,' zei Jem meteen, 'tenzij hij graag wil eindigen in een keukenmachine.'
'Hij komt niet,' zei Ginny haastig.
Weer keek Finn haar vragend aan.
'Mijn moeder is gedumpt. En raad eens met wie hij het achter

haar rug om deed? Niemand minder dan haar beste vriendin,' zei Jem.
'Wie, Carla?' Finn leek geschrokken. 'Maar ze zei tegen mij dat ze hem niet...'
'Aardig vond? Dat was gelogen. Zullen we het over iets anders hebben?' vroeg Ginny. 'Mijn dochter is thuis en dat is het enige wat telt. En dat wou ik graag vieren.'
'En een klein beetje dronken worden.' Jem keek stralend naar Finn, die inmiddels achter de bar stond. 'Dus doe om te beginnen maar twee glazen witte huiswijn. Zo groot als een emmer graag.'
'Dat is geen vieren.' Finn pakte een fles champagne uit de koelkast en ontkurkte hem op deskundige wijze. 'Alsjeblieft, van het huis.'
'Hé, dit is echt een leuke tent!'
'Maak je geen illusies. Dit is eenmalig.'
Jems glimlach werd nog breder toen hij hun glazen vulde en de fles in een emmer met ijs zette. 'Je bent aardiger dan ik had verwacht.'
Hij onderdrukte een lach. 'Je bedoelt aardiger én knapper?'
'Ja. Ben je eigenlijk vrijgezel?'
'Jem!'
'Hoezo?' vroeg Finn.
Jem zette haar meest onschuldige blik op. 'Nergens om. Gewoon een vraag.'
Na een uur werd Ginny al meer ontspannen. Het was ontzettend leuk geweest om Jem aan Evie voor te stellen. Evie vroeg vervolgens waar Perry was en toen had ze – minder leuk – moeten vertellen wat er was gebeurd. Evie had het hele verhaal doorverteld aan Martha, die in haar plaats nog bozer was geweest. Maar daarna werd het steeds makkelijker, zeker met behulp van de rest van de fles Moët – die nog lekkerder smaakte als je er zelf niet voor hoefde te betalen. En Dan the Van, de vaste leverancier van Penhaligon's, had ook indruk gemaakt door het restaurant te voorzien van uitstekende asperges en artisjokken: Jems absolute lievelingsgroenten.
'Dat was zo verschrikkelijk lekker, ik zou mijn bord wel willen aflikken,' zei Jem verlekkerd.

'Doe dat maar niet. Anders knikkert Finn je eruit.'
'Dus hij werkt overdag in de antiekwinkel en 's avonds hier in het restaurant? Dat zijn wel heel lange dagen, zeg.'
'Het zijn eigen zaken van hem. Hij wil dat ze goed draaien. En de klanten vinden het fijn als hij er is.'
Jem keek naar Finn, die met een tafel van acht man stond te kletsen. 'Maar wanneer heeft hij dan vrij?'
'Als hij daar zin in heeft.' Ginny vermoedde waar haar dochter op uit was en probeerde van onderwerp te veranderen. 'Maar vertel eens wat er allemaal in Bristol is gebeurd. Je hebt het al een tijdje niet over vriendjes gehad. Is er nog een spannend iemand in je leven?'
'Misschien heb ik het niet over vriendjes gehad omdat ik het te druk heb gehad met werk.' Maar Jem had een twinkeling in haar ogen en haar toon was speels. Ze was wat losser geworden door de champagne en duidelijk in de stemming om vanavond eens flink uit de school te klappen.
'Ik geloof er niks van.' Ginny wapperde gemeen met haar laatste asperge boven Jems bord.
'Nou ja eh... misschien is er wel iemand.'
'En die iemand heet...?'
'Krijg ik dan die asperge?'
'Dat hangt ervan af. Misschien. Hoe heet-ie...?'
Zou het niet fantastisch zijn als ze 'Davy' zou zeggen?
'Rupert,' zei Jem blozend.
Oké. Hè, shit. Nou ja, het kwam niet echt als een verrassing.
'Rupert? Goh, wat een verrassing! Dat jullie een stel zijn.' Ginny schudde verbaasd haar hoofd. 'Wow!'
'Hij is te gek,' begon Jem enthousiast en snaaide ondertussen de asperge van Ginny's vork en stopte hem in haar mond voor Ginny zich kon bedenken. 'Je hebt hem al ontmoet, dus je weet hoe knap hij is. Het is al een paar weken aan.' Ze kauwde gulzig verder en slikte de asperge door. 'Maar het lastige is dat we het Lucy niet hebben verteld. Het is namelijk een beetje pijnlijk, hè? Omdat we met zijn drieën het huis delen en zo goed met elkaar kunnen opschieten, zou ze zich misschien buitengesloten voelen. Dus voorlopig blijft het ons geheimpje.'

Een déjà vu. Een déjà vu met een hoofdletter D. Zou het erfelijk zijn, vroeg Ginny zich af. Waren Jem en zij voorbestemd voor mannen die hun relatie geheim wilden houden?
Voorzichtig vroeg ze: 'Was dat jouw idee of dat van Rupert?'
Jem dacht even na. 'Nou, ik geloof allebei. Ik bedoel, Rupert *zei* het. Maar het is wel zo logisch. Lucy moet zich niet het vijfde wiel aan de wagen voelen. Ik zou het vreselijk vinden als ík dat zou zijn.'
Daar zat wel wat in – waar kende ze dat toch van? – maar Ginny bleef er een ongemakkelijk gevoel bij hebben. Dus waar het op neerkwam was dat ze achter Lucy's rug om met elkaar sliepen. Hoe romantisch.
'Dus je bent gelukkig?'
Jem straalde en nam een slok champagne. 'Heel erg gelukkig.'
Na een korte stilte zei ze: 'En ik dacht dat jij ook blij voor mij zou zijn.'
'O schatje, dat ben ik ook. Als je hem aardig vindt, is dat... geweldig. Ik ben alleen niet zo gecharmeerd van die laten-we-het-geheim-houden-toestand, omdat Perry hetzelfde bij mij heeft gedaan. Ik wil niet dat je gekwetst wordt.'
'Maar dat was iets totaal anders. Laurel is Perry's zus. En mam, eerlijk gezegd was het sowieso nogal een verdachte smoes. Je was wel een beetje naïef. En Rupert is anders dan Perry, hij doet het alleen omdat hij Lucy niet wil kwetsen. Hij is lief. En erg grappig. Heel veel meisjes op de universiteit zijn verliefd op hem,' besloot Jem trots. 'Hij kan iedereen krijgen, maar hij heeft mij gekozen.'
'Omdat hij goede smaak heeft.' Ginny reikte over de tafel heen en streek even over Jems hand. Ze dwong zichzelf gepast enthousiast te klinken: 'Hij is een mazzelaar. En ik zou hem graag wat beter leren kennen. Komen jullie een keer met zijn tweeën een weekend langs? Is dat wat? Een tripje naar het strand is wel leuk, toch?'
'Mam, Rupert is geen acht meer.' Jem rolde overdreven met haar ogen. 'Wat moeten we daar doen? Picknicken op het strand en zandkastelen bouwen?'
Wat was er mis met picknicken op het strand? 'Nou nee, maar...'
'Hij zit nu in Zuid-Frankrijk, in de villa van zijn vader. Ik heb

foto's gezien,' zei Jem. 'Zo'n mooie plek heb je echt nog nooit gezien. Hun buurvrouw is Joan Collins!'
Nou, Joan Collins liever dan zij.
'Rupert zit er nu samen met een oud vriendje van kostschool.' Jem leunde naar voren en fluisterde opgewonden: 'En zíjn vader is miljardair!'
Was dat het probleem? Was Ginny's huis soms niet goed genoeg voor Rupert? Omdat ze geen enorm zwembad hadden, geen hordes personeel en geen schitterend uitzicht over de haven van St. Tropez?
'Nou, dat moet mijn volgende zet dan maar zijn,' zei Ginny luchtig. 'Trouwen met de vader van Ruperts vriend.'
Jem giechelde. 'Doe niet zo gek, je bent veel te oud voor hem. Hij is vorig jaar voor de vijfde keer getrouwd met een meisje van tweeëntwintig.'
Het hoofdgerecht arriveerde en Ginny bestelde een fles wijn. Het gesprek ging daarna niet meer over Rupert, maar – veel gezelliger – over kleren, schoenen, Jems klanten in de kroeg en de rijke Amerikaan die vorige week woensdag in Penhaligon's een half miljoen dollar had geboden voor Finns jukebox (já, hij was inderdaad dronken geweest).
Even na halftien kwam er een gezin van zes personen binnen. Een van de meisjes zag Jem zitten en snelde meteen naar haar toe. 'Jem Holland! Je bent terug!'
Jem sprong op en omhelsde Kaz Finnegan, haar schoolvriendin van vroeger. 'En jij dus ook, Kaz!'
'Wat gaaf. Hoi, Ginny! Ik had al gehoord dat je hier ook werkte.'
'Dat klopt.' Ginny was dol op Kaz. 'Maar Jem is net vandaag thuisgekomen, dus ik heb vanavond vrij.'
'En je werkt dus voor die sexy Finn? Wat een mazzel. Hé, ik ben volgende week dinsdag jarig.' Kaz keek weer naar Jem. 'Ben je er dan nog?'
Jem knikte. 'Ik blijf de hele week.'
'Jippie, dan kun je dus naar de verjaardag komen. We hebben een feesttent voor in de tuin gehuurd en er is een band en alles. En ik heb de hele wereld aan mensen uitgenodigd.' Kaz probeerde haar nog verder te overtuigen. 'En er is vuurwerk!'

Jem aarzelde en keek even naar Ginny. 'Wat denk je, mam? Vind je dat goed?'
'Niall komt ook,' ging Kaz verder. 'Wat zal hij het leuk vinden om jou weer te zien.'
Ginny glimlachte omdat ze zich de kalverliefde tussen Jem en Niall, Kaz' oudere broer, van een paar jaar geleden weer herinnerde. Het ging uit toen Niall naar Manchester was verhuisd om geschiedenis te gaan studeren, maar ze wist dat Jem nog een zwak voor hem had.
Ginny had ook een zwak voor hem, maar vooral omdat hij geen Rupert was. 'Tuurlijk,' zei ze tegen Jem. 'Het wordt vast heel leuk. En ik moet dinsdagavond toch werken.'
'Met Finn Penhaligon...' Kaz' ogen straalden. 'Mijn moeder is zo verliefd op hem dat het gewoon gênant is. Is het leuk om voor hem te werken?'
Op dat moment kwam Finn net langs hun tafeltje lopen. 'Een nachtmerrie,' zei Ginny. 'Een echte slavendrijver.'
Zonder zijn pas te vertragen zei Finn: 'Sommige slaven moeten nu eenmaal gedreven worden.'
Vlak voor het dessert schonk Jem het laatste beetje wijn in hun glazen. Ze veegde een paar druppels weg van het tafellaken en leunde met een schuin hoofd achterover.
'Wat is er?' vroeg Ginny. 'Waarom kijk je me zo aan? Als je me probeert te hypnotiseren zodat ik geen toetje hoef, kun je dat mooi vergeten.'
'Dat zou ik nooit doen. Maar misschien kan ik je wel hypnotiseren zodat je jouw toetje aan mij geeft,' zei Jem stralend. 'Maar dat is niet waar ik aan dacht.'
'Oké.' Om haar te plagen richtte Ginny zich weer op de dessertkaart. 'Ik neem of de sinaasappel crème brûlée of het chocoladetaartje. Oooo, of de *cheesecake* van mango en li...'
'Je hoort me nu te vragen waar ik aan denk!'
'Oké, zeg het maar.' Ginny voelde zich volkomen ontspannen; het was misschien wel een traumatische dag geweest, maar ze genoot van dit moment. Het was zo fijn om haar lieve dochter eindelijk weer te zien. Dat was het enige wat telde.
'Nou eh, hij is knap. En Kaz' moeder is helemaal weg van hem.' Jem gebaarde met haar wenkbrauwen over wie ze het had, voor

het geval Ginny dacht dat het over die dikkerd aan tafel zes ging. 'Dus ik vroeg me af of je daar al over had nagedacht.'
Oké, verbeterde Ginny haar gedachten van daarnet; sóms was het fijn om Jem weer te zien.
'Nee.' Ze schudde haar hoofd en duwde haastig haar fantasie weg van dat hemelbed en dat crèmekleurige baldakijn dat op het briesje wiegde terwijl een halfnaakte... 'Nee, nooit, totaal niet. God, nee!'
'Dat zijn wel erg veel nee's.'
Ja, dat was zo. Ginny's hoofd leek een volledig eigen wil te hebben en ze dwong zichzelf niet met haar hoofd te schudden. 'Ik denk gewoon niet op die manier over hem. Hij is mijn baas!'
'Wat een flut-excuus,' wees Jem haar terecht. 'Heel veel mensen vinden op hun baas leuk.'
'Nou, ik niet.' Ginny had het opeens heel warm en nam snel een slok wijn. Shit, gemorst.
'Waarom niet?'
Waarom niet? Zo voor de vuist weg kon Ginny wel honderd redenen bedenken, waarvan de belangrijkste ongetwijfeld was dat haar zelfvertrouwen net een behoorlijke deuk had opgelopen. Want laten we eerlijk zijn, ze had zichzelf nogal belachelijk gemaakt door in Perry's leugens te trappen. En als ze de kans had gehad, was ze zo met hem het bed ingedoken, nog voordat je het woord sloerie kon uitspreken. Het was alleen niet gebeurd omdat Perry totaal geen belangstelling had gehad voor háár, zozeer niet dat hij zijn toevlucht had genomen tot een verschrikkelijk zwak excuus.
Niet bepaald goed voor je ego.
En tja, als Perry haar al zo onaantrekkelijk vond, waarom zou iemand als Finn dan nog in de verleiding komen? Hij had de meisjes voor het oprapen. Zelfs de moeder van Kaz.
Jem, die haar aandachtig bleef aankijken, wachtte rustig op een antwoord.
'Luister, we kunnen het goed met elkaar vinden,' loog Ginny half. 'En dat is op zichzelf al een wonder, als je bedenkt hoe we elkaar hebben ontmoet. Ik heb net een paar uur geleden over Perry en Carla gehoord. Ik denk eerlijk gezegd niet dat ik ge-

schikt ben voor al dat date-gedoe. Ik zit niet zo... je weet wel, te wachten op al dat gedoe.'

Jem zette een sip gezicht op. 'Maar hij is leuk. En ik wil dat jij gelukkig bent.'

Met een hart dat opzwol tot de grootte van een enorme marshmallow, legde Ginny haar handen op die van haar dochter, van wie ze zo ontzettend veel hield. 'O lieverd, hoe kan ik nou niet gelukkig zijn? Jij bent toch weer thuis?'

'Maar dat is maar voor een week. Wat als ik weer weg ben? Dan ben je weer helemaal alleen.' Jems gezicht lichtte op. 'Ik weet het! Ik ga even checken bij Finn, eens horen wat hij van jou vindt.'

Ginny pakte Jems handen zo stevig beet dat haar gezicht even vertrok van de pijn. 'Lieverd, dat is heel lief van je. Maar doe toch maar niet.'

'Jawel! Ik kan heel subtiel zijn en... au, mam!'

'Want als je dat wel doet,' vervolgde Ginny met een engelachtig gezicht, 'zal ik allebei je benen moeten breken.'

30

'Als ik alleen al naar je kijk, moet ik al gapen...'

'Pap, dat is onbeleefd. Echt,' klaagde Jem, 'je bent een soort jeugdcrimineel geworden. Als je niet oppast, word je nog eens opgepakt wegens maatschappelijke ordeverstoring.'

'Om nog maar niet te spreken van lijfstraffen,' zei Laurel onbewogen. 'Gelukkig maar dat ik niet in geweld geloof.'

'Het spijt me echt van mijn vader,' zei Jem. 'Zo is hij altijd al geweest. Heel gênant.'

Het was zaterdagmiddag, Gavin was net aangekomen en was zijn gebruikelijke verlegen, bedeesde zelf.

'Je liet me niet uitpraten.' Onbewogen pakte hij het laatste stuk citroentaart. 'Ik had het over Laurels kleren en de eerste indruk die ze op mensen maakt. Alles hangt,' zei hij op klagende toon terwijl hij met het stuk taart door de lucht zwaaide naar Lau-

rel. 'Oké, misschien niet haar tieten, maar al het andere wel. Een hangrok, een hangblouse, hanghaar. Ik geef haar gewoon opbouwende kritiek. Wat is daar mis mee?' vroeg hij dwingend aan Jem die met haar ogen rolde. 'De eerste indruk is heel belangrijk. Je wilt dat mensen je zien en denken: "Wow".'
'Denken ze dat wanneer ze jou zien?'
Gavin droeg een streepjesoverhemd in alle kleuren van de regenboog, een zwarte broek en een felrood vestje erboven. Trots zei hij: 'Mensen denken tenminste niet dat ik saai ben.'
'Nee,' zei Laurel. 'En mensen die mij zien, denken tenminste niet dat ik dik ben.'
Er volgde een ijzingwekkende stilte totdat Gavin begon te lachen. 'Dat is grappig.'
Laurel keek hem verward aan. 'Nee, dat is het niet. Dik zijn is een ernstig gezondheidsprobleem.'
'Je maakte een grapje. Geweldig!'
'Je zou een paar kilo moeten afvallen,' pareerde Laurel. 'Moet je die buik zien.'
'Dan moet jij me ook niet al die stukken taart aanbieden.'
'Dat heb ik niet gedaan, die heb je zelf gepakt.'
Grijnzend keek Gavin haar met hernieuwd respect aan. 'Weet je wat? Je gaat met de minuut vooruit. Als je wat kokette, nieuwe kleren koopt, zul je onherkenbaar zijn.'
'Ik wil geen kokette kleding. Ik voel me prima zo.'
Ginny, die erbij was komen zitten, keek Gavin met een bedenkelijke blik aan. 'Maak je het Laurel weer moeilijk?'
'Integendeel. Ik maak het haar gemakkelijk en heb haar gecomplimenteerd met haar gevoel voor humor. Ze gaat vooruit,' verklaarde Gavin. 'Bovendien ben ik hier al tien minuten en het woord Kevin is nog niet één keer gevallen, en dat moet toch wel een soort van...'
'Sst,' zei Laurel streng. 'Die naam wordt hier niet meer uitgesproken. Dat is een nieuwe huisregel.'
'Wat een uitstekende regel. Waarom is niemand daar eerder opgekomen? Je hebt de smaak nu echt te pakken. Hé, heb je woensdagavond toevallig iets te doen?'
Laurels enorme groene ogen werden nog groter, ditmaal van afschuw. 'Alsjeblieft zeg, je gaat me toch niet uit vragen?'

'Schatje, ik zei dat je de smaak te pakken had, niet dat je de loterij had gewonnen. Ik wilde alleen maar voorstellen om die vrijgezellenclub nog een kans te geven. En dit keer zal ik ervoor zorgen dat Hamish er ook is. Je weet nooit, nu je wat vrolijker bent kan dat een groot ver...'
'Mij niet gezien,' zei Laurel.
'Maar ik weet zeker dat het goed zou klikken tussen jullie. En,' voegde Gavin er zelfverzekerd aan toe, 'we hebben die avond een quiz. Als er vragen bij zitten over hangkleding, ben je binnen.'
'Is dat soms grappig bedoeld?'
Hij grijnsde. 'Ja. Opmerkzaam, hoor.'
'Dank je wel,' zei Laurel, 'maar ik ga niet meer naar jouw vrijgezellenclub. En je zou nog steeds moeten afvallen.'
'Zo wreed.' Gavin sloeg zijn handen tegen de borst. 'Als een dolkstoot in mijn hart.'
'Dan liever in je buik.' Voor het eerst speelde er een vaag glimlachje om Laurels mond. 'Wie weet neemt de omvang wat af, net een ballon die leegloopt.'
'Ik weet echt niet hoe ik eraan kom.' Gavin klopte verdrietig op zijn buik. 'Hij was er ineens toen ik even niet oplette. Ik had vroeger een prima figuurtje, hè Gin?'
'Je had een heleboel prima figuurtjes,' zei Ginny. 'Helaas wel allemaal van dames in minirokjes.'
'Daar is ze!' Jem, die achteloos uit het raam had zitten staren tijdens de discussie van de volwassenen, gilde nu: 'De trut is terug! Moet je kijken, ze weet niet hoe snel ze binnen moet komen, net een rat. God, wat zou ik graag daarnaartoe gaan en die leugenachtige slet eens de waarheid vertellen.'
'Ja, maar dat ga je dus niet doen.' Ginny zag de verschrikkelijke voorstelling op straat al voor zich. 'We zijn hier niet bij Jerry Springer. We negeren haar gewoon, oké?'
'Maar dat betekent dat ze er ongestraft mee wegkomt!' zei Jem verontwaardigd. 'Dat is toch niet eerlijk?'
'Wacht even.' Gavin snapte er niets van. 'Hebben we het over Carla? Waarmee wegkomen?'
Iedereen keek uit het raam naar Carla die gehaast haar huis binnen ging en de glanzende zwarte voordeur achter zich dichtsloeg.

'Waarmee wegkomen?' herhaalde Gavin niet-begrijpend.
'Dat wilde ik je net gaan vertellen.' Met een verschrikkelijke knoop in haar maag deed Ginny het hele verhaal uit de doeken. Na afloop stelde ze hem de vraag waarvan ze wist dat ze die wel moest stellen. 'Is jou dat ooit overkomen?'
Gavins uitdrukking was om in te lijsten. 'Bedoel je of Carla mij ooit heeft proberen te versieren?'
'Of andersom.'
'Jezusmina, Gin. Niet te geloven, dat je dat überhaupt denkt!'
'Weet ik, maar tot voor gister dacht ik dat ik mijn beste vriendin kon vertrouwen.' Schouderophalend voegde ze eraan toe: 'En zie waar dat op is uitgelopen.'
'Er is nooit iets gebeurd, dat zweer ik. Carla heeft nooit iets geprobeerd en al kreeg ik geld toe, dan nog zou ik niet met haar slapen.' Waar hij met een stalen gezicht aan toevoegde: 'Dan slaap ik nog liever met hang-Laurel.'
Hang-Laurel rolde met haar ogen. 'Droom maar lekker verder.'
Carla was duidelijk even naar huis gesneld voor wat extra kleren – binnen tien minuten kwam ze weer met een koffertje naar buiten. Ze negeerde nadrukkelijk Ginny's huis toen ze snel naar haar auto liep.
'Ik ga haar eens flink de waarheid zeggen,' kondigde Gavin aan.
'O nee, dat ga je helemaal niet.' Ginny was geraakt door zijn loyaliteit, maar ging in de deuropening staan om zijn doorgang te beletten.
Een nogal zinloze actie, aangezien Gavin het raam al had opengezwaaid en naar de overkant van de straat schreeuwde: 'Hé Carla, weet je al dat hij herpes heeft?'
Carla keek niet op of om, maar de langsfietsende krantenjongen maakte een plotselinge draai en viel bijna van zijn fiets.
'Arm joch.' Gavin keek met grimmige voldoening toe. 'Hij lijkt ook wel een van haar slachtoffers.'

De gasten waren eindelijk eens allemaal vroeg vertrokken. Om halfelf was het restaurant verlaten en Ginny en Finn waren samen bezig met opruimen.
'Dan kun je eens lekker vroeg naar huis,' merkte Finn op. 'Fijn toch?'

'Och, Jem is vanavond naar Kaz Finnegans verjaardag. Maar ik zou wel graag nog dat kookprogramma zien,' antwoordde Ginny. 'Over die Fransman die dat half vergane kasteel in Wales heeft gekocht en er een restaurant van heeft gemaakt.'
'Shit, dat heb ik gemist. Ik heb er wel veel over gehoord.'
'Ik heb het opgenomen.' Ginny, die bestek pakte voor een tafel van tien personen, voegde er enthousiast aan toe: 'Je mag de dvd wel van me lenen.'
Finn schudde zijn hoofd. 'Nee, dat hoeft niet.'
'Maar het schijnt fantastisch te zijn. Je vindt het vast leuk!'
'Nee echt, laat maar.' Hij concentreerde zich nu volledig op de kassa en het tellen van twintigpondbiljetten.
Iets aan de manier waarop hij het zei, maakte Ginny nieuwsgierig. 'Heb je geen dvd-speler?'
Finn schoot – misschien iets te snel – in de verdediging. 'Maar natuurlijk heb ik die.'
'Maar waarom wil je de dvd dan niet lenen?'
Hij hield halverwege het geld tellen op en keek haar even aan. 'Omdat de dvd-speler nog in de doos zit.'
Ginny snapte er niets van en fronste haar wenkbrauwen. 'Oké, ik weet dat dit nogal een vergaand advies is, maar wat als je nou... eh, eens kijken, hem uit de doos haalt en aansluit?'
Weer een lange stilte. Uiteindelijk slaakte hij een diepe zucht. 'Omdat ik dat al heb geprobeerd en ik hem niet aan de praat krijg.'
O, geweldig. Ginny deed haar best om haar gezicht in de plooi te houden. 'Oké. Heb je de gebruiksaanwijzing bekeken?'
'Ja, maar dat maakte het alleen maar erger met termen als scartaansluitingen en weet-ik-veel-kabels en allerlei andere onbegrijpelijke taal.' Finn keek haar streng aan. 'En waag het niet me uit te lachen...'
'Ik zou niet durven.' Ginny beet heldhaftig op haar lip, maar ze was ook maar een mens. 'Oké, misschien gniffel ik een beetje.'
'Er valt niks te lachen,' zei Finn. 'Het is gênant. Ik ben een man!'
'Lang niet zo gênant als moeten toegeven dat je impotent bent.' Ginny zei het zonder erbij na te denken en voegde er haastig aan toe: 'Niet dat ik daarmee wil zeggen dat jij impotent bent.'
'Dat ben ik ook niet,' zei Finn op ernstige toon.

'Geef toe, het is best een beetje grappig.'
'We hebben het niet meer over impotentie, hè?'
Nu net zo serieus als hij schudde Ginny haar hoofd. 'Nee, want dat is niet om te lachen.'
Mijn god, wat voor een gesprek was ze hier aan het voeren?
'Ik kan gewoon geen dvd aansluiten,' erkende Finn. 'En geen videorecorders. En televisies trouwens ook niet. Het is een erkende fobie,' vervolgde hij, 'bang zijn voor elektriciteit en stopcontactdingessen en gebruiksaanwijzingen die zo zijn geschreven dat je er niets van snapt.'
Hij baalde, zij genoot. Ginny kon haar lachen niet meer inhouden. 'Dus eh, hoe ga je daar meestal mee om?'
Hij keek haar een tikkeltje beschaamd aan. 'Ik laat een mannetje komen.'
Een man. Uiteraard. Bijna duizelig van machtsgevoel zei Ginny: 'Zou een vrouw ook mogen?'
Ze zag nu absoluut iets van vermaak in zijn ogen. 'Zou een vrouw wát mogen?'
'Vind je het goed als ik je dvd-speler aansluit?'
Achteloos zei hij: 'Als je dat wilt.'
'Sorry, maar daar doe ik het niet voor. Kan het iets enthousiaster?'
Finn gaf zich elegant gewonnen. Hij toverde een brede lach op zijn gezicht en duwde de kassalade dicht. 'Oké, jij wint. Ja, graag.'

31

Het was voor het eerst dat ze over de binnenplaats liepen zonder dat ze door Myrtle werden aangevallen. Boven in zijn huis pakte Finn de dvd-speler, die slordig was teruggepropt in de verpakking, alsof iemand – ahum – na enkele pogingen een woedeaanval had gekregen. Ze moest weer lachen om Finns gezicht toen hij het apparaat aan haar gaf.
Het kostte haar minder dan een kwartier om geduldig de wir-

war van kabels te ontrafelen, de juiste uitgangen te vinden, het apparaat aan te zetten en de zenders in te stellen.
'Ik snap niet dat je dat kunt.' Finn keek toe terwijl zij op haar hurken voor de tv op deskundige wijze de instructies van de afstandsbediening opvolgde.
'Het is heel eenvoudig. Kijk, ik zal je even laten zien hoe je iets programmeert.'
'Laat maar. Ik druk wel gewoon op "record" zodra het programma begint. Veel technischer dan dat kan ik niet aan.' Hij hielp haar overeind. 'Dank je, ik stel dit echt op prijs. Moet je er meteen vandoor of mag ik je nog iets vragen?'
Ze ademde de geur van zijn aftershave in en voelde een rilling door haar lichaam gaan toen zijn warme hand de hare vastpakte. 'Moet ik de waterkoker ook nog voor je repareren?'
'De waterkoker is prima in orde. Dat zal ik je zo laten zien. Maar ik wil graag je oprechte mening over deze kamer horen.'
Ginny keek de kamer rond. 'Ik dacht dat je het nooit zou vragen.'
Ze had gehoord dat het Tamsins idee was geweest een van de allerhipste binnenhuisarchitecten in te huren. Ze had hem vanuit Londen hierheen gelokt om het huis te transformeren terwijl Finn op veilingenjacht was. Toen Finn terugkwam werd hij geconfronteerd met dé make-over aller tijden bestaande uit streepjesbehang van aubergine en zilver, een pistachegroen plafond en een jaren zestig-vloerbedekking met pop-artachtige aubergine- en pistachetinten. De verlichting was modern, op het futuristische af. De banken waren strak en lelijk en bekleed met een limoengroene tweedstof met zilveren spikkeltjes.
Austin Powers zou het 'shagtastisch' hebben gevonden.
'Je wil niet weten hoeveel het heeft gekost,' zei Finn huiverend.
'Heb je haar gezegd dat je het vreselijk vond?'
'Dat kon niet. Het was mijn verjaardagscadeau. En Tamsin vond het zo fantastisch dat ik het hart niet had om haar te kwetsen.'
Hij moest wel erg veel van Tamsin hebben gehouden. Na de paar afschuwelijke verjaardagscadeaus, had Ginny Gavin zover gekregen dat hij vanaf dat moment ook het bonnetje overhandigde. Maar ja, dat was dan ook het mooie aan een passend setje van Marks and Spencer. Een hele kamer terugbrengen naar de winkel was een stuk lastiger.

'En nu?'
'Het moet weg. Alles. Ik had het eerder willen doen, maar het restaurant ging voor. Ik heb het tot nog toe gewoon maar genegeerd. Ik heb laatst een aantal verfstaaltjes uitgezocht,' ging hij zelfverzekerd verder, 'en ditmaal ga ik geen klote-architect inhuren.'
Hij zette koffie met de niet-kapotte waterkoker. Ginny ging op de strakke, gladde bank zitten en spreidde de verfstalen uit over de zilvergrijze – zilvergrijs! – koffietafel. Het volgende uur stond in het teken van kleuren voor de muren, gordijnen, meubels en alle bijbehorende accessoires. Weg met dat nieuwe, pijnlijke hippe spul en welkom onopvallend en ouderwets. Ginny zette wat ideeën op papier en tekende een kamer met crèmekleurige gordijnen die zachtjes wiegden op een briesje.
'Geen blauwe gordijnen?' vroeg Finn.
'Te donker. Crèmekleurig, absoluut.' Dat wist ze heel zeker; het was dan misschien niet de slaapkamer, maar Ginny stónd op crèmekleurige gordijnen. En vooral gordijnen die wiegden. En wiegen zouden ze, al moest ze daarvoor zelf eerst alle ramen inslaan.
'En hoe voel je je nu over Perry?'
Fijn dat je me daaraan herinnert. 'Alsof ik achterlijk ben.'
'Dat is nergens voor nodig. Hij is degene die achterlijk is.'
Zich heel erg bewust van Finns nabijheid op de bank – hun schouders waren maar een paar millimeter van elkaar verwijderd – zei Ginny: 'Ik ben het daten een beetje verleerd. Ik had moeten voorzien wat voor spelletje hij speelde, maar helaas. Als ik wat meer ervaring had gehad, was ik vast niet zo goedgelovig geweest.'
'Je moet het jezelf niet kwalijk nemen. Je bent beter af zonder zo iemand. Dat geldt waarschijnlijk ook voor Carla, maar nu is zij degene die erin trapt.' Droog voegde hij eraan toe: 'En kijk hoeveel ervaring zij heeft.'
'Vind je dat ik medelijden met haar moet hebben?' Ginny glimlachte half. 'Dat zie ik nog niet snel gebeuren.'
'Nee, misschien niet. Je moet het gewoon achter je laten en doorgaan met je leven.'
'Heb jij dat ook gedaan?' Dat durfde ze hem nu wel te vragen. 'Nadat Tamsin je in de steek had gelaten?'

Finn haalde zijn schouders op en raakte daarbij even de hare aan. ‘Ik kon niet veel anders.’
‘Maar sommige mensen gaat dat makkelijker af dan anderen. Zoals jij met die Catherine,’ zei Ginny. ‘Die vrouw die je laatst die bloemen stuurde. Waarom deed ze dat?’
Hij klonk geamuseerd. ‘Omdat ik haar een lift naar huis had gegeven?’
Ha, en de rest. Botweg vroeg Ginny: ‘Ben je met haar naar bed geweest?’
Finn aarzelde even. ‘Oké, ja, ik ben met haar naar bed geweest.’
‘Zie je wel?’ Ginny schudde hard haar hoofd. ‘Wat zou ik dat graag willen!’
Hij lachte nu hardop. ‘Zou je graag met Catherine naar bed willen? Of met mij?’
O god, de gedachte alleen al.
‘Met geen van beiden! Ik wou dat ík ook zo was.’ Ginny voelde haar wangen rood worden. ‘Ik wou dat ik kon gaan stappen en dan een leuk iemand zou tegenkomen en… nou ja, dan een onenightstand kon hebben, gewoon voor de gein. Maar ik kan dat niet omdat ik niet zo ben en ook nooit ben geweest.’
‘Nooit?’
‘Nooit. Dat is echt heel jammer. Mannen doen dat heel vaak. En vrouwen trouwens ook, dat weet ik best. Maar ik heb het nooit gekund.’ In een opwelling zei Ginny: ‘Als ik je zou vertellen hoeveel mannen ik heb gehad, zou je van de bank vallen van het lachen. Echt, ik ben hopeloos.’
Finn trok speels zijn wenkbrauwen op. ‘Dus je bedoelt dat je meer zoals Carla wilt zijn?’
‘God, nee, niet zo. Maar gewoon… ik weet niet, mijn avontuurtjes zijn net zo zeldzaam als een sterrenregen. Het zou toch fijn zijn om gewoon te kunnen zeggen: kan mij het schelen, waarom niet?’
‘Een leuke man tegenkomen en er dan vol voor gaan?’
‘Ja.’ Ginny wist dat haar wangen nu in brand stonden; ze kon nog niet helemaal geloven dat ze hier zat en dit allemaal zei, en uitgerekend tegen Finn Penhaligon. Maar haar opgekropte gevoelens stroomden er even onbeheerst als een lavastroom uit.
‘Wat doe je?’ Finn had zich omgedraaid en tuurde door het raam naar de hemel.

'Ik kijk of het sterren regent.'
Haar adem stokte in haar keel. Dit was, onbewust of niet, precies wat ze had gehoopt dat hij zou zeggen. Het was misschien zielig, maar nadat haar zelfvertrouwen zo'n deuk had opgelopen door Perry – nou ja, eerder total loss was – voelde ze zichzelf idioot genoeg gevleid dat iemand als Finn Penhaligon met haar naar bed wilde.
Het vervelende was alleen dat hij een voorstel leek te hebben gedaan en nu op haar antwoord wachtte.
Of... Wat als, o nee, wat als het helemaal geen voorstel was geweest? Misschien was sterrenkunde zijn hobby en wilde hij echt weten of er vanavond vallende sterren waren.
'En?' vroeg Finn terwijl zijn donkere ogen haar vragend aankeken.
Verschrikkelijk onzeker en bijna verlamd van angst om zichzelf voor gek te zetten, zei Ginny: 'En? Regent het sterren?'
'Kijk zelf maar.' Hij draaide haar voorzichtig naar het raam. 'Zeg jij het maar.'
Er klonk een onromantische bons toen Ginny's enkel tegen de rand van de koffietafel stootte en de koffiekopjes op het metalen blad keihard rinkelden. Haar hart vloog bijna uit haar ribbenkast toen ze Finns vinger volgde. Hij wees naar de sterren, die laag aan de inktzwarte hemel stonden en gedeeltelijk schuilgingen achter de takken van een plataan.
'Wat vind jij? Lijkt dat op een sterrenregen?' De woorden kwamen er fluisterend uit. Zijn warme adem kroop omhoog langs haar oor waardoor Ginny's zenuwstelsel op hol sloeg. Maar ze wist nog steeds niet of dit gewoon deel uitmaakte van een versierpoging, of dat hij een ervaren sterrenkundige was die een hopeloze leek een eenvoudige vraag stelde.
'Het ziet er... eh, nou... ik denk dat het misschien een beetje regent.'
'Echt?' Hij klonk geamuseerd – o god, was dat het verkeerde antwoord?
'Een paar, maar niet erg veel?' probeerde Ginny. 'Min of meer... hier en daar... ze staan op het punt van vallen?'
'Hmm.' Hij knikte bedachtzaam. 'Weet je, ik denk dat je gelijk hebt.'

'Iauww.'
'Wat is dát?' Ginny schrok van het angstaanjagende geluid dat vaag maar duidelijk hoorbaar was, en sperde haar ogen wijdopen.
'Klinkt als Myrtle. Ergens buiten.'
'Ie-jauww.'
'Ze klinkt niet echt blij. O god, wat als ze in het nauw is gedreven door een vos?'
'Arme vos, die weet niet wat hem te wachten staat. Ze scheurt hem aan stukken.'
'Míaauuww!,' huilde Myrtle, die bozer klonk dan ooit tevoren.
'Het lijkt alsof ze wordt aangevallen. Ik ga haar even binnenlaten.' Ze sprong overeind en glipte langs Finn naar beneden om de voordeur open te doen. 'Myrtle? Kom maar, schatje. Het is goed, kom maar binnen.'
Hoewel ze nog steeds ergens gejank hoorde, kwam Myrtle niet tevoorschijn uit de duisternis en schoot er geen verontwaardigd, zwart gevaarte langs Ginny's enkels naar binnen. Ze deed de deur uiteindelijk maar weer dicht en liep terug naar boven. Als Finn een zaklamp had konden ze buiten naar haar zoeken.
Toen ze bij de overloop kwam zag ze Finn aan het eind van de gang staan. Zijn hand rustte op de deurknop van een halfopen deur die, als ze zich althans niet vergiste, naar zijn slaapkamer leidde. Zijn donkere ogen boorden zich in de hare met een uitdrukking die ze niet goed kon plaatsen. Hij stak zijn andere hand naar haar uit en gebaarde haar langzaam zijn kant op te komen. Een beetje hees fluisterde hij: 'Kom eens hier.'
Oef. Haar hele lichaam tintelde en ze werd verscheurd tussen de wens om Finns vermiste kat te vinden en zijn slaapkamer in te worden getrokken. Ze aarzelde. Maar wat had Myrtle ooit voor haar gedaan? Misschien was het tijd om egoïstisch te zijn. Als Finn had besloten dat het sterren regende, wie was zij om daartegenin te gaan?
Ze liep met een onwezenlijk gevoel naar hem toe en stelde zich voor hoe ze zijn witte overhemd zou losknopen, de leren riem zou losmaken en zijn broek op een sensuele manier zou openritsen. O god, ze was het helemaal verleerd; ze hoopte maar dat ze niet ontmaskerd zou worden. Sokken, bijvoorbeeld. Zou hij

zijn eigen sokken uitdoen voor zijn broek op de grond viel? Hij zou toch zeker niet verwachten dat zij daar iets mee deed? O man, ze kon zich niet herinneren hoe je van die sokken afkwam, ze zou compleet voor gek staan en...

'Kijk eens.' Finn duwde de slaapkamerdeur geruisloos open en trok haar naar binnen. Ze hield haar adem in, maar realiseerde zich meteen dat ze niet zou hoeven worstelen met die sokken-etiquette.

En eerlijk gezegd ook niet met Finn.

Wat ze namelijk besefte, was dat ze wat betreft haar langgekoesterde fantasiebeeld er niet verder naast had kunnen zitten. Niks hemelbed en crèmekleurige baldakijn dat wiegde op het briesje. Het bed was extra breed en superstrak, met een met leer bekleed hoofdeinde en een zware, zo te zien dure, donkerblauwe suède sprei.

Maar dat dure was er nu wel van af, want het midden van het bed, het soepel vallende suède van topkwaliteit, was besmeurd met slijm en drek.

'O...' Ginny sloeg haar hand voor de mond.

'Míaauuww!' jankte Myrtle terwijl ze haar harige poten naar voren stak en haar borstkas heftig schokte omdat er weer een wee door haar lijfje trok. Ze zagen een zilverkleurig pakje uit Myrtle tevoorschijn komen en op de sprei glijden, vlak naast de eerste blinde, piepende kitten die daar al lag. Myrtle draaide zich om, duidelijk blij dat ze er een tweede uit had gekregen en gebruikte haar scherpe tanden om het vlies los te maken dat nog om de kitten zat, en beet vervolgens de navelstreng – getver – dwars doormidden.

'Ik wist niet eens dat ze hier was,' fluisterde Finn. 'Ze moet via de boom door het raam zijn gesprongen.'

'Een volleerde geveltoerist.'

Hij grijnsde. 'Geef haar een motorfiets en ze springt nog verder dan Evel Knievel.'

'O kijk!' Ginny trok aan zijn mouw toen de eerste kitten, die wankelend op zijn pootjes was gaan staan, boven op de andere kitten viel. Hij probeerde nog een keer overeind te komen, maar gleed uit over een stukje donkergroen slijm en landde op zijn ruggetje. Hij bleef zielig liggen piepen totdat Myrtle medelijden met

hem kreeg en hem ruw aan zijn nekharen naar haar buik toe trok.
'Hoe weten ze dat ze dat moeten doen?' vroeg Finn, terwijl de kitten, zonder een moment te aarzelen als een razende begon te sabbelen.
'Hoe wist Myrtle dat ze de navelstreng doormidden moest bijten?' Ginny schudde ongelovig haar hoofd. 'Ik ben blij dat ik dat bij Jems geboorte niet hoefde te doen.'
Myrtle draaide zich om, knipperde met haar topaaskleurige ogen en schonk een verheven blik naar haar publiek. En voor de verandering blies ze nu eens niet. 'Misschien wordt ze, nu ze moeder is, wel wat liever.' Finn klonk niet al te hoopvol.
'Misschien heeft ze nu gewoon belangrijker dingen aan haar hoofd, zoals zich schrap zetten voor de volgende wee. Hoeveel heeft je sprei trouwens gekost?'
'Een paar honderd.' Finn zweeg even. 'En nog een paar honderd pond. Tamsin heeft hem uitgekozen.' Weer een stilte. 'Ik geloof bijna duizend.'
Ginny stelde hem gerust. 'Je kunt hem vast wel laten stomen.'
Aangezien het spel der verleiding niet langer op het menu stond – als het daar überhaupt op gestaan had – lieten ze Myrtle met rust en liepen terug. Finn zette nog meer koffie en ijsbeerde door de keuken terwijl Ginny op zijn laptop zat te internetten.
'Ga eens zitten,' klaagde ze. 'Ik word helemaal zenuwachtig van je.'
'Ik ben ook zenuwachtig. Ik voel me net een aanstaande vader.'
'Nou, dat ben je anders niet.' Ginny schrok van haar eigen woorden. Wat een opmerking. Gelukkig leidde het typen van 'katten + bevalling' in de zoekmachine haar af.
Jakkes, een bevalling van katten was niet zo simpel als ze had gedacht.
'Wat is er?' Finn zag de gealarmeerde blik in haar ogen en zette met een smak de koffie voor haar neer.
'Raak jij snel in paniek?'
'Hoe bedoel je?'
'Er staat hier een waslijst aan spullen die je nodig hebt voor de bevalling van je kat. Zoals een kraambed.'
'Dat heeft ze zichzelf al toegeëigend,' merkte Finn droog op. 'Wat nog meer? Lachgas en zuurstof?'

‘Een kruik,’ las Ginny hardop voor. ‘Schone doeken of handdoeken. Een weegschaal.’
‘Ik heb een weegschaal in de badkamer.’ Finn fronste.
‘Een scherpe schaar,’ zei Ginny met een grimas. ‘Ontsmettingsmiddel. Een kleine injectienaald. En floss.’
‘Wil ik weten waarom?’
‘Als de moeder de navelstreng niet doorbijt, moet je dat zelf doen. Je bindt de floss om de navelstreng voor je die doorknipt.’
‘Interessant gebruik van het woord “jij”,’ merkte Finn op. ‘Zullen we tossen?’
‘Ik doe alleen dvd-spelers,’ zei Ginny verontschuldigend. ‘Bovendien is het jouw kat.’
Hij trok een gezicht en knikte toen naar het computerscherm. ‘En dat was het?’
‘Nee, niet helemaal. Vaseline.’ Ginny las de bijbehorende aanwijzing voor: ‘Als de moeder moeite heeft met de bevalling moet je wat vaseline op haar smeren om te zorgen dat de kitten makkelijker naar buiten glijdt.’
‘Prima. Dat smeer ik dan wel op haar oren.’
‘En we hebben drie tennisballen en een gewassen krop sla nodig.’
‘Wát?’
‘Grapje.’ Ginny keek hem stralend aan.
‘Míaauuww!’
Toen ze zich terug haastten naar de slaapkamer zei Finn: ‘Volgens mij kon Myrtle er niet om lachen.’
Om drie uur ’s nachts was het voorbij. Myrtle had vier kittens ter wereld gebracht en – goddank – geen hulp nodig gehad van de twee incompetente, menselijke verloskundigen. Ze had ze op de wereld gezet, zich tegoed gedaan aan de moederkoek – getver – en lag nu vredig op bed met haar vier baby’tjes opgekruld tegen haar aan.
Finn, die het bed in de logeerkamer opmaakte omdat Myrtle het zijne had ingepikt, kwam de gang in en zag dat Ginny gapend haar jas, tas en autosleutel pakte.
‘Ga je ervandoor? Rij voorzichtig.’
Geen al te romantische opmerking, maar gezien de omstandigheden was dat wel begrijpelijk. Ze bedacht dat hij haar mis-

schien zelfs een afscheidszoen had willen geven als ze niet zo afstotelijk als een nijlpaard had staan gapen.
'Doe ik. Sorry, maar ik ben een beetje moe.' Ze wapperde met haar vingers naar hem. 'Tot morgen.'
Hoe zou hun avondje zijn afgelopen als Myrtle er niet voor had gekozen om in Finns enorme tweepersoonsbed te bevallen? Nou ja, ze was wel een hele ervaring rijker.
'Tot later,' zei Finn.
Klonk er iets van spijt door in zijn stem of verbeeldde ze zich dat alleen maar?
Kattus interruptus, dacht Ginny.
Verdorie.

32

Afscheid nemen werd er niet gemakkelijker op. Jem ging terug naar Bristol en Ginny had vreselijk veel pijn in haar keel door haar verwoede pogingen zich niet al te zeer aan te stellen in het openbaar. Het was zo fijn geweest Jem weer thuis te hebben, maar hun weekje samen was alweer voorbij en dat was bijna ondraaglijk.
Om het allemaal nog erger te maken kwam de trein ook nog op tijd. Zodra hij het station binnen reed, klonk er een donderslag en voelden ze spetters van de eerste dikke regendruppels.
'O, jakkes.' Jem had zorgvuldig haar haren *gestraightened* en was erop gebrand het resultaat niet te laten verpesten, dus sloeg ze snel haar armen om Ginny heen en gaf haar een dikke zoen.
'Je moet hier niet blijven hangen, mam, het gaat stortregenen.'
'Dat kan me niet schelen. Stuur je me een sms'je als je veilig thuis bent?' Ginny moest zich inhouden om niet over haar dochters wang te aaien – 'Mam, dat is gênant!' – zoals ze vroeger altijd had gedaan.
'En ja, mam, ik zal genoeg groente en fruit eten en me altijd warm aankleden.'
'Doe nou niet zo flauw. Het is mijn taak om bezorgd te zijn.'

'Maar dat hoeft nu niet meer, want ik ben een grote meid.' Jem hees de enorme rugzak op haar rug en liep naar de trein. Met een grijns voegde ze eraan toe: 'En jij moet je ook gedragen. Geen kattenkwaad uithalen nu ik er niet meer ben.'
Ginny moest meteen aan Finn denken. Hm, alsof die kans erin zat. Sinds de komst van de kittens was het woord sterrenregen niet meer gevallen. En ook geen flirtende blikken meer, zozeer níet, dat ze zich afvroeg of ze ooit hadden plaatsgevonden.
De hemelsluizen werden nu echt opengezet en Jem sprong met een gilletje in de trein. 'Dag, mam! Tot snel!'
'Dag, lieve schat.' Ginny wierp haar een kushandje toe terwijl de treindeuren dichtgingen en de pijn in haar keel het aflegde tegen de tranen. Gelukkig viel er door de regen die langs haar wangen stroomde niets te zien en ze hield de opgewekte glimlach op haar gezicht gelijmd.
Jem blies overdreven zoenen terug, de trein trok op en even later was ze uit het zicht.
Terug naar Bristol, terug naar Pembroke Road in Clifton, terug naar Rupert van wie Ginny zeker wist dat hij niet de ware was. Maar wat kon ze anders? Jem was geen zes meer. Ze kon haar moeilijk verbieden hem nog te zien; dat was net zo riskant als tegen haar zeggen dat ze niet mocht skateboarden zonder helm. Ze zou zich er alleen maar door bezeren. Jem had het recht haar eigen fouten te maken. En hopelijk zou ze er ook iets van leren. Dat gold niet alleen voor Jem, dacht Ginny, denkend aan Carla en Perry en de zielige toestand van haar eigen niet-bestaande liefdesleven.

Jem had Rupert vanuit de trein ge-sms't. Hij was die ochtend vanuit Nice teruggevlogen. Ze liet zichzelf binnen en riep vrolijk: 'Dag schat, ik ben thuis!'
'Hé.' Hij verscheen in de deuropening, onuitstaanbaar bruin, met een blikje bier in zijn hand. 'Schat, je T-shirt is gekrompen.'
Jem keek omlaag; de storm had haar de hele weg vanuit Cornwall achtervolgd en het plensde buiten. Haar korte witte T-shirtje was doorweekt en dankzij de lange wandeling vanaf de bushalte in Whiteladies Road, compleet doorzichtig geworden.
'Doe geen moeite om jezelf te bedekken. Ik vind het wel leuk.'

Hij grijnsde, gaf haar een koude, naar bier ruikende zoen, en gleed met zijn hand over haar borsten omlaag.
'Is Lucy thuis?' vroeg Jem angstvallig.
'Nog niet. En ik moet zeggen dat ik daar niet rouwig om ben. En? Was het leuk?'
'Geweldig.' Met een snelle beweging liet Jem haar rugzak van haar schouders glijden en met een bons op de grond vallen. 'Ik ben naar een feest geweest en heb daar een heleboel vrienden van vroeger weer gezien.'
'Van vroeger? Vriendinnen van vroeger of vriendjes?'
'Allebei.' Aangemoedigd door het idee dat Rupert misschien jaloers was, zei Jem: 'Toevallig was er ook een ex-vriendje.'
Rupert trok speels zijn wenkbrauwen op. 'Moet ik me daar zorgen om maken?'
'Nee, want hij doet me niks meer.' Dat was niet gelogen; toen ze Niall weer zag, voelde ze helemaal niets meer voor hem. Vergeleken bij Rupert leek hij zo... zo gewoontjes.
'Mooi zo.' Hij kuste haar en alle gedachten aan Niall Finnegan verdwenen als sneeuw voor de zon. Haar hersens waren te druk bezig met het verwerken van hun eigen vuurwerkspektakel.
'Wat als Lucy zo thuiskomt?' vroeg Jem hijgend terwijl hij haar aan haar natte T-shirt meetrok in de richting van zijn slaapkamer.
'Maak je geen zorgen. Die komt pas over een paar uur thuis.' Hij begeleidde haar behendig als een kunstschaatser door de deuropening, terwijl hij de rits van haar rok losmaakte en hardhandig haar shirtje over haar hoofd trok. Het kon Jem niet eens schelen dat het shirt nu blijvend was uitgelubberd.
'Hoe was het trouwens in Zuid-Frankrijk?' Jem prikte hem plagend in zijn borstkas. 'Was je de hele dag omringd door bloedmooie meisjes in bikini? Ze hebben vast geprobeerd je te versieren.'
'Bloedmooie meisjes in bikini? Eerder een stelletje oude slettenbakken. Natuurlijk hebben ze het geprobeerd,' vertelde Rupert lijzig. 'Het enige wat zij willen, is een vent met een flinke zak geld aan de haak slaan. Zodra ze je platinum creditcard zien, komen ze als een zwerm bijen op je af. En zo leuk vind ik dat niet.' Hij duwde Jem zachtjes op het tweepersoonsbed, keek op

haar neer en zei grijnzend: 'En daarom ben ik nu hier. Omdat ik jou wél leuk vind.'
Jem streek na afloop met haar handen door haar hopeloze haar. 'Ik zie er waarschijnlijk niet uit.'
'Je ziet er fantastisch uit.' Rupert zoende het puntje van haar neus. 'Slonzig, maar sexy slonzig.'
'Sexy slonzig.' Ze trok peinzend haar neus op. 'Is dat een compliment?'
'Je zit te vissen. Oké dan.' Met een ernstige blik keurde hij haar naakte lichaam. 'Je hebt een prachtig figuur.' Hij gleed met zijn hand over haar scheenbeen. 'En geen stoppels, dat levert extra punten op.'
Jem giechelde. 'Goh, ik moet echt met de billen bloot.'
'O ja, goed dat je me daaraan herinnert.' Behendig draaide hij haar op haar zij en inspecteerde haar billen. 'Geweldig, geen spoortje van cellulitis.'
'Natuurlijk heb ik geen cellulitis!' Uit protest stak Jem haar nagels in zijn schouder.
'Wacht maar, dat kan van de ene op de andere dag gebeuren. Het is er ineens, of je het nu wilt of niet. Heeft je moeder cellulitis?'
'Nee!'
'Hé, het was maar een vraag. Dat soort dingen is namelijk erfelijk. Ik kan je vertellen dat we daar vorige week een paar uitstekende voorbeelden van hebben gezien.' Voor ze hem kon slaan rolde Rupert lachend opzij. 'Zo moeder, zo dochter, waggel-de-waggel over het strand. Uiteraard alleen op de publieke stranden. Op privéstranden zijn drillerige cellulitisbillen natuurlijk niet toegestaan.'
'Wat ben jij erg.'
'Maar je houdt wel van me.' Hij draaide haar weer op haar rug en keek haar met zijn lichtbruine ogen vastberaden aan.
Jems maag kneep zich wellustig samen toen hij een been voorzichtig tussen de hare schoof. Ze wilde het voor geen goud toegeven, maar het begon erop te lijken dat ze inderdaad van hem hield. Want laten we wel wezen, hij was onweerstaanbaar knap. En ze hadden het zo leuk samen...
'Shit!' siste Rupert toen ze de voordeur hoorden dichtslaan.

Jem bleef roerloos onder hem liggen. Ze hoorden het geluid van hoge hakken in de gang. 'Waar zijn jullie?' riep Lucy.
'Shit, shit, shit!' hijgde Rupert. Koortsachtig schoten Jems opengesperde ogen naar de kledingkast, die uitpuilde van de kleren, de ongelezen studieboeken, de tennisrackets en de skeelers. Een hamster zou er nog niet in heb kunnen kruipen, laat staan een achttienjarige.
Een naakte achttienjarige!
Jem voelde een hysterisch lachje opkomen. Nou ja, misschien was dit wel voorbestemd. Vroeg of laat moest Lucy er toch achter komen.
'Sst.' Rupert, die er niet om kon lachen, sprong in een soepele beweging uit bed. 'Snel, verstop je onder het bed.'
Maakte hij een grapje? Nee, zo te zien niet.
'Rupert?' Lucy klopte op zijn deur.
'Snel, eronder,' siste Rupert, terwijl hij Jem naar de rand van de matras rolde. Ze bleef grijnzen, besloot hem zijn zin te geven en liet zich stilletjes op de grond glijden. Even later duwde Rupert haar kleren, die hij pijlsnel bij elkaar had geveegd, in haar handen.
Hij gaapte luidruchtig en riep vervolgens: 'Lucy? Ben jij dat? Hoe laat is het? Ik lag te slapen.'
Jem lag onder het bed, met haar kleren tegen zich aangedrukt, oog in oog met een half leeggelopen opblaasschaap (eerder een speeltje voor een vrijgezellenavond dan iets pervers). Het had een sullige, verschrompelde blik op zijn gezicht.
'Luiwammes, het is vier uur! Waar is Jem?'
'Geen idee. Volgens mij is ze nog niet terug.'
'Jawel. Haar rugzak staat in de kamer.' De slaapkamerdeur vloog open en Jem zag Lucy's smaragdgroene naaldhakken naar binnen komen. 'Je hebt haar toch niet in je kamer verstopt, hè?'
Het bed kraakte toen Rupert rechtop ging zitten. 'Als ze niet op haar kamer is, zal ze wel ergens naartoe zijn. Wacht even, ik kom eruit. Wil je vast koffie zetten?'
Er viel een stilte. Jem hield haar adem in. Even later zei Lucy: 'Ik heb een beter idee. Waarom maak ik je niet echt goed wakker?'
Jem fronste. Wat bedoelde ze daar nou mee? Ze zag de schoe-

nen naar het bed toekomen; Lucy stond nu zo dichtbij dat Jem haar enkels zou kunnen aanraken. Daar zou ze vast van schrikken.
'Doe niet zo flauw, Lucy. Ik heb hoofdpijn.'
'Ik had niet gedacht dat ik je dat ooit zou horen zeggen.' De vering kraakte weer en een van Lucy's schoenen verdween uit het zicht; Jem besefte tot haar schrik dat Lucy nu óp het bed zat.
'Hou op,' zei Rupert.
Schijnbaar niet van haar stuk gebracht fluisterde Lucy: 'Het spijt me, maar ik denk niet dat ik dat kan. Kom op, wat is er aan de hand met je? Heb je me niet gemist?'
Wat? Wát?
'Luce, wil je...?'
'Want ik heb jou wel gemist. Heel erg. Ja, ik heb je ongeveer...,' Lucy zweeg even en zei toen met haar zoetgevooisde stem, 'zó erg gemist.'
Jem had het gevoel alsof ze net in een bak ijs was ondergedompeld. Natuurlijk wist ze dondersgoed wat er aan de hand was, maar haar hersenen weigerden het te snappen. Ze verkeerde in zo'n shocktoestand dat ze niet wist of ze überhaupt nog wel kon bewegen.
'Oké, hou op, genoeg.' Rupert klonk erg kortaf. 'Het spelletje is afgelopen.'
'Wat is er met jou aan de hand?' protesteerde Lucy.
'Ach, weet ik veel,' zei Rupert lijzig. 'Misschien kun je even onder het bed kijken. Dan kom je er vanzelf wel achter.'
Jem kon haar oren niet geloven. Maar ja, Lucy had hem ook niet veel keus gegeven. Ze deed haar ogen dicht en zette zich schrap. Boven zich hoorde ze Lucy zeggen: 'Je gaat me toch niet vertellen dat je met dat stomme opblaasschaap hebt zitten spelen?'

33

Toen Jem haar ogen weer opendeed, zag ze dat Lucy haar op haar hurken met grote ogen aanstaarde.

'Nee. Nee.' Lucy schudde haar hoofd. 'Zeg me dat dit een grap is.'
'Ik ga zelf wel even koffie zetten,' zei Rupert.
'Je deed het met ons allebei? Klootzak!' gilde Lucy.
'Ach, zeg nou zelf, je drong jezelf nogal op. Het was leuk zolang het duurde.' Hij klonk verveeld. 'Maar het is nu voorbij.'
'Arrogante lul! Ga weg,' schreeuwde Lucy. 'Ik moet met Jem praten.'
'Ga je gang.' Rupert trok een spijkerbroek aan en slenterde de slaapkamer uit.
'Niet te geloven.' Lucy ontplofte bijna. 'Ik kan het verdomme echt niet geloven. Hij heeft ons allebei verneukt.'
Jem kroop onder het bed uit. 'Wil je je even omdraaien als ik me aankleed?'
'O, doe normaal, zeg.' Lucy draaide zich ongeduldig om. 'Dus dit speelde er achter mijn rug. Rupert zal er wel vreselijk om hebben gelachen.' Ze kookte van woede, werd helemaal gek als ze erover nadacht.
Jem schudde snel haar verfrommelde kleren uit en trok ze aan. Ze rilde toen ze het klamme T-shirt op haar huid voelde.
'Waarom heb je niets gezegd?' vroeg Lucy verontwaardigd.
Jem, die Lucy's toon niet kon waarderen, bitste meteen terug. 'Waarom heb jíj niets gezegd?'
'Maar je hebt me nooit iets gevraagd! Ik jou wel. Op het feest, toen ik zag dat hij je in je kont kneep.' Lucy's donkere ogen flitsten van woede. 'Ik vroeg of er iets tussen jullie speelde en jij zei van niet.'
'Rupert wilde niet dat jij je buitengesloten voelde.'
'Goh, dat is grappig, tegen mij heeft hij hetzelfde gezegd.'
Jem ademde diep in. 'Ongelooflijk, dat dit ons nou moet overkomen.'
'En dat je tegen me hebt gelogen! Shit!' zei Lucy fel, maar verontschuldigde zich meteen. 'Oké, oké, ik heb ook tegen jou gelogen. Maar Rupert heeft ons allebei voorgelogen. Het is allemaal zijn schuld. Nou, hij kan het nu echt wel vergeten. Wat een klootzak!'
'Dat heb ik gehoord,' zei Rupert, die tegen de deuropening aangeleund stond en een slok bier nam.

Lucy draaide zich naar hem om. 'Mooi zo. En je kunt ook op zoek gaan naar een paar nieuwe huisgenoten. Want wij zijn weg!'
Jem keek haar geschokt aan.
'Ga je weg? Prima. Nee, uitstekend zelfs.' Rupert haalde zijn schouders op en keek toen naar Jem. 'Maar jij wilt niet weg, hè? Lucy heeft nooit iets voor me betekend, het was niet meer dan een scharrel. Maar jij en ik... tja, dat is anders. Dat is echt iets bijzonders.'
Jems hart sloeg op hol; hier had ze al weken op gehoopt.
'Dat kun je mooi op je buik schrijven!' Lucy was witheet en gilde: 'Want we gaan allebei weg!'
'Weet je, dat kwade en verongelijkte siert je niet.' Rupert trok een wenkbrauw op. 'Geen enkele verongelijkte vrouw is echt aantrekkelijk.'
'Ik krijg echt kotsneigingen van je,' brulde Lucy.
'Als je zo doorgaat, krijg je nog rimpels.'
'Lazer op.'
'Volgens mij hoor jij dat nu te doen, schat. Je hebt het immers al beloofd.' Rupert nam nog een slok bier en keek glimlachend naar Jem. 'Je weet waarom Lucy zo kwaad is, hè? Omdat ik voor jou heb gekozen.'
'Klootzak!'
'Alweer? Dit begint echt saai te worden. Moet je trouwens niet je koffers gaan pakken?'
'Kom op, Jem,' beval Lucy. 'We gaan.'
'Ze is je schoothondje niet,' zei Rupert koel. 'Ze hoeft je niet te gehoorzamen.' Hij wendde zich tot Jem. 'De beslissing is aan jou, maar ik wil niet dat je weggaat.'
'Hou je kop, arrogante rukker.'
'Jem?' Rupert hield zijn hoofd een beetje schuin.
'Jem!' snibde Lucy.
'Ik ga naar mijn kamer,' zei Jem. 'Ik moet nadenken.'
Ze ging op haar bed zitten en begroef haar gezicht in haar handen. Alles ging zo goed, en nu dit. In de kamer naast haar hoorde ze lades die werden opengetrokken en weer werden dichtgesmeten terwijl Lucy haar spullen bij elkaar zocht. Toen haar deur openging keek ze niet op.

'Ik wil niet dat je gaat.' Op dat moment begon Ruperts mobieltje te piepen, hij kreeg een sms'je. 'Ik wil dat je blijft. En vanaf nu zijn we met zijn tweetjes. Dan kunnen we een echt stel zijn.'

Jems borstkas deed zo'n pijn, het voelde alsof ze letterlijk werd verscheurd. Vroeger koos ze intuïtief altijd de kant van een vriendin en niet voor de jongen. Dat was zo'n automatisme geweest dat ze er nooit bij stil had gestaan. Maar dit was anders; er stond veel meer op het spel. Oké, Rupert had zich schandalig gedragen, maar dat was nu verleden tijd. En jongens blijven nu eenmaal jongens. Vooral jongens met een achtergrond zoals de zijne.

Nog veel belangrijker was wat ze voor elkaar voelden, nu al dat vervelende gedoe achter de rug was. Ze wist wat zij voor Rupert voelde. En belangrijker: ze besefte nu wat hij voor haar voelde.

Jem beefde. Haar vriendin Lucy was exotisch, sexy en adembenemend mooi. Jem wist dat zijzelf ook niet onaardig was om te zien, op haar eigen excentrieke, blonde-haren-met-roze-plukjesachtige manier, maar als het op glamour aankwam legde ze het absoluut tegen Lucy af. Maar toch, nu puntje bij paaltje kwam, koos Rupert voor háár. Dat was wel heel erg vleiend, toch? Geen wonder dat Lucy nu over de rooie was.

Beng! Ze hoorde de deuren van de klerenkast in de kamer naast haar dichtslaan, gevolgd door het furieuze gerammel van hangertjes.

Rupert had het sms'je gelezen. 'Olly, een vriend van me, nodigt ons uit voor een feestje volgend weekend. In Schotland. Heb je daar zin in?'

Olly, Olly. Oliver MacIntyre-Brown. 'Die met het kasteel?'

'Die met dat verdomd grote kasteel, ja. Olly zegt dat we wel een lift kunnen krijgen met de helikopter van zijn oom.'

Een helikopter.

Een kasteel.

Ze was nog nooit in Schotland geweest, niet eens met de trein.

'Sorry,' ging Rupert verder. 'Ik loop te hard van stapel. Misschien stond je op het punt me een klootzak te noemen en wilde je net je klerenkast gaan leeghalen.'

Jem keek naar hem op. Een leven zonder Lucy zou vreselijk zijn. Maar een leven zonder Rupert was oneindig veel erger.
'Nee, dat wilde ik niet gaan doen.'
Er brak een brede grijns door op zijn gezicht. 'Echt niet?'
'Echt niet.'
'Gelukkig maar.' Ruperts blik werd milder toen hij zijn telefoon en het flesje bier wegzette. 'Dat vind ik heel fijn. Hé, kom eens hier.'
Hij kuste haar en Jem wist dat ze de juiste beslissing had genomen. Ze waren nu een echt stel. Zoals het nu voelde, moest hij bijna wel de ware zijn.
Als dit geen liefde was, dan wist ze het ook niet meer.
Ze hoorde een klopje op de deur. Jem zette zich schrap, maakte zich los uit Ruperts armen en liep ernaartoe.
Met gespannen en hoogopgetrokken schouders stond Lucy voor haar neus. 'En?'
'Ik blijf.'
'Bij hem?' Op haar gezicht verscheen een meelijwekkende glimlach. 'Wat ben jij een zielige trut.'
Omdat hij voor mij koos?, wilde Jem ertegenin brengen, maar hield zich in. Dat wist Lucy al.
'Denk je dat hij van je houdt?' vroeg Lucy dwingend. 'Is dat het? Want als je dat echt denkt, ben je nog stommer dan...'
'Heb je je koffers al gepakt?' onderbrak Rupert haar koel. 'Heb je al een taxi gebeld? Weet je wat? Die betaal ik wel voor je. Even goede vrienden, schat. Het was een leuke wedstrijd en het beste meisje heeft gewonnen.'
'Arrogante eikel.'
'O, maar wel een vrijgevige, arrogante eikel, dat kun je toch niet ontkennen.' Rupert had zijn portemonnee tevoorschijn gehaald en begon twintigpondbiljetten te tellen. 'Alsjeblieft, een maand voorschot en nog eens twintig voor de taxi. Maar goed dat ik net heb gepind.'
'Vind je het niet vervelend dat je van je vaders geld leeft?'
'Grappig genoeg niet, nee. Helemaal geen last van. Ik vind het heerlijk. Je zou het zelf eens moeten proberen... O, sorry, ik vergat even dat je ouders niet zo rijk zijn. Wat jammer nou, schatje, je weet niet wat je mist.'

Jem wist dat hij het niet zo gemeen bedoelde; Rupert maakte altijd spottende, neerbuigende opmerkingen over hoe rijk zijn familie was, of over het geldgebrek van anderen.
'Ik heb echt medelijden met jullie,' zei Lucy, met ogen die vuur spuwden. En het volgende moment liep ze de kamer uit.
'Ze vond me duidelijk leuker dan ze wilde laten blijken.' Schouderophalend zei Rupert: 'En ze kan ook niet tegen haar verlies.'
'Niet doen.' Jem voelde iets van schuldgevoel. 'Ze is wel een vriendin van me.'
'Niet meer.' Hij legde zijn arm om haar middel. 'Want nu ben je helemaal van mij.'

Lucy sleepte haar tassen uit de taxi en keek omhoog naar het onopvallende rijtjeshuis met zijn blauwe voordeur en keurige, piepkleine voortuintje. De voordeur ging open en Davy verscheen in de deuropening.
Niet ideaal, maar Ruperts huis verlaten midden in de paasvakantie gaf haar weinig keus omdat de meeste vrienden naar hun ouders waren. Maar Davy was er tenminste.
En hij begreep het.
'Heel erg bedankt hiervoor, Davy. Ik kon daar echt niet blijven.' Lucy omhelsde hem. 'Ze is gek geworden, ze denkt echt dat hij... dat hij...'
'Ik weet het. Stil maar, laat toch zitten.'
'O Davy, ik ben zo ontzettend kwaad! Hoe kan ze zo stom zijn? Niet dat ik jaloers ben.' Ze slikte de tranen van boosheid weg en brabbelde door. 'Het is alleen... ze heeft er met haar neus bovenop gestaan en ze vergeeft het hem ook nog.'
'Kom op, we gaan naar binnen. Mijn moeder staat te trappelen om je te ontmoeten.'
'O god. En ik heb gewoon al mijn koffers gepakt en sta zomaar bij jou op de stoep. Is ze boos?'
Davy grijnsde. 'Ben je gek? Ze vindt het super.'
Rhona Stokes was thee aan het zetten in de keuken. Ze was eind veertig en een oudere, vrouwelijke versie van Davy. Ze had precies dezelfde grote, donkere ogen en donkerbruin haar tot op haar schouders. Toen ze in de keuken naar haar toe kwam lopen zag Lucy dat ze een beetje hinkte.

'Dag, lieverd. Welkom. Jee, Davy heeft wel gezegd dat je er goed uitzag, maar niet dat je een topmodel bent.' Ze keek Lucy stralend aan en kuste haar op beide wangen. 'De buren zullen het er vast over hebben. Ze denken waarschijnlijk dat Davy eindelijk een supervrouw aan de haak heeft geslagen!'
Davy rolde met zijn ogen. 'Mam!
'O, ik maak maar een grapje. Sorry, lieverd.' Rhona wendde zich weer tot Lucy en fluisterde: 'Ik weet dat ik gênante dingen zeg.'
'Het is uw huis, u mag doen wat u wilt. En het is heel aardig dat ik hier mag logeren.' Lucy gebaarde onbeholpen naar de koffers in de hal. 'Ik ben hier zo snel mogelijk weer weg, zodra ik iets anders vind, dat beloof ik.'
'Je hoeft je echt niet te haasten, hoor. Je mag zo lang blijven als je wilt. Hier, drink je thee maar op nu hij nog warm is en pak gerust wat koekjes. En dan zal ik je je kamer laten zien. Het is wel heel klein, vrees ik, veel kleiner dan je gewend bent.'
Lucy voelde zich immens dankbaar. 'Dat kan me niets schelen. Ik ben al blij dat ik hier ben, weg van Pembroke Road.'
'Ik breng je spullen vast naar boven,' zei Davy.
'Dit is de eerste keer dat ik een van Davy's studievrienden ontmoet,' vertrouwde Rhona haar toe toen hij weg was. 'Hij zei dat je altijd aardig voor hem bent geweest.'
Aardig. 'Maar dat... dat is toch logisch?'
'Mag ik je wat vragen? Heeft hij veel vrienden? Want... nou ja, je weet hoe jongens zijn,' ging Rhona verder. 'Hij zegt er nooit iets over.'
'Volgens mij gaat het prima.' Lucy probeerde diplomatiek te zijn. 'Volgens mij heeft hij het wel naar zijn zin.'
Rhona's donkere ogen keken haar onderzoekend aan. 'Ik vroeg me af of hij wel eens gepest wordt. Omdat hij nog bij zijn moeder woont.'
Lucy brandde haar lippen aan de hete thee. Hoe kon ze die vraag beantwoorden zonder Rhona te kwetsen? Ze zette haar kop op tafel. 'Ach, misschien hebben mensen er wel eens iets over gezegd, maar dat zijn geen leuke types. Die moet je gewoon negeren.'
Tja, wat kon ze anders zeggen? Dat Davy het pispaaltje was?
'Gelukkig, dat is fijn om te horen.' Opgelucht pakte Rhona een

chocoladebiscuitje. 'Niet dat Davy er ooit iets over heeft gezegd, ik vroeg het me gewoon af.'
'Hij is aardig.' Dat meende Lucy ook echt. Hoeveel boeken had hij haar de afgelopen paar maanden wel niet geleend? Niet dat ze die ook echt had willen lezen, maar toch. Het ging om het gebaar en Davy was ontzettend attent.
'Hij is mijn oogappel,' zei Rhona. 'Ik voel me soms wel schuldig over het feit dat ik hem hier hou, maar ik heb daar zo mijn redenen voor.' Haar ogen werden vochtig, maar ze hernam zichzelf en gaf Lucy een klopje op haar arm. 'Maar dank je wel dat je me geruststelt, lieverd. Als Davy het huis uit ging, zou ik echt niet weten wat ik moest.'

34

'Dat had ik eerder moeten bedenken,' zei Finn. 'Vrouwen uitnodigen om naar pasgeboren katjes te komen kijken. Dat doet het veel beter dan etsen.'
'Omdat etsen saai zijn,' zei Ginny. 'En kleine katjes zijn ongelooflijk schattig. Het enige probleem is dat die vrouwen zo onder de indruk zijn van die beestjes, dat ze jou niet meer zien staan.'
Finn knikte ernstig. 'Zo gaat het nou altijd.'
'Ja, vast. Wedden dat je al je hele leven de vrouwen van je af moet slaan?'
Finn trok een fles wijn open, schonk twee glazen in en trok speels een wenkbrauw op. 'Bedoel je daarmee dat ik enigszins aantrekkelijk ben voor het andere geslacht?'
Gelukkig kon Ginny zich richten op een van de katjes op haar schoot. Het katje bewees haar meteen een dienst door een miniplasje te plegen vlak naast de zoom van haar rok. Tegen de tijd dat ze het nietige plasje had opgeruimd en de dader had teruggegeven aan Myrtle, hoefde ze geen antwoord meer te geven. In plaats daarvan hief ze haar wijnglas en zei opgewekt: 'Op de zindelijkheidstraining. Proost.'

'Op de zindelijkheidstraining.' Finn zweeg even. 'Niet zo'n heel charmante toast trouwens.'
'Sorry. Ik ben ook niet in een charmante bui.' Ginny, die zich de hele avond had groot gehouden, schudde haar hoofd.
'Komt het door Perry?'
'God, nee!'
'Jem dan?' gokte Finn.
Ze knikte.
'Je mist haar.'
'Ik mis haar en ik maak me zorgen. Ze heeft iets met een jongen die ik voor geen meter vertrouw.' Ginny kon zich het luchtige telefoongesprek van vanmiddag bijna letterlijk herinneren. Blijkbaar waren Rupert en zij nu een echt stel. Lucy was verhuisd, zij hadden wat meer ruimte gekregen en alles was helemaal fantastisch. Toen Ginny bezorgd had gevraagd: 'Lucy is weg? Maar mis je haar dan niet?' had Jem een beetje stoer gelachen en geantwoord: 'Mam, waarom zou ik haar missen als ik Rupert heb? Dit is toch perfect!'
Ginny vond dat Jems lachje de afgelopen twee weken een beetje kakkineus was geworden.
'Ze is pas achttien. Het zal vast niet lang standhouden,' probeerde Finn haar gerust te stellen.
'Ja, maar wat als dat wel zo is? Ze wonen samen.' Ginny huiverde terwijl ze het zei. 'En hij is niet aardig. Hij heeft te veel geld en te weinig... hart. Hij is zo vol van zichzelf.'
'Hij is dus knap?'
'Behoorlijk, ja.'
'Vertrouw je hem daarom niet?'
Ze knikte. 'Dat en zijn karakter.'
'Daar kijkt ze wel doorheen,' zei Finn. 'Jem is niet gek. Ze heeft een gezond stel hersens.'
'Ik dacht ook dat ik niet gek was,' bracht Ginny ertegen in, 'en moet je zien wat er met mij is gebeurd.'
'Ja, maar dat is verleden tijd. Klaar voor de volgende?'
Heel even dacht ze dat hij het over een volgende man had. Maar nee, hij pakte haar lege glas alleen maar. O jezus, al twee hele glazen en ze kon zich niet eens herinneren dat ze die had opgedronken.

‘Het is gewoon zo moeilijk om vanaf de zijlijn toe te kijken. Ik weet dat ze haar eigen fouten moet maken, maar ik ben wel haar moeder.’ Ze pakte het inmiddels bijgevulde glas. ‘Alsof je toekijkt terwijl je dochter wordt geopereerd door een chirurg waarvan je weet dat hij incompetent is en aan de lopende band fouten maakt.’
‘Hé.’ Finn klopte op de lege plaats naast zich op de bank. ‘Ze zijn nog jong. Geef ze een paar weken de tijd, en dan is het misschien allemaal al weer voorbij.’
Ginny liep weg van de wriemelende katjes in de mand en ging naast hem zitten. Hij had haar lievelingsoverhemd aan: een kobaltblauw katoenen shirt, zacht als een perzikhuidje. Nou ja, het zag er in ieder geval zo zacht uit; niet dat ze het had aangeraakt. En ze ging hem natuurlijk niet vertellen dat het haar lievelingsshirt was.
‘Ik hoop dat je gelijk hebt. Ze is tot over haar oren verliefd. Hij neemt haar dit weekend mee naar een kasteel in Schotland. In een helikopter, moet je nagaan.’
‘Klinkt bekend,’ merkte Finn droog op.
‘O, shit. Sorry.’ Te laat herinnerde Ginny zich hoe Tamsin uit Portsilver was vertrokken, in de helikopter van haar rijke Italiaanse minnaar. Ze legde haar hand even op Finns arm. ‘Het spijt me, het was niet mijn bedoeling je daaraan te herinneren.’
Ha, de stof van zijn overhemd was inderdaad zo zacht als een perzikhuidje.
Hij glimlachte flauwtjes. ‘Ik was het ook niet echt vergeten.’
‘Het komt door de wijn. En ik heb vandaag door de spanning niets gegeten.’ Ginny klopte demonstratief op haar lege maag. ‘Ik kan misschien maar beter een taxi naar huis nemen.’
‘Mijn schuld, ik heb die fles opengetrokken.’
‘Of mijn schuld omdat ik je vroeg of ik je etsen mocht zien. Ik bedoel, katjes.’
‘Ach, je bent er nu toch. Je hebt de katjes gezien en de fles is al open. Dan kunnen we die net zo goed opdrinken.’
Die? Enkelvoud? De alcohol had zich op een prettige manier door haar lichaam verspreid en Ginny bedacht dat één fles voor twee mensen op een of andere manier niet helemaal… o, hoe zei je dat ook alweer?

O ja. Toereikend was!
Finn zag haar teleurstelling, schonk haar glas nog een keer bij en zei vrolijk: 'Maak je geen zorgen, er staat nog een fles in de koelkast.'
Myrtle en haar kleintjes waren in slaap gevallen. Het uur daarna dronken ze wijn, aten chips en praatten over het restaurant. Evie had eerder die avond sjans gehad van een makelaar die vergeefs had geprobeerd haar telefoonnummer te krijgen.
'Ik snap niet waarom ze het niet gaf.' Finn fronste zijn voorhoofd. 'Hij leek me best aardig.'
'Te aardig.' Ginny probeerde hem uit te leggen waarom Evie totaal niet in de verleiding was gekomen. 'Te plakkerig. Te glad. Getver.'
'Maar wel knap, toch?'
'Veels te knap. Zo iemand moet je uit de weg gaan.' Ginny pikte de kruimels van haar blouse, likte haar vingers af en spoelde de zoute smaak weg met wat wijn.
'Ik wil ook niets met hem beginnen,' zei Finn.
Ze porde hem in zijn zij. 'Ik bedoel dat geen enkele vrouw met ook maar een beetje verstand dat zou willen. Mooie mannen, dat is vragen om moeilijkheden.'
'Eerst Rupert, nu die vent van tafel zes. Allebei knap en jij vertrouwt ze meteen al niet.' Finn zweeg even. 'Is dat niet een beetje een vooroordeel?'
'Absoluut. Maar ook een kwestie van gezond verstand. Mannen die er oké uitzien zijn oké, maar echt knappe mannen zijn verschrikkelijk. Regel één: daar moet je op een kilometer afstand van blijven.'
'Ik begin het te snappen.' Terwijl hij met zijn hand door zijn haar streek, vroeg Finn peinzend: 'Mag ik je wat vragen?'
Ginny was wat losser geworden en antwoordde: 'Vraag maar raak.'
'Vind je mij knap?'
Jezus, nee, niet die vraag.
'Wat?' Ze leunde achterover, alsof hij haar had gevraagd een ingewikkelde wiskundige formule op te lossen – wat trouwens makkelijker zou zijn geweest.
'Dat wil ik graag weten. Als ik in de spiegel kijk, zie ik mezelf ge-

woon, net als altijd,' zei Finn. 'Donker, steil haar. Grijze ogen. Een litteken op mijn linkerslaap omdat ik daar ooit op school een discus tegenaan heb gekregen. Mijn neus die ooit gebroken is in een partijtje rugby. Een niet altijd even gladgeschoren kaak. Dat is het, dat is het enige wat ik zie.' Hij staarde Ginny aan. 'Ik hoor wel eens dat ik er goed uitzie. Vaker dan eens, eerlijk gezegd. Dus ik vroeg me gewoon af wat jij vond. Vind jij dat ik knap ben?'
Als hij het lef had om dat te vragen, had zij het lef om hem te antwoorden, besloot Ginny. Dankbaar voor de beschermende werking van de wijn, zei ze: 'Oké, eerst het belangrijkste: je had je neus nooit moeten toestaan om te gaan rugbyen. En ten tweede, natuurlijk ben je knap.'
Finn hield zijn hoofd een beetje scheef en twijfelde blijkbaar nog steeds. 'Echt?'
Hij had geen flauw idee. Ginny knikte en zei: 'Ja, echt.' En toen, omdat hij duidelijk nog meer bevestiging nodig had, voegde ze eraan toe: 'Heel erg.'
Secondenlang bestudeerde Finn zijn wijnglas, maar het leek er meer op dat hij zijn gezicht in de plooi probeerde te houden. 'Jij wilt dus zeggen dat ongeacht hoe aardig ik ben of hoe aardig ik jou vindt, je vanwege mijn uiterlijk toch geen belangstelling voor me hebt?'
Hè? Had hij haar nu de hele tijd voor de gek gehouden? Ginny besefte dat als ze nuchter was geweest, ze zich nu helemaal opgelaten zou voelen. Heel erg opgelaten zelfs.
Maar gelukkig was ze nu lekker aangeschoten, dus haalde ze haar schouders op en zei vrolijk: 'Dat klopt.'
'Dat is discriminatie.'
'Zelfmedelijden is nergens voor nodig, hoor. Zo zwaar heb je het niet. Er zijn zat vrouwen die je niet zouden afwijzen.' En plagend voegde ze eraan toe: 'Om te beginnen met dat bloemenmeisje.'
'Maar ik heb het niet over andere vrouwen. Ik heb het over jou. Jij zegt dat je een relatie met iemand als ik niet zou overwegen, puur en alleen vanwege mijn uiterlijk.'
Ginny voelde zich nu toch een beetje opgelaten omdat ze niet kon terugkrabbelen. Maar hij zei tenslotte 'iemand als ik'. Het was niet alsof hij het écht over zichzelf had.

Ze wist niet of ze moest knikken of met haar hoofd moest schudden. 'Ja... ik bedoel nee... ik bedoel, dat klopt.'
'Maar dat is toch oneerlijk? Je schrijft me af voor ik überhaupt een kans heb gehad. Technisch gesproken kan ik je dus een proces aandoen,' zei Finn losjes. 'Wegens onrechtmatig ontslag.'
Ze kreeg het nu echt heel warm en nam nog een slok wijn. 'Prima. Sleep me maar voor het gerecht.'
Hij keek een beetje stout uit zijn ogen. 'Ik probeer je liever op andere gedachten te brengen.'
'Dat heeft veel weg van gladde praatjes. Als je zo doorgaat, sta je op één lijn met Evies makelaar.'
'O, sorry. Dat is wel heel erg. Dus jij zegt dat mannen zoals ik zinloos zijn als het gaat om langetermijninvesteringen. We zijn dus alleen maar goed voor ruige seks?'
Ginny haalde haar schouders op. 'Ja, daar komt het wel op neer.'
'En vorige week zei je nog dat je ook wel eens een onenightstand zou willen.'
Oké, nu was er echt geen ontkomen meer aan. Hij bedoelde absoluut wat ze dacht dat hij bedoelde. Met een kurkdroge mond vroeg ze: 'Heb ik dat gezegd?'
'Jazeker. Dat heb je gezegd.' Er klonk iets speels en uitdagends door in zijn stem. 'En ik zeg alleen maar dat als je daar nog steeds zo over denkt, ik daar geen bezwaar tegen heb.'
O nee!
'Dat is heel hoffelijk van je.' Ginny zweeg even. 'Maar waar vind ik op dit uur nog een knappe man voor zo'n avontuurtje?'
Finn lachte, boog zich naar haar toe en zei: 'Doe je ogen dicht.'
O néé!
'Waarom?' Alsof ze dat niet dondersgoed wist.
'Hou eens op met praten en doe het nou maar gewoon.'
Hij wilde het. En hij was adembenemend. Bovendien had ze hier al maanden over gefantaseerd.
Ginny schoof alle twijfels opzij, stopte met praten en deed het gewoon.

Hoe kon je spijt hebben van zo'n ervaring? Hoe zou iemand daar in hemelsnaam spijt van kunnen hebben?
Het was één uur 's nachts en Ginny gleed uit bed. De seks was

echt fantastisch geweest, alsof het haar eerste keer was. Nee, dat was een belachelijke vergelijking; het was duizend keer beter geweest dan haar eerste keer. Maar ook onmiskenbaar doortrokken van iets ongemakkelijks, omdat ze zichzelf eraan moest blijven herinneren dat Finn en zij geen relatie hadden en dit echt niet meer was dan een onenightstand. Dus in plaats van in elkaars armen te liggen, samen grinnikend te fluisteren over... nou ja, gewoon plannen te maken over wanneer ze elkaar weer zouden zien, moest ze net doen alsof ze een moderne, ik-wil-geen-verplichtingen soort vrouw was, die heel erg had genoten maar nu weer naar huis moest om haar drukke alleenstaande-leven weer op te pikken.

Zoals Carla.

Finn leunde op een elleboog en kwam half overeind. 'Moet je naar de wc?'

In het donker kon ze de glinstering in zijn ogen nog net zien. Als zij hem kon zien, kon hij haar dan ook zien? Ze hield snel haar buik in en pakte haar blouse. 'Nee, ik ga naar huis.'

Net als Carla!

'Waarom?'

Ze voelde zich heel erg verdrietig. 'Omdat het tijd is om te gaan.'

'Dat hoeft niet,' zei Finn.

Hij deed beleefd en zei wat een heer hoorde te zeggen op zo'n moment. Het laatste wat hij wilde, was dat ze met een gilletje van genot in bed zou terugspringen en zou roepen: 'Oké, dan blijf ik!' Voor mannen als Finn waren vrouwen die te lang bleven de nagel aan hun doodskist. In hun ogen was het allerergste wat je kon overkomen iemand die zich te wanhopig aan je vastklampte.

'Dank je wel, maar ik ga liever naar huis.' Met de snelheid van het licht trok ze haar kleren aan en schonk hem een terloopse, niet-vastklamperige glimlach. 'Dat was fijn, hè? Maar het is nu voorbij. Tijd om te gaan. Je hoeft niet op te staan, hoor,' voegde ze eraan toe toen hij aanstalten maakte om de lakens opzij te schuiven. 'Ik kom er zelf wel uit. En maak je geen zorgen, ik zal je geen bloemen sturen!'

'Ben je wel in staat om auto te rijden?' Finn klonk verbouwereerd.

'Ja hoor, absoluut, geen probleem.' Ze had weliswaar vier glazen wijn op, maar dat was twee uur geleden en ze had zich nog nooit zo nuchter gevoeld. Ze trok haar schoenen aan, streek snel haar haren glad en boog voorover om hem een snelle, achteloze zoen op zijn wang te geven. 'Dank je wel, dat was leuk. Dag.'
Finn aarzelde even en zei toen: 'Dag.'
En dat was het dan. Heel eenvoudig.
Als Carla haar nu had gezien, was ze trots op haar geweest.

35

Om klokslag twaalf uur kwam Dan the Van, de leverancier, de binnenplaats op stuiven in zijn groene busje vol modderspatten. Ginny stak haar hoofd uit de keukendeur en riep naar haar collega's: 'Jongens, hij is er eindelijk. Ik help hem wel even uitladen.'
Dan had een slechte beurt gemaakt door de frambozen te vergeten toen hij die ochtend de groente- en fruitbestelling was komen brengen. Zodra Ginny het restaurant uit kwam sprong hij met een gekweld gezicht uit de auto en barstte meteen los in allerlei verontschuldigingen. 'Het spijt me zo, ik heb geen idee hoe dat kon gebeuren, ik dacht echt dat ik alles op de lijst had afgevinkt, dit is me echt nog nooit gebeurd...'
'Dan, het is niet erg.' Ginny probeerde hem te kalmeren. De gewoonlijk verlegen en bedeesde Dan was de meest nauwgezette leverancier. 'Je bent er nu en het is pas twaalf uur. Echt, het is helemaal niet erg.'
'Maar ik voel me zo rot. Jullie vertrouwen op mij en ik heb jullie teleurgesteld. Vind je dat ik Finn mijn excuses moet aanbieden?'
'Dat is nergens voor nodig, hij weet er niet eens van. Hé, schoonheid,' kirde Ginny toen Dans hond haar vanaf de passagiersstoel met een zacht gejank begroette. Stiller was net zo schattig en verlegen als Dan, en een wat slungelig, verfomfaaid, enigszins vies vuilnisbakkenras met Pete Doherty-ogen en een krulstaartje.

'Oké, als jij het zegt.' Hij laadde de bakjes met frambozen uit en duwde die, zichtbaar gekweld door schuldgevoel, in haar armen. 'Maar als hij het hoort, wil je hem dan alsjeblieft zeggen dat ik zweer dat het nooit meer zal gebeuren?'
'Maak je geen zorgen, dat weten we toch.' Ginny pakte de bakjes aan en hoorde op dat moment een auto de oprit op komen. 'Zo te horen zijn de eerste gasten er. Ik breng dit vlug naar de keuken, oké?'
'Vergeet de kok niet te zeggen dat het me spijt.'
'Hou op met die excuses, Dan, het is echt niet...'
'Hallo? Pardon? Waar kan ik Finn vinden?'
Ginny draaide zich om en zag van wie de stem was, die klonk alsof hij in goudbruine siroop was gedoopt. Nog een van Finns veroveringen of een zakelijk contact? Heel mooi, dat stond vast. Ja, zelfs heel erg mooi. Het meisje was lang, achter in de twintig, had glanzend bruin haar dat bijna tot haar middel kwam, en zilvergrijze ogen. Ze droeg een zwart T-shirt en een strakke witte spijkerbroek met...
'Finn Penhaligon,' legde het meisje uit, zich duidelijk afvragend of Ginny wel Engels sprak. Ze wees eerst naar de antiekwinkel en toen naar het restaurant en vroeg langzaam en overdreven articulerend: 'Weet je waar hij is?'
Ginny moest de neiging onderdrukken ook overdreven te articuleren en antwoordde: 'Volgens mij is hij in de winkel.'
'Dank je wel.' Het meisje opende de achterdeur van haar zwarte auto, leunde naar binnen en haalde er een baby in een scharlakenrood zomerjurkje uit. Ze hees de baby op haar heup en liep naar de met kamperfoelie begroeide ingang van de winkel. Ze stopte opeens, dacht even na, en draaide zich toen om naar Ginny. 'Zou je me een plezier willen doen? Ik wacht hier wel terwijl jij haar naar binnen brengt.'
Ginny stond als aan de grond genageld omdat de baby zich had omgedraaid en haar aankeek; er was geen twijfel mogelijk over wie Finns bezoekers waren. 'Pardon?'
'Jij brengt haar naar binnen en zegt tegen Finn dat er bezoek voor hem is. Ja,' knikte Tamsin zelfingenomen, 'dat is een veel beter plan.'
'Sorry, dat gaat niet lukken.'

'Natuurlijk wel. Maak je geen zorgen, ze zal niet gaan huilen. Geef die frambozen maar weer aan hem.' Tamsin knikte naar Dan the Van, die zo verbouwereerd was dat hij de frambozen al van haar overnam. 'Zo, zie je wel? Niks aan! En neem Mae nu maar naar binnen. Het is belangrijk; ik wil dat Finn haar ziet voordat hij mij ziet. Alsjeblieft.'

Ginny had het liefst willen roepen: 'Dat kan niet want ik ben gisteren met Finn naar bed geweest!' Maar het was te laat, want Tamsin had Mae al in haar armen geduwd.

'Ik breng de frambozen wel naar binnen.' Dan the Van maakte zich snel uit de voeten.

'En ik blijf hier.' Tamsins ogen glinsterden verwachtingsvol terwijl ze Ginny een voorzichtig duwtje gaf in de richting van de winkel. 'Je hoeft niet bang te zijn, hij zal het fantastisch vinden. Toe maar!'

Maar ík ga het niet fantastisch vinden, dacht Ginny. Ik ben gisteren met hem naar bed geweest! Ze schudde haar hoofd. 'Het spijt me, ik kan dit echt niet, dat is niet...'

'O jezus, is het nou echt zoveel gevraagd? Eén kleine gunst, dat is alles!' Tamsin stapte achteruit en keek haar vol ongeloof aan. 'Wat maakt jou dat nou uit?'

In de antiekwinkel liepen een stuk of tien mensen rond te neuzen. De warme lucht was gevuld met de geur van bijenwas en oud, goed verzorgd hout. Uit de jukebox schalde 'Unchained Melody'. Finn stond met zijn rug naar Ginny toe te praten met een stel Japanse toeristen die zojuist een achttiende- eeuws schrijfkistje hadden gekocht.

Ze wachtte tot hij klaar was. Mae keek nieuwsgierig om zich heen naar alle snuisterijen en ontdekte een levensgrote emaillen papegaai. Verrukt door de felle kleuren wees ze ernaar en riep: 'Twietie!'

'Weet ik,' fluisterde Ginny terwijl haar hart als een razende tekeerging. 'Slimme meid.'

'Twietie!!!'

Finn draaide zich glimlachend om om te zien wie al dat lawaai maakte. Toen hij Ginny zag werd zijn glimlach nog breder, maar ze zag ook de vragende blik in zijn ogen. Dezelfde blik gleed

omlaag en zijn uitdrukking veranderde op slag toen hij de baby op haar arm herkende. Zijn glimlach smolt weg en in die ene seconde zag Ginny zowel shock, verdriet en blijdschap op zijn gezicht.
Het was hartverscheurend als je bedacht wat hij destijds had moeten doormaken.
'Vogeltje, vogeltje, vogeltje,' pruttelde Mae, die naar het plafond wees en toen met een stralend gezicht naar Finn keek.
Hij verontschuldigde zich bij het Japanse echtpaar en kwam met een gespannen blik naar haar toe. 'Wat is er aan de hand?'
'Tamsin staat buiten. Ze vroeg me dit te doen. Het was niet mijn idee,' zei Ginny, 'maar ze stond erop. Hier, ik moet terug naar het restaurant.' Vlug overhandigde ze Mae aan hem. Volkomen op haar gemak met dit geef-het-pakje-maar-door-spel stak Mae haar handjes uit en legde ze als piepkleine zeesterren op Finns wangen. Misschien herkende ze hem onbewust als iets wat vroeger bij haar leven had gehoord, want haar glimlach was zo oogverblindend dat Ginny er een brok van in haar keel kreeg.
'Ba!' kraaide Mae. Haar donkere ogen straalden en ze opende haar mondje zo wijd dat je haar parelwitte tandjes kon zien. 'Kawawa,' pruttelde ze verder terwijl ze vrolijk met haar beentjes tegen Finns witte overhemd schopte. 'Twietie.'
Een paar seconden lang, terwijl hij daar met Mae in zijn armen stond, was Finn zich totaal niet bewust van zijn omgeving. Dit was de baby die hij ter wereld had zien komen en op wie hij op slag verliefd was geworden, de baby die zijn hele leven op zijn kop had gezet. Vier maanden lang was ze zijn dochter geweest en hij had zonder enige twijfel zijn leven voor haar willen geven. Tot die dag vorig jaar in oktober toen ze uit zijn leven werd gerukt door Tamsin en hij te horen kreeg dat hij de vader niet was. Maar liefde, zoals hij tot zijn schade had ondervonden, was niet zo grillig als een DNA-test. Zijn gevoelens voor Mae waren niet verdwenen. En hoewel hij best wist dat hij dit kind, dat niet zijn dochter bleek te zijn, waarschijnlijk nooit meer zou zien, betekende dat nog niet dat ze uit zijn gedachten was verdwenen. Hij vroeg zich nog altijd af hoe ze er nu uitzag, en had nog altijd verdriet om het kindje dat zijn leven compleet zou hebben gemaakt.

Hij liep naar buiten, de stralende zon in, waar Tamsin hem stond op te wachten. 'Wat heeft dit te betekenen?'
'Dag, Finn.' Tamsin glimlachte, maar er zat een gespannen toontje in haar stem. 'Ik dacht dat je Mae wel weer eens zou willen zien.'
'Boeboeboe,' pruttelde Mae, blij met haar armpjes wapperend.
'En?' vroeg Finn strak.
'Boeboeboeboe... boeboe.'
'En?' Er welden tranen op in Tamsins zilvergrijze ogen. 'O Finn, ik denk dat ik me ook afvroeg of je mij misschien weer wilde zien.'

'Niet te geloven dat ze hier is!' Evie was compleet in de ban van de gebeurtenissen buiten en wist niet of ze verontwaardigd of blij moest zijn. Ze tuurde door het raam van het restaurant. 'Wat heeft dat kind een lef. Wat zou ze hier komen doen? Hè verdorie, waarom heb ik nou nooit leren liplezen?'
'Kom eens bij dat raam vandaan.' Ginny had ook geen idee wat er aan de hand was, maar wist wel dat ze zich nogal beroerd voelde.
'Nee, dat kan ik niet. Dat is fysiek onmogelijk. O god, moet je Mae zien. Wat een plaatje! Ongelooflijk, wat is ze gegroeid!'
'Evie, zo direct zien ze je nog.'
'Haha, je maakt zeker een grapje. Ze zouden ons nog niet opmerken als we naakt naar buiten renden en voor hun neus de Macarena dansten.'
Ginny bloosde. Gisteravond had Finn haar naakt gezien. En ze had hém ook naakt gezien.
'Tamsin huilt,' kondigde Evie aan, met iets van leedvermaak. 'Ze veegt haar ogen af. Hebben we hier geen verrekijker?'
'Nee, maar we hebben wel een tafel acht die elk moment kan komen, dus misschien moeten we...'
'Shit, ze gaan weg!'
'Tamsin en de baby?' Ginny kon er niets aan doen, ze rende snel naar het raam en probeerde langs Evie heen te kijken, in de hoop dat ze hen in de auto zou zien stappen. Helaas, ze zag dat ze met zijn drieën naar Finns voordeur liepen.
'Wat zijn sommige mensen toch egoïstisch.' Evie zuchtte ge-

frustreerd. 'Denken nooit eens aan iemand anders. Zou je niet dolgraag willen weten wat er gaande is? Ik kan je vertellen dat ik een moord zou doen voor een afluisterapparaat.'

'Wat is er gebeurd?' Finn keek naar het meisje van wie hij ooit had gehouden, het prachtige meisje met wie hij de rest van zijn leven had willen delen. Tamsin presteerde het om er nog steeds mooi uit te zien, zelfs als ze huilde.

'O Finn, je hebt geen idee hoe moeilijk ik het heb gehad. Bij jou weggaan was de grootste vergissing uit mijn leven.' Tamsin beet op haar lip en zei met trillende stem: 'Ik ben zo dom geweest. Geloof me, als ik het kon terugdraaien zou ik dat doen. Ik wou dat ik Angelo nooit had ontmoet.'

'Hij is de vader van je kind. Als je Angelo nooit had ontmoet, had je Mae niet gehad.'

'Dat weet ik, dat weet ik ook wel, maar ik probeer te zeggen dat ik wou dat Mae van jou was. Ik heb één fout gemaakt.' Tamsin stak haar tot in de puntjes gemanicuurde wijsvinger op om dat te benadrukken. 'Eéntje maar. Jij was weg en toen was Angelo er opeens. Hij verwende me, besteedde aandacht aan me, vleide me, overdonderde me. Het was een bevlieging. Ik ben één keer met hem naar bed geweest. Hij wilde dat ik jou dumpte en zijn vriendin zou worden. Maar ik kon het niet, omdat ik van je hield. En ik dacht dat het toen over was met hem. Ik zei dat ik hem niet meer wilde zien en dat meende ik ook. Dat meende ik echt, want jij was degene met wie ik wilde trouwen. Ik heb hem inderdaad niet meer gezien en natuurlijk voelde ik me achteraf schuldig, maar het was een slippertje geweest en ik had mijn lesje wel geleerd. Ik maakte mezelf wijs dat zolang jij het niet te weten kwam, alles goed zou blijven tussen ons.'

'En toen ontdekte je dat je zwanger was.' Finns stem klonk vlak.

'Ja.' Verse tranen rolden over Tamsins gebruinde wangen. 'Maar ik bleef tegen mezelf zeggen dat jij de vader was. Ik wilde niet dat het van Angelo was. Ik wilde zo ontzettend graag dat jij de vader was.'

Finn keek naar Mae die op de bank in slaap was gevallen. Hij herinnerde zich nog elke minuut van de avond van haar geboorte. Toen hij haar voor het eerst in haar ogen keek, was dat

zo'n overweldigend gevoel geweest dat hij wist dat zijn leven vanaf dat moment nooit meer hetzelfde zou zijn.
En daar had hij gelijk in gehad.
'Maar dat was ik niet.'
'Dat weet ik, dat weet ik. En je hield zoveel van haar.' Tamsin veegde de tranen uit haar ogen. 'Ik dacht dat ik het wel aankon, niet zeker te weten wie de vader was, maar toen ze er eenmaal was lukte dat niet meer. Waarschijnlijk vanwege mijn schuldgevoel. Het idee dat ik jou misschien bedroog was ondraaglijk. Ik moest gewoon de waarheid weten.' Ze zweeg even en slikte. 'Toen heb ik die test laten doen. En toen kwam de uitslag. O god, dat was de ergste dag van mijn leven. Ik wilde zo ontzettend graag dat jij het was. Maar ik wist ook dat ik het Angelo moest vertellen. Hij had het recht om het te weten. Sorry, dit is zo moeilijk...'
'En toen heb je het hem verteld,' souffleerde Finn. Dat was ook geen al te beste dag voor hem geweest. Toen Tamsin en Mae waren verdwenen, had ze een brief voor hem achtergelaten, maar dit was de eerste keer dat hij het verhaal uit haar mond hoorde.
'Ja. En hij wilde bij ons zijn. Hij wist me te overtuigen dat dat de juiste beslissing was en ik was tegen die tijd niet in staat om nee te zeggen. Angelo is nogal dwingend van aard; hij regelde alles en ik ging erin mee.' Tamsin schudde haar hoofd. 'Ik had amper door wat er gebeurde. Alles was één grote waas.'
Finn keek haar aan. 'En nu?'
'O Finn, ik heb me vergist. Zo ontzettend vergist! Het is uit tussen Angelo en mij. Hij houdt alleen maar van zichzelf, als hij al van iemand houdt.' Vermoeid voegde ze eraan toe: 'Hij vond het leuk om met zijn dochter te pronken, maar een luier verschonen, ho maar. Als ik Angelo vroeg of hij een uurtje op Mae kon passen, leek het alsof ik hem vroeg zijn benen af te hakken. We hadden vierentwintig uur per dag een kindermeisje. Het ontbrak ons aan niets. Maar ik wist dat ik niet van Angelo hield. En ik geloof niet dat hij echt van Mae houdt.'
'En je bent bij hem weg.' Finns toon was nog altijd even vlak. 'Je hebt Mae hiernaartoe genomen, maar je hebt me nog steeds niet verteld waarom.'

'Dat weet je best.' In tegenstelling tot Finn trilde haar stem, ze had haar hand op haar borstkas gelegd en probeerde gelijkmatig adem te halen. 'O Finn, je weet waarom ik hier ben. Ik heb een heel grote vergissing gemaakt en het spijt me zo, maar ik ben altijd van je blijven houden. En ik snap nu hoeveel pijn ik je heb gedaan, maar we waren vroeger toch gelukkig samen? Jij, ik en Mae, we waren een echt gezinnetje. Dus wat ik eigenlijk wil vragen: denk je dat er nog een kans bestaat – vooral omwille van Mae – dat je het me ooit kunt vergeven zodat we samen weer gelukkig kunnen worden?'

36

Evies onophoudelijke gespeculeer en het nest slangen dat in haar maag kronkelde maakten Ginny's middagdienst bijna ondraaglijk. Eindelijk waren de laatste eters de deur uit, was de eetzaal gereedgemaakt voor de avondgasten en kon ze naar huis.

Net toen ze in de auto wilde stappen, kwam Finn naar buiten. Toen ze zag dat hij naar haar toe kwam, begonnen de slangen nog heftiger te bewegen. Vreemd genoeg was de schok van Tamsins komst veel harder aangekomen dan het hele Carla-en-Perry-gebeuren. Blijkbaar voelde ze toch minder voor Perry dan ze had gedacht. Gisteravond met Finn was van een totaal ander niveau geweest, besefte Ginny nu. En wat ook niet echt hielp, was dat ze nogal beeldende flashbacks had van de avond ervoor, toen ze allebei naakt waren geweest en iets aanzienlijk intiemers hadden gedaan dan het dansen van de Macarena.

Nog verontrustender was de gedachte dat Finn misschien dezelfde flashbacks had. Hoewel, hij had nu waarschijnlijk wel iets anders aan zijn hoofd dan dat avontuurtje van gisteravond.

Toen hij voor haar stond zag ze meteen hoe nerveus hij was. Hij had zijn handen diep in zijn zakken gestoken en zijn schouders stonden stijf van de spanning. Hij keek haar doordringend aan en stak meteen van wal. 'Ginny, het spijt me dat het zo moet gaan, maar we moeten praten. Zoals je weet is Tamsin er dus. Ik had het ook niet verwacht, maar ja, zo is het nu eenmaal. En we moeten wat dingen op een rijtje zetten.' Finn zweeg even, hij vond het duidelijk afschuwelijk dat hij dit moest uitleggen. 'Gisteravond was echt fantastisch, echt, en ik wil niet dat jij het idee hebt dat... nou ja, dat je aan de kant wordt gezet, maar nu Tamsin er is, wordt het allemaal een beetje lastig...'

'Joh, maak je geen zorgen.' Ginny flapte het eruit, niet in staat om zijn gestuntel nog langer aan te zien. Hij was weer de perfecte heer die deed wat hij in zo'n situatie moest doen. Hij probeerde haar zachtjes te dumpen en wilde zeker weten dat ze het begreep. 'Je hoeft niets te zeggen. Ik begrijp het volkomen. Jeetje, er is helemaal niets om je voor te verontschuldigen! Het is niet alsof we een verhouding hebben,' vervolgde ze. 'We zijn twee volwassenen die toevallig, nou ja, zin hadden in een verzetje. Het was één nacht, we wilden het allebei, maar het had niets te betekenen.'

Finn leek beduusd door haar vastberadenheid, verbaasd maar tegelijkertijd ook duidelijk opgelucht. 'Oké. Ja... dat klopt. Zolang jij je er maar niet rot onder voelt.'

Er klonk duidelijk ook iets van ongeloof door in zijn stem. O god, dacht hij misschien dat ze stiekem heel veel voor hem voelde en iets te goed naar *Fatal Attraction* had gekeken? Ze wilde hem heel graag laten zien dat ze totaal niet in haar maag zat met de situatie en schudde nog heftiger haar hoofd. 'Alsjeblieft, gisteravond was echt niet zo belangrijk. Sterker nog: het stelde niets voor! Als je honger hebt, ga je toch ook eten. Dat is met seks net zo. Naar bed gaan met iemand hoeft niet meteen iets te betekenen. Het hoeft niet automatisch een vervolg te hebben. Vorige week heb ik bijvoorbeeld heerlijk Chinees gegeten,' ratelde ze verder. 'Gamba's, tjaptjoi met paddenstoelen en een loempia. Toen dacht ik toch ook niet meteen: O, nu moet ik mijn huis verkopen en op het eerste het beste vliegtuig naar China stappen?'

Finn bleef haar vreemd aankijken – misschien wat overdonderd door haar tjap tjoi-vergelijking. Maar Ginny had het gevoel dat ze hem nu echt had overtuigd. Hij knikte uiteindelijk en zei ongemakkelijk: 'Nee, natuurlijk niet. Oké, dat is dan duidelijk.

Mooi, bedankt daarvoor. Dus we... we doen gewoon net alsof er niets gebeurd is.'

'Absoluut.' Ginny knikte vastraden omdat het duidelijk was dat hij dat nu wilde horen, maar ze kon haar nieuwsgierigheid niet meer bedwingen. 'Maar hoe gaat het met jou? Mag ik vragen wat er aan de hand is? Waarom zijn ze hier?'

Finn aarzelde en schudde toen zijn hoofd. 'Het is niet zo simpel. Ik kan niet goed uitleggen...'

'O god, daar komt ze,' gilde Ginny. Haar hart bonste en een acuut schuldgevoel maakte zich van haar meester, dus trok ze snel het autoportier open. 'Dan ga ik nu maar.'

Maar ze werd tegengehouden door Tamsin, die zwaaiend met haar armen naar hen toekwam rennen. 'Hallo,' riep ze terwijl ze over de binnenplaats snelde. 'Wacht nog even!'

Maar ik wil niet wachten, dacht Ginny, die zich in paniek voorstelde dat Tamsin had ontdekt dat zij gisteravond in Finns bed had gelegen. Had ze op het kussen een verdwaalde blonde haar gevonden en snel een DNA-test gedaan? Of had ze een zwarte onderbroek zien liggen en meteen geconcludeerd dat er hier maar één vrouw gewoontjes genoeg was om een degelijke Marks and Spencers-onderbroek maat 42 te dragen? Nee, dat kon niet, ze wist zeker dat ze zijn slaapkamer mét onderbroek had verlaten.

'Mag ik je iets vragen?' Tamsin – vast en zeker zo'n meisje dat maatje 36 van La Perla droeg – was bij de auto aangekomen en legde haar hand even op Ginny's arm.

Niet doen!

'Ja.' Ginny knikte voorzichtig. Als ze maar niet ging vragen om een DNA-monster.

'Het viel me net op dat je zo goed was met Mae, en Finn en ik hebben echt wat tijd voor elkaar nodig.' Tamsin glimlachte samenzweerderig. 'Dus ik vroeg me af of jij zo lief zou willen zijn om vanavond een paar uur op te passen?'

'Eh...' stotterde Ginny, totaal overvallen door de vraag. Nee, dat was een afschuwelijk plan.

'We betalen je er uiteraard voor. Wat het tegenwoordig ook mag kosten.' Tamsin maakte een gebaar alsof ze daar geen idee van had. 'Sorry, maar ik ben gewend aan een oppas thuis, ik moet

dat nieuwe gedoe nog onder de knie krijgen! Maar maak je geen zorgen, Finn regelt dat wel voor je.'
Toevallig heeft Finn gisteravond een heleboel voor me geregeld. Wat zou er gebeuren als ze dat hardop zei? Maar in plaats daarvan schudde ze haar hoofd en zei: 'Sorry, maar dat gaat niet lukken. Ik heb het vanavond nogal druk.'
'Echt?' Tamsin keek haar geschokt aan, alsof Ginny net een fantastisch aanbod had afgeslagen om een weekje met George Clooney op Necker Island door te brengen. 'Weet je dat zeker? Kun je het niet afzeggen?'
'Nee, dat kan niet.' Ginny had die avond helemaal niets, maar ze peinsde er niet over om te gaan babysitten.
'Laat maar,' kwam Finn ongeduldig tussenbeide. 'We hebben ook helemaal geen oppas nodig. We gaan nergens naartoe.'
'O, maar...' zei Tamsin.
'Tamsin, denk nou even na. Ik heb Mae de afgelopen acht maanden niet gezien.' Hij schudde gedecideerd zijn hoofd. 'Waarom zou ik haar bij iemand anders willen stallen?'
Ja, vooral bij míj, dacht Ginny.

37

Jem tekende een paar figuurtjes op haar blocnote om de indruk te wekken dat ze aan het werk was, maar ze had nog geen enkele aantekening gemaakt. Het was maandagochtend en het was drukkend warm in de collegezaal. De docent, die eindeloos doorzanikte over Miltons *Het paradijs verloren* had net zo goed in het Swahili kunnen lesgeven. Want op dit moment drong er geen zinnig woord door tot haar brein.
Drie rijen voor haar zaten Davy en Lucy als modelstudenten aandachtig te luisteren en vlijtig aantekeningen te maken. Toen Lucy haar in de gang was tegengekomen had ze haar even hooghartig aangekeken, alvorens zich om te draaien en iets in Davy's oor te fluisteren. Waarop Jem hen nadrukkelijk had genegeerd; ze mocht hier dan wel zitten, ze lieten haar duidelijk links lig-

gen. Ze vond dat Lucy en Davy zich aanstelden en op een stelletje tienjarigen leken, maar het koude, verkrampte gevoel in haar maag wilde maar niet weggaan. Als Rupert hier nu was geweest zou het niet zo erg zijn geweest, maar dat was hij niet. Rupert zat thuis en probeerde over zijn kater heen te komen van – volgens eigen zeggen – een superweekend in Schotland.

Denken aan de superlatieven van dat weekend leidde er bij Jem alleen maar toe dat ze haar pen zo hard op het papier drukte dat ze erdoorheen prikte. De oom van Olly had in zijn helikopter uiteindelijk niet genoeg plaats gehad voor twee extra passagiers. Rupert was dus in zijn eentje naar Olly MacIntyre-Browns feest gegaan en Jem, die bijna de hele week tegen Jan en alleman had lopen blaten dat ze dat weekend naar een kasteel in Schotland gingen, was gedwongen een verschrikkelijke voedselvergiftiging te verzinnen als reden voor haar absentie. Wat ook betekende dat ze het hele weekend binnen had moeten blijven. Kort gezegd kwam het erop neer dat ze nog nooit zo veel televisie had gekeken.

Het college was voorbij en de dag kroop verder. Jem kwam om vier uur 's middags thuis en duwde zachtjes Ruperts slaapkamerdeur open voor het geval hij nog steeds uitgeteld was, want slapen kon hij als geen ander.

Het bed was leeg.

En de rest van het huis ook. Hoewel dat nergens voor nodig was maakte een ongemakkelijk gevoel zich van haar meester. Nee, natuurlijk was dat niet nodig. Ze pakte haar mobieltje en belde Rupert, maar werd meteen doorgeschakeld naar zijn voicemail.

Waar hing hij uit? Ze kon wel wat steun gebruiken en na een dag van bijna te zijn doodverklaard, was het veilige gevoel van zijn armen om haar heen ook welkom geweest. Ruperts omhelzing zou al dat klotegedoe van Lucy en Davy goedmaken. Of – zoals Rupert ze tegenwoordig noemde – Snelle en het Beest.

Maar hij kon haar niet knuffelen, want hij was er verdomme niet! Onwillig probeerde ze haar onrust te negeren – Rupert vond het vreselijk wanneer hij verantwoording moest afleggen over waar hij was geweest – haalde alle studieboeken uit haar rugzak en ging op de bank zitten om wat achterstallig werk in

te halen. Ze moest nog een paar werkstukken inleveren, verbeteringen aanbrengen en de donkere onweerswolken van het eindexamen dreigden. Oké, positief denken, gebruik je tijd nuttig. Als Rupert pas om zes uur thuiskomt heb je dus nog twee uur om...
Oké, eerst maar even een kop koffie zetten. En een tosti maken, want met een lege maag kun je niet studeren.
In de keuken belde ze Rupert nog een keer. Nog steeds niets.
Ze vond achter in de koelkast een Kitkat en at die op terwijl ze wachtte op haar tosti. Waar bleef hij nou?
Terug in de woonkamer bladerde ze wat door een boek, legde het opzij en deed de televisie aan. Na deze quiz en *Richard and Judy* zou ze wel gaan studeren.
Ja, absoluut.

'It's a beautiful daaay!' Rupert was zingend en wel terug en liet zijn gebrul gepaard gaan met wild gehups en heftige maaibewegingen in de lucht à la Bono. Hij was haar slaapkamer in gestormd, op het bed gedoken en lag als een kever op zijn rug te drummen. 'Daaa, daaa, da-daaa, it's a beautiful daaay!'
Maar dat was het helemaal niet. Het was twaalf uur 's nachts.
Jem, die geen oog had dichtgedaan, werd verscheurd tussen verontwaardiging over de uren van misselijkmakende onrust die hij had veroorzaakt en opluchting dat hij eindelijk thuis was. En hij was ook nog boven op haar linkerenkel gesprongen.
Ze ging rechtop zitten en duwde de pony uit haar ogen. 'Waar heb jij uitgehangen?'
'Wezen stappen.'
'Waar dan?'
'Aha, de gevreesde inquisitie.' Rupert rolde opzij en bestudeerde haar met een speelse grijns op zijn gezicht. 'Schatje, het was totaal onschuldig. Ik ben om drie uur opgestaan omdat ik honger had. Er lag geen parmaham meer in de koelkast, dus toen ben ik naar de delicatessenwinkel gegaan. Dat was het enige. En toen liep ik op de terugweg toevallig Maz tegen het lijf en hij sleurde me tegen mijn wil in mee naar een café. Ik had geen keus, echt waar. En toen heeft hij me te veel drank gevoerd.'
'Negen uur lang?'

'Nee, nee, nee!' Rupert keek met een ernstige blik op zijn horloge. 'Acht uur en elf minuten om precies te zijn, edelachtbare. En geen seconde langer.'
'Ik had geen idee waar je was,' zei Jem. 'En je telefoon stond uit. Je had me toch even kunnen bellen?'
'Ja, dat had ik kunnen doen.' Hij knikte nadenkend. 'Maar toen dacht ik: ik ben negentien en jij bent niet mijn kindermeisje. Ik mag in mijn eentje naar buiten en ik mag zelfs de grote straat oversteken, zolang ik maar voorzichtig ben en eerst beide kanten op kijk. Bovendien had jij gezegd dat je stapels werk had liggen, dus ik dacht: ik doe je een groot plezier als ik je met rust laat.'
'Jij hebt ook stapels werk liggen,' merkte Jem op.
'Weet ik, weet ik, maar dat is zo verrekte saai. En? Ben je al klaar met zeuren? Want ik moet je iets vertellen.' Hij probeerde haar te paaien en keek haar plagend aan.
'Wat dan?' vroeg Jem.
'Twee dingen zelfs. Om het goed te maken dat ik stout ben geweest en je niet heb gebeld, zal ik je morgenavond meenemen naar Byzantium. Lijkt je dat leuk?'
Byzantium was zo ongeveer het hipste restaurant in Bristol, met goochelaars en buikdanseressen. Helemaal gloeiend van liefde – zie je wel? Hij had echt spijt – sloeg ze haar armen om haar knieën en vroeg: 'En dat andere?'
Zijn ogen begonnen te schitteren. 'U2 treedt dit weekend op in Rome, en Maz heeft kaartjes.'
Jem slaakte een opgewonden gilletje. 'Dat meen je niet!'
'Ja, echt. Niet te geloven, hè? Over voorbestemd gesproken, dat ik hem juist nu vanmiddag tegenkom. We vliegen er vrijdagavond naartoe.'
Jem was buiten zichzelf en haar hersenen ratelden in de hoogste versnelling. 'O mijn god, wat fantastisch! Ik moet zaterdag eigenlijk werken, maar ik zorg wel dat iemand mijn dienst overneemt, dat zal geen...'
'Ho ho, wacht even, zo bedoel ik het niet.' Rupert maakte een stopteken met zijn handen. 'Maz heeft kaartjes voor het concert. We vliegen samen naar Rome. Met zijn tweeën,' legde hij uit. 'Maz en ik.'

O. Teleurstelling was niet het juiste woord. Eerder gebroken. Of gewoon dom.
'Sorry schattebout, dat was niet mijn bedoeling.' Hij gaf haar een klopje op haar knie. 'Maar ik wist dat je dit weekend moest werken en daarom dacht ik dat ik net zo goed kon gaan. Maz zou met zijn vriendin gaan, maar ze hebben het vorige week uitgemaakt. Toen hij zei dat hij een extra kaartje had, heb ik natuurlijk meteen ja gezegd. Zoiets gebeurt je geen tweede keer. Hé, kop op.' Rupert deed alsof hij de drums bespeelde op haar dijbeen. 'It's a beautiful daaay.'
Nee, dat was het niet. Het was een verschrikkelijke klotedag geweest. Jem voelde dat ze de controle over haar onderlip verloor. Nu zou ze Rupert dit weekend ook al niet zien.
'O, kijk nou toch. Je hoeft niet van streek te raken.' Hij hield op met drummen, sloeg zijn armen om haar heen en klopte haar op de rug alsof ze een baby'tje was. 'Hoe kon ik zo'n aanbod nou afwijzen?'
Jem schudde haar hoofd; ze hadden het wel over U2, ja. 'Nee, dat snap ik, maar ik zal je wel missen.'
'Het zijn maar een paar dagen.' Rupert trok het dekbed een stukje opzij en porde zachtjes in haar dij. 'Zie je dit?' Hij wees vervolgens naar zijn eigen, in spijkerbroek, gehulde dijen. 'En dit? We zitten niet aan elkaar vast. We hoeven niet elke minuut en elke dag op elkaars lip te zitten.'
'Nee, dat zal wel niet,' zei Jem met een iel stemmetje. Maar als je van iemand hield, was het toch logisch dat je zo veel mogelijk tijd met elkaar wilde doorbrengen? Ongewild schoot door haar hoofd dat Rupert hun relatie misschien toch wat minder serieus nam dan zij.
'Hé, niet zo kinderachtig doen, hoor. Niet huilen,' waarschuwde hij, toen haar ogen zich vulden met tranen. 'We gaan morgen naar Byzantium, weet je nog? Maar ja, als je daar geen zin in hebt...'
Ze probeerde haar tranen te bedwingen. 'Nee, dat heb ik wel.'
'Goed zo. Geef me nu dan maar een zoen.' Zijn warme, naar alcohol stinkende mond, kwam neer op de hare. Dronken of niet, het zoenen was hij niet verleerd. Even later maakte hij zich los, keek haar met een ondeugende glimlach aan en ging boven

op haar liggen. 'Mmm, ik geloof dat ik van gedachten ben veranderd.'
'Waarover?' Jem was zo verstandig om niet te hopen dat hij het over Rome had.
Rupert begon zijn spijkerbroek uit te trekken. 'Soms kun je maar beter wel op elkaars lip zitten.'

38

Carla had Tess Whelan al een tijdje niet gezien en de laatste keer had ze vreselijke medelijden met haar gehad. Dat was vier weken geleden toen Tess, negen maanden zwanger, als een uitgetelde olifant door het huis kloste. Terwijl ze thee zette en door de kleurige brochures met serres bladerde, zat ze steeds over haar rug te wrijven en vrolijk te klagen over het niet kunnen lakken van je teennagels. En ze vertelde Carla over... nou ja, eerlijk gezegd gaf ze veel te veel details over oefenweeën, aambeien en elke twintig minuten naar de wc moeten omdat het hoofdje van de baby op je blaas drukte.
Erger nog was dat Tess een afschuwelijk T-shirt aan had gehad, dat helemaal strak over haar gruwelijk gezwollen buik zat, met daaronder een broek met een elastieken band. Misschien was ze ooit mooi geweest, maar nu zag ze er alleen maar afgepeigerd uit. Carla, die net deed alsof ze meeleefde maar inwendig walgde, wist niet hoe snel ze weg moest komen.
Ze had ook niet echt uitgekeken naar deze volgende afspraak. Als Tess Whelan voor de geboorte al een wrak was geweest, wie weet hoe ze er nu uitzag, met een jengelende kotsbaby op de arm.
En als het huis naar poep rook, zou ze binnen tien minuten weer buiten staan. Max.
'Hoi! Wat leuk je weer te zien. Kom binnen.'
Carla's mond zakte open van verbazing. Haar blonde haren glansden, haar gezicht bloosde en ze droeg een spijkerbroek maat 38 met een kort roze, kanten vestje.

'Mijn god, wat is er met je buik gebeurd?'
Tess grinnikte en klopte op haar platte buikje. 'Goed hè? Een wonder. Dat komt door de borstvoeding, zegt de wijkverpleegster. Ik heb honger als een paard, maar op een of andere manier is alles weer teruggeveerd. Kom binnen, dan stel ik je voor aan Alfie.'
Carla stond perplex. Tess had een fantastisch figuurtje, zowel van voren als van achteren. En het huis rook ook al niet naar poep. 'Hoe gaat het?' vroeg ze terwijl ze Tess naar de woonkamer volgde.
'Geweldig. Het is zo veel makkelijker dan ik had verwacht. Je hoort altijd van die nachtmerrieverhalen over hoe het is om een baby te krijgen, hè? Maar Alfie is zo zoet en zo ontzettend lief. Ik ben in mijn hele leven nog nooit zo gelukkig geweest.' Tess zweeg even. 'Eerlijk gezegd was ik nooit zo'n moeke. Baby's interesseerden me niet. Mijn man wilde alleen zo graag en ik vond dat ik door moest zetten. En nu is Alfie er dus en ik ben helemaal stapelgek op hem. Ik kan me geen leven meer zonder hem voorstellen. Hij is te gek, nu is mijn leven pas echt compleet.'
Zo voel ik me ook, maar dan over Perry, dacht Carla tevreden.
'En daar is-ie dan!' Tess' gezicht lichtte op van liefde en trots terwijl ze haar zoon aan Carla showde.
Carla staarde naar de baby die wakker maar stil op een zachte blauw-witte zitzak lag. Alfie droeg een luier en een piepklein wit shirtje. Zijn donkere ogen namen haar nauwlettend op. Zijn haartjes zaten als een kwastje boven op zijn hoofd, zodat het net leek alsof hij een punthoofdje had. Hij kneep zijn piepkleine vuistjes steeds even dicht terwijl hij Carla's blik beantwoordde.
O god.
O god!
'Gaat het?' vroeg Tess bezorgd.
'Prima,' wist Carla nog net uit te brengen. 'Prima.' En toen zei ze de vier woorden die ze nog nooit eerder had gezegd en die ze ook nooit had gedacht te zeggen. 'Eh... mag ik hem vasthouden?'
Het was ongelooflijk, een openbaring, zo totaal anders dan al het andere wat ze ooit had gevoeld. Tess bukte, pakte Alfie op

en kuste hem teder voor ze hem aan Carla gaf. Carla hield hem in haar armen en voelde... o god, alsof ook haar leven nog compleet kon worden.
Uiteraard niet met Alfie. Die was van Tess. Maar met een eigen baby.
Van haar en Perry.
Hoe had ze ooit kunnen denken dat ze geen kind wilde? Het was tot nu toe duidelijk niet het juiste moment geweest. En ze had de juiste man blijkbaar ook nog niet ontmoet.
Ze wiegde Alfie in haar armen, boog haar hoofd naar hem toe en ademde de verrukkelijke babygeur in, die onbeschrijflijke mengeling van melk en warmte en nieuwheid. Zijn huid was zachter dan zacht, net zo zacht als de binnenkant van een kastanjehuls; ze kon hem wel uren blijven strelen. Alfie was niet eens de mooiste baby van de wereld, maar als je naar hem keek en hem zo vasthield, dacht je dat hij dat wel was. Toen zijn piepkleine zeesterrenknuistjes zich om een van haar vingers sloot, ontplofte ze bijna van blijdschap.
Dit, dít is wat ze wilde.
'Moet je kijken.' Tess knikte goedkeurend. 'Je bent een natuurtalent.'
'Ik heb nog nooit een baby vastgehouden. Nog nooit.' Carla's stem brak een beetje. 'Ook nooit gewild.'
'Hoe oud ben je?'
'Zesendertig.'
Tess glimlachte. 'Tik-tok, tik-tok.'
'Ik wist niet eens dat ik een biologische klok had,' zei Carla, die tranen van geluk weg knipperde met haar ogen. 'Ik kan amper geloven wat er door me heen gaat. Het voelt alsof ik net achter de zin van het leven ben gekomen.'
Het kon haar niets schelen dat dat misschien idioot sentimenteel klonk, want het was echt zo.

'Wát wil je?' Perry begon te lachen.
'Ik wil een baby.' Het was alsof ze opeens het licht had gezien, zo eenvoudig was het. Carla had zich nauwelijks kunnen concentreren op het afsluiten van het contract voor de nieuwe serre van de familie Whelan, maar op de een of andere manier was

het toch gelukt. Daarna was ze naar Perry's winkel gegaan en had hem weten over te halen om samen even over het strand te gaan wandelen.

'Dit is een grapje, hè?' Hij bleef staan en hield zijn hoofd scheef.

'Nee.'

'Maar je hebt een hekel aan kinderen. Dat heb je me zelf verteld. Je zei dat je nooit kinderen wilde.'

'Ik weet dat ik dat heb gezegd. Maar ik had het mis.' Carla kon haar geluk niet onderdrukken, ze was er zó zeker van. 'Mijn lichaam zei me ook dat ik ze niet wilde, omdat ik niet de juiste man had ontmoet. Maar nu wel.' Ze wilde Perry's hand pakken, die uit de hare was gegleden. 'En ik wil nu zo zielsgraag een baby. Met jou. Dat is toch ongelooflijk? Dan worden we nog gelukkiger... We hoeven het helemaal niet mis te lopen.'

Hij geloofde zijn oren niet. 'Wat mislopen?'

'Kinderen! Je hebt je zo geweldig op de achtergrond gehouden.' Carla schudde haar hoofd, helemaal ontdaan door zijn nobele gedrag. Toen ze hem tijdens die eerste memorabele nacht samen had uitgelegd dat ze anti-baby was, had Perry dat gewoon geslikt. Het had zijn gevoelens voor haar – goddank – niet beïnvloed, maar hij was natuurlijk diep vanbinnen wel teleurgesteld geweest. Dat was die coup de foudre, besefte Carla nu pas. In voor- en tegenspoed, dat maakte niets uit. Als Perry haar had gezegd dat als ze bij hem wilde zijn, ze naar IJsland moest verhuizen en daar in een iglo moest wonen, had ze dat ook gedaan. Zolang ze maar samen waren. De rest maakte niets uit, niets...

'Hallo, Aarde roept Carla? Hoe kom je erbij dat ik kinderen wil? Heb ik dat ooit gezegd?' Perry schudde vol ongeloof zijn hoofd en staarde haar aan alsof... alsof ze net een gewei had gekregen. 'Ik haat kinderen. Ik was zo blij toen je me vertelde dat je geen kinderen wilde. Wat mij betreft was dat de slagroom op de taart.'

'Maar dat was tóén. Ik ben van gedachten veranderd,' drong Carla aan, 'en dat zal jou ook gebeuren. Perry, dit is zo perfect. We houden van elkaar. Het is echt helemaal goed.'

'Ik kan je verzekeren dat het dat niet is.'

De adrenaline gierde door haar lijf. Dit was wel een tegenval-

ler, maar verkopen was haar vak; ze zou hem wel weten te overtuigen. Mannen raakten wel vaker in paniek bij het vooruitzicht vader te worden, maar uiteindelijk bezweken ze allemaal.
'Als je het echt zo erg vond, had je je wel laten steriliseren.' Carla's toon was bijna speels.
'Jezus. Als er iets erger is dan een baby krijgen, is het wel het idee dat een of andere kwakzalver in mijn zaakje gaat zitten snijden.' Perry trok een vies gezicht. 'Daar heb ik genoeg horrorverhalen over gehoord. Maar als jij zo zeker wist dat je geen kinderen wilde, waarom heb jij je dan niet laten steriliseren?'
'Omdat mijn hersenen blijkbaar wisten dat ik ooit van gedachten zou veranderen!' zei Carla triomfantelijk. 'En zie hier!'
Perry's glimlach was allang verdwenen. Hij keek langs haar heen naar de zee en wreef met zijn hand over zijn kin. Carla keek hem hongerig aan, naar de gouden stoppeltjes op zijn kaken en zijn glanzende gouden haren. Ze zag de baby die ze zouden krijgen al bijna voor zich. Ze moest hem overtuigen, dit was een deal die ze absoluut moest zien binnen te halen. Je moet mannen af en toe een klein duwtje geven, dat was het enige.
'En wanneer is dit trouwens gebeurd?' vroeg Perry opeens, terwijl de zeemeeuwen schreeuwend boven hun hoofden vlogen en de golven op het strand spoelden.
'Vandaag. Vanmiddag. Ik moest naar een klant en zag toen...'
'Dus je gebruikt je spiraaltje nog wel?'
Carla knikte en glimlachte flauwtjes. Als ze eenmaal een besluit had genomen, was ze niet meer te houden. Ze had haar huisarts vanochtend meteen gebeld voor een afspraak om die er morgenochtend uit te laten halen. Ze was al zesendertig, de tijd drong. Als ze hem er vanmiddag zelf uit had kunnen trekken had ze dat gedaan, maar bij de gedachte alleen al kreeg ze kramp in haar tenen.
'Hoor je dat?' vroeg Perry.
Ze hoorde een baby krijsen en draaide zich om. Achter haar duwde een te dikke vrouw moeizaam een kinderwagen over het rulle zand.
'Moet je haar zien. Wil je zo worden?'
'Zo word ik niet.' Carla hield voet bij stuk.
'En dat geluid!' Perry zette een van pijn vertrokken gezicht op,

omdat de baby paarsblauw was aangelopen en krijsend als een wilde kat om zich heen schopte.
'Baby's huilen nu eenmaal.' Vreemd genoeg voelde ze door het geluid van de baby deze keer geen aandrang om hem uit zijn wagentje te rukken en hem in zee te gooien. Nee, ze wilde juist naar hem toe en hem troosten!
Maar nee, dat kon ze beter niet doen. Zijn moeder woog minstens 130 kilo en zag eruit alsof ze rake klappen kon uitdelen.
'Getver, wat een lelijk kind,' snoof Perry.
'Wij zouden geen lelijk kind krijgen.'
Hij keek haar lang en doordringend aan, en begon toen te lachen. 'Wat wil je me eigenlijk aandoen?'
'Het is niet afschuwelijk, dat beloof ik je. Ik wil je alleen maar laten zien hoeveel ik van je hou.' Carla sloeg haar armen om zijn middel en drukte hem stevig tegen zich aan. 'Geloof me, dit is echt de juiste beslissing. Je zult er geen spijt van krijgen.'
Perry kuste haar en ze smolt, bijna koortsig van verlangen. Als het strand verlaten was geweest, had ze hem op het strand getrokken en hem stante pede onteerd. Maar het was druk, vol toeristen, honden die in en uit de branding sprongen, voetballende pubers en kleine kinderen die schelpjes zochten.
'Schaamteloze slet,' fluisterde Perry in haar oor, terwijl ze zich tegen hem aan drukte.
'Ik kan er niets aan doen.' Carla's lichaam stond in vuur en vlam en ze begon steeds sneller te ademen. Het aanstaande moederschap leek nogal een lust opwekkende werking te hebben.
'Zo ziet het er inderdaad uit, ja. Ik weet het niet, hoor. Wat moet ik nou met jou?' Lachend duwde hij haar in de richting van de stenen trap die naar de boulevard leidde. 'Laten we maar naar huis gaan, voordat we worden opgepakt door de zedenpolitie.'

39

'Finn, hoe zit het nou?' vroeg Evie toen hij vrijdagmiddag rond lunchtijd het restaurant binnen kwam lopen.

'Met mij? Ik ben de hele ochtend druk bezig geweest in de winkel.'

'Dat bedoel ik niet, en dat weet je best.' Evie durfde hem, anders dan anderen, gewoon dat soort impertinente vragen te stellen. Ginny stond glazen te poetsen achter de bar en zag zijn geïrriteerde blik.

'Dat gaat je niets aan.'

'Ben je wel goed bij je hoofd? Tamsin heeft vorig jaar al je leven in de war geschopt. Ga je dat weer laten gebeuren?'

Het was vroeg en er waren nog geen gasten. Finn, die duidelijk geen al te best humeur had, besloot Evie de waarheid te zeggen. 'Ik ben jou geen verantwoording schuldig. Ik ben volwassen en prima in staat mijn eigen beslissingen te nemen.'

'Neem dan maar van mij aan dat het de verkeerde zijn.'

'Oké, nu moet je eens goed naar me luisteren. Hoe zou jij je hebben gevoeld als iemand Philippa na vier maanden van je had afgenomen? Tegen je had gezegd dat je haar nooit meer zou zien? Zou jij je dochter hebben overhandigd en haar zijn vergeten? Opgehouden zijn van haar te houden? Haar gewoon uit je hoofd hebben gezet omdat ze geen deel meer uitmaakte van je leven?'

Evie wierp hem een vuile blik toe. 'Nee, maar Mae is niet van jou.'

'Maar ik wist niet beter.' Finns stem klonk vlak. 'Ze hád wel van mij kunnen zijn. Er zijn genoeg mannen die een kind opvoeden dat niet van hen is, en van dat kind houden alsof het wel zo is.'

'En dat ga jij nu dus ook doen? Het maakt je niet uit dat Tamsin is vreemdgegaan en zonder blikken of blozen heeft gedaan alsof Mae van jou was? Dat ze er vervolgens vandoor is gegaan met meneer-de-miljardair zonder ook maar een waarschuwing? Dat heb je haar gewoon allemaal vergeven? Daar laat je haar ongestraft mee wegkomen? Goh, dat komt haar vast goed uit, zeg!'

Ginny werd een beetje misselijk, maar ze moest wel meeluisteren. Ze kón niet eens wegrennen, omdat Finn de vluchtroute naar de keuken blokkeerde. Hij had het nu echt helemaal gehad. Ze zag dat een spier in zijn kaak begon te trillen, terwijl hij zich aan de bar vastklampte. Dit was misschien niet het juiste moment om dat te denken, maar hij zag er wel ongelooflijk sexy uit...

'Bemoei je met je eigen leven.'

'Waarom mag ik me niet met het jouwe bemoeien?' wierp Evie tegen. 'Iemand moet je dit toch aan je verstand brengen? Iedereen kan zien dat je een grote fout maakt.' Ze gebaarde naar Ginny en vroeg: 'Toch?'

O, in hemelsnaam. Ginny antwoordde vlug: 'Hou mij er alsjeblieft buiten.'

'Nee, dat moet je juist niet doen.' Evie was onvermurwbaar en leek de smaak nu echt te pakken te hebben. 'We werken toch samen? We zijn toch vrienden? Daar zijn vrienden voor. Jezus, als ik een affaire had met een zeventienjarige jongen die me ten huwelijk had gevraagd én honderdduizend pond van me wilde lenen om zijn gokschulden af te betalen, zouden jullie daar dan geen stokje voor steken?'

'Op dit moment? Absoluut niet,' zei Finn.

'Zie je wel? Nu ben je ook nog kwaad op me.' Evie besloot het over een andere boeg te gooien. 'Maar dat is nergens voor nodig, want we doen dit alleen maar omdat we om je geven.'

Iets minder 'we' graag, dacht Ginny geschokt.

'Ik weet dat je van Mae houdt,' ging Evie verder, 'maar ik geloof niet dat je nog van Tamsin houdt. En dat is geen goede basis voor een relatie. Oké, Tamsin is mooi. Ze is sexy, dat weet ik ook wel. Maar zin hebben in een glas melk betekent niet dat je de koe ook voor lief moet nemen. Als het je om de seks gaat, zijn er legio vrouwen die maar wat graag met je in bed duiken. Geloof me, je hoeft maar met je vingers te knippen of ze staan in de rij voor een vlug... ai.'

'Ooo!' Tamsin was in de deuropening verschenen met Mae op haar arm en keek glimlachend om zich heen. 'Wat een ongemakkelijke stilte ineens. Moet ik soms mijn oren bedekken?' Toen ze Ginny's rode hoofd zag, werd haar glimlach nog breder. 'Jij kunt beter je hele gezicht bedekken.'

Ginny wilde ter plekke door de vloer zakken. Het kwam allemaal door Evies opmerking over de koe niet voor lief hoeven nemen. Finn voelde wel aan dat ze zich erg ongemakkelijk voelde – of misschien kwam het door de hitte die van haar gezicht afstraalde zodat het voelde alsof hij naast een kachel stond – en antwoordde snel: 'We hadden het over werk. Is er iets?'

'Ik kwam alleen even gedag zeggen.'

Die opmerking zorgde ervoor dat Evies wenkbrauwen tot aan haar haargrens reikten, en Ginny voelde een vergelijkbare hoop opkomen. Tamsin liep heupwiegend op Finn af. 'We gaan naar Portsilver, wat nieuwe kleren voor Mae kopen en daarna gaan we op het strand spelen. Ik ben om drie uur terug, oké?' Ze stak Mae naar hem uit voor een kusje. 'Zeg maar "dag dag".'

Met een stralend gezicht kuste Mae Finn op de wang. 'Ghaaa.'

Finn werd helemaal week en streelde het zijdezachte, donkere haar van het meisje. 'Ghaaa terug. Veel plezier.'

'Moet je nou kijken.' Tamsin genoot zichtbaar van Finn en Mae en zei vol trots: 'Moet je haar gezichtje zien. Ze is zo dol op hem!'

Ginny slikte haar teleurstelling weg en dacht: ja, en zij is niet de enige.

Carla moest het uur inhalen dat ze vrij had genomen om naar de huisarts te gaan en bleef dus tot acht uur doorwerken, maar nu liep ze met kleine passen over Hudson Street en hield stil bij Perry's voordeur. Toen ze aanbelde was ze helemaal opgewonden bij het vooruitzicht hem te zien. Gisteravond was al gedenkwaardig geweest en vanavond zou nog beter worden.

Ze hoorde zijn voetstappen al op de trap...

Maar toen de deur openging, keek ze tot haar verrassing in het gezicht van Ally, de sullige goth, die in Perry's winkel werkte.

'Hoi, ik kom voor Perry.'

Ally keek haar aan vanachter een gordijn van zwart geverfd haar. 'Ja, hij zei al dat je misschien zou langskomen. Kom binnen.'

Pas toen ze in de woonkamer stond besefte Carla dat er iets niet klopte. Om te beginnen stonden er allemaal vreselijke wierookkaarsen op de vensterbank te walmen. En op de bank lag een berg tassen met god mocht weten wat erin.

En belangrijker nog: geen Perry te bekennen.

'Waar is Perry?'
'Hm? O, weg.' Ally keek wazig om zich heen. 'Wacht even, ik weet dat het hier ergens moet liggen.'
'Weg?' Carla's maag maakte een zwaluwduikvlucht. 'Waarheen dan?'
'Geen idee, dat heeft hij niet gezegd. Hij zei alleen dat hij wat rust nodig had en dat ik de winkel voorlopig voor mijn rekening moest nemen. Verdomd lange dagen trouwens, maar zolang hij weg is, kan ik hier wonen, dus dat scheelt weer. Ik werd er gek van bij mijn moeder te wonen, weet je.' Ally trok een meelevend gezicht en boog haar met blauwe lippenstift omrandde mond omlaag. 'Dus dat aanbod was meer dan welkom. Aha, gevonden.' Ze haalde een envelop uit de zooi op tafel tevoorschijn en gaf hem aan Carla.
Hoe kon Perry nou weg zijn? Ze had hem net nog... Hoe lang geleden? Elf uur geleden gezien. Toen ze hem vanochtend gedag zei was er niets aan de hand geweest. Carla scheurde de envelop open en draaide zich om zodat Ally, met haar merkwaardige fuchsiakleurige eyeliner, niet kon meelezen.

> Carla,
> Ik hield echt van je, maar je hebt me laten schrikken. Ik wil nu geen kinderen en ook later niet. Ik ga een tijdje weg om het een en ander te overdenken. Doe geen moeite me te bellen – ik neem toch niet op. Ik dacht dat je de ideale vrouw was, maar aan die illusie heb je zelf een einde gemaakt. Je kleren liggen in de slaapkamer – neem die maar mee als je weggaat.
> Sorry, ik ben hier niet zo goed in. In de toekomst kan ik me maar beter beperken tot vrouwen die geen baarmoeder meer hebben!
> Groeten,
> Perry

Carla verfrommelde het briefje zo hard dat haar knokkels kraakten. Groeten, Perry. *Groeten, Perry!* Gister had hij nog van haar gehouden maar dat was nu blijkbaar verleden tijd; afgelopen, uit, alsof je een kraan dichtdraait.

'Gaat het?' Ally gooide de inhoud van een van de tassen op de grond: een onsmakelijke kluwen van sokken en onderbroeken.
'Prima. Kan niet beter.' Carla stopte het verfrommelde briefje in haar tas en vroeg zich af of er in de keuken nog een extra scherp mes te vinden was. Enerzijds om haar eigen polsen door te snijden, anderzijds – en die drang was iets groter – om die van Perry onder handen te nemen.
En als ze dan toch bezig was, kon ze meteen een ander geliefd aanhangsel eraf snijden.
Ze had alleen geen idee waar hij was.
Ze was woedend, maar voelde ook tranen achter haar ogen prikken – en dat maakte haar alleen nog maar kwader. Ze slikte, liep naar de slaapkamer en pakte haar zielige hoopje kleren bij elkaar. Een blouse, een extra paar schoenen, wattenschijfjes en een tandenborstel. Ze propte alles in haar tas en keek nog even in zijn kledingkast. Hij had bijna al zijn kleren meegenomen. Klootzak!
'Ga je weer? Doei!' kwetterde Ally toen ze weer in de woonkamer stond.
'Juist.' Carla knikte. Ze voelde zich net een ambtenaar die op staande voet was ontslagen en verzocht werd het pand te verlaten. Hakkelend voegde ze eraan toe: 'Jij ook doei.'

Het was midden in de nacht en de pijn was op zijn allerhevigst – en ook echt letterlijk. Doordat het spiraaltje net verwijderd was, verging Carla van de kramp. Ze had wat extra sterke paracetamol geslikt, een warme kruik tegen haar maag gedrukt en een flinke whisky genomen. Maar het was niets vergeleken met het vreselijke gevoel dat het gapende gat in haar hart veroorzaakte. Ze was Perry Kennedy, haar grote liefde, kwijt. En het was haar eigen schuld. Ze kon er niets aan doen, want hoe ondraaglijk een toekomst zonder hem ook leek, ze wilde nog steeds een baby. Zo ontzettend graag. Het was een soort dwanggevoel, een oerkracht die ze niet kon negeren.
En wat er ook gebeurde, ze zou een baby krijgen. Alleen niet met de man van wie ze een baby wilde.
O god, waarom deed dit toch zo'n pijn?
Haar hoofd schoot omhoog toen ze een auto de straat in hoor-

de rijden en vaart hoorde minderen. Haar hart ging als een razende tekeer. Ze gooide de kruik opzij en sprong – au! – uit bed. Misschien had Perry zich bedacht en zou hij haar over een paar minuten met kusjes overladen en haar om vergeving smeken.
Ja, in een film zou dat misschien inderdaad zijn gebeurd. Maar het was geen film. Als een spion bleef ze achter de dichte gordijnen staan en spiedde door een kiertje de straat op. Het was Ginny die terugkwam van haar werk. Carla voelde zich te leeg om te kunnen huilen en keek met droge ogen toe hoe Ginny uitstapte. Ze voelde zowel teleurstelling als spijt, want als íemand haar nu kon troosten was het Ginny wel. Haar beste vriendin. Haar ex-beste vriendin. De beste vriendin wier man ze had afgepakt.
Ze deinsde achteruit toen haar ex-beste vriendin zich omdraaide en omhoogkeek, alsof ze haar aanwezigheid voelde. Carla moest zich bedwingen om niet het raam open te gooien en haar te roepen. Te roepen dat het haar speet en haar te smeken bij haar te komen. Ironisch genoeg zou júist Ginny begrijpen hoe ze zich voelde. En Ginny zou haar kunnen troosten en zou precies weten wat ze moest zeggen zodat Carla zich minder ellendig zou voelen.
Maar ze wist dat dat niet kon en het was toch al te laat, want Ginny was al naar binnen gegaan. De voordeur sloeg dicht en ze zag het licht in de keuken aan gaan. Carla keek toe hoe Ginny en Laurel in de keuken samen gezellig zaten te kletsen en te lachen. Wie had gedacht dat Laurel kon lachen? Maar ze lachte echt.
Ik sta er alleen voor, dacht Carla. Ze draaide zich om en greep haar buik vast toen een volgende kramp haar bijna deed dubbelklappen. En ik heb het helemaal aan mezelf te danken. Ginny heeft nu een nieuwe beste vriendin.

40

'Zeven Blackthorn, vier witte wijn en vijf Bacardi Breezers.' Spiderman had zich door de menigte in de kroeg weten te persen en voegde er vriendelijk aan toe: 'Gaat het een beetje?'
Jem keek op. O ja, het ging geweldig. De biertap deed lastig en de voorkant van haar blouse zat onder de Best Bitter. Bovendien droop het van haar ellebogen af en ze had er een hekel aan wanneer dat gebeurde. Maar Spiderman was de eerste van de verklede gasten die überhaupt iets vriendelijks tegen haar zei, dus ze perste er een glimlach uit en antwoordde: 'Ja, hoor, prima. Droge witte wijn?'
Spiderman, alias Darren, grijnsde. 'Ik heb liever een natte,' zei hij triomfantelijk.
Om te gillen. Wat gevatte opmerkingen betreft leek Darren bepaald niet op Jonathan Ross. Maar hij was vanavond wel uitgenodigd voor het feestje van Alex en Karen, en dat kon ze van zichzelf niet zeggen. Jem ging verder met haar werk en opende de Breezers. Ze had al de hele week tussen de colleges door de opgewonden verhalen moeten aanhoren over het chique gekostumeerde feest van Alex en Karen en wat ze nu toch aan moesten. Iedereen was uitgenodigd, behalve Rupert en zij. Rupert had namelijk gezegd dat hij nog liever een klysma zou ondergaan.
Jem was bezig met de cider en voelde het inmiddels vertrouwde lege gevoel weer in haar maag. Rupert had eerder die avond met haar gevreeën en toen had ze zich het meest geweldige, speciale en gelukkige meisje van heel Bristol gevoeld. Daarna had hij een douche genomen, zich aangekleed en was naar Cheltenham vertrokken voor het vrijgezellenfeest van de broer van een oude schoolvriend. Hij had haar een verstrooide afscheidszoen gegeven en gezegd dat hij morgen zou thuiskomen, hoe laat wist hij niet precies.
Een déjà vu dus. Eerst Schotland, toen Rome en nu dit. En nu voelde ze zich net als Macaulay Culkin in *Home Alone*. Hoewel ze een stel inbrekers nu met open armen zou ontvangen; dan was ze tenminste niet alleen.

Een stukje verderop aan de bar barstte een stel mensen in lachen uit. Ze keek zonder nadenken op van de Blackthorn-tap en zag dat Davy en Lucy net waren binnengekomen. Ze waren verkleed als Amerikaanse gangsters, met chique maatpakken en bolhoeden. Davy was vroeger altijd het sullige buitenbeentje dat werd genegeerd, maar sinds Lucy bij hem was ingetrokken en hem een schop onder zijn kont had gegeven, was hij uit zijn schulp gekropen. Ze woonden allebei bij Davy's moeder – kon het nog zieliger? – maar leken het daar vreemd genoeg ontzettend naar hun zin te hebben. En Davy hoorde er opeens bij; hij was niet meer de nerd aan de zijlijn. Door de vriendschap met Lucy was hij opeens cool geworden. En Jem moest toegeven dat hij er vanavond ook leuk uitzag; die gangsterlook stond hem goed. En Lucy natuurlijk ook. Die zag er zelfs in een juten zak nog goed uit.
Geen van beiden had haar ook maar een blik waardig gegund. Ze werd zozeer genegeerd door iedereen dat ze wel onzichtbaar leek. Getver, nu droop er ook al cider over haar spijkerbroek.
'Laatste ronde,' bulderde de kroegbaas om tien voor elf.
Jem zette de wijn, de cider en de Breezers op de bar. Ze telde de bedragen bij elkaar op en pakte Spidermans creditcard aan, klaar om hem door de machine te halen.
'Dus je bent bijna klaar,' zei Darren vrolijk. Hij had zijn masker omhooggeduwd en deed heel joviaal.
'Zodra iedereen weg is.'
'Ga je nog mee naar het feest?'
Verbeeldde Jem het zich of werd het opeens een paar decibel stiller in de kroeg? Ofwel Clint Eastwood had net zijn entree gemaakt, ofwel Spiderman had Iets Verkeerds gezegd.
Ze schudde haar hoofd. 'Eh, nee.'
Darren – niet direct de slimste van het gezelschap – was zich totaal niet bewust van zijn blunder. 'Waarom niet?'
Omdat ik niet welkom ben. Is het je niet opgevallen dat iedereen een hekel aan me heeft? Jem zei dit natuurlijk niet hardop. Ze schoof de creditcard vlug naar hem toe. 'Daarom niet. Kun je even je pincode intoetsen?'
'Maar als je niets anders te doen hebt, slaat dat nergens op! Hé,

Alex.' Darren draaide zich om en greep Alex bij zijn schouder. 'Ik zei net tegen Jem dat ze ook naar het feest moet komen.'
Jem kreeg het heel erg warm en voelde zich een beetje misselijk worden. Alex keek nogal schuldbewust terwijl anderen elkaar aanstootten en begonnen te gniffelen, duidelijk genietend van het voorval.
'Eh... nou, kijk, je moet wel verkleed komen,' mompelde Alex.
'Bovendien moet ik naar huis,' flapte Jem eruit. Ze was zich tot haar afgrijzen vreselijk bewust van Davy en Lucy, die van een veilige afstand toekeken naar deze smakelijke scène. 'Maar eh... toch bedankt, hoor.'
Bedankt dat je me niet hebt uitgenodigd voor je feest, Alex, en bedankt Darren dat je iedereen daar zo subtiel en doeltreffend op hebt gewezen.
Morgen was het waarschijnlijk voorpaginanieuws van de *Evening Post.*
Ceris Morgan, een meisje dat Jem toch al nooit had gemogen en van wie ze wist dat ze verliefd was op Rupert, was verkleed als dienstmeisje. Ze kon het niet laten om ook een duit in het zakje te doen, trok haar pikante, laag uitgesneden topje nog een stukje omlaag, en zei quasi-nonchalant: 'Wij zijn niet rijk genoeg. Jem is niet geïnteresseerd in feestjes met saaie, gewóne mensen. Zij heeft immers Rupert.'
Vuile trut. Jem kwam zwaar in de verleiding om te reageren met de opmerking dat Ceris misschien een kans maakte bij Rupert als ze niet van die varkenspoten en zo'n lelijke paardenbek had gehad.
Alleen het feit dat ze ter plekke zou worden ontslagen, hield haar tegen.

'Zes Blackthorn, vier witte wijn, drie Bloody Mary's en twee Bacardi Breezers,' zei Alex, helemaal trots dat hij de kroeg had gehaald. 'O ja, en vijftien zakjes *cheese-onionchips*.'
Het was zondagmiddag rond lunchtijd en de verfomfaaide overlevenden van het feestje van de avond ervoor, waren – nog steeds verkleed – verre van uitgefeest. Zo te horen was het een knaller van een feest geweest. Jem, die nog niets van Rupert had gehoord, bukte en pakte zwijgend wat chipszakjes van onder de

bar vandaan. Gelukkig waren Davy en Lucy er niet, dat had het nog erger gemaakt.
Helaas was Ceris er wel. 'Alex, ik wil geen cheese-onion! Ik wil gewone chips!' Haar stem kwam boven iedereen uit en was ook nog eens oorverdovend schel.
'Heb je dat gehoord?' vroeg Alex.
'Volgens mij heeft heel Clifton dat gehoord,' mompelde Jem.
'En ik wil niet alleen witte wijn. O god, mijn arme hersenen, ik ben gewoon zó uitgedroogd.' Met een dramatisch gebaar greep Ceris naar haar hoofd en gilde: 'Ook wat spuitwater!'
Jem kwam overeind.
'Wat een nacht. Je hebt echt iets gemist.' Ceris stak een Silk Cut-sigaret op en blies de rook door haar paardachtige neusvleugels naar buiten. 'Je had echt moeten komen... oeps! Ik was even vergeten dat je niet was uitgenodigd!'
Alex, de vredestichter, begon te blozen en zei vlug: 'Nee, het is niet zo dat Jem niet was uitgenodigd. Ze had alleen niks om aan te doen.'
'Ja, vast.' Ceris keek haar smalend aan. 'Als ze als hypocriete teef was gekomen, dan had ze zich niet hoeven te verkleden.'
Splash! Een harde straal spuitwater spoot midden in Ceris' gezicht toen Jem de trekker van het drankpistool indrukte. O jee, hoe kwam dat nou?
'Aaaaah!' Ceris' schreeuw was net zo snerpend als nagelgekras op een schoolbord. Ze was compleet doorweekt. Eenmaal begonnen merkte Jem dat ze niet meer wilde stoppen. Ceris was een rancuneuze bitch die anderen graag kleineerde en ze moest maar eens een paar toontjes lager zingen. Niet dat natspuiten daarbij hielp, haar geschreeuw werd alleen maar erger. Jem voelde zich oppermachtig en een stuk beter, dus hield ze het pistool op Ceris gericht tot er geen droog stukje meer over was. Het feit dat andere mensen hun lachen probeerden in te houden en blijkbaar vonden dat Ceris haar koude douche verdiende, was een onverwachte en extra stimulans.
Jem lachte in zichzelf omdat ze zich gisteravond zo heldhaftig had ingehouden. Daar was ze nu blij om, want dit was veel leuker.
'Hou op, hou op!' gilde Ceris, terwijl de mascara langs haar ge-

zicht droop en ze verwoed probeerde dekking te zoeken.
'Nee.' Jem genoot, dit was nog leuker dan een waterpistool op de kermis.
'Kan iemand zorgen dat ze ophoudt? Ze is gek geworden! Het is koud...'
'Je hebt trouwens varkenspoten.' Als extraatje voegde Jem er vrolijk aan toe: 'En een paardenbek.'
Nou ja, als je dan toch ontslagen werd, kon je het maar beter goed doen.
'Leg dat ding neer.' De kroegbaas ging naast Jem staan en wrikte haar favoriete speeltje uit haar handen.
'Wat ben jij een teef!' Spugend van woede en ondertussen het spuitwater uit haar haren schuddend, gilde Ceris: 'Mijn vader is advocaat. Hij gaat hier werk van maken!'
'Nee, dat gaat hij niet.' De kroegbaas keek Ceris vermoeid aan, met een blik vol walging. 'Je bent een dronken viswijf.' Toen wendde hij zich tot Jem. 'En jij bent ontslagen.'
Ze werd nu tenminste niet meer genegeerd; de hele kroeg staarde haar met grote ogen aan.
'Super,' zei Jem terwijl ze haar handen afdroogde. 'Ik heb altijd al een spetterende aftocht willen maken.'

En wat maakte het ook uit? Er waren wel duizend andere kroegen in Bristol. Hoewel... ze vroeg zich af of ze nog in een kroeg wilde werken, want het was wel slecht voor je uitgaansleven. Terwijl ze naar huis slenterde bedacht Jem dat ze altijd nog een lening kon afsluiten en gewoon van het leven kon genieten. Dan zouden Rupert en zij elkaar vaker kunnen zien en zou hij niet zo vaak weg zijn. Ja, dat was toch een veel beter idee? Heel veel mensen deden dat en die maakten zich toch ook niet druk over hun studieschulden? Je loste je lening ooit wel weer een keer af, zodra dat beter uitkwam. Ja, als ze erover nadacht was een extra lening geen slecht idee.
Haar hart maakte een sprongetje toen ze Pembroke Road in liep en Ruperts auto zag staan. Goddank, hij was terug. Ze versnelde haar pas. Rupert zou niet meer bijkomen als ze hem vertelde wat er was gebeurd, en hij zou trots op haar zijn. En nog fijner was dat hij zijn armen om haar heen zou slaan en haar het ge-

voel zou geven dat iemand van haar hield, en dat was na de afgelopen dagen precies wat ze nodig had. Om te worden vertroeteld en te horen dat ze geen vreselijk mens was.
Ze had hem nog niet eens verteld dat ze vrijdagmiddag bij haar mentor op het matje was geroepen, want daar had ze zich zo voor geschaamd. Maar bij Rupert hoefde ze zich eigenlijk helemaal nergens voor te schamen, want ook dat zou hij grappig vinden.
Jem rende naar boven, stak de sleutel in het slot en duwde de voordeur open. 'Rupert!' Jammer dan – als hij sliep zou ze hem toch wakker maken. Ze had hem nu echt nodig, dus dat moest maar even.
Maar hij sliep niet, want ze hoorde de douche lopen. Alleen al het idee van een naakte Rupert die zijn gebruine lichaam stond in te zepen, deed de adrenaline in haar opborrelen en bracht een glimlach op haar gezicht. Ze schopte een laars uit en voelde voorzichtig aan de deurknop of Rupert hem voor de verandering op slot had gedaan. Nee, de deur was open. Ze schopte haar tweede laars uit, samen met haar verre van sexy paarse sokken. Ze had het nog nooit in de douche gedaan.
Maar Rupert wel.
Want daar leek het op dit moment sterk op.
Jem bleef stokstijf staan op de drempel van de warme badkamer en zag te veel armen en benen achter het beslagen glas van de douchecabine. Behalve het geruis van water hoorde ze ook een vrouw kreunen en mompelen. En toen, nog erger, Ruperts stem. 'O ja... o ja...'
O nee. Alsjeblieft niet. Laat het niet waar zijn.
Maar het werd steeds heftiger en ze zag lichaamsdelen – gebruinde billen hier en een uitgestoken hand daar – die tegen het glas aan werden gedrukt. Voor ze iets nog definitievers kon zien gebeuren – wat echt de ultieme vernedering zou zijn – liep Jem vlug naar de wastafel en draaide de warme kraan wijd open.
Dat hielp. Alsof je een emmer water over een stel vechtende honden gooide. Dit was letterlijk 'iemands hartstocht blussen'.
'Shit!' schreeuwde Rupert toen het water in de douche binnen twee seconden van kokend heet naar ijskoud ging. 'Die kloteleidingen ook.'

'Wáá!' gilde een vrouwelijke stem terwijl ze als een gek probeerde de deurtjes open te trekken. 'Doe uit, doe uit!'
Jem pakte de donkerblauwe handdoeken van het koperen handdoekenrek en klemde ze tegen haar borst. Vervolgens liep ze achteruit naar de deur, pakte vlug de sleutel die aan de binnenkant zat en wachtte tot Rupert en zijn geliefde uit de douchecabine stapte.
'Wáá!' Caro was naar buiten gestruikeld en zag Jem in de deuropening staan. Ze gaf een oorverdovend harde gil en deinsde achteruit zodat ze tegen Rupert opbotste.
Caro?!
'Godverdegodver.' Rupert keek Jem aan en liet zijn adem ontsnappen. 'Jij was toch op je werk?'
'Sorry dat ik jullie middag verpest.' De woorden rolden als vanzelf uit haar mond. 'Ik wilde vroeg thuiskomen om je te verrassen. Dat is me dan aardig gelukt.' Ze wendde zich tot Caro. 'Heeft Rupert je ook verteld dat wij een relatie hebben?'
'Nee.' De exotische Caro glimlachte flauwtjes. 'Hij zei alleen dat hij het met je doet.'
Caro was altijd al intimiderend en arrogant geweest. Nu ze erover nadacht, besefte ze dat Rupert niet veel anders was.
'Juist,' zei Jem.
'Hé, het spijt me.' Rupert zette een stap in haar richting, en gebaarde naar de handdoeken.
Jem deed nog een stap achteruit. Wat een middag. 'Volgens mij spijt het je helemaal niet. Maar dat geeft niet,' zei ze op luchtige toon. 'Dat komt nog wel.'
Ze hield de handdoeken stevig vast, trok snel de deur achter zich dicht en deed hem op slot.
In de badkamer hoorde ze Rupert roepen: 'Jem, doe nou geen domme dingen.'
'Dat doe ik ook niet.' Ze liet de sleutel tussen haar duim en wijsvinger bungelen en dacht even na. 'Ik ben dom geweest, maar dat is nu voorbij.'
Was haar plan te erg? Nee, natuurlijk niet.
Tien minuten later klopte ze op de badkamerdeur en riep vrolijk: 'Hé, ik ga. De sleutel ligt in de afvalbak. Geen kou vatten, hè? Doei!'

41

'Jem?' Toen Ginny om tien uur diezelfde avond de voordeur opendeed dacht ze dat ze hallucineerde.
'O mam.' Jems gezicht was lijkbleek en vlekkerig van het huilen. En wat zag ze er ongelooflijk zielig uit toen ze zich in Ginny's armen stortte.
'Lieverd, wat is er? Wat is er gebeurd?' Achter het blonde hoofd van haar dochter zag Ginny een taxi staan en een kleerkast van een chauffeur kwam het pad oplopen.
'Gaat het, schat?' De taxichauffeur had een vriendelijk gezicht. 'Zo, je bent nu weer veilig thuis.' Hij keek Ginny verontschuldigend aan. 'Ze huilde al toen ik haar oppikte bij het station. En ze heeft geen geld. Het is veertien pond vijftig.'
Knikkend, half verdoofd van de schrik, lukte het Ginny op de een of andere manier om zich los te maken uit Jems greep en haar tas uit de keuken te halen. Even later deed ze, twintig pond lichter, de voordeur dicht en hield ze haar trillende, snikkende dochter stevig tegen zich aan.
Alsjeblieft, laat haar niet zwanger zijn.
'Heeft het met Rupert te maken?' vroeg ze voorzichtig, toen Jem het stadium van sniffen en het-ergste-is-nu-voorbij-huilen had bereikt.
'J-ja.' Jem knikte en schudde verdrietig haar hoofd. 'N-nou, nee. Alleen maar een deel ervan.'
'Oké schatje, je bent nu thuis. Maak je geen zorgen. Wat het ook is, we vinden er wel iets op.'
Jem veegde haar ogen af aan de mouw van haar trui. 'Dat is niet nodig. Ik heb het al geregeld.'
'Hoe bedoel je?' Had ze hem vermoord?
'Het is over. Ik ga niet terug. Nooit meer.'
Iets aan de vlakke manier waarop Jem dat zei deed Ginny's nekharen recht overeind staan. Ze had Rupert toch niet echt vermoord?
'Jem, je moet me vertellen wat er is gebeurd.' Zou ze haar eigen dochter aangeven? De politie bellen? Of zou ze haar beschermen, voor haar liegen en haar meenemen naar Argentinië

zodat ze de rest van haar leven op de vlucht moest blijven voor de autoriteiten?
Ja, dat was het beste, dacht Ginny. Niemand verdiende gevangenisstraf vanwege moord op Rupert.
'O mam, het was zo verschrikkelijk. Rupert had iemand anders. Ik heb ze vandaag betrapt. Hij was met Caro, zijn ex. Je hebt haar gezien toen je langskwam.'
'Ja, dat weet ik nog.' Ginny vond Caro toen ook al niet leuk. 'Wat heb je gedaan?'
Jem vertelde haar het hele verhaal. Toen het duidelijk werd dat ze hen niet dood in huis had achtergelaten, gaf Ginny haar een nog steviger knuffel. 'O schatje, je bent vast snel over hem heen. Het komt allemaal goed. Hoe gaat hij uit die badkamer komen?'
'Via het raam, denk ik. Hij zal in zijn nakie langs de regenpijp omlaag moeten klimmen en bij iemand moeten aanbellen om weer binnen te komen.' Ze veegde haar neus af. 'Jammer dat ik dat niet op video kan vastleggen.'
Dat was een goed teken, deze poging tot een grapje. Ginny streelde Jems hand en gaf haar een schone zakdoek. 'Wacht maar rustig af. Als je teruggaat zul je zien dat iedereen aan jouw kant staat. Al je vrienden zullen achter je staan en... o Jem, niet huilen, en wanneer ze horen wat er is gebeurd, zullen ze alleen maar meer van je houden.'
'Nee, nee, dat zullen ze niet.' Jem barstte weer in tranen uit en kroop als een hoopje ellende tegen haar aan.
'Natuurlijk wel!'
'Nee, want ik ga niet terug. Want ik heb geen v-vrienden, mam. Iedereen haat me... echt, dat doen ze echt...'
'O, maar dat geloof ik niet! En Lucy dan?'
'Die haat me ook.' De woorden kwamen er gesmoord uit doordat Jem zich tegen Ginny's zachtpaarse lamswollen trui aan drukte. 'Zij deed het ook met Rupert en is verhuisd toen hij voor mij koos.'
O god. Er was zoveel waar ze geen weet van had gehad. Wat had Jem veel voor haar achtergehouden. Vastberaden probeerde Ginny het nog een keer. 'Maar dan is Davy er toch nog.'
'Nou, die haat me ook. Bovendien is hij nu beste vriendjes met Lucy. Toen ze wegging bij ons is ze bij hem gaan wonen.' Ze

maakte haar betraande gezicht los uit Ginny's trui. 'Ik heb geen huis meer en ik ben vandaag ook nog ontslagen in de kroeg. En vrijdag riep mijn mentor me op het matje en gaf me een hele preek over hoe teleurgesteld hij is omdat ik achterop ben geraakt met mijn studie. Hij denkt dat ik mijn examens niet ga halen. En daar heeft hij gelijk in, ik ga ook zakken, dus waarom zou ik ze dan doen? Ik zat er gister zo mee in mijn maag.' Jem raasde verder. 'Ik wist niet wat ik moest doen, maar nu al dat andere is gebeurd, hoef ik me er geen zorgen meer over te maken. Want ik heb besloten dat ik niet terugga. Dat heeft toch geen zin, want ik heb het helemaal niet naar mijn zin daar. Ik wil helemaal niet meer in Bristol wonen.'
'Liefje, je kunt toch niet zomaar...'
'Jawel mam, dat kan wel!' Jem knikte heftig en greep Ginny's arm vast. 'Ik heb de universiteit geprobeerd, maar het is niet gelukt. Dat was het. Ik heb besloten dat ik iets ga doen waar ik blij van word.'
Rondreizen in Australië? Lapdancen in Thailand? Voorzichtig vroeg Ginny: 'En dat is?'
'Een baan zoeken.' Jem hield haar nog steviger vast. Haar ogen glinsterden terwijl ze een waterig glimlach tevoorschijn toverde. 'Hier in Portsilver. En ik kom weer bij jou wonen.'

'Pardon? Ik wil niet vervelend zijn, maar...' De wat oudere mevrouw aan tafel vier raakte Ginny's arm voorzichtig aan toen ze langsliep. 'Zou ik mijn creditcard misschien terug mogen?'
O god.
'Wat zoek je?' Finn vond haar twee minuten later terwijl ze druk in de weer was een stapel menu's en de afdrukken van creditcardafschriften te doorzoeken.
'De creditcard van Mrs. Black.' Koortsachtig begon Ginny in de prullenbak te graaien. 'Die heeft ze me net gegeven, maar ik kan hem niet meer vinden.'
'Regel één als je een creditcard steelt: probeer ervoor te zorgen dat de rechtmatige eigenaar niet weet wie hem gestolen heeft.'
'Wat heb ik nou met dat verrekte ding gedaan?' Ginny keek wanhopig in de vaas met witte rozen die op de bar stond.

'Geen paniek.' Finn had de kassalade opengetrokken en hield de vermiste Visa-kaart omhoog. 'Bij de briefjes van tien.'
Ginny hapte naar adem. 'Sorry, mijn hersenen zijn onaangekondigd met verlof gegaan.'
'Ja, dat was me al opgevallen.'
Shit, dus hij had gezien dat ze eerder die avond desserts had willen uitserveren aan een tafel die op het voorgerecht zat te wachten.
'Ze vonden het niet erg, hoor.' Ze probeerde het goed te praten. 'Ze moesten er wel om lachen.'
'Dat weet ik. Het was ook niet als kritiek bedoeld. Ik zeg alleen dat je wat afwezig bent.'
'Erg afwezig.'
'Wil je erover praten?'
'Ja, graag.' Ginny knikte dankbaar. Haar hoofd was zo in de war en ze kon wel een objectief oordeel van een betrouwbaar iemand gebruiken.
'Het is tien over twee. Hou je het nog vol tot drie uur? Wat valt er te lachen?' vroeg Finn.
'Als iemand dat zegt: "Hou je het vol," zie ik altijd voor me hoe iemand met een volle blaas liters water naar binnen blijft gieten en de komende uren niet naar de wc mag.'
Hij gebaarde naar het drukke restaurant. 'Zolang je die rare fantasie van je maar niet hier ten uitvoer brengt. Als iedereen weg is gaan we er even voor zitten, goed?'

'Ik weet niet wat ik moet doen,' zei Ginny een klein uur later. Ze zaten met een espresso aan een tafeltje bij het raam en ze had Finn alles verteld. 'Ik voel me verscheurd. Ik was zo kapot toen Jem het huis uit ging... nu is het dan ook alsof mijn droom wordt vervuld. Ik kan me niets fijners voorstellen dan haar weer thuis te hebben. Maar ik wil ook het beste voor Jem, en ik heb niet het idee dat dit haar goed doet. Die stomme Rupert Derris-Beck ook,' zei ze kwaad. 'Voordat dat hele gedoe met hem begon had ze het zo naar haar zin op de universiteit. Ik wil haar niet dwingen terug te gaan, maar ze moet ook niet denken dat ze gefaald heeft. Wat als ze ermee stopt en er later spijt van krijgt?'

Finn ging na een korte onderbreking weer stoïcijns door met in zijn koffie te roeren. 'Ze kan op haar vijfentachtigste altijd nog gaan studeren. Er is geen leeftijdsgrens, hoor.'
'Dat weet ik ook wel. Maar ze wilde het nú doen, tenminste, voordat alles verkeerd liep. Ze is altijd zo gelukkig en populair geweest. Maar dat ze geen vrienden meer heeft, heeft haar echt uit het veld geslagen. Ze voelt zich heel alleen. Het is hartverscheurend, echt hartverscheurend om te zien.' Ginny zag door het raam dat Tamsin het huis uit liep met Mae op haar arm.
'Oké, dit is wat ik ervan vind. Jem is bijna klaar met het eerste jaar. De examens staan voor de deur en het zou zonde zijn als ze die niet deed. Dan heeft ze daarna nog de hele zomer na te denken over wat ze nu echt wil,' zei Finn.
Ginny werd overspoeld door een golf van dankbaarheid – wat was hij toch aardig. 'Ja, dat vind ik ook.'
'Als ze zakt, heeft ze altijd nog de herkansingen.' Finn zag nu ook dat Tamsin en Mae naar de antiekwinkel liepen, maar ging door met praten. 'Maar wie weet slaagt ze wel de eerste keer. En daarna kan ze besluiten wat ze echt wil. Ze kan op zoek gaan naar nieuwe woonruimte, nieuwe vrienden maken en doorgaan met studeren. Of ze blijft hier, bij jou. Of misschien wil ze wel iets heel anders gaan doen, er even tussenuit om te reizen. Net als Dan.' Hij wees naar de groenbeschilderde bus die buiten over het grind kwam aanrollen. 'Die is na zijn afstuderen twee jaar gaan reizen. Een onvergetelijke ervaring, zei hij. Vraag hem anders eens met Jem te praten.'
'Is Dan afgestudeerd? Waarin dan?'
'Lucht- en ruimtevaarttechniek.'
Jeetjemina. Ginny keek hoe Dan kratten groente en fruit uit de achterbak van de bus haalde en met soepele tred naar de keuken liep. Jeetje, dat had ze echt geen moment gedacht. Hij bracht nu bestellingen rond; wat zei dat over de studie lucht- en ruimtevaarttechniek?
'Heb jij gestudeerd?'
Lachend schudde Finn zijn hoofd. 'Ik had het te druk met mijn baan bij een veilinghuis, ik leerde daar alles over antiek zodat ik later voor mezelf kon beginnen.'

Ginny zuchtte. En Finn was best goed terechtgekomen. 'Maar ik weet nog steeds niet wat ik met Jem moet.'
'Wat zegt haar vader?'
Poeh. Ginny had Gavin die ochtend gebeld, maar ze had helemaal niets aan hem gehad. 'Dat het aan Jem is.'
'Kop op. Het komt wel goed.' Hij keek haar zo vriendelijk aan dat ze werd afgeleid door gedachten die ze eigenlijk van zichzelf niet meer mocht denken. 'Geef haar een paar dagen om erover na te denken.'
'Ja, dat zei Gavin ook al. Ik wou alleen...'
'Aááahh!' Ze schrokken op van een oorverdovende gil. Finn sprong meteen op uit zijn stoel. Ginny zag Tamsin in haar piepkleine rokje en dunne hoge hakken over het grind naar Mae rennen, die achter Dans busje zat en heel voorzichtig door Stiller werd geïnspecteerd.
'Ga weg daar, vies beest!' gilde Tamsin terwijl Stiller nieuwsgierig aan Mae's gezicht snuffelde. Als een potige arend dook ze omlaag en pakte Mae in één soepele beweging op. Stiller, eerst teleurgesteld omdat hij zijn nieuwe speelkameraadje kwijt was, begon nu kwispelend te likken aan Maes omlaag bungelende voetjes.
'Getver! Hou op! Vies beest! Ben je gek geworden?' schreeuwde Tamsin naar Dan, die op dat moment de hoek om kwam. 'Een hond los laten rondlopen zodat hij een nietsvermoedende baby kan aanvallen!'
De arme Dan werd bleek van schrik en keek vlug of hij ergens bloed zag.
Finn kwam nu ook tevoorschijn, op de voet gevolgd door Ginny. 'Hé, rustig aan, er is helemaal niemand aangevallen.'
'Maar dat had wel kunnen gebeuren,' krijste Tamsin, die met haar lange haren heen en weer zwiepend keek of Mae gewond was. 'Dat monster had ik weet niet wat kunnen doen!'
Dan begon overstuur te stamelen. 'Het s-s-spijt me, ik had geen idee. O god, echt, wat vreselijk, ik had geen idee...'
'Dan, er is niets aan de hand.' Finn nam de zaakjes in handen en maakte een gebaar dat Dan zich geen zorgen hoefde te maken. 'Wat ik wel graag wil weten, is hoe het komt dat Mae hier in haar eentje op het grind zit,' zei hij tegen Tamsin, die Mae

onmiddellijk nog steviger vastgreep en in de verdediging schoot. 'O, dus het is zeker mijn schuld? Ik heb mijn dochter even twee seconden neergezet omdat ze het beu was om gedragen te worden. Ik zei Tom alleen even gedag en vroeg hoe alles ging. En toen ik weer omlaag keek, was Mae de winkel uit gekropen. Binnen twee seconden!' verklaarde Tamsin fel terwijl ze haar duim en wijsvinger een halve centimeter van elkaar hield om dat nog eens te benadrukken. 'Je weet zelf hoe snel dat kind is.'

'Ja, dat weet ik,' beaamde Finn. 'Maar niet snel genoeg om weg te kruipen als er een auto aankomt.'

Tamsins stem werd nog scheller. 'Daar lette ik wel op, hoor! Mijn god, denk je dat ik mijn baby laat overrijden? Als ik een auto had gehoord, was ik wel naar buiten gerend. Maar om zomaar hier een hond te laten lopen, dat is gewoon... gewoon ronduit onverantwoordelijk!'

De arme Stiller was geschrokken van al het geschreeuw en had zich tegen Dans ribfluwelen broekspijpen aangedrukt. Mae, die zich totaal niet bewust was van alle commotie die ze had veroorzaakt, klapte in haar handjes en pruttelde: 'Honne...honne...woe...'

'Oké, rustig nou maar.' Finn wilde koste wat kost een scheldpartij voorkomen. 'Mae heeft niks, er is niks aan de hand.'

'Niks aan de hand? Jezus, ze stinkt helemaal! Moet je ruiken,' beval Tamsin. 'Die kuthond heeft haar helemaal afgelebberd – en het is niet eens een rashond!'

Dan en Stiller stonden nu allebei op hun benen te trillen. Ginny kon het niet langer aanzien en schoot te hulp. 'Tamsin, Stiller is de liefste, makkelijkste hond die er bestaat. Ik kan je verzekeren dat hij nooit iemand kwaad doet. Hij zou Mae met nog geen haar krenken.' Ze probeerde Tamsin te sussen, maar die was het stadium van geruststellen allang gepasseerd.

'Met nog geen haar krenken? Dat meen je niet, hè? Een stinkende, vieze hond die onder de vlooien zit, likt mijn dochter in het gezicht en dat noem jij veilig?' Haar ogen waren groot, ze was compleet hysterisch. 'Mijn god, ik dacht dat jij een goede moeder was! Als je er zo over denkt, vraag ik je nooit meer om op te passen!'

Graag, dacht Ginny, want ik heb er toch geen behoefte aan.

En nog iets anders, Finn verdient echt een veel beter iemand dan jij.

42

De opwinding in de menigte was voelbaar. Naarmate de wijzers van de klok naar halfacht schoven groeide de spanning onder het publiek. Het kwam namelijk niet vaak voor dat een echte topacteur uit Hollywood naar Bristol kwam voor een signeersessie van zijn autobiografie. Maar straks zou Marcus McBride hier staan. Hij was inmiddels veertig en al twintig jaar een beroemde filmster. In het begin van zijn carrière was hij een beetje een herrieschopper geweest, maar hij had genoeg talent en motivatie om dat te compenseren. Om nog maar te zwijgen van de overdosis sexappeal waarover hij beschikte. Met zijn donkere, excentrieke uiterlijk, ongetwijfeld hoge intelligentie en sublieme gevoel voor humor, waren de vrouwen bij bosjes voor zijn charmes gevallen en nog eens miljoenen zwijmelden op afstand. Nu de mogelijkheid zich voordeed zijn pas verschenen boek te kopen met een handtekening van de auteur zelf en hem ook nog eens de hand te schudden, kon je deze niet voorbij laten gaan.

'Kijk eens, dat moet hem zijn!' Lucy wees naar de grijze lucht en honderden paar ogen volgden haar vinger naar de in de verte opdoemende knipperlichtjes van een helikopter.

'Het gaat regenen.' Davy trok een vies gezicht toen hij een regendruppel in zijn oog kreeg. 'Weet je, we kunnen zijn handtekening ook vervalsen, net doen alsof we hem hebben gezien, en ergens iets gaan drinken.'

Hij meende het niet, hij wist dat dat toch niet ging gebeuren. Lucy had er zo naar uitgekeken Marcus McBride in levenden lijve te zien. En zijn moeder zou hem levend villen.

'Arme Rhona, dat ze dit moet missen.' Lucy bleef naar de naderende helikopter staren. 'Wat zou ze hier van hebben genoten.'

Davy glimlachte. Zijn moeder had er nooit een geheim van gemaakt dat ze verliefd was op Marcus McBride. Toen ze had gehoord dat hij naar Bristol kwam voor een signeersessie was ze helemaal uit haar dak gegaan. Het was jammer dat ze niet zelf naar het winkelcentrum kon komen.
De helikopter landde ergens achter het grote gebouw en de paar honderd mensen in de rij bereidden zich voor op het grote moment. Lucy controleerde voor de tigste keer haar fototoestel. 'Ik ga heel veel foto's maken,' had ze tegen Rhona gezegd. 'Van Marcus en Davy samen, op het moment dat hij het boek signeert.'
'Wat een schat ben je toch,' had Rhona ontroerd gezegd.
'Je kraag zit scheef,' zei Lucy terwijl ze hem rechttrok. 'Zo, dat ziet er beter uit.'
'Dat maakt vast een groot verschil. Net als dit.' Davy woelde met een zielig gezicht door zijn nieuwe coupe waar hij nog steeds niet aan gewend was. Lucy had hem meegenomen naar een hippe kapperszaak in Cotham en was als een cipier achter zijn stoel blijven staan, totdat ze tevreden was over het korte spike-kapsel dat de kapper had weten te toveren uit zijn tot voor kort verwarde en beslist niet modieuze haar.
'Hou op met zeuren, het ziet er geweldig uit.'
'Dat mag ook wel. Het kostte een fortuin.' Om precies te zijn: zes uur schoonmaken, wat eigenlijk te zot voor woorden was. Vooral omdat hij thuis een prima schaar had liggen.
'Doorlopen,' zei de man achter hen ongeduldig. 'De rij beweegt.'
Dat was zo, maar omdat er nog een paar honderd mensen voor ze stonden had Davy niet bepaald haast. Marcus McBride was nog niets eens ín de boekenwinkel aangekomen.
'Moet je kijken, dat is nou echt mijn type.' Ze waren een stukje opgeschoven en Lucy stond nu half kwijlend voor een grote poster van Marcus McBride die in de etalage hing. 'Je kunt hem niet echt knap noemen, hè? Maar hij is meer dan dat, hij heeft iets. Hij is eerder interessant dan gewoon knap. En die ogen! Wat zou hij doen als ik hem zou zoenen?'
'Niets,' zei Davy. 'Het is maar een poster.'
'O!' Lucy porde hem in zijn ribben. 'Wat zal ik jou missen als ik wegga.' Ze hield haar hoofd een tikkeltje schuin. 'Weet je nog

dat je smoorverliefd op me was? Waarom is het eigenlijk overgegaan?'
'Weet ik niet. Verdampt denk ik.'
'Dus je vindt me niet meer leuk. Ook niet een klein beetje.' Ze keek er heel verdrietig bij. 'Dat is niet erg vleiend, zeg.'
'Sorry.' Davy grijnsde. 'Het is niet persoonlijk bedoeld.'
'Maar je was stapelgek op me.'
Hij haalde zijn schouders op en keek net zo verbijsterd als zij.
'Ik luisterde vroeger ook alleen maar naar de cd van The Darkness. Ik vond het het beste album ooit. Maar na een paar maanden draaide ik hem al minder vaak en nu luister ik er nooit meer naar. De magie was gewoon... weg.'
'Als je bedoelt dat ik als Justin Hawkins klink, geef ik je prikkeldraad op je arm.'
'Nee, je klinkt niet als Justin Hawkins.' Met een stalen gezicht voegde hij eraan toe: 'Maar qua uiterlijk...'
Ze stoeiden even met elkaar en zoals altijd won Lucy. Davy was blij dat zijn kansloze verliefdheid vanzelf was overgegaan en dat ze nu gewoon maatjes waren. Nu stond hij niet meer met zijn mond vol tanden wanneer ze in de buurt was en ze konden elkaar pesten alsof ze... tja, alsof ze beste vrienden waren.
Hij ademde een hele wolk pepermuntkauwgom in van de man die achter hen luidruchtig stond te kauwen. Lucy had eerder die middag een paar folders opgehaald bij een woningbouwvereniging. Hij zou haar ook missen. Hardop zei hij: 'Je hoeft niet weg.'
Ze stak haar arm door de zijne en kneep er even in. 'Dat weet ik, maar het is beter als ik wel ga. Je moeder is een fantastisch mens en ik mag haar graag, maar ik kan niet eeuwig blijven. Studeren en op kamers gaan betekent nu eenmaal dat je als student kunt leven en studentikoze dingen kunt doen.'
'Zoals rotzooi maken, al je vrienden over de vloer hebben, dronken worden en naar bed gaan met mensen die je ouders niet zouden goedkeuren.'
'En ruziemaken over wie de melk heeft opgemaakt en het lege pak in de koelkast heeft teruggezet.'
'O ja, die was ik vergeten.'
'En je afvragen waar die afschuwelijke stank vandaan komt en dan een geopend blikje tonijn onder de bank vinden.'

'O ja, een klassiek geval, uiteraard.' Davy schudde zijn hoofd vol medeleven. 'Ik snap nu waarom je het mist.'
'Er zitten ook voordelen aan. Zoals kleren van je huisgenoot lenen. En elkaars make-up gebruiken.'
'Niet als het een rugbyer is.'
Ze vielen even stil, allebei in gedachten verzonken.
'Ik vraag me af wat er met Jem is gebeurd,' zei Lucy na een tijdje. 'Ze is al een week spoorloos.'
Davy wist hoe gekwetst Lucy was geweest toen het hele gedoe tussen Jem en Rupert bekend was geworden, en Jem ervoor had gekozen bij Rupert te blijven in plaats van de kant van haar vriendin te kiezen. De twee hadden elkaar sindsdien niet meer gesproken.
'Misschien is ze ziek.' Maar ze hadden allebei gehoord over het drankpistool-incident in de kroeg waardoor Jem op staande voet was ontslagen. 'Zal ik haar bellen?' stelde hij voor. 'Om te vragen of alles goed is?'
Lucy schudde haar hoofd. 'Ach, bespaar je de moeite. Ze heeft Rupert toch?' Ze perste haar lippen op elkaar. 'Ach, laten we er maar over ophouden. Wanneer denk je dat deze shit-rij eens in beweging komt?'
Op dat moment, bijna alsof ze de aanzet daartoe had gegegeven, steeg er in de winkel een opgewonden gejoel op. Marcus McBride was gearriveerd. Het leek wel vuurwerk, zoveel werd er geflitst, mensen sprongen op en neer om het beter te kunnen zien en er werd geapplaudisseerd.
'Wow.' Lucy was onder de indruk. 'Ik heb nog nooit een echte filmster ontmoet.'
'En dat ga je nu ook niet doen,' merkte Davy op. 'Dit is geen cocktailparty. Je eindigt echt niet tongzoenend met hem in de meterkast. Hij moet honderden boeken signeren en heeft maar één uur om dat te doen. Terwijl hij onze boeken signeert, heb jij hooguit twee seconden om je foto te maken.'
'Tjonge, jij weet de dromen van een meisje snel de grond in te boren.'
In het halfuur daarna schoof de rij telkens een klein stukje op en eindelijk waren ze dan achter in de winkel beland. Het winkelpersoneel gaf instructies om het boek van McBride alvast

open te slaan op de titelpagina, zodat hij zonder tijdverlies een onleesbare krabbel kon zetten. Toen ze verder opschoven en steeds dichter bij de signeertafel kwamen, konden ze hem eindelijk zien. Hij werd geflankeerd door een stel potige kerels en geüniformeerd veiligheidspersoneel met heel geavanceerde oordopjes. Marcus zat vrolijk te krabbelen en liet af en toe zijn beroemde glimlach zien, maar het leek allemaal wel heel erg ingestudeerd. Iedereen die een poging waagde om even te blijven staan om een babbeltje te maken, werd kordaat verder geduwd. De stroom moest wel in beweging blijven.
Een verse pepermuntwalm deed vermoeden dat de man achter hen in de rij een nieuw kauwgompje had genomen. Hij was blijkbaar doodsbang dat hij uit zijn mond zou stinken tijdens zijn bliksemontmoeting met deze Hollywood-hoogheid. Toen de rij weer een stukje naar voren schoof en Davy te laat reageerde, duwde de man hem in zijn rug en zei geïrriteerd: 'Hé, als je dit niet interessant vindt, blijf dan liever thuis.'
Lucy trok haar wenkbrauwen op terwijl Davy met een rood hoofd deed alsof hij niets had gehoord. Op dit soort momenten – als wildvreemden iets onaardigs tegen hem zeiden – was hij opeens niet meer zo zelfverzekerd. Ieder ander had wel van zich af gebeten. Davy wist nooit goed wat hij ermee aanmoest, hoe hij op onbeleefd gedrag moest reageren; hij zei dus ook nooit iets terug en dat was eigenlijk om te janken. Had Lucy gehoopt dat hij wat bijdehanter was en een of andere ironische opmerking had gemaakt om de man de mond te snoeren?
Ja, natuurlijk had ze dat gehoopt. Davy slikte, schaamde zich nog dieper en was plotseling hevig geïnteresseerd in een kast met 'Fictie voor pubers'. Zo was hij altijd al geweest en hij kon er niets aan doen. Ook al betekende het dat Lucy hem nu een slappe lul vond.
Ze waren er bijna. Marcus McBride droeg een strak, roze T-shirt, een zwarte spijkerbroek en blauwe cowboylaarzen. Hij was inmiddels zo beroemd dat het niet meer uitmaakte wat hij aantrok. Dat moet lekker zijn, dacht Davy, terwijl de te dikke vrouw voor hem zich voorbereidde op haar beurt. Ze klopte even op haar permanentje en keek over haar schouder naar Lucy. 'O, wat is hij toch knap, hè. Ik wou dat ik dertig jaar jonger was!'

'Hebt u de juiste pagina voor u? Oké, loop maar door.' De strenge man die eruitzag als een sergeant-majoor en de boel in banen leidde, beval haar om door te lopen. De vrouw trippelde naar de tafel en zei, helemaal buiten adem: 'Je bent mijn lievelingsacteur!' en stak toen haar boek naar hem toe.
Glimlach, krabbel, glimlach, klaar.
'Volgende,' blafte de sergeant-majoor terwijl Lucy klaarstond om haar superbelangrijke foto te maken.
'Schiet eens op,' siste de man achter Davy, zodat hij weer door een wolk van pepermuntgeur werd overvallen.
Davy liep naar voren, stak zijn boek uit en draaide zich half om, zodat hij niet met zijn rug op de foto zou staan. Hij voelde wel, maar zag niet dat er een handtekening werd gezet in het boek dat hij achter zich in zijn hand hield. Hij wierp een blik over zijn schouder naar Lucy. Het viel hem op dat de man achter haar geagiteerd iets uit zijn broekzak probeerde te halen. God, wat gênant, hij hoopte dat de man niet deed wat het leek te zijn; maar ja, sommige mensen lieten zich op een rare manier meeslepen in het heetst van de strijd...
Lucy's fototoestel flitste en even werd Davy verblind. Hij hoopte maar dat hij geen onnozele uitdrukking op zijn gezicht had gehad. De sergeant-majoor maakte heftige 'loop door'-gebaren, aangevend dat hun tijd erop zat. En op dat moment zag Davy nog een flits, ditmaal van metaal. Hij knipperde even met zijn ogen en besefte dat Pepermunt Man een mes uit zijn zak had getrokken. Hij hield het stevig in zijn rechterhand, onder zijn jas, zodat niemand het kon zien. Lucy stond nog steeds vol verwachting met een stralende glimlach naar Marcus McBride te kijken. Ze liep nu langs het tafeltje en de sergeant-majoor maakte steeds heftigere zwaaibewegingen. Pepermunt Man was aan de beurt.
'Nee!' schreeuwde Davy en besefte dat hij de enige was die het mes had gezien.
Pepermunt Man keek hem woedend aan en deed een uitval in de richting van de tafel. Davy, die op school juist altijd een hekel had gehad aan rugby, wierp zichzelf boven op Pepermunt Man en wist hem tegen de grond te werken. God, wat deed dat pijn. Alle lucht werd uit zijn longen geperst en Pepermunt Man

brulde als een boze olifant. Hij besefte verdwaasd dat hij gelijk had gehad – rugby was inderdaad verschrikkelijk – en merkte nu ook dat er een hele groep uitsmijters en veiligheidsmannen boven op hem was gesprongen. Hij voelde dat hij overeind werd getrokken en dat zijn benen helemaal slap waren geworden. Om zich heen hoorde hij paniekerig geschreeuw, afgewisseld door het geblaf van de veiligheidsmensen en het luidruchtige staccato gevloek van Pepermunt Man.
Iemand schreeuwde: 'O god, hij is gewond!' en Davy wankelde naar Lucy toe; hij werd al misselijk bij het idee dat het mes in die malloot op de grond terecht was gekomen. Maar toen zag hij de afschuw op Lucy's gezicht en hoorde haar hijgend uitbrengen: 'O Davy, o mijn god, snel, een ambulance...'

43

'Ze hebben hem gearresteerd en meegenomen naar het politiebureau. Hij blijkt nogal een dik psychiatrisch dossier te hebben.' De sergeant-majoor, die Marcus McBride's pr-manager bleek te zijn, praatte Davy en Lucy bij in een van de kantoren achter in de winkel. 'Hij zegt dat prinses Margaret hem dit heeft opgedragen.'
'Wat is die vrouw toch lastig. En dit was mijn mooiste overhemd.' Davy stak zijn vinger door de scheur in zijn blauw-groen gestreepte shirt dat onder de bloedvlekken zat, en keek er heel beteuterd bij.
'Er valt vast wel iets te regelen.'
'Het is van Oxfam!' riep Lucy verontwaardigd.
'Nou en? Het blijft mijn mooiste overhemd.'
'Zo. Klaar.' De arts was klaar met hechten en trok zijn operatiehandschoenen uit. 'Je overleeft het wel.'
'Ik noem het gewoon mijn duellitteken.' Davy bekeek de schoongemaakte wond die Pepermunt Man in de chaos met zijn mes had gemaakt. De snee was twintig centimeter breed en Davy had als een rund gebloed. Het zag er heel indrukwekkend uit, maar

was minder pijnlijk dan je zou verwachten, en dat vond Davy helemaal niet erg. Als hij echt een diepe steekwond in zijn borst had gehad in plaats van deze ondiepe snee, dan was het andere koek... alleen de gedachte al maakte hem duizelig.
'Dat was heel moedig van je, jongen. Heel erg moedig en ongelooflijk dom,' benadrukte de sergeant-majoor nog eens.
Davy was het eens met het tweede gedeelte. Hij had bepaald niet het gevoel dat hij moedig was geweest, omdat hij gewoon als een kip zonder kop in actie was gekomen. Als hij er wel over nagedacht had, zou hij zich nooit op een gek met een mes hebben gestort.
Op dat moment ging de deur van het kantoortje open en kwam Marcus McBride binnen. Jee, hij was echt een en al charisma.
'Hé jongen, wat goed van je.' Hij schudde Davy de hand en ditmaal was zijn glimlach wel gemeend. 'Een echte held.'
'Nou, daarvoor ben ik niet echt het type,' zei Davy een beetje opgelaten.
Buiten werden ze gefotografeerd door een hele horde fotografen. Davy, nog steeds in zijn bebloede shirt, poseerde wat ongemakkelijk terwijl Marcus McBride zijn arm om hem heen sloeg. Half verdwaasd vertelde Davy de journalisten hoe hij heette. Ze wilden zijn borstwond zien. Toen ze hem vroegen hoe hij zich voelde, zei hij: 'Zoals die meisjes in de roddelbladen.' Iedereen lachte. Na vijf minuten werd de pers weggestuurd. 'Echt, je was geweldig,' zei Marcus. 'Hoe kan ik je hier ooit voor bedanken, een gesigneerd exemplaar van mijn boek...'
'Dat hebben we al.' Lucy hield de boodschappentas omhoog met het exemplaar dat Davy op de grond had gegooid toen hij zich op Pepermunt Man had geworpen. Gelukkig zaten er geen bloedvlekken op.
'We regelen wel iets.' De sergeant-majoor keek op zijn horloge. 'Staat jullie auto hier of hebben jullie een lift nodig?'
'We zijn met de bus,' zei Davy.
'Geen probleem. Ik regel wel een auto.' De sergeant-majoor pakte zijn telefoon en begon bevelen te blaffen. Blijkbaar stond Marcus' helikopter paraat om hem naar een televisieoptreden in Manchester te brengen, en er werd een auto geregeld om Davy en Lucy naar Henbury te brengen.

Maar Davy had een ander idee en durfde dat nu ook wel hardop te opperen. Hij keek Marcus aan en vroeg: 'Je zei toch net dat je niet wist hoe je me kon bedanken?'
'Ja.'
'Nou, mijn moeder zou je dolgraag willen ontmoeten. Ze kon er vanavond niet bij zijn, maar ze woont hier maar tien minuten vandaan.'
'Het spijt me, knul.' De sergeant-majoor was klaar met zijn telefoontje en zei streng: 'We liggen al achter op schema, dus dat gaat echt niet. Een andere keer, oké?'
Ontmoedigd zei Davy: 'O. Oké.'

Rhona was net klaar met de afwas en liep met een kop thee naar de woonkamer. Ze zette de televisie aan en keek met een half oog naar een programma over een vrouw die zo verslaafd was aan kleren kopen dat ze bijna failliet was verklaard.
Gelukkig zou ze daar nooit last van hebben. Ze kreeg al de kriebels als ze zag naar hoe de vrouw op televisie als een gek door Marks and Spencer rende en jurken uit de rekken rukte.
Nou ja, het gaf ook niet. Het was jammer dat ze vanavond niet mee had gekund naar het winkelcentrum, maar zo was het nu eenmaal. Misschien zouden haar paniekaanvallen in de loop der jaren vanzelf minder worden. En Davy en Lucy zouden zorgen dat ze een gesigneerd exemplaar kreeg, dus ze miste het niet helemaal...
Even later ging de deurbel, ze trippelde naar de voordeur, deed open en stond oog in oog met Marcus McBride.
Ze bleef hem een paar seconden lang aanstaren, alsof hij een kruiswoordraadsel was dat ze nog niet helemaal had opgelost. Dit kon toch zeker niet écht Marcus McBride zijn.
'Rhona?'
'Ja.' Wat raar, ze kon nog praten. Nou ja, nog net.
'Dag, ik ben Marcus.' De bezoeker voor haar neus pakte haar hand vast en schudde die.
'Hoe... hoe, hoe... ik bedoel, hoe...?'
'Davy zei dat je me graag wilde ontmoeten. En ik zei dat dat geweldig was omdat ik jou ook graag wilde ontmoeten.'
Rhona vroeg zich af of ze voor de televisie in slaap was geval-

len en nu droomde. Ze had nog nooit zoiets fantastisch gedroomd. Ze trok haar tong los die vastgeplakt zat aan haar gehemelte. 'Davy?'
'Je zoon?' Marcus keek haar glimlachend aan. 'Hij is de reden dat ik hier sta. Ik wilde je vertellen dat hij vanavond iets heel moedigs heeft gedaan. Ik ben hem heel dankbaar.'
'Míjn zoon heeft iets moedigs gedaan?' Rhona deed even haar ogen dicht. Toen ze ze weer opendeed zag ze dat Marcus McBride nog steeds voor haar neus stond en hij zag er heel erg echt uit. Ze vergat dat ze geen schoenen droeg en vroeg: 'Eh... waar is Davy?'
'In de auto, daar. Met Lucy. Luister, ik kan niet lang blijven, mijn pr-man wil niet dat mijn schema in de war komt. Maar toen Davy zei dat je me graag wilde ontmoeten, kon ik dat natuurlijk niet weigeren. Het gaat trouwens goed met hem.'
'Goed? Hoe bedoel je "goed"? Waarom zou het niet goed met hem gaan?'
Het leek nog steeds alsof ze droomde toen Marcus McBride haar vertelde wat er tijdens de signeersessie was gebeurd. Rhona's maag kromp ineen van afschuw en ongeloof en ze rende blootsvoets naar de auto. Gillend rukte ze het achterportier open: 'Davy, hoe kon je dat nou doen? Je had wel dood kunnen zijn! O mijn god, je overhemd...'
Lucy schoot de rest van haar rolletje vol met foto's van Rhona en Marcus McBride. Uiteindelijk gaf Marcus Rhona een afscheidszoen op haar wang. Hij lachte toen hij Lucy's gezicht zag en gaf haar er ook een.
'Nu moet ik echt gaan. Nogmaals bedankt.' Hij schudde Davy de hand. 'Pas goed op jezelf.'
'Dag,' zei Davy.
De auto trok op. Rhona, die nog steeds met haar blote voeten op straat stond, sloeg een hand voor haar borst en zei: 'Ongelooflijk, ik kan je ook geen minuut alleen laten.'
Davy rolde met zijn ogen. 'Mam, doe nou maar rustig aan. Het gaat prima met me.'

44

'O!' Ze verwachtte de postbode, maar het was Finn, wat nogal een schok was. Voor Finn waarschijnlijk ook, dacht Ginny, die de voorkant van haar ochtendjas nog strakker om zich heen trok en hoopte dat ze niet al te duidelijk de ik-ben-net-uit-bed-look had.

Als je erover nadacht moesten postbodes wel geharde kerels zijn, getraind om hun gezicht in de plooi te houden bij het zien van al die schokkende taferelen op de vroege ochtend.

'Neem me niet kwalijk, ik was op weg naar Portsilver en ik vroeg me af of je de krant al had gezien.'

'Het is acht uur. Ik heb de waterkoker nog niet eens gezien. Hoezo, wat staat er dan in?' Ginny wilde de krant al van hem afpakken, maar hij aarzelde even.

'Die vrienden van je dochter in Bristol, Lucy en Davy? Wat is Davy's achternaam?'

Ginny dacht hard na. 'Eh... Stokes?'

Finn keek opgelucht. 'Dan is het dus inderdaad de juiste. Dat dacht ik al.' Hij gaf haar de opgerolde krant. 'Er is iets leuks gebeurd in Bristol. Ik dacht dat Jem nu misschien een goed excuus heeft om haar vrienden te bellen.'

Jem was blijkbaar ook wakker geworden door de deurbel, want ze stond boven aan de trap en zei: 'Ik heb geen vrienden in Bristol.'

'Nee? Nou, laat dan maar zitten.' Finn pakte de krant weer terug. 'Dan hoef je dit ook niet te zien.'

Jem keek hem aan met een vernietigende blik. 'Wat heeft mijn moeder je verteld?'

'Dat je gestopt bent met studeren.' Jem keek naar de krant. 'Wat heeft Davy dan uitgespookt?'

'Als hij geen vriend van je is, kan het je toch ook niets schelen?'

'O, godsamme, geef die krant eens hier!' Barstend van nieuwsgierigheid trok Ginny de krant uit zijn handen. 'Nu wil ik het ook weten!'

Lachend zei Finn: 'Maar niet aan Jem laten zien, oké?'

Ginny's mond viel open toen ze het artikel las. 'Jeetjemina!'

'Oké, oké,' bromde Jem terwijl ze over haar schouder probeerde mee te lezen. 'Ik wil het ook weten.'
Finn liet Jem en Ginny in alle rust het artikel verslinden.
'Godzijdank is alles goed met hem,' zei Ginny. 'Hij had wel dood kunnen zijn.'
'Hmm.' Jem roerde voorzichtig suiker door haar thee.
'Liefje, Finn heeft gelijk. Je zou hem moeten bellen.'
'Dat kan niet.' Jem had het er duidelijk moeilijk mee en wist het trillen van haar onderlip nauwelijks te bedwingen. 'Dat heeft toch geen zin.'
'Natuurlijk heeft dat wel zin. Om hem te feliciteren!'
'Die kans krijg ik misschien niet eens,' zei Jem verdrietig. 'Hij legt de hoorn er vast meteen op.'
Het had geen zin. Ginny probeerde haar over te halen maar Jem hield voet bij stuk, ervan overtuigd dat elke poging tot contact met Davy of Lucy snibbig zou worden afgewezen. 'Kunnen we het ergens anders over hebben, mam? Ik wil er niet meer over praten.'
Jem had het er zo verschrikkelijk moeilijk mee dat Ginny's eigen hart bijna brak.

Zesentwintig uur later stond Ginny's gezicht strak van de concentratie. Ze stond bekend om haar slechte richtinggevoel en dat werd op dit moment dan ook danig op de proef gesteld. Ze was zeven maanden geleden voor het laatst via de M5 naar Bristol gereden. En destijds had ze het eerste deel van haar terugreis bijna blindelings kunnen afleggen omdat Davy toen naast haar zat en de weg had gewezen.
Ze stond er nu alleen voor en probeerde zich te herinneren hoe ze destijds in Henbury waren gekomen, wat verre van gemakkelijk was. Waren ze bij de Old Crow nou rechts afgeslagen of rechtdoor gegaan bij die rotonde? En bij die kruising na het benzinestation, waren ze toen links gegaan? O god, dit leek nergens op. Als het zo doorging zou ze om middernacht nog in kringetjes rondrijden.
Het duurde even – oké, nog eens veertig minuten – maar uiteindelijk sloeg Ginny een straat in die haar vaag bekend voorkwam. Ja, hier was het. Wat ze zich vooral herinnerde was het

piepkleine voortuintje en de koningsblauwe voordeur. Ze reed in de tweede versnelling langzaam verder, als een of andere hoerenloper, en kwam langs bruine deuren, rode deuren, witte deuren, groene deuren...

Ja! Hier was het.

Eindelijk.

Zou Davy thuis zijn?

En áls hij thuis was, zou hij dan de deur voor haar neus dichtgooien?

En zou Jem haar ooit nog willen spreken als ze erachter kwam wat haar moeder had geflikt?

Nou, kom op. Finn had haar een vrije dag gegeven en ze was niet voor niets helemaal naar Bristol gereden. Het zou stom zijn om nu rechtsomkeert te maken.

De voordeur werd opengedaan door een zenuwachtig kijkende vrouw, die duidelijk niet blij was dat ze gestoord werd. Ze keek op haar horloge, toen weer naar Ginny en vroeg afwezig: 'Ja?'

'Dag. Is Davy thuis?'

'Nee, het spijt me. Bent u ook zo'n journalist?'

Ginny ademde diep in. 'Nee, ik ben de moeder van Jem Holland.'

'O, godzijdank! Kom maar binnen, Davy komt zo op de radio.'

Niet godzijdank dat ze Jems moeders was, besefte Ginny toen Davy's moeder haar het huis in trok, maar godzijdank dat ze het interview met haar zoon niet hoefde te missen.

En ze kon haar geen ongelijk geven. Zij zou precies hetzelfde hebben gedaan. Samen luisterden ze in de keuken aandachtig naar de ouderwetse radio op de keukentafel. Het interview duurde een kwartier.

'Oef, sorry hoor. Ik ben Rhona. Davy is nog nooit op de radio geweest.' Ze werd overmand door emoties en depte haar ogen droog met een zakdoekje. 'Denk je dat dat dat een steek onder water was van de presentator?'

Ginny wist meteen wat ze bedoelde. Het interview was begonnen over wat een held Davy wel niet was, maar aan het eind had de presentator gevraagd: 'En je woont dus nog steeds bij je moeder. Dat is wel raar, toch? Ben je dan als student geen buitenbeentje?'

Davy had dat natuurlijk ronduit ontkend, maar had de presentator niet weten te overtuigen. 'Je moet toch toegeven dat het wel wat ongebruikelijk is. De meeste jonge mensen die net zijn gaan studeren kunnen niet wachten om op zichzelf te gaan wonen. Wilde je moeder niet dat je uit huis ging, heeft ze je onder druk gezet om thuis te blijven wonen, of was het echt je eigen keus? Ben je diep vanbinnen misschien een moederskindje?'

Nu de radio uit was vroeg Ginny zich af wat ze het beste kon antwoorden. Schouderophalend zei ze: 'Wil je echt weten wat ik denk? Ja, ik denk inderdaad dat hij het vervelend bedoelde. Maar wat maakt dat nou uit? Als Davy thuis wil blijven wonen, moet hij dat toch zelf weten.'

Rhona knikte langzaam, in gedachten verzonken. Ze keek Ginny na een tijdje aan en vroeg: 'Jij hebt Davy een keer een lift gegeven vanuit Clifton, hè? Hij heeft me verteld dat je in Cornwall woont. Dus je bent bij je dochter op bezoek?'

'Nee, Jem is thuis. In Cornwall. Het is uit met dat vreselijke vriendje van haar.'

'Rupert.' Rhona trok haar lip op. 'Ja, daar heb ik wel eens wat over gehoord, ja.'

'Jem is achttien. Ze heeft een grote fout gemaakt. En daar betaalt ze nu de prijs voor. Ze wil stoppen met haar studie en weer bij mij komen wonen.'

'Wat heerlijk. Maar zo te zien denk jij daar heel anders over. Wil je niet dat ze terugkomt?'

Rhona snapte er duidelijk niets van. Ginny zuchtte en wriemelde aan haar armband. 'Natuurlijk wel, ik wil haar dolgraag terug. Maar ik wil het beste voor Jem, niet voor mezelf.'

'Jeetjemina,' zei Rhona. 'Wat moedig van je.'

Ginny haalde haar schouders op. 'Zo voelt het niet.'

Ze bleven een tijdje zwijgend zitten. Even later zei Rhona: 'Ik heb vier jaar geleden een hersenbloeding gehad, in een warenhuis.'

'Echt waar? Dat wist ik niet.'

'Nee? Nee, waarom zou je ook. Volgens Davy gaat het anderen niets aan waarom hij thuis woont. Maar de hersenbloeding is dus de reden. Hoewel ik nog geluk heb gehad. Ik heb er nauwelijks iets aan overgehouden.' Rhona klopte lichtjes op haar linkerbeen. 'Behalve dat ik een beetje hink. Maar ik ben me doodgeschrokken, dat wel. Ik ben zo bang dat het nog een keer gebeurt, en dat niemand me kan helpen. Ook in winkels raak ik vaak in paniek, en dat is best lastig. Daarom stonden Davy en Lucy ook in de rij bij Marcus McBride. Omdat ik het zelf niet aandurfde.'

'Dat verbaast me niks. O alsjeblieft,' voegde Ginny eraan toe toen ze tranen zag opwellen in Rhona's ogen. 'Je moet jezelf niet de schuld geven van wat Davy is overkomen.'

'Dat doe ik ook niet.' Rhona haalde een zakdoekje uit haar mouw. 'Nou ja, dat doe ik wel, maar niet daarom. Ik vind het heerlijk dat Davy nog thuis woont, maar het is niet eerlijk naar hem toe, hè? Ik ben tenslotte niet gehandicapt. En hij is jong en heeft nog een heel leven voor zich.'

Ginny knikte. 'Ja, dat is zo.'

'Maar ik ben er nog niet klaar voor.' Rhona slikte. 'Over een tijdje lukt het me misschien wel. Ik weet dat ik hem over niet al te lange tijd moet loslaten.'

'Het betekent niet dat hij niet meer van je houdt,' zei Ginny.

Rhona wist een waterig glimlachje op haar gezicht te toveren. 'Nee, dat is hem geraden.'

Davy kwam na een kwartier thuis. Rhona deed de deur voor hem open en gaf hem een stevige knuffel. 'Je was geweldig. Ik was zo trots op je! Je klonk echt als jezelf!'

Vervolgens fluisterde ze iets wat Ginny niet kon verstaan en stuurde hem door naar de keuken.

'Dag, Davy.'

'Dag, mevrouw Holland.'

Mevrouw Holland. Zo beleefd. 'Je ziet er... goed uit.'

Hij streek verlegen met zijn hand door zijn nieuwe coupe. 'Dat moest van Lucy.'

'Het staat je goed.'

'Dank u.' Hij zweeg even. 'Hoe gaat het met Jem?'

Zou Jem haar ooit vergeven dat ze zich met haar zaakjes bemoeide? 'Niet zo goed.' Ginny schudde haar hoofd en voelde dat ze een brok in haar keel kreeg. 'Nee Davy, het gaat niet zo goed met haar.'

'Is het gelukt?' vroeg Davy.

'Het was een ramp.' Lucy gooide haar roze jas en een paar bood-

schappentassen op de grond. Ze had gereageerd op een advertentie in de *Evening Post* voor 'een gezellige vierde huisgenoot in een groot huis in Redland' en daar kwam ze nu net vandaan. 'Echt een nachtmerrie. Het huis was een gevaar voor de volksgezondheid. De kamer die te huur is, is zo groot als een hondenhok en het stinkt er naar vieze sokken. En dan nog twee overbehaarde natuurkundestudenten en een aardrijkskundeleraar met een baard en sandalen.' Ze trok een vies gezicht. 'O ja, en je mag geen muziek draaien omdat ze dan niet kunnen studeren.'
Davy was stiekem opgelucht, maar zei: 'Weten ze zeker dat ze een gezellige huisgenoot zoeken?'
'O, absoluut. Ze vonden zichzelf enorm grappig! Ze hebben een denkbeeldige kat en ze houden elkaar voor de gek door plastic nepkattendrollen in elkaars *cruesli* te doen. Ik heb me zitten bescheuren, echt waar. Doe dat T-shirt eens uit.'
Davy trok zijn wenkbrauwen op. 'Ben je uit op mijn lichaam?'
'Ik heb twee nieuwe shirts voor je gekocht.' Lucy pakte een van de tassen. 'Doe eens aan.'
'Zo direct. We hebben bezoek.' Davy nam haar mee naar de keuken en wees door het open raam naar Ginny en zijn moeder, die lekker buiten in de zon zaten.
'Wie is dat?' Lucy fronste haar voorhoofd. 'Is dat...?'
'De moeder van Jem.' Hij pakte de tas van haar over en schrok toen hij zag dat een van de shirts een oogverblindend lime-groene kleur had. 'Ze wil graag met je praten.'

Het was zaterdagmiddag vijf uur en Jem was alleen thuis nadat ze de hele dag met haar vader had doorgebracht. Arme pap. Hij had zijn best gedaan haar op te vrolijken en dacht waarschijnlijk dat dat ook was gelukt, maar hoe leuk het ook was geweest hem weer te zien, ze was blij dat ze weer terug was in de geborgenheid van haar eigen slaapkamer. Nu hoefde ze tenminste niet meer vrolijk te doen alsof het goed met haar ging.
Ginny was nog aan het werk en Laurel was gaan winkelen in Newquay. Het was heerlijk om alleen te zijn, maar de dvd van *Moulin Rouge* was misschien geen al te slim idee. Ze lag languit op bed met een bord vol zelfgebakken koekjes van Laurel en ze voelde de tranen al opkomen bij de gedachte dat die ar-

me, bloedmooie Ewan MacGregor het nog heel zwaar zou krijgen als Nicole Kidman straks in zijn armen zou sterven. Waarom kon zij niet aanbeden worden door zo'n geweldig iemand als Ewan, die het nooit achter Nicole's rug om met een ex-vriendin onder de douche zou doen. Hoe had ze zo stom kunnen zijn voor Ruperts zogenaamde charme te vallen? Waarom, wáárom was ze destijds niet met Lucy meegegaan? Wat had haar bezield?

De tranen stroomden over haar wangen en drupten langs haar kin omlaag terwijl ze half verblind naar de televisie staarde. Ewan en Nicole zongen *Come what may* en beloofden dat ze bij elkaar zouden blijven tot de dood hen scheidde. Maar ja, dat duurde dus ook niet lang meer. Terwijl ze nog een koekje pakte vroeg ze zich af hoeveel mensen, afgezien van haar familie, het erg zouden vinden als zij dood was. In Bristol in ieder geval niemand.

Nicole zag er adembenemend uit terwijl ze bloed ophoestte, en op dat moment ging de deurbel. Jem veegde de kruimels van haar blouse, hees zichzelf overeind en sjokte de trap af.

Het was Lucy.

Met stomheid geslagen bleef Jem haar aanstaren. Achter Lucy zag ze Davy in een afschuwelijk groen shirt op een muurtje voor het huis zitten.

Jems hart bonsde en ze was zich heel erg bewust van haar opgezwollen kikkerogen. Het duurde even voordat ze iets uit kon brengen. 'Wat doen jullie hier?'

'O Jem, moet je nou kijken. Je ziet er niet uit. Waarom denk je dat we hier zijn?' Heel even leek het alsof Lucy ook in huilen zou uitbarsten. Ze stak haar armen uit en schudde haar hoofd. 'We komen je ophalen.'

'Echt waar?' Jems lip begon te trillen.

'Echt waar.'

'O, Luce, het spijt me zo. Het spijt me zo vreselijk.'

'Dat weet ik. Kom maar.'

En zo vielen ze op de stoep in elkaars armen en ze wisten niet of ze moesten lachen of huilen. Davy, die naar ze toe was komen lopen, zei: 'Ik ben niet zo'n knuffel-type,' en gaf Jem een onhandig klopje op haar rug.

'Dat jullie helemaal hiernaartoe zijn gekomen.' Jem kon het bijna niet bevatten. 'Hoe wisten jullie waar ik woonde? Zijn jullie met de trein gekomen?'
Lucy's donkere ogen straalden. 'Je moeder is naar Bristol gekomen.'
'Mijn moeder? Wanneer dan?' Had Ginny stiekem een teletijdmachine?
'Vandaag,' zei Davy.
'Maar ze moest werken, ze hadden een bruiloftsreceptie... O...'
'Dat had ze gelogen,' zei Lucy.
'Ze is nu even boodschappen doen. We blijven vannacht logeren. Je mag ons best binnen vragen, hoor.' Davy legde zijn hand theatraal op zijn borstkas. 'Hier zo buiten blijven staan is namelijk niet al te best voor die messteek, weet je.'
'O god, natuurlijk, kom binnen!'
'Hij maakt een grapje.' Lucy rolde met haar ogen. 'Het is maar een schrammetje. Ik had met mijn nagels ergere schade kunnen aanrichten.'
'Ik wil er echt alles over horen,' zei Jem terwijl ze hen naar binnen duwde.
'Ach, dat stelt niks voor. Wacht maar tot je hoort wat er is gebeurd toen je moeder in Pembroke Road de rest van je spullen ging ophalen.'

45

De omslag in Jem was hartverwarmend om te zien. Ginny besefte dat haar impulsieve actie dit keer goed had uitgepakt, want Jem was haar om de hals gevlogen en gezegd: 'Mam, dat je dat hebt gedaan! Nu is alles weer goed. Ik ben zo blij.'
'Je moeder was wanhopig,' zei Lucy. 'Het idee dat je hier weer bij haar zou komen wonen, was gewoon te erg.'
Ginny glimlachte, want elke moederlijke cel in haar lichaam snakte ernaar Jem eeuwig bij zich te houden en ervoor te zorgen dat ze veilig en geborgen was. Ze waren nog te jong om te

begrijpen dat het loslaten van haar dochter een van de meest volwassen dingen was die ze ooit had gedaan.
Maar ze wist nu tenminste dat Jem gelukkig zou zijn. Morgenavond zou ze hen alledrie naar Bristol terugbrengen. De laatste drie weken van het studiejaar zouden ze met zijn drieën doorbrengen in Henbury bij Rhona. Het zou krap worden, maar het moest lukken. Davy verhuisde naar de kleine slaapkamer waar Lucy tot nu toe had geslapen, en Lucy en Jem kregen zijn kamer. Ze zouden hun uiterste best doen samen de examens voor te bereiden en hopelijk zou Jem genoeg tijd hebben om te slagen. Na de vakantie zouden Jem en Lucy naar woonruimte gaan zoeken, hopelijk met een minder knappe en veel aardigere huisbaas dan...
'Mam, je hebt me nog niet verteld wat er bij Rupert is gebeurd!'
O ja, dat was wel heel leuk geweest. Je had Ruperts gezicht moeten zien toen hij de deur opendeed.

'Dag, Rupert,' zei Ginny opgewekt. 'Dus het is je gelukt om jezelf uit de badkamer te bevrijden. Ik kom Jems spullen ophalen. En haar voorschot voor de huur.'
Hij trok een gezicht. 'Ga uw gang. Ik moet die troep hier toch niet. En dat voorschot hou ik, omdat ze niet heeft opgezegd.'
'Rupert, doe eens normaal. Dat is nergens voor nodig.' Ze liep met grote stappen de flat in en keek hem meelijwekkend aan. 'Ik ga pas weg als je me het geld hebt gegeven. Contant.'
Tja, waarom niet? Vijfhonderd pond was vijfhonderd pond. Blijkbaar zag ze eruit alsof het haar menens was, want Rupert slaakte een zucht en verdween naar de slaapkamer. Hij kwam even later terug met een stapel twintigpondbiljetten. 'Natellen hoeft niet.'
'O, maar dat wil ik graag. Eerlijkheid is tenslotte niet je sterkste kant, hè?' Ginny controleerde of het bedrag klopte en liep naar Jems kamer voor de rest van haar spullen. Toen ze klaar was zag ze dat Rupert bij het raam stond te roken.
Hij had Davy in de auto beneden gezien. 'Dus je hebt die Stokes bij je? Je gaat me toch niet vertellen dat hij zijn schoonmaakbaantje heeft opgegeven en nu jouw oppas is geworden?'
'Rupert, die jongen is tien keer meer waard dan jij. Jij zult dat

nooit inzien, maar de rest van de wereld gelukkig wel,' voegde ze er geduldig aan toe. 'En Davy is heel tevreden met zichzelf.'
Rupert keek haar zelfgenoegzaam aan en blies een rookwolk uit. 'O, en ik niet dan?'
'O, dat ben je vast en zeker. Je leidt een lekker leventje, je doet wat je wilt en het maakt je niet uit of je anderen daarbij kwetst. Maar zo'n houding keert zich uiteindelijk tegen je. En wanneer dat gebeurt, zul je erachter komen hoe het voelt om aan de andere kant te staan.'
Hij trok laconiek zijn wenkbrauwen op. 'Klaar met je preek? Moet ik nu op mijn knieën vallen en om vergeving smeken?'
'O nee, helemaal niet. Nee, ik ben zelfs blij dat het zo is gegaan. Mijn dochter heeft een grote fout gemaakt, maar wel haar lesje geleerd. Met een beetje geluk loopt ze in de toekomst met een grote boog om jongens als jij heen.'
'Jongens als ik.' Geamuseerd gooide Rupert zijn sigaret uit het raam.
'Ja, jongens die zwemmen in het geld, maar geen moraal hebben. En weet je, dat is niet wat de meeste mensen in een relatie zoeken.' Ginny haatte het als mensen hun sigaret niet netjes in een asbak uitdrukten en besloot datgene te zeggen waarover ze van tevoren zo had getwijfeld. 'Ik denk dat je moeder ook tot die conclusie is gekomen, denk je niet?'
De flauwe, arrogante glimlach verdween plotsklaps van Ruperts gezicht. Hij verstijfde en keek haar bijna angstig aan. 'Pardon?'
'Je moeder. Je hebt me verteld dat ze is overleden, weet je nog?' Hoofdschuddend voegde ze eraan toe: 'Ik vond het destijds verschrikkelijk. Maar je was niet helemaal eerlijk, hè?'
Ze zag hem lijkbleek worden. Lang leve internet en lang leve Finn, die Ruperts dubbele achternaam vaag had herkend.
'Wat mij betreft is ze dood,' zei Rupert vlak.
'Je vader heeft heel wat affaires gehad tijdens zijn huwelijk. Hij heeft haar heel veel pijn gedaan, maar ze hield vol, voor jou. En toen je dertien was en naar kostschool ging, werd ze verliefd op een andere man. En toen je vader dat ontdekte, heeft hij haar het huis uit gezet.'
'Oké, ben je klaar met je speech? Want dan mag je nu gaan.' Met een ijzige blik stak Rupert nog een sigaret op.

'Ja, bijna.' Ginny was niet van plan om nu te stoppen. 'En toen heb je besloten dat je niets meer met je moeder te maken wilde hebben. Maar ze is nog steeds bij diezelfde man en ze zijn heel gelukkig samen. Hij klinkt trouwens heel aardig.'
'Ik zou het niet weten.' Rupert spande zijn kaken. 'Je hebt je huiswerk wel gedaan, hè?'
'Wat zal je moeder je missen.' Op een wat vriendelijker toon zei Ginny: 'Ik zou het zo mooi vinden als je je beslissing heroverweegt om haar nooit meer te zien.'
'Vergeet het maar.' Er trilde een spier in zijn wang.
'Je hebt twee halfzusjes die je nog nooit hebt ontmoet.'
'Die in een huurflatje in Hackney wonen. Met mijn moeder en met een getatoeëerde ramenzetter die Darren heet. Zo, ik heb het gezegd. Ben je nu tevreden?'
Ginny had bijna – bijna – medelijden met hem. 'Ik ben heel tevreden. En jij?'
'De mooiste dag van mijn leven.' Floep... daar ging de tweede sigaret door het raam. 'Gefeliciteerd. Ik neem aan dat Jem dit inmiddels ook weet.'
Hij was woedend maar schaamde zich ook vreselijk. Ginny schudde haar hoofd. 'Nee. Maar ik vertel het haar misschien wel als ik hoor dat je vervelend doet tegen haar. Ik wil graag dat je je vanaf nu verre houdt van mijn dochter en haar vrienden. Goed?' Ze pakte Jems spullen en gebaarde dat hij de voordeur kon opendoen. En toen ze buiten stond, zei ze: 'En het kan trouwens geen kwaad om eens een keer een asbak te gebruiken.'

Ginny was geen heilige en ze kon het verhaal over Ruperts moeder nauwelijks voor zich houden. Maar ze wist ergens ook dat Rupert publiekelijk vernederen hem er waarschijnlijk niet toe zou zetten contact te zoeken met zijn moeder.
Een iets minder goedbedoelde reden was dat ze ook een beetje bang was dat als de Jem het zou horen, gevoelig als ze was, ze alleen maar medelijden zou krijgen met Rupert en dat die kwetsbaarheid hem alleen maar aantrekkelijk zou maken.
En dat was het laatste wat ze wilde.
En dus hield ze heel heldhaftig de informatie voor zich. Wat Jem, Davy en Lucy betreft had ze Rupert op een geweldige ma-

nier de waarheid gezegd en was ze erin geslaagd die zelfvoldane glimlach van zijn gezicht te vegen.
'En dat is me ook gelukt,' vertelde ze Finn nu, op maandagmiddag in het restaurant, 'mede dankzij jou.'
Hij grijnsde. 'Graag gedaan. Maar goed dat hij een opvallende naam had.'
'En gelukkig dat jij die herkende.'
Toevallig had Finn Elizabeth Derris-Beck anderhalf jaar geleden ontmoet. Ze was met haar twee dochtertjes naar zijn toenmalige winkel in Londen gekomen om haar oude verlovingsring te verkopen. Ze was welbespraakt, charmant en had hem uitgebreid verteld hoe ellendig haar eerste huwelijk was geweest, en hoe ontzettend gelukkig ze nu was met haar nieuwe man. De ring was bezet met een grote vierkanten smaragd met een randje van dure diamanten. Na het noodzakelijke papierwerk had Elizabeth haar dochtertjes omhelsd en vrolijk gezegd: 'En dan nu naar Lapland, op visite bij de Kerstman. En als er wat overblijft, is dat voor een nieuwe auto.'
'Ze heeft me nog een foto gestuurd van hen vieren in een slee voor het huis van de Kerstman,' vertelde Finn. 'En een briefje waarin ze me bedankte dat ik de ring van haar had gekocht. Ze schreef dat het de mooiste vakantie van haar leven was geweest.'
'Misschien kunnen Tamsin en jij er volgend jaar met Mae naartoe gaan.' Het voelde raar om dat te zeggen; volgend jaar was nog zo ver weg.
'Ja, misschien. Dus het was al met al een geslaagd weekend?'
'Geweldig. Davy en Lucy zijn zo leuk. We hebben gisteren op het strand gepicknickt en een zandkasteelwedstrijd gehouden. Lucy en Jem hebben zelfs nog gezwommen. Davy's telefoon bleef maar overgaan: vrienden die wilden horen hoe hij Marcus McBride nou precies had gered. Erg goed voor zijn zelfvertrouwen, kan ik je vertellen. Ik ben zo trots op hem, net alsof hij mijn eigen zoon is. En gisteravond heb ik ze naar Bristol gebracht. Het komt helemaal goed met Jem, dat weet ik zeker. Zij letten wel op haar.'
'Wat een geweldig nieuws. Wat zul je opgelucht zijn.'
Ginny glimlachte en knikte, het klonk alsof hij dat ook echt meende. En hij had gelijk, het was ook een goede afloop. Maar

ze kon hem niet vertellen dat ze, toen ze om middernacht terugkwam in Portsilver, zich zo verdrietig had gevoeld. Laurel sliep al en het huis was ondraaglijk stil geweest. Ze was met een leeg gevoel in bed gestapt en voelde zich weer net zo eenzaam en bedroefd als daarvoor. En ze kon het niet nalaten zichzelf de vraag te stellen: en ik dan?

46

'Niet lonken naar de baas.'
Ginny schrok. Ze had niet gemerkt dat Evie uit de keuken van het restaurant was gekomen. 'Dat deed ik helemaal niet!'
'Jawel.' Evies ogen straalden. 'Maar ik kan je geen ongelijk geven. Wat een prachtige schouders. En een heerlijk kontje.'
'Sst.' Moest Evie echt zo hard praten? Finn stond maar zes meter verderop, druk bezig de laatste eters van die middag uitgeleide te doen. Hij deed nu de deur dicht en draaide zich om om te kijken waar al dat ge-sst voor nodig was.
'Wat is er?'
'O, niets.' Onbeschaamd voegde Evie eraan toe: 'We waren gewoon je prachtige lijf aan het bewonderen.'
'Jíj, ja,' zei Ginny, terwijl de glazen die ze kwaad van tafel pakte tegen elkaar rinkelden.
'Oké dan, ík stond je te bewonderen, Ginny zat naar je te lonken.'
'Niet waar, ik was in gedachten verzonken, over Jem.' Ze wilde maar wat graag van onderwerp veranderen. 'Ze belde vanochtend om te zeggen dat haar mentor heel tevreden is over haar werk de laatste tijd. Hij denkt dat ze de examens misschien toch nog kan halen.'
'Wat geweldig.' Evie wist dat ze zich vreselijk zorgen had gemaakt over Jem. 'Maar dat neemt niet weg dat je stond te lonken. Ik heb oog voor dat soort dingen.'
Om maar te zwijgen over een mond. Wat jammer nou dat die niet kon worden dicht geritst. 'Je zou eens wat vaker moeten

uitgaan.' Ginny liep met rinkelende glazen langs haar en voegde eraan toe: 'Sommige mensen hebben belangrijker dingen aan hun hoofd dan mannenlijven.'

Finn trok zijn wenkbrauwen op. 'Zelfs de mijne?'

De keuken was leeg, op Tom de afwashulp na die druk bezig was bij het aanrecht. 'Heb je het warm?' Hij monsterde Ginny's blozende roze wangen.

Ze zette de glazen extra voorzichtig neer, zodat ze even op adem kon komen. 'Gewoon druk, Tom.'

God, wat zou het leven toch gemakkelijk zijn als ze geen last had van dat inwendige broeikaseffect.

Oké, wat zou het leven toch gemakkelijk zijn als ze die hopeloze, zinloze, idiote verliefdheid van zich af kon zetten.

Dat werd nog eens extra benadrukt toen de voordeur van het restaurant open ging en Tamsin met Mae op de arm naar binnen kwam stormen.

'Ik ben verliefd.' Tamsins ogen straalden.

Van zo'n opmerking had Ginny heel blij kunnen worden, ware het niet dat Tamsin met een of andere glossy brochure wapperde. Ze haastte zich naar Finn, gaf hem een kijk-uit-voor-mijnlippenstift-zoen en zei: 'Lieverd, dit moet je zien. Zes slaapkamers, uitzicht op zee, zo'n victoriaanse keuken van Clive Christian en een badkamer waar je steil van achteroverslaat. Het is ons droomhuis, een echt gezinshuis. Ik heb de makelaar gezegd dat we hem daar om vijf uur zien.'

'Zes slaapkamers.' Finn bladerde vertwijfeld door de brochure. 'Jezus, heb je gezien wat ze ervoor vragen?'

'Dat is maar een richtprijs, we kunnen toch een bod doen?' Tamsin wees enthousiast naar de foto's. 'Moet je die biljartkamer zien. En die tuin! En als je aan de toekomst denkt, is zes slaapkamers is helemaal niet zoveel.' Ze keek hem aan met haar betoverende glimlach. 'Want jij wil toch ook niet dat Mae enig kind blijft?'

Ginny voelde zich een beetje misselijk worden, maar er was niet te ontkomen aan dit huiselijke geluk. Tamsin stond erop dat Evie en zij de brochure ook bekeken. Ondertussen kirde ze verrukt over de kleinste details, en legde ze uit hoe onhandig hun huidige appartement was nu Mae kon lopen.

'We moeten dit zien te krijgen. Het is helemaal perfect.' Tamsin schudde haar lange haar naar achteren en schonk Ginny een glimlach. 'Jij hebt een twee-onder-een-kap, hè? Dan wil je toch ook dolgraag in zo'n huis als dit wonen?'
Wat zou Tamsin doen als Ginny zou antwoorden: 'Ja, maar alleen als ik daar met Finn kan wonen.'?
Natuurlijk zei ze dat niet. Mijn god, wat had ze vandaag? Een halfuur geleden had ze van een afstandje naar Finn staan lonken. (Wat zou Evie het heerlijk vinden te weten dat ze gelijk had gehad.) En nu was ze aan het fantaseren over bijdehante opmerkingen tegen haar rivale.
Maar Tamsin was niet echt een rivale te noemen. Zíj had namelijk een keurige, volwassen relatie met Finn, in plaats van een zielige, helemaal niet keurige fantasierelatie.
Plichtmatig antwoordde Ginny: 'Het ziet er prachtig uit.'
'Dadadablaaa,' zong Mae terwijl ze met haar handjes naar Finn klapte.
'Wil je naar papa? Hier, neem jij haar maar. Ze is veel te zwaar.' Nadat ze Mae aan hem had overhandigd, bleef ze even gelukzalig naar het tweetal kijken en richtte zich toen weer op het huis. 'Hoe kun je als kind nou niet gelukkig zijn als je opgroeit in zo'n huis?'

Op weg naar huis sprak Ginny zichzelf streng toe. Ze moest dat hele gedoe met Finn achter zich laten en haar leven weer zien op te pakken. Want laten we eerlijk zijn, ze was niet de eerste vrouw die een slippertje had gemaakt met haar erg aantrekkelijke baas en ze zou ook zeker niet de laatste zijn.
Hoe dan ook, positief denken, denk aan de toekomst. Absoluut. Wees blij met wat je hebt, want dat is al heel wat. Een gezonde, gelukkige dochter. Een leuke baan. Een mooi huis – hoewel Tamsin blijkbaar medelijden met haar had dat ze in een soort schoenendoos moest wonen. En er waren nog zo veel andere dingen om van te genieten, zoals kunst, boeken, op het strand wandelen, naar muziek luisteren...
Ze voelde zich al wat optimistischer, draaide de autoraampjes naar beneden en nam zichzelf heel bewust voor om te genieten van de kleine dingen in het leven. Zoals warm zonlicht op je ge-

zicht en die prachtige witte wolkjes in de lucht. Wat was Cornwall toch mooi. Ze had haar lievelingstrui aan, van witte angorawol, die trouwens best een beetje op een wolk leek, en bovendien nog niet was uitgelubberd. De radio speelde een liedje van David Gray en ze was dol op hem, vooral op de manier waarop hij met zijn hoofd wiegde. Ze zette hem wat harder en kwam in de verleiding om mee te gaan zingen, David wilde vast niet dat haar kattengejank zijn prachtige, gevoelige stem zou verpesten. Nee, ze zou gewoon naar hem luisteren en denken aan andere verrukkelijke dingen, zoals hoe fluweelzacht kiezelsteentjes kunnen zijn, aan hoe heerlijk kruimelig Laurels citroencake was, hoe prachtig het was wanneer je dolfijnen in zee zag spelen vlakbij Portsilver Point, hoe lekker warme teer en asfalt roken...

O ja, warme teer, dat was pas lekker. En wat goed dat ze niet had meegebruld met de radio, want toen ze de hoek om sloeg moest ze plotseling afremmen voor een middelbare man met een klaar-overbord, met het stopteken haar kant op. Ze keek hem stralend aan; hij had geen idee hoeveel geluk hij had gehad dat hij haar gezang niet had hoeven aanhoren.

Vóór hem waren twee mannen druk bezig met het asfalteren van een rechthoekig stuk aan de linkerkant van de weg. Aan de andere kant van de weg passeerden een bus en een paar personenauto's.

'Wat een prachtige dag,' riep Ginny naar de klaar-over, die een gerimpeld en gelooid gezicht had van het jarenlang in de zon staan.

'Veel te mooi om te werken.' Hij keek haar ook stralend aan, het was duidelijk een opgewekt iemand. Waarom ook niet, hij kon de hele dag genieten van die heerlijke geur van vers, warm teer. Hij draaide het bord met een zwierig gebaar om en ze zwaaide naar hem toen ze doorreed. Ze ademde diep in om geen enkele hap van die heerlijke warme teergeur te hoeven missen.

En veel te snel was het weer voorbij. Ze snoof nog eens, in de hoop dat ze nog een zweem ervan kon ruiken, en voelde zich toen opeens weer verdrietig. Ze was nog geen kilometer verder toen ze het niet langer aankon, een inrit op reed en snel omkeerde. Het had geen zin; je kon een zak Maltezers toch niet openmaken en er dan maar eentje opeten? Precies. En als ze te-

rug wilde omdat ze nog een keer dat asfalt wilde ruiken... nou, daar was toch niets mis mee? Jeetjemina, het was niet alsof ze de wet overtrad of zoiets. En in tegenstelling tot Maltesers werd je er ook niet dik van. In hemelsnaam, het was gewoon iets heel onschuldigs om van te genieten. En het was nog gratis ook.
De klaar-over keek even verbaasd toen hij haar weer zag. En gelukkig was het stopbord weer Ginny's kant op gedraaid. 'Ben je daar weer?' Hij gaf haar een knipoog. 'Ben je me aan het stalken? Zeg, ik zou dolgraag iets met je gaan drinken, maar ik vrees dat er thuis dan wat zwaait.'
Ginny grinnikte, want die uitdrukking zorgde altijd voor die bizarre beelden in haar hoofd. Ze concentreerde zich vervolgens op het inademen van de asfaltgeur die nu, als dat überhaupt mogelijk was, nog onweerstaanbaarder was dan eerder. Zou je teer kunnen kópen van deze mannen? Zouden ze het raar vinden als ze dat vroeg? En als ze 'nee' zeiden, zou ze dan later terugkomen, in het donker, en dan gewoon wat asfalt opgraven voor het hard was geworden?
'Ben je iets vergeten?' De klaar-over knikte haar vriendelijk toe. 'Je lijkt mijn vrouw wel. Soms denk ik wel eens dat die haar hoofd nog zou kwijtraken als het niet vastzat.'
Klaar met zijn vrolijke geplaag draaide hij het bord om en gebaarde voor de tweede keer dat Ginny mocht doorrijden. Opnieuw ademde ze de verslavende geur in. Ze hadden het aan de andere kant van de weg uitgesmeerd en het leek wel glanzende, plakkerige jam.
Even later herinnerde ze zich eindelijk waarom die geur haar zo bekend voorkwam en wanneer ze er voor het laatst zo door in vervoering was geraakt. Het was ook zo lang geleden. In het kantoor waar ze destijds werkte werd er vlakbij aan de weg gewerkt en terwijl al haar collega's klaagden over het oponthoud, de stank en het lawaai, had zij het juist heerlijk gevonden dat ze 's middags, tijdens de lunchpauze, onder het genot van een boterhammetje altijd naar hun werkzaamheden keek.
God ja, ze verslond haar boterhammen in die tijd echt, want ze was...
Ze was toen...
O nee, het zal toch niet waar zijn...

Hoe het haar was gelukt – grotendeels op de automatische piloot – wist Ginny niet, maar haar auto stond, maar een heel klein beetje scheef, op de grote parkeerplaats in het dorp. Ze stapte uit en stond meteen te trillen op haar benen. Kom op, als je nu als een hoopje in elkaar zakt is dat alleen maar tijdsverspilling en bovendien gênant. Ze vermande zich, klemde haar handtas tegen zich aan en liep naar de winkels.
Op de drempel van Boots hield ze stil. De winkelmeisjes hier kenden haar. Ze had al heel wat uurtjes langs de schappen geslenterd, oogschaduw op haar hand uitgeprobeerd, lippenstiften uitgezocht... Wat zouden ze wel niet denken als ze nu een... nee, ze moest het echt ergens anders kopen.
Er zat een kleine drogisterij op St Aldam's Square waar ze geen make-upspullen verkochten, en daar was ze nog nooit geweest. Toen ze klaar was snelde ze naar buiten en keek vlug om zich heen om er zeker van te zijn dat er geen bekenden in de buurt waren die haar konden betrappen.
De openbare toiletten waren verre van perfect, maar naar huis gaan was geen optie; dat zou een kwartier duren en ze wilde het nú weten. En het waren wel heel mooie openbare toiletten, heel erg schoon en net geverfd, met bloembakken aan de voorkant. Ze sloot zichzelf op een van de achterste hokjes, maakte met trillende handen het doosje open en las de gebruiksaanwijzing door. Ze plaste op het staafje, deed haar ogen dicht en wachtte tot de chemicaliën hun werk hadden gedaan.
Voor haar deurtje hoorde ze een moeder worstelen met een baby in een kinderwagen, terwijl ze tegelijkertijd haar jonge dochter probeerde te overtuigen dat ze haar handen moest wassen.
'Kom op Megan, wees nou lief en niet spatten.'
'Het is water!'
'Dat weet ik lieverd, maar daar houdt Thomas niet van. Zorg dat hij niet nat wordt.'
Oké, het was zover. Ginny deed haar ogen open en keek naar het staafje.
O god.
O god!
Buiten hoorde ze wat gerommel, en toen heel veel gespetter en het gekrijs van een boze baby. Ginny staarde wezenloos naar de

grijze deur van het hokje en hoorde Megan triomfantelijk giechelen vanwege haar geslaagde missie. De baby, die blijkbaar doorweekt was, krijste alsof zijn leven ervan afhing.
Gelaten hoorde ze Megans moeder zeggen: 'O meisje, kijk nou wat je gedaan hebt. Dat was niet erg slim van je, hè?'
Vertel mij wat, dacht Ginny.

47

Gavin vond het helemaal niet erg als iemand hem in zijn billen kneep, hij vond het zelfs fijn. Hij had alleen niet verwacht dat dat zou gebeuren terwijl hij over een drukke straat in Padstow liep.
'O, was jij dat?' Hij stak zijn armen uit en gaf Bev een dikke zoen, blij haar te zien. 'Ik had gehoopt dat het een jonge, oogverblindend mooie vrouw was.'
'Ach, twee van de drie is niet slecht,' zei Bev met een scheef glimlachje.
'Schei toch uit. Je zou toch geen eenentwintig meer willen zijn? En voor een oudere vrouw zie je er fantastisch uit.' Gavin keek goedkeurend naar haar glanzende, donkere lokken, naar haar rode jurk en het sensuele lichaam eronder.
'En jij hebt je zo te horen nog steeds niet ingeschreven voor die avondcursus "Hoe word ik een diplomaat"?'
'Qua gedrag ben ik nogal vastgeroest,' antwoordde hij stralend. 'Bovendien is het daar nu te laat voor. Maar wat grappig om jou hier tegen het lijf te lopen. We hebben je gemist op de club.'
Bev haalde haar schouders op. 'Ik heb lang genoeg gewacht tot George Clooney lid werd. Hij zal wel problemen hebben met zijn visum. Je ziet er trouwens goed uit, zeg.' Ze keek vol bewondering naar zijn pak. 'Ik had niet gedacht dat je er zo chic uit kon zien. Ik had je bijna niet herkend zonder schreeuwerig overhemd.'
'Werk, hè? Een lange, saaie afspraak met een kleine, saaie klant. En jij?'

'Veel leuker. Een helemaal niet saaie afspraak met een nogal spannend nieuw iemand.' Bevs ogen glinsterden terwijl ze terugliep naar haar tafeltje op het terras.
'Geweldig. Stel je me aan haar voor?'
'Leuk geprobeerd. Het is een hij.' Ze gebaarde trots naar het lege bierglas naast haar bijna lege wijnglas. 'Maar als je even wilt aanschuiven, ga je gang. We drinken hier wat en gaan straks eten bij de Blauwe Maan. Hij is even naar binnen om nog wat te halen.'
'Dus je hebt eindelijk een aardig iemand gevonden.' Ze straalde helemaal; het was duidelijk dat ze behoorlijk verliefd was.
'Ongelooflijk, hè? Ik besloot niet meer naar de club te gaan en zei tegen mezelf dat áls het ooit zou gebeuren, het nu zou gebeuren.' Bev knipte met haar vingers en keek hem stralend aan. 'En boem, een paar weken later, gebeurde het ook. Dus je hoeft helemaal niet al die vrijgezellenclubs af te gaan of lid te worden van een sportschool of een hond te nemen om andere mensen te ontmoeten tijdens het uitlaten. Raad eens hoe wij elkaar hebben ontmoet?'
'Je bent in een striptent gaan werken.'
'Gavin, wat ben je toch een barbaar, hoe kan ik ooit een oogje op je hebben gehad? Ik was de voortuin aan het wieden! Ik zat op mijn knieën met mijn grote achterwerk omhoog en was druk bezig paardenbloemen uit de grond te trekken.'
Gavin de Barbaar hield wijselijk zijn mond, maar hij moest toegeven dat ze wel een aantrekkelijk beeld schetste.
'Toen kwam er een kerel langs en die stopte opeens.'
Allicht, dacht Gavin de Barbaar.
'Hij was de weg kwijt,' vervolgde Bev haar verhaal. 'Hij vroeg me waar Lancaster Road was.'
Zo zo, de klassieke aanpak.
'Maar hij kwam juist uit de richting van Lancaster Road, dus daar moesten we allebei wel om lachen.'
Goh.
'Op de een of andere manier klikte het meteen.' Bev knipte weer met haar vingers. 'Het was ongelooflijk, we bléven maar praten. We konden gewoon niet ophouden, er was zo'n geweldige... jemig, tja, *chemie* tussen ons.'

Duidelijk een vakman.
'Na een uur of wat vroeg hij of ik die avond iets met hem wilde drinken, en dat was het. Dat wilde ik natuurlijk wel. We hebben iets afgesproken en het was zo geweldig. Het leek alsof we elkaar al eeuwen kenden,' zei Bev dromerig. 'Ik heb eindelijk de perfecte man gevonden. Hij is aardig, een echte heer, en zo belangstellend. Het is bijna te mooi om waar te zijn. Dit is pas ons derde afspraakje – niet te geloven, hè? Pas ons derde afspraakje! – maar ik heb echt het idee dat Perry en ik... Ik denk echt dat we...'
'Wacht even,' onderbrak Gavin haar. 'Wat zei je?'
'Dat het pas ons derde afspraakje is. We hebben elkaar zondag ontmoet.'
'Dat bedoelde ik niet. Heet hij Perry Kennedy?'
'Jemig, ja, zo heet hij!' zei Bev terwijl ze haar handen op elkaar sloeg. 'Ken je hem soms?'
Gavin had tot op dat moment Bevs nieuwe vlam beschouwd als een mede-rokkenjager, een man naar zijn hart, en daar was in principe niets mis mee. Maar nu besefte hij opeens, alsof hij met duikschoenen en al de zee in was gesprongen, dat er wel degelijk iets mee mis was. Hij hoopte in ieder geval dat hij het niet zo bont maakte als Perry Kennedy. Hij, Gavin, was zo omdat hij het concentratievermogen van een mug had, maar hij zou nooit doelbewust een vrouw bedonderen. Hij was geen koele, berekende man.
Bevs glimlach verslapte. 'Wat zit je me nou aan te staren?'
'Ja, ik ken hem. Hij is een klootzak. En niet te vertrouwen.' Er was geen aardige manier om het haar te vertellen, en Gavin deed daarom ook geen moeite om de klap te verzachten. 'Ginny heeft een tijdje wat met hem gehad. Hij heeft haar bedrogen en voor gek gezet. Ze kwam erachter dat hij het met haar beste vriendin deed. En dat bleek niet de eerste keer te zijn.'
Arme Bev, haar glimlach was nu definitief weggesmolten. Ze was heel erg geschrokken. Bovendien kon Perry elk moment terugkomen met hun drankjes.
'Ik haat hem voor wat hij Ginny heeft aangedaan,' zei Gavin. 'Hij heeft haar hart gebroken' – oké, dat was wat overdreven, maar toch – 'en het jouwe straks ook.'

God, als ze nu maar niet ter plekke in tranen uitbarstte.
Maar Bev stond steviger in haar schoenen dan hij had verwacht. Achteroverleunend in haar stoel slaakte ze sissend een diepe zucht. 'Shit, shit, shit!'
'Het spijt me, lieverd. Ik kon het moeilijk voor je verzwijgen.'
'Zo gaat het nou altijd. Ik zou daar toch inmiddels wel aan gewend moeten zijn? Als iets te mooi lijkt om waar te zijn, is het dat waarschijnlijk ook. En ik dacht nog wel dat ik eindelijk eens de wind mee had.' Ze zuchtte nog eens diep. 'Ik dacht echt dat ik onweerstaanbaar was.'
'Lieverd, dat ben je ook.' Voor een oudere vrouw dan, dacht Gavin er stilletjes bij. 'Des te meer reden om niet met zo'n eikel in zee te gaan. Ik kan je verzekeren: hij bezorgt je een hoop last en weinig lust. Als ik jou was, zou ik 'm smeren.'
Bev keek naar haar schoenen. 'Dat is met deze hakken makkelijker gezegd dan gedaan.' Ze droeg open rode schoenen, met naaldhakken van minstens tien centimeter, versierd met vlindertjes. Het soort schoenen waarmee je indruk wilde maken op de man van je leven. Best sexy trouwens.
'Je zou ze uit kunnen trekken,' zei Gavin.
'O god, waarom moet mij dit nou weer overkomen?' Bev keek over haar schouder of Perry al naar buiten kwam.
'Jij bent niet de enige die dit overkomt. Mannen zoals hij moeten alleen eens een keer hun lesje leren.'
'De pot,' zei ze droog. 'En de ketel.'
'Au. Die zit.' In zijn ooghoeken verschenen lachrimpeltjes. 'Ik ga maar, ik kan je beter alleen laten.'
'Waar ga je naartoe?'
'Iets eten. Maar ik denk niet in de Blauwe Maan.' Hij zag dat Bev nadacht. 'Hoezo?'
Ze haalde haar schouders op. 'Heb je zin in gezelschap?'
'Alleen als je belooft dat je niet zeurt over mijn slechte gedrag.'
Bev trok haar naaldhakken uit, stond op en dronk haar laatste slok wijn op. 'Als jij niet steeds zegt dat je me wel zou zien zitten als ik jonger was. Probeer nou gewoon een keer aardig te zijn, oké? Ik heb het al zo zwaar.'
Gavin knipoogde. 'Een vrouw in nood... daar ben ik dol op.'

De rij bij de bar was belachelijk lang. Toen hij eindelijk weer buiten kwam, een drankje in iedere hand, was Bev spoorloos. Wat was dit nou? Zat hij soms in een aflevering van *Bananasplit*? Hij bleef staan en keek om zich heen. Aan het tafeltje waar ze net nog hadden gezeten, zaten nu vier andere mensen. Toen Perry naar ze toe liep, kreeg hij te horen dat het tafeltje vrij was geweest toen ze aankwamen.
Hij keek nog eens goed rond. Geen van hen had een rode jurk aan. Was Bev naar de wc gegaan en ongemerkt langs hem heen geglipt?
Maar even wachten dus. Waar bleef ze nou? Perry voelde zich steeds suffer en liep uiteindelijk naar de kantoortypes die aan het tafeltje achter hun oude tafeltje zaten. 'Eh... neem me niet kwalijk, heeft een van jullie soms gezien wat er is gebeurd met de vrouw die daar zat? Donker haar, rode jurk...'
'Ze is ervandoor met een ander,' zei een jongen met sproeten en piekhaar. Hij grijnsde naar zijn vrienden.
'Warren!' Het meisje naast hem porde hem in zijn zij. 'Dat kun je niet maken.'
'Waarom niet? Het is toch zo?'
'Hoe bedoel je?' Perry voelde zijn schouders verstrakken.
'Ze zat daar in haar eentje. En toen kwam er een andere vent langs. Ze sprong op en dook zowat boven op hem. Kneep hem in zijn kont en alles. Ze konden niet van elkaar afblijven.'
'Ze hebben een tijdje zitten praten,' verduidelijkte het meisje, 'en liepen toen samen die kant op.'
'En hij droeg haar schoenen,' kwam een ander meisje tussenbeide. 'Het leek wel op Assepoester, maar dan andersom.'
De sproetenkop keek haar minachtend aan. 'Weinig Assepoester, hoor. Eerder een soort perverse schoenenfetisjist.'
'En ze liep gewoon met hem mee?' Perry knipperde ongelovig met zijn ogen. 'Hoe zag hij eruit?'
'In de veertig. Iets te dik. Al wat kaal op zijn voorhoofd. Niet direct Pierce Brosnan.' Het eerste meisje haalde haar schouders op en keek peinzend voor zich uit. 'Maar hij had wel een leuke lach. En sprankelende ogen. Best wel eh... leuk eigenlijk.'
De jongen gniffelde. 'Zij vond hem blijkbaar leuk.'
Perry kon het niet geloven. Bev had hem laten zitten en was er-

vandoor gegaan met een andere man die niet eens heel aantrekkelijk was. Ze had gewoon de benen genomen, zonder überhaupt gedag te zeggen.
Hoe kon ze dat nou flikken?
Hij was nog nooit zo vernederd.

Bev had een binnenpretje.
'Wat is er?' vroeg Gavin.
'Ik bedacht opeens iets.' Ze rolde op haar zij zodat ze hem kon aankijken. 'Ik wil wedden dat ik de oudste vrouw ben met wie je ooit hebt gevreeën.'
'Absoluut. Maar weet je? Het was lang niet zo eng als ik had verwacht.'
'Hé, een beetje dimmen hè?' Bev klemde zijn been tussen de hare.
'Dat is een compliment, hoor. Echt waar.' Gavin trok haar naar zich toe. 'Je kent een hoop kunstjes.'
'Jaren van oefening. Bijna net zoveel als jij. En een man in de veertig heeft zijn seksuele piek al gehad. Terwijl ík...' Ze trok met haar nagels opwindende rondjes aan de binnenkant van zijn dijbeen, 'in de kracht van mijn leven ben.'
'Heb ik mijn piek al gehad? En mijn reputatie dan? Dat zal ik moeten ontkrachten.' Hij rolde haar op haar buik, vast van plan het meteen te bewijzen, maar Bev kronkelde weg voor hij op haar kon gaan liggen.
'Niet nu. Over een uur moet ik op mijn werk zijn.'
Frustrerend genoeg had ze gelijk. Geen van beiden had verwacht dat het gisteravond zo zou lopen. Nadat ze in Padstow hadden gegeten, had Gavin haar uitgenodigd voor een slaapmutsje. Ze hadden het eerst over Perry Kennedy gehad, maar dat was veel te deprimerend, en ze waren op andere onderwerpen overgestapt. En Gavin had opeens gemerkt hoe verfrissend het was een flirterig gesprek te voeren met iemand met hersens –iemand die intellectueel nieuwsgierig was en dingen snel oppikte. Bev was geweldig gezelschap en keek hem niet vragend aan als hij het over Nixon en Watergate had. Ze wist wie Siouxie Sioux was. Ze wist nog hoe een wereld zonder mobieltjes was geweest. Bovendien kon ze het bekende deuntje van die reclame van 'Shake'n'Vac' woord voor woord meezingen.

Oké, ze hadden dus niet alleen maar intellectuele gesprekken gevoerd.
Daarna was de rest vanzelf gegaan. Ze stonden in de keuken, hij had koffie gezet, zij had suiker in zijn kopje gedaan. Zijn hand had per ongeluk langs de hare gestreken en ze was zo geschrokken dat ze de suiker op het aanrecht had gemorst. Plagerig had Gavin gevraagd: 'Heb ik echt zo'n uitwerking op je?'
'Ja,' had Bev gezegd.
'Toen we eerder vanavond bij dat café zaten, zei je dat je me vroeger zo leuk vond. Was dat een grapje?'
Ze schudde haar hoofd. 'Nee, dat was de waarheid.'
'Je hebt nooit iets laten blijken.' Gavin vond het wel fijn dat ze zo eerlijk antwoord gaf.
'Dat had geen zin. Ik kon mezelf niet in een tweeëntwintigjarige veranderen.'
De laatste tweeëntwintigjarige die Gavin had ontmoet, had het gehad over het beroemde V-popfestival van die zomer. Toen Gavin haar trots had verteld dat hij naar het allereerste Live Aid-concert was geweest, had ze opgewonden gekwetterd: 'Lauw zeg, daar hebben we op school met geschiedenisles over gehoord!'
En voor hij het wist had hij Bev gekust. De suikerkristallen knarsten onder hun voeten toen ze elkaar vastpakten. De koffie was vergeten en de suiker lag nog op het aanrecht. Gisteravond was een openbaring geweest, helemaal omdat het zo onverwacht was. Seks met Bev was een genot.
Zeker voor herhaling vatbaar, maar ze stond al naast het bed. Ze kleedde zich vlug aan zodat ze naar huis kon om zich daar snel te douchen en te verkleden voor haar werk.
Ze was vliegensvlug klaar. Gavin besefte dat hij niet wilde dat ze wegging. Toen ze hem gedag kuste vroeg hij: 'Heb je vanavond iets?'
'Ik? Nee, niets. Ik ga kijken naar *Last of the Summer Wine*, mijn looprekje oppoetsen en mijn Thora Hird-plakboek doorbladeren.' Schouderophalend voegde ze eraan toe: 'En jij?'
'Nou, als je *Last of the Summer Wine* een keer kan missen, kan ik je laten zien dat ik mijn seksuele piek nog lang niet heb gehad.'

Ze keek hem onderzoekend aan. 'Wil je dat aan jezelf of aan mij bewijzen?'
'Hé, ik wil je gewoon graag weer zien. Ik had dit net zomin verwacht als jij, maar het is wel gebeurd.' Hij keek naar de fijne rimpeltjes bij haar ogen en besefte dat haar gezicht daardoor karakter kreeg. Hij raakte haar wang aan – ze had gelukkig geen onderkin, dát zou echt te ver zijn gegaan – en zei: 'En ik ben blij dat het gebeurd is.'
'En dat zeg je niet alleen uit beleefdheid of om mij een plezier te doen?'
'Geloof me, zo edelmoedig ben ik niet. Nou, Moneypenny, kom je vanavond om zeven uur hierheen of niet?'
'Waarom zou ik hiernaartoe komen?'
Gavin deed zijn uiterste best een goede imitatie te doen van Sean Connery. 'Nou, ik zat te denken aan ruige seks en tosti's toe.'
'Tja, als je het zo brengt.' Bevs ogen glinsterden toen ze hem op zijn neus kuste. 'Ik kan *Last of the Summer Wine* natuurlijk ook opnemen.'

48

De postbode had een enorme stapel enveloppen afgeleverd en een aangetekend pakketje dat aan Laurel was geadresseerd. Ginny nam alles mee naar de keuken en maakte de eerste envelop open.
De gas- en elektriciteitsrekening, geweldig.
De tweede was van het waterleidingsbedrijf, super.
De derde was een bankafschrift. Zoals altijd fantaseerde Ginny dat er een idioot groot bedrag was gestort dat eigenlijk voor iemand anders was bestemd, en dat – dat was het leukste eraan – de persoon in kwestie zo rijk was dat hij het niet eens miste. Zoals die keer toen Sting, eeuwen geleden, niet gemerkt had dat iemand een paar miljoen pond van zijn rekening had afgetapt. Stel je voor. Waarom zou een volkomen onschuldig computerfoutje niet hetzelfde doen voor haar?

Helaas ontdekte ze na een vluchtige blik dat dit ook deze maand weer niet was gebeurd. Erger nog, haar saldo was lager dan het hoorde te zijn. Ze bekeek het afschrift nog eens en zag toen wat er ontbrak. 'Laurel?'

Laurel verscheen in de deuropening. 'Ja?'

'Je huur is nog niet overgemaakt. Zou je Perry kunnen vragen wat er is misgegaan?'

'O.' Laurel schuifelde wat ongemakkelijk heen en weer en ontweek haar blik. 'Eh... hij kan het niet meer betalen.'

'Pardon?'

'Het spijt me, ik had het je eerder willen zeggen.' Laurel schoot in de verdediging; blijkbaar wist ze het al een tijdje.

'En wie gaat het dan betalen?'

'Dat weet ik niet.'

Ongelovig schudde Ginny haar hoofd. Alsof ze niet al genoeg aan haar hoofd had. Laurel was de afgelopen paar weken weer vervallen in haar oude, neurotische gedrag omdat Kevins verjaardag naderde. Om de een of andere reden had Laurel bedacht dat Kevin die dag zou kiezen om bij haar terug te komen. De verjaardag was inmiddels een week geleden en er was niets gebeurd; Laurels verdriet was immens groot geweest. Ginny had haar best gedaan Laurel te troosten, maar haar geduld begon nu op te raken.

'Luister, ik moet ook rekeningen betalen,' zei ze geïrriteerd. 'Jem heeft geen baantje meer, dus daar moet ik ook bijspringen. Je kunt niet van me verwachten dat ik gewoon zeg: "O, nou ja, laat maar zitten, misschien win ik de lotto wel." Als Perry je huur niet meer betaalt, moet je het zelf doen.'

Met haar lichtgroene ogen leek Laurel nu echt sprekend op Ophelia. 'Maar ik heb geen geld.'

En toen knapte er iets bij Ginny. 'Dan zul je toch moeten doen wat normale mensen ook doen, en zorgen dat je een baan krijgt!'

Laurel keek alsof Ginny haar geslagen had. 'Dat kan ik niet.'

'Dat kun je wel,' beet ze terug, 'maar je wilt niet. En het spijt me, maar als je de huur niet betaalt, kun je hier ook niet blijven wonen. Je bent echt niet de enige die problemen heeft, oké? Ik heb het op dit moment ook verdomd zwaar, maar ik zal het

toch moeten zien te rooien, want zo is het leven nu eenmaal.'
Laurel hernam zichzelf en wierp een blik op het pakketje dat op tafel lag.
'Dat is voor jou. Net gebracht.' Ginny keek er jaloers naar; waarom kreeg Laurel een pakketje toegestuurd terwijl zij alleen maar van die verrotte rekeningen kreeg?
'Bedankt.'
'Maak dan open.'
'Zo direct.'
O, in godsnaam, vanwaar al die geheimzinnigheid? Het was niet groot genoeg voor een vibrator. Ginny was inmiddels te nijdig om te beseffen dat ze onredelijk was en blafte: 'Maak dat verdomde pakketje nou open!'
Laurel gehoorzaamde schoorvoetend, maar toen ze het papiertje eraf haalde begon haar kin te trillen.
Ginny's ogen werden groot. 'Iemand heeft je een Gucci-horloge gestuurd!'
'Nee.'
'Bedoel je dat je dat zelf hebt gekocht?' Jezusmina, hoeveel kostte een Gucci-horloge wel niet?
'Nou, oké, als je het per se wilt weten,' flapte Laurel eruit, 'die heb ik voor Kevin gekocht. Ik dacht dat hij dan weer van me zou gaan houden. Hij heeft altijd al een Gucci-horloge gewild.' Ze vouwde het briefje dat erbij zat open, las het snel door en verfrommelde het toen in haar hand. 'Maar niet van mij blijkbaar. Niet te geloven dat hij het heeft teruggestuurd. God zeg, waarom kan er bij mij nou nooit eens iets goed gaan?'
Ginny's hormonen gingen ongedurig tekeer. 'Ik dacht dat je klaar was met hem. Dit gaat echt te ver, Laurel. Kevin zal nooit meer van je gaan houden. Hij komt niet terug. Het is voorbij en daar zul je je bij moeten neerleggen.' Voor Laurel in snikken kon uitbarsten voegde ze er haastig aan toe: 'En bekijk het van de zonnige kant. Je kunt het horloge terugbrengen naar de winkel en dan heb je weer geld.'
Voor de huur, hoop ik.
'Dat kan niet,' snotterde Laurel terwijl ze verdrietig naar het horloge bleef staren.
'Tuurlijk wel! Tenzij hij nep is natuurlijk.' Ginny bekeek hem

eens van dichtbij. Nou, als dat nep was, wilde zij er ook wel een hebben.
Laurel was buiten zichzelf. 'Natuurlijk is hij niet nep! Wat denk je wel van me?'
Zo te horen meende ze het echt. 'Nou, je bent blijkbaar iemand die een paar honderd pond uitgeeft die ze niet heeft, voor iemand die niets van haar wil hebben. Allemachtig zeg, breng hem gewoon terug naar de winkel en vraag je geld terug!'
'Ik zei toch dat dat niet kan. Ik heb hem drie weken geleden gekocht.' Laurel friemelde aan de vormloze, te lange mouwen van haar grijsgroene trui. 'Je krijgt je geld alleen retour als je hem binnen twee weken terugbrengt.'
O god! Wanhopig zei Ginny: 'Ga de volgende keer dan naar Marks and Spencer en koop een paar sokken.'
'Het spijt me. Ik hou van hem.' De tranen stroomden opnieuw langs Laurels bleke wangen. 'Ik weet het nu echt niet meer.'
'O nee?' Hier zakte Ginny's broek echt van af. Zich bewust van de embryo in haar buik en de stapel rekeningen op tafel voelde Ginny dat het elastiekje van haar geduld nu echt op knappen stond. Ze verhief haar stem en gilde: 'Weet je het echt niet meer? Dan kan ik je wel helpen, hoor. Vergeet Kevin en hou op met dat zelfmedelijden van je! Je moet je leven weer op poten zetten en je als een volwassene gaan gedragen! En als je hier wilt blijven wonen, moet je zorgen dat je een baan vindt!'
Ginny haalde even diep adem. Jeetje, had ze dat echt allemaal gezegd? Gezien de afschuw op Laurels gezicht en het feit dat ze tegen de deurpost was aangebotst toen ze de keuken uitvloog, leek het daar wel op.

Ginny ging in Jems slaapkamer achter de computer zitten en keek naar foto's van embryo's in buiken. Ze ontdekte dat de hare inmiddels vingers en tenen had gevormd en een soort van gezicht – al was het met gigantische marsmannetjes-ogen en gedrongen oren. De embryo kon ook al dingen ruiken (hoe wisten ze dat nou?), de hersenen hadden al een hypofyse en in zijn borstkas klopte een piepklein hartje.
O god, ze was echt zwanger. Eén roekeloze actie die haar hele leven op zijn kop zette, hoe had ze ooit zo...

'Eh, hallo?' Laurel klopte voorzichtig op de deur. Ginny dook boven op de muis en begon als een waanzinnige de pagina weg te klikken. In de milliseconde voordat Laurel binnenkwam was het haar gelukt.

Nog nastuiterend van de adrenaline vroeg ze: 'Ja, wat?'

Laurel zag er heel ongelukkig uit. 'Sorry, maar eh... ik moet even naar de apotheek voor mijn pillen. Ik vroeg me af of ik nog iets voor jou kon meenemen.'

Goh, eens kijken, wat tepelcrème en een tube van dat spul tegen zwangerschapsstriae voor als je buik de omvang van een voetbal heeft bereikt. En doe ook maar een doos zoogcompressen, een pak met duizend luiers en een paar rollen beschuit...

'Nee, dank je.'

'O. Oké.' Stilte. 'Het spijt me echt van... nou ja, je weet wel, de huur.'

Ginny wapende zich; Laurel wist dat ze makkelijk was om te praten. Nou, deze keer niet. 'Je valt in herhaling,' zei ze stijfjes.

Laurels trucje was mislukt en ze keek heel beteuterd. 'Oké, ik ben over een halfuur terug.' Ze draaide de deurknop een paar keer heen en weer, maar ging niet weg. 'En ik ga er echt iets aan doen. Dat beloof ik.'

Over emotionele chantage gesproken. Ginny weigerde te zwichten. Ze draaide zich weer om naar de computer. 'Mooi zo.'

Drie uur later was Laurel nog steeds niet terug. Ginny haalde de was uit de droger en bracht de mand met schone kleren naar boven. Laurel bleef nooit zo lang weg. Maar het was ook geen gewone dag geweest; misschien was ze naar het uitzendbureau of even langs Perry.

Tegen de tijd dat ze de kleren had gesorteerd en opgeborgen, was Laurel nog steeds niet terug. Ginny begon nu echt last te krijgen van haar geweten en besloot even op Laurels slaapkamer te kijken. Wie weet lag er een aanwijzing voor waar Laurel naartoe kon zijn gegaan.

De felgele kamer was ongelooflijk netjes, alsof het een kamer in een modelwoning was. Afgezien van de handtas op bed was alles opgeruimd en keurig. Laurels handtas. Ginny fronste. Als je naar de winkel gaat, neem je je handtas toch mee? Tenzij Laurel besloten had een andere handtas te pakken die beter bij haar kleren paste, (erg onwaarschijnlijk, dacht Ginny) en de inhoud van deze had overgeheveld omdat die beter stond bij haar modderbruine jurk en groene trui.

Maar nee, toen ze de tas oppakte zag ze dat die vol zat met Laurels spullen. Met ál haar spullen, waaronder haar portemonnee en haar pasjes.

Dat was wel een beetje raar, hè?

Haar hart begon iets sneller te kloppen en ze trok de lades van Laurels kast open. In de bovenste lagen allemaal onderbroeken. Keurig gestreken en opgevouwen, totaal anders dan de warboel van beha's en onderbroeken waaruit Ginny's verzameling bestond. In de tweede la zaten panty's en onderrokken, weer zó keurig op een stapeltje dat het wel een winkeletalage leek.

In de onderste la zaten allemaal fotolijstjes met foto's van Kevin (die al deze levensangst en dit verdriet absoluut niet waard was!), het doosje met het Gucci-horloge, een oude, marineblauwe lamswollen trui met gaten in beide ellebogen en een lichtgrijs met leer ingebonden dagboek.

Ginny slikte. Doen? Of niet? Ze had één keer eerder stiekem in iemands dagboek gekeken. Het was geen fijne ervaring geweest te moeten lezen dat 'Mama vindt dat ze goed kan dansen, maar ze is echt genand, mijn vrienden lagten haar allemaal uit op het kerstfeest op school.' Gevolgd door: 'Ik wou dat mama echte naamlabels kogt voor mijn schooluniform, ik ben de enige die haar naam in viltstift erin heeft staan. Mrs. Hegarty (ik háát haar) deed heel gemeen en vroeg of mijn moeder soms niet kon naaien.'

Ginny schaamde zich nu ze er aan terugdacht. Toen ze klaar was geweest met het aanbrengen van tweeëndertig naamlabels en haar vingers op een speldenkussen leken, had zij ook een hekel gekregen aan Mrs. Hegarty.

En nadat ze vanochtend zo was uitgevallen tegen Laurel zou ze hierin waarschijnlijk ook niet veel goeds over zichzelf lezen. Eerder iets als: 'Ginny Holland is een koele, egoïstische, op geld beluste teef die de plinten nooit afstoft én haar onderboeken niet strijkt.'

Het bleef Laurels dagboek en zoiets privé's hoorde je niet te le-

zen. Ze liep naar het raam en tuurde naar buiten. Wat zou ze blij zijn als ze Laurel nu richting huis zag lopen. Dan kon ze het dagboek terugleggen en hoefde ze geen onaardige opmerkingen over zichzelf te lezen.
Maar er liep niemand op straat; geen spoor van Laurel in haar lange jurk en flodderige trui.
Ze was al meer dan drie uur weg. Zonder haar handtas.
Ginny werd steeds ongeruster, sloeg het dagboek open en bladerde door de tientallen dicht beschreven pagina's tot ze bij de laatste aantekeningen kwam.
Er zaten vlekken van tranen op het papier. Laurel had het volgende geschreven:

> Kevin heeft het horloge teruggestuurd met een briefje waarin hij zegt dat ik geen contact meer met hem mag zoeken. Ginny weet nu van de huur en was erg boos. Ik weet dat ze me hier niet meer wil. Ze zei dat als ik geen baan vind, ik zal moeten verhuizen, maar hoe kan ik nou een baan gaan zoeken terwijl ik me zó voel? Ze begrijpt het niet. Niemand doet dat.
> Het heeft geen zin meer. Ik kan zo niet doorgaan. Ik haat mezelf zoals ik nu ben. Ik weet wat me te doen staat. Het is genoeg geweest.
> Dag Kevin, ik heb zoveel van je gehouden. Geniet van je verdere leven. En maak je geen zorgen, ik zal je niet meer lastigvallen.

49

Trillend stortte Ginny zich op het perfect opgemaakte bed. Haar mond was zo droog dat ze niet kon slikken en in haar oren klonk een luid, suizend gezoem. O god, dit was nog veel erger dan ze had gedacht. De tranen op de pagina waren opgedroogd; Laurel had die woorden meer dan drie uur geleden geschreven voordat ze het huis met lege handen had verlaten.

Ginny herlas de woorden terwijl haar hart als een razende tekeerging. Er was geen twijfel over wat Laurel van plan was. Misschien was ze al dood en dreef ze in zee of lag ze als een zielig hoopje onder aan een klif. Of was ze naar de apotheek gegaan voor haar antidepressiva en had ze die allemaal in één keer ingenomen, tot en met de laatste pil in het doosje...
God, hoe had ze zo kunnen uitvaren tegen iemand die aan de antidepressiva is? Flarden van hun gesprek zapten schuldbewust door haar brein.
Hou op met dat zelfmedelijden. Zorg dat je je leven weer op poten krijgt. Kevin komt niet terug. Hij wíl je niet. Ga de volgende keer naar Marks and Spencer voor een paar sokken.
En wat waren Laurels laatste woorden geweest voordat ze zo verdrietig was weggegaan?
'Ik ga er echt iets aan doen. Dat beloof ik.'
Bevend en wel kwam Ginny tot de conclusie dat ze haar net zo goed zelf een geladen pistool had kunnen aanreiken. Laurel was naar haar toe gekomen voor wat medeleven en begrip en in plaats daarvan had ze de wind van voren gekregen van een overhormonale kenau.
Ginny stond hyperventilerend op en voelde zich vreselijk beroerd. Ze wist wat haar te doen stond.

Prt-prt-prt-prt-prt-prt-prt.
Toe nou.
Prt-prt-prt.
O alsjeblieft, alsjeblíeft, niet nu. Start nou gewoon, verdomme.
Prt-prt-prt.
Ginny veegde het zweet van haar bovenlip en drukte verwoed op het gaspedaal. Naarmate de prt-prt's aanhielden verergerde de kramp in haar maag.
Prt-prt-prt...
Klik.
O shit! Wat een kloteding. Hijgend sprong ze naar buiten en probeerde te bedenken wat ze kon doen. Ze had geen keus. Ze dook terug in de auto en probeerde het nog een keer, in de hoop dat haar auto medelijden met haar zou hebben en al zijn energie bij elkaar zou rapen om alsnog aan te slaan.

Klik.
Die verrekte auto ook. Ginny bonkte een paar keer op het stuur en sloot in wanhoop haar ogen.
Een tik op de autoruit deed haar opschrikken. Toen ze zag wie het was zonk de moed haar in de schoenen.
'Ik heb een acculader als je die wilt lenen.'
'Wat?' Het kwam zo onverwacht dat Ginny's hersenen even totaal blanco waren.
'Je accu is leeg,' zei Carla. 'Je hebt gisteravond je lichten aan laten staan.'
'Wat?' Ginny staarde naar het knopje op het dashboard en besefte dat ze gelijk had. 'Je bedoelt dat je zag dat ik mijn lichten aanliet en je daar niets aan hebt gedaan?'
Carla verstijfde. 'Je zei dat je me nooit meer wilde spreken. Ik kwam hier nu alleen maar naartoe omdat je er een beetje gestrest uitziet.'
Een beetje gestrest? 'O, oké. Dus als je gisteren had gezien dat ik door een bus was overreden, had je me gewoon op straat laten liggen? Nou, bedankt. Je wíst dat mijn accu vandaag leeg zou zijn, maar je hebt gewoon... gewoon...' Ginny bonkte weer op het stuur, niet in staat Carla, met haar dansende geometrische boblijn, roze carrièrepakje en smetteloze make-up, aan te blijven kijken.
'Hé, ik zei toch dat je mijn acculader mocht lenen.'
'Daar heb ik niks aan. Dat duurt uren. Ik heb de auto – nog een bonk – nú nodig.'
'Oké, als het zo dringend is, wil ik je wel een lift geven. Waar moet je naartoe?'
'Dat weet ik niet!!!!' Wanhopig brulde Ginny het uit. 'Dat is het nu juist, je kunt me geen lift geven want ik weet niet waar ik naartoe moet, ik weet alleen dat ik moet proberen haar te vinden voordat het... o god, voordat het te l-laat is...'
'Oké, uitstappen. Nu.' Carla graaide de sleuteltjes uit het contact, trok Ginny uit de auto en zei kordaat: 'We gaan met mijn auto en het maakt niet uit hoe lang het duurt. Is ze in Bristol?'
'Wat?' Ginny merkte dat ze de straat over werd getrokken en in Carla's auto werd geduwd. Enerzijds wilde ze niet dat dit ge-

beurde, anderzijds wist ze dat ze geen keus had. 'Waarom zou ze in Bristol zijn?'

Carla staarde haar aan. 'Heb je het dan niet over Jem?'

'Nee, nee. Het is Laurel.' Ginny schudde haar hoofd en vertelde wat er die ochtend allemaal was gebeurd.

Carla had haar zwijgend aangehoord en zei nu: 'Kun je dan niet beter de politie bellen?'

'Dat heb ik gedaan! Maar Laurel heeft niet opgeschreven: "ik ga mezelf van kant maken", dus ze wachten gewoon af of ze weer opduikt. Je kunt een volwassene pas na vierentwintig uur als vermist opgeven. Zij hebben makkelijk praten,' zei Ginny gefrustreerd, 'maar hoe denk je dat ik me voel? Het is mijn schuld.'

'Onzin. Voel je je beter als ik je vertel dat ik haar een maand geleden al van een klif had willen afduwen? Oké, waarnaartoe?' Ze stond klaar voor de zoektocht. Hulpeloos zei Ginny: 'Maakt niet uit. Overal. De apotheek? De huisarts? Misschien het uitzendbureau.'

'Ha,' snoof Carla ongelovig en ze startte de auto. 'Droom gerust verder, hoor.'

'Dat moet je niet zeggen.' O god, wat als Laurel al dood was? Huiverend ratelde Ginny verder. 'We kunnen naar de kliffen gaan. Of het op het strand proberen. We kunnen de strandwachten vragen of ze haar gezien hebben. Ze had een bruine jurk aan.'

'Een lange, dunne vrouw met lang, rood haar in een lange, bruine jurk.'

'En we kunnen het bij Perry proberen. Misschien is ze daar.' Ginny voelde zich al beroerd bij het idee dat als Laurel daar niet was, ze Perry dan zou moeten vertellen wat er gebeurd was. Nou, dat kon Carla dan mooi doen.

'Perry woont niet meer in Portsilver. En hij heeft een ander nummer.' Carla zweeg even en zei toen kortaf: 'Het is uit. Ik heb hem al weken niet gezien.'

'Echt waar?' Even vergat Ginny Laurel. 'Waarom? Wat is er gebeurd?'

'Het is gewoon uit, meer niet. Dat vertel ik je later wel.' Carla bleef strak naar de weg kijken. 'Laten we ons nu eerst maar richten op het vinden van Laurel.'

Ze vonden haar niet. De vier uur dat ze al weg was, werden er vijf en vijf werden er zes. Niemand had Laurel gezien, ze was niet bij de apotheek geweest voor haar pillen en niemand had haar langs de kliffen zien lopen of aan het strand gezien.
'Maar dat is toch goed?' zei Carla in een poging Ginny op te vrolijken. 'Ze hebben dus geen lichaam uit het water gevist.'
Dat was alleen geen geruststelling. Het betekende dat Laurel nog steeds vermist was en dat terwijl ze er nogal beroerd aan toe was geweest. Ondanks het briefje op de keukentafel waarin stond dat Laurel haar moest bellen zodra ze terugkwam, belde Ginny nu voor de honderdste keer haar eigen nummer. Er werd weer niet opgenomen. Het was vreselijk egoïstisch en ze schaamde zich dat ze het überhaupt dacht, maar als Laurel dood was en de politie las haar dagboek, zouden ze haar dan gedeeltelijk verantwoordelijk houden voor deze tragedie, misschien zelfs wel beschuldigen van doodslag?
'Moet je naar de wc?'
Ginny besefte dat haar hand op haar buik rustte. Ze duwde ruw de gedachte aan een bevalling in een cel van zich af – met handboeien en zonder pijnstillers – en trok haar hand weg. 'O, nee hoor, niks aan de hand.'
'Waar gaan we nu naartoe?'
'Naar Sadler's Cove, daar zijn we nog niet geweest.'
'Oké.' Een uur later was Carla het zat: 'Genoeg nu. Ik kan best nog doorgaan, maar niet op deze schoenen.'
Haar keurige, zwarte hoge hakken zaten onder het stof en de krassen omdat ze net het smalle, stenige paadje naar Sadler's Cove waren afgeklauterd. De zon verdween achter de wolken en de badgasten waren hun boeltje bij elkaar aan het pakken. Met een hol, angstig gevoel beeldde Ginny zich in dat als ze zo thuiskwamen er misschien wel ernstig kijkende agenten voor de deur zouden staan, die haar vervolgens het slechtst mogelijke nieuws zouden meedelen.
Maar toen ze eindelijk thuiskwamen stond er geen politieauto voor de deur. In plaats daarvan zag Ginny tot haar verbazing een aftands groen busje achter haar kapotte auto staan. 'Dat is Dan.'
Carla trok haar wenkbrauwen op. 'Je nieuwe vriend?'

'Niet bepaald. Dat is Dan the Van, de leverancier van het restaurant. Wat moet die hier?' Toen ze uit de auto stapte zag ze dat het busje leeg was. Wat vreemd. Was Dan soms op bezoek bij een van haar buren?
'Oooo! Ik schrok!' Laurel sloeg haar hand voor haar benige borstkas toen de keukendeur openvloog. 'Wat is er? Je ziet eruit alsof je net een spook hebt gezien!'
Ginny nam hijgend en met een wilde blik in haar ogen de situatie op. Laurel en Dan the Van zaten gezellig met een kop thee aan de keukentafel en waren al een heel eind gevorderd met de sinaasappelcake die Laurel gisteren had gebakken. Als een klein jochie veegde Dan snel de kruimels uit zijn pluizige baardje en wilde al opstaan.
'Zitten!' blafte Ginny, waarop hij zich heel vlug weer liet vallen. 'Wat doe jij hier?' Ze wendde zich weer tot Laurel. 'En waar heb jij in godsnaam uitgehangen?'
Laurel keek haar geschrokken aan. 'Ik was even weg. Hoezo?' Haar uitdrukking veranderde toen ze Carla in de deuropening zag staan. 'Wat doet zij hier?'
'Het spijt me.' Dan the Van was duidelijk doodsbang. 'Misschien kan ik maar beter gaan.'
'Nee, jij gaat helemaal nergens naartoe,' zeiden Ginny en Laurel in koor.
'Ik zal je vertellen wat ik hier doe.' Carla's ogen flitsten van woede toen ze de keuken inkwam. 'Ik heb Ginny helpen zoeken naar jou. Of, om preciezer te zijn, naar jouw lijk helpen zoeken. O ja,' zei ze toen Laurel wit wegtrok, 'we hebben het grootste deel van de dag doorgebracht bij de kliffen en aan het strand, en nu zijn mijn schoenen naar de klote. We hebben de politie gebeld en zijn alle strandwachten afgegaan en ik heb drie belangrijke afspraken met klanten moeten afzeggen, dus god mag weten hoeveel geld je me hebt gekost. Je hebt toch ooit leren lezen!' Ze graaide Ginny's briefje van tafel en wapperde ermee in Laurels verbouwereerde gezicht. 'Want Ginny was gek van angst en het enige wat jij had hoeven doen, was de telefoon pakken om haar te vertellen DAT JE NIET DOOD WAS.'
Ginny streek met haar handen door haar haren. 'Oké, even rustig aan, allemaal.'

'Waarom dacht je dat ik dood was?' vroeg Laurel onthutst.
Carla keek haar woedend aan. 'Omdat je in je dagboek hebt geschreven dat je er een eind aan ging maken.'
'Wát? Je bent naar mijn kamer gegaan en hebt mijn dagboek gelezen?' Laurel verhief haar stem. 'Mijn privé-dagboek? Nou, je wordt bedankt!'
'Wat ben jij een egoïstische, ondankbare onbenul,' beet Carla haar toe. 'Je mag blij zijn dat Ginny daar de moeite voor nam, want ik kan je verzekeren dat als je bij mij had gewoond, ik...'
'Hou op, hou op.' Ginny stak haar handen op als een scheidsrechter. Er gebeurde te veel en al dat geschreeuw leidde nergens toe. 'Het spijt me dat ik je dagboek heb bekeken, maar je zei dat je maar een halfuurtje weg zou zijn. Je was overstuur. Je had niet eens je handtas bij je. Toen ik zag wat je had geschreven, was ik zo verschrikkelijk bezorgd. Daarom heb ik dat briefje ook achtergelaten, dat je me moest bellen zodra je thuis was.'
'We zijn hier pas twintig minuten. Ik heb geprobeerd je te bellen, maar je was in gesprek. Ik wilde het nog een keer proberen, maar we hadden het over... over dingen. En toen kwam je hier als een soort tornado binnenstormen.'
Carla schudde haar hoofd. 'Dus je bent de hele dag op stap geweest?'
Dan, die zich vreselijk schaamde, zei: 'Het is allemaal mijn schuld.'
'Nee, dat is het niet. Ik heb alleen de verkeerde conclusie getrokken.' Ginny snakte naar een kop thee en vulde de waterkoker terwijl ze Carla gebaarde te gaan zitten. 'Maar goed, die paniek is nu voorbij. Dan kun je ons nu vertellen wat je hebt gedaan. Waar ken je Dan van?'
Laurel keek haar uitdrukkingsloos aan. 'Wie is Dan?'
Dit was echt niet te geloven. Dan had toch zeker geen identieke tweelingbroer? 'Dan, kun je me even helpen? Ben ik gek aan het worden?' vroeg Ginny.
Laurel keek Dan verbaasd aan. 'Wat bedoelt ze? Wat is er aan de hand?'
Hij haalde opgelaten zijn schouders op. 'Iedereen noemt me Dan the Van vanwege mijn baan. Maar dat is een bijnaam. Ik heet gewoon Hamish.'

50

Onder het genot van een kop thee en lekkere kruimelige plakken sinaasappelcake hoorden Ginny en Carla het hele verhaal aan. Ginny's uitval was hard aangekomen, maar Laurel had wel beseft dat het nu echt tijd was om haar leven weer op orde te krijgen. Dus ze was weggegaan, vast van plan haar pillen op te halen bij de apotheek, en op weg ernaartoe had ze nagedacht over hoe het nou verder moest. De rij bij de apotheek was zo lang dat ze een eindje was gaan wandelen in de hoop dat het later wat rustiger zou zijn. Alles was beter dan ingeklemd te moeten staan tussen twee op concurrentie beluste gepensioneerden die de toestand van hun darmen en aambeien bespraken.

Bij de bakker stond ook een rij, maar ditmaal wachtte ze wel. Toen ze aan de beurt was had ze de moed bij elkaar geschraapt om te vragen of ze misschien toevallig een parttime taartenbakster zochten.

Maar de bakker had echt niet zo bot hoeven antwoorden. Hij had haar op neerbuigende toon meegedeeld dat brood en taart bakken betekende dat je om drie uur 's nachts je nest uit moest en om zes uur pas klaar was met werken. Het was fysiek zwaar, hun specialiteit was reuzelkoek en nee, ze zochten op dit moment niemand.

Aangedaan door zijn botte antwoord, was Laurel de winkel uit gevlucht. Achter haar hoorde ze een man nog voorzichtig protesteren: 'Dat was toch nergens voor nodig.'

Ze liep terug naar de apotheek – liever overgevoelige darmen en aambeien zo groot als bosbessen dan afgesnauwd worden – toen iemand haar op de schouder tikte. Ze draaide zich om en zag dat het de protesterende man van de bakker was.

'Trek je maar niets aan van Bert, hoor. Zijn vrouw heeft hem vorige week in de steek gelaten.'

'Dat verbaast me niks.' Haar sympathisant zag er wat sjofel uit en hij was een lange slungel, maar hij had vriendelijke ogen en een aardig gezicht.

'Luister… eh, ik weet niet of je er belangstelling voor hebt, maar

in St Austell is een vrouw die taart verkoopt op de biologische markt. Toevallig weet ik dat zij nog iemand zoekt.'
St Austell was behoorlijk ver weg, aan de zuidkust van Cornwall. Laurel wilde zijn aanbod eigenlijk afslaan, maar twijfelde omdat ze het gesprek niet wilde afbreken. Deze man leek bijna nog verlegener dan zij. 'Denk je dat ze me zal afsnauwen?'
Hij glimlachte en zijn hele gezicht begon te stralen. 'Ze heet Emily Sparrow. Kun je je voorstellen dat iemand met zo'n naam je afsnauwt?'
'Je moet nu weer helemaal achteraan aansluiten,' zei Laurel, die zag dat hij met lege handen van de bakker was gekomen.
'Ach, hun pasteitjes zijn toch niet zo lekker. Er zit verderop nog een bakker. Heb je een pen bij je?'
Laurel gebaarde dat ze niets bij zich had; het enige wat ze in haar jaszak had was haar sleutel en het doktersrecept.
'Ik ook niet. Maar ik heb er wel een in de auto liggen.'
Zijn stem was ook prettig; geruststellend kalm en welbespraakt. Laurel liep met hem mee naar de andere bakkerij, waar hij drie pasteitjes kocht. Vervolgens liepen ze samen naar zijn bus. Ondertussen legde hij uit dat hij al vanaf zeven uur die ochtend met zijn ronde bezig was. Toen hij de deur opendeed deinsde ze van schrik terug omdat er een grote, harige hond tevoorschijn sprong.
'Je hoeft niet bang te zijn voor Stiller, hoor, dat is een watje. We nemen rond deze tijd altijd even pauze. Heb je honger?'
'Ja, eerlijk gezegd best een beetje.' Laurel merkte nu pas hoe verrukkelijk die warme pasteitjes roken. 'Heb je die derde voor mij gekocht?'
'Ja. Maar als je hem niet had gewild, zou hij toch wel opkomen, hoor. Ik heet trouwens Hamish.'
Hamish? Hamish! Hemeltjelief, toch niet de Hamish die gedichten schreef en die een paar maanden geleden niet was komen opdagen bij die vrijgezellenclub? De man van wie Ginny's ex-man had gezegd dat hij perfect bij haar zou passen?
Ze liepen met zijn drieën naar het park waar genoeg lege bankjes stonden en Hamish verdeelde de pasteitjes.
'Ben je getrouwd?' De woorden vlogen eruit, maar ze moest het gewoon weten.

Hij glimlachte en schudde zijn hoofd. 'Nee. Hoezo?'
'O, gewoon... ik vroeg het me gewoon af.' Laurel nam vlug een hap van haar pasteitje voor ze hem ook nog zou vragen of hij gedichten schreef. Aangezien Gavin waarschijnlijk geen al te goede dingen over haar had verteld, was het vast beter als Hamish – als dit inderdaad díe Hamish was – haar naam niet te weten kwam.
Maar haar hersenen dachten er blijkbaar anders over. Zodra ze de hap had doorgeslikt hoorde ze zichzelf vragen: 'Ken je Gavin Holland toevallig?'
Hamish keek haar verbaasd aan, begon te blozen en knikte. 'Ja. Waarom vraag je dat?'
Laurel voelde zich opeens heel erg moedig. Ze keek hem strak aan en zei: 'Je hebt me laten zitten.'
Hij staarde terug. 'Heb ik dat gedaan? O god, je bedoelt toch niet die keer in de club? Ik durfde op het laatste moment niet meer. Je bedoelt dat...?'
Ze glimlachte en knikte, niet langer bang. 'Ik ben Laurel.'
En daarna was het allemaal nog mooier geworden. Alsof er een beschermende laag was weggevallen, waardoor ze zonder enig gevoel van schaamte over van alles durfden te praten. Het klikte, en dat gevoel had ze nog nooit gehad, zelfs niet bij... nee, ze wílde niet eens aan Kevin denken. Voor ze het goed en wel doorhad, stonden ze weer bij het busje en Hamish schreef de naam en het adres op van de vrouw in St Austell. Hij keek Laurel weer aan en vroeg verlegen: 'Ik weet dat dit nogal pretentieus klinkt, maar als je tijd hebt... ik moet toch die kant op.'
En zo gezegd, zo gedaan. Ze waren met zijn drieën naar St Austell gereden en Hamish had haar voorgesteld aan Emily Sparrow die, zoals verwacht, helemaal niet onbeschoft was. Hij bood aan elke dinsdag, als hij toch zijn ronde deed, de taarten te brengen die Laurel had gebakken, zodat die woensdag op de markt konden worden verkocht. Het was allemaal zo eenvoudig en zo vanzelfsprekend geweest dat ze bijna moest huilen van opluchting. Oké, het was geen fulltime baan, maar wel een goed begin.
Om het te vieren hadden ze daarna een lange strandwandeling gemaakt waarbij er geen enkele stilte was gevallen. Toen Lau-

rel hem had gevraagd of Gavin haar als saai had omschreven, had Hamish volkomen oprecht geantwoord: 'Ja, maar heb je zijn vriendinnen wel eens gezien? Domme blondjes in te korte rokjes.' Om er huiverend aan toe te voegen: 'Gavin is best een aardige vent en smaken verschillen natuurlijk, maar de vrouwen die hij uitkiest, vind ik echt dramatisch.'
Na drie uur op het strand te hebben gelopen, waren ze teruggegaan naar Hamish' cottage en hadden de uitgeputte Stiller daar achtergelaten. Toen Laurel hem over zijn kop had geaaid en hem gedag zei, had Stiller haar met zijn bruine hondenogen zo smekend aangekeken dat ze als vanzelf had gezegd: 'Niet getreurd, jochie. We zien elkaar snel weer.' Toen ze besefte hoe pretentieus dat klonk, sloeg ze van schrik haar hand voor haar mond en keek vlug Hamish' kant op om te zien of hij het gehoord had.
'Dat hoop ik ook,' zei Hamish.
'Eh... wacht even,' viel Ginny haar in de rede, 'je hebt toch een hekel aan honden?'
Laurel keek haar boos aan, wat een beschuldiging. 'Niet waar.'
'Wel. Je hebt zelf gezegd dat je een hekel hebt aan álle honden, dat je ze vies en vreselijk vindt.' Ginny wees beschuldigend met het laatste stuk cake naar haar. 'Je zei dat alle honden stinken!'
Laurel staarde haar aan alsof ze gek was geworden. 'Ik zei dat sómmige honden stinken. Maar Stiller stinkt niet.'
Dit was zo overduidelijk niet waar dat zelfs Hamish zich wilde verontschuldigen. 'Nou, wel een beetje.'
'Nee, ik vind niet dat hij stinkt. Stiller is geweldig.'
En dat, bedacht Ginny, toonde alleen maar aan dat liefde niet alleen blind maakt, maar blijkbaar ook uitwerking op je reukvermogen heeft.

51

'Ik kan niet wachten tot Gavin dit hoort.' Ginny had door het raam toegekeken hoe Hamish Laurel heel galant in de auto hielp

en kwam nu weer aan de keukentafel zitten bij Carla. 'Wat zal die onuitstaanbaar zijn.'
'Dat is niet echt nieuw dus.' Carla lachte voorzichtig, 'Grapje. Hoe gaat het met hem?'
'Hetzelfde als altijd. Gavin verandert nooit.' Ginny zweeg even en depte met een natte vinger wat cakekruimels op die ze vervolgens in haar mond stak. 'En hoe is het met jou?'
Hier hadden ze allebei op gewacht. Carla zette zich zichtbaar schrap. 'Het was de grootste vergissing van mijn leven, het ergste wat ik ooit heb gedaan. En ik heb er zo'n spijt van.' Haar ogen vulden zich met tranen. 'O Gin, het spijt me zo. En ik heb je zo gemist. Kun je het me ooit vergeven?'
De tranen stroomden over haar wangen, en dat terwijl Carla nooit huilde. En opeens werd iets wat vierentwintig uur geleden nog onvoorstelbaar had geleken, nu de enige natuurlijke en mogelijke reactie. Bovendien, dacht Ginny, als Lucy Jem had kunnen vergeven, dan kon zij toch zeker wel hetzelfde doen met Carla.
Sommige mannen waren het gewoon niet waard om je beste vriendin aan te verliezen.
En ze konden Perry Kennedy allebei missen als kiespijn.
'Ik ben het al vergeten,' zei Ginny.
Carla sloeg haar armen om haar heen. 'Dank je wel, dank je wel... o god, het is zo afschuwelijk geweest zonder jou. Alsof iemand dood is en je steeds de telefoon pakt om te bellen en dan pas beseft dat dat niet meer kan. Je hebt geen idee hoe vaak ik dat niet heb gedaan.'
'Ik ook.' Ginny kreeg een brok in haar keel; de afgelopen weken waren nou niet bepaald saai geweest. 'Vertel nou eens wat er met jou en Perry is gebeurd. Heb je hem gedumpt of is hij er met iemand anders vandoor gegaan?' Hoewel ze het Carla had vergeven, hoopte ze toch dat het het laatste was. Zo'n heilig boontje was Ginny nou ook weer niet, een beetje gerechtigheid kon geen kwaad.
'Geen van beide. Ik zei alleen dat ik een baby wilde. En dat was het. Toen heeft hij de benen genomen.'
Ginny schrok van het woord 'baby'. Ze hernam zichzelf en vroeg ongelovig: 'Waarom heb je hem dat in godsnaam gezegd?'

'Omdat het waar is.'
'Wát?'
'Ik wilde een baby.'
Ginny schudde haar hoofd. 'Dit is een grapje, hè.'
'Nee! Mijn hormonen zijn helemaal op hol geslagen. Zomaar ineens,' zei Carla terwijl ze met haar vingers knipte. 'Ik had geen enkele controle meer. Alsof je ontvoerd wordt door buitenaardse wezens. Ik kon nergens anders meer aan denken. Ik kon niet eens meer slápen, zo erg was ik ermee bezig.' Ze leunde over de tafel en zei op samenzweerderige toon: 'Alsof je een perfect paar schoenen ziet in de *Vogue*, en je móet ze hebben. Ook al betekent dat dat je om vier uur 's nachts naar Londen moet rijden, zodat je als eerste in de winkel bent.'
Ginny was nog nooit in die verleiding gekomen, maar ze had wel een keer een reclame voor Magnum-ijs op tv gezien en was toen direct naar de dichtstbijzijnde supermarkt gereden, waar ze helaas uitverkocht bleken te zijn.
'Schoenen maken je niet midden in de nacht wakker. Schoenen kotsen niet over je schouder heen. Als schoenen je beginnen te vervelen, kun je ze naar de kringloopwinkel brengen. Maar o wee als je dat met je baby probeert.'
'Dat weet ik, dat weet ik.' Carla zuchtte en liet haar hoofd in haar handen rusten.
'Dus je hebt Perry gezegd dat je een baby wilde en...'
'Hij raakte in paniek. Ik was opeens niet meer veilig. Toen ik de volgende dag naar zijn huis ging, was hij weg.' Ze lachte wrang. 'Je zult wel blij zijn.'
'Ja, maar niet alleen voor mezelf. En hoe voel je je nu?' Een niet-moederlijke Carla met een baby met krampjes was net zo onvoorstelbaar als politica Ann Widdecombe die met een krokodil aan het modderworstelen is. 'Wil je nog steeds een baby?'
'Ja, eigenlijk wel. Ik weet het. Soms denk ik dat ik het wil en soms denk ik dat ik gek ben. Het komt en het gaat, het is een soort golfbeweging' bekende Carla. 'Als ik in een verstandige bui ben, weet ik dat het een verschrikkelijk slecht idee is.'
'Zorg dat je geen overhaaste beslissingen neemt, totdat je het echt zeker weet.' De cake was allang op maar Ginny kon de si-

naasappelgeur van de laatste kruimels in het blik nog ruiken; zou Carla het raar vinden als ze die opat?
'Dat luiergedoe kan wel een probleem worden.' Carla hield van onberispelijk schoon en trok een vies gezicht.
'Ja, luiers zijn verschrikkelijk.'
'En vakanties natuurlijk. Ik bedoel, wat doe je als je 's avonds de bloemetjes buiten wilt te zetten? Baby's kunnen zulke handenbindertjes zijn.'
'Ja, dat is zo.' Goh, sinaasappelsap zou er nu trouwens wel in gaan. 'Het is zo jammer dat je ze niet thuis kunt laten of in een soort babypension kunt stoppen.'
'Precies! Dat dacht ik nou ook! O, wat ben je toch...' Carla had nu pas door dat Ginny de draak met haar stak en sprong op om Ginny nog een stevige knuffel te geven. 'Ik ben zo blij dat het weer goed is tussen ons. En dat moeten we vieren! Heb je wijn in de koelkast?'
'Nee, sorry. Wel sinaasappelsap.' Heerlijke fruitige, sinasachtige sinaasappelsap...
'Helemaal geen wijn? Wat erg! Wat is er met jou gebeurd?' Ze geloofde het niet en had inmiddels de koelkast opengetrokken, zodat Ginny het verleidelijke pak sinaasappelsap in al zijn glorie zag staan. Ze snakte nu zo naar een glas dat ze begon te kwijlen.
'Niet erg, hoor, want ik heb nog wel wat thuis.' Carla deed de koelkast dicht – alsof je de voordeur in het gezicht van Johnny Depp dicht smakte – en zei: 'Ik vlieg even naar de overkant, haal een paar flessen op en dan kunnen we eens lekker bijpraten. Dan kun je me vertellen wat er allemaal met jou is gebeurd.'

'Dat meen je niet.'
'Jawel,' zei Ginny.
'O mijn god.'
'Zeg dat wel.'
Carla was zo verbluft dat ze bijna rode wijn over haar roze blouse morste. 'Wat ga je nou doen?'
'Tja. Dat weet ik niet.' Ginny pakte haar bijna lege halve-liter-glas sinaasappelsap nog steviger vast. 'Wat een zooitje, hè? En ik maar bang zijn dat Jem zwanger zou raken. En dan gebeurt het míj.'

'Misschien heb je het onbewust wel expres gedaan. Weet je, je miste Jem misschien zo erg dat je een andere baby wilde om haar te vervangen, haar plaats in te nemen.'
'Ik heb het níet expres gedaan. En we hebben het ook niet onveilig gedaan.' Ginny schudde gefrustreerd haar hoofd; ze had die nacht al wel duizend keer in haar hoofd afgespeeld. 'We hebben iets gebruikt, hoor. Alleen dat kloteding heeft zijn klotewerk niet gedaan.'
'En? Ga je het houden?' Typisch Carla, altijd zo praktisch.
In tegenstelling tot Ginny. 'Ik kan het niet laten weghalen.'
'Je zult het Finn moeten vertellen.'
'Dat is wel het laatste wat ik doe!'
'Hé, ik weet dat mannen dom zijn,' zei Carla, 'maar vroeg of laat zal hij het aan je zien.'
Voelde ze zich nu zo ziek vanwege die halve liter sinaasappelsap of kwam het door het idee dat Finn erachter zou komen dat ze zwanger was? Ginny slaakte een diepe zucht. 'Niet als ik wegga bij het restaurant.'
'Je moet het hem vertellen!'
'Wat Finn betreft was het eenmalig en had het niets te betekenen. O god.' Ginny begon weer te blozen bij de herinnering aan die nacht. 'Het was bijna alsof hij me een gunst bewees. Hij heeft Tamsin en Mae nu. Dit is wel het laatste waar hij op zit te wachten.' Ze zag opeens dat Carla haar met een vreemde blik zat aan te staren. 'Wat is er?'
'Er zit een baby in je buik!' Dromerig wees Carla naar haar buik. 'Een echte baby! Als hij geboren is, kan ik hem zo vaak als ik wil vasthouden en met hem spelen en met hem praten en... alles!'
'Ja-a...'
'Snap je dan niet hoe fantastisch dat is?' Triomfantelijk voegde ze eraan toe: 'Nu hoef ik me geen zorgen meer te maken over een eigen baby!'
Misschien was dat maar goed ook. Ginny keek toe hoe Carla haar vierde glas wijn achteroversloeg en zei droog: 'Geen dank, als ik je nog eens ergens mee kan helpen...'

52

Het was een flutsmoes, maar hij kon zo snel niets beters verzinnen. Finn voelde zich net een puber toen hij naar Ginny's huis reed, en daar voelde hij zich verre van prettig bij.
Maar tot voor kort had dat gevoel ook geen deel uitgemaakt van zijn leven. Met haar in het restaurant te moeten werken was al een behoorlijke opgave geweest; zijn gevoelens voor Ginny weigerden domweg te verdwijnen. En wat het nog erger maakte, was dat hij niet wist of het wederzijds was. Hij had nu besloten dat hij móést weten of er een kans was op een toekomst voor hen.
Hij parkeerde voor Ginny's huis, in de wetenschap dat alleen dat al riskant was. De situatie met Tamsin was onhoudbaar; hij wist dat hij niet van haar hield. Maar Mae was er ook nog, en hij hield wél van haar.
Verdomme, wat een nachtmerrie. Maar hij was er nu en hij zou Ginny de waarheid vertellen. Net als je bij een antiekveiling een prachtig stuk hebt ontdekt en heel lang een pokergezicht kunt opzetten en ongeïnteresseerdheid blijft veinzen, als het bieden eenmaal begint moet je vroeg of laat toch je belangstelling tonen. En dan was het aan haar: ze kon hem recht in zijn gezicht uitlachen en hem zeggen dat hij geen kans maakte. Of ze kon 'ja' zeggen.
En wat er ook gebeurde, die vreselijke worsteling van het niet weten was dan tenminste voorbij.
Oké, daar gaan we. Finn deed de motor uit en pakte het vestje dat naast hem lag. Zijn maag was totaal verkrampt en zijn mond voelde droog aan. Hij stond op het punt het riskantste bod van zijn leven te doen.
Hij belde aan en zag door het matglas een roze vlek naar de deur toe komen. Hij herkende Ginny's kamerjas en stelde zich haar naakte lichaam eronder voor, maar duwde die gedachte snel weer weg.
Over het lot tarten gesproken.
De deur ging open en... jezus nog aan toe!
'Ha die Finn. Leuk je te zien!'

Volkomen op het verkeerde been gezet, werd Finns hand als een machine enthousiast op een neer gepompt door Gavin Holland. Alsof het nog niet erg genoeg was dat hij Gavin voor Ginny aanzag, werd hij nu ook nog gedwongen een gesprek te voeren met een man in een roze, met kant afgezette kamerjas, waar ook nog eens borsthaar bovenuitstak.
'Sorry voor deze kleding. Ik stap net uit de douche.' Gavin, die daar blijkbaar niet raars aan vond, voegde er vrolijk aan toe: 'En wat brengt jou hier?'
Goddank hoefde hij geen flutsmoes te verzinnen. Finn hield het lichtgroene angora vestje omhoog en probeerde ondertussen niet naar Gavins blote voeten te kijken. 'Eh... Ginny heeft dit gistermiddag laten liggen. Ik kwam toch hierlangs en bedacht dat ik het wel even kon langsbrengen. Is ze... is ze er?'
'Boven, in bad. We gaan vanavond uit eten.'
We? In de hoop dat hij het verkeerd begrepen had vroeg Finn quasi-nonchalant: 'Met dat meisje dat die keer met je mee was in het restaurant? Hoe heette ze ook alweer? Cleo?'
'Nee, nee. Dat is allang verleden tijd. Mijn bimbo-dagen zijn voorbij. Ik heb mijn leven gebeterd.'
'O.' Ginny zat boven in bad en de ex met wie ze altijd bevriend was gebleven, had haar roze kamerjas aan en verkondigde nu dat hij zijn leven had gebeterd. En ze gingen vanavond uit eten. Verdomme, dat kon je toch nauwelijks anders interpreteren? Hij slikte het gevoel van in zijn gezicht te zijn geslagen weg en verbaasde zich erover dat hij zo normaal klonk. 'Daar heeft Ginny niets van gezegd.'
'Ach, typisch vrouwen. Ze weet niet of het standhoudt. Ik heb volgens haar te vaak een slechte beurt gemaakt. Maar ik ga haar nu het tegendeel bewijzen. Het heeft even geduurd voor ik het licht zag, maar nu is het echt serieus, ik weet het zeker.' Gavin zweeg. Zijn ogen straalden. 'Eindelijk krijg ik de kans om me fatsoenlijk te gedragen en dat ga ik echt niet verpesten. Die mooie, jonge dingen zijn leuk hoor, maar soms heeft een wat rijpere vrouw gewoon... je weet wel, toch een zeker voordeel, hè?' Er verscheen een brede grijns op zijn gezicht. 'En als ze zou horen dat ik haar een rijpere vrouw noem, zou ze mijn kop eraf rukken.'

'Juist ja...' Finn wilde weg. 'Geweldig,' loog hij. 'Ik ben blij voor... voor jullie allebei.'
En toen ging hij er snel vandoor, voor hij Gavins verachtelijke kop er zelf af trok.

Gewikkeld in een handdoek kwam Ginny rillend uit de badkamer lopen. 'Toen ik zei dat je bij me kon douchen, bedoelde ik niet dat je al het warme water kon opmaken. Het badwater was láúw.'
Gavin verscheen onder aan de trap. 'Sorry.' Zijn boiler thuis was kapot. 'Maar zeg eens, hoe zie ik eruit?'
Ze keek hem wat vriendelijker aan omdat de omslag in hem van de afgelopen paar weken een heuse openbaring was. Of het lang zou duren mocht god weten – zelf gaf Ginny het maximaal twee maanden – maar hij deed echt zijn best voor Bev. 'Erg aantrekkelijk. Voor iemand met een buikje en een terugtrekkende haargrens lang niet slecht.'
'Heel fijn. Soms vraag ik me wel eens af waarom ik van je gescheiden ben. En dan weet ik het opeens weer.'
'Ik ben van jou gescheiden,' protesteerde Ginny. 'Hangbuikzwijntje van me. Maar je hebt een mooi overhemd aan.'
Tevreden trok Gavin de manchetten van zijn chique, donkerblauwe overhemd recht, dat hij speciaal voor vanavond had aangeschaft. Het was het meest onopvallende shirt in zijn hele kledingkast. 'Bev zei dat blauw me goed stond.'
'Bev zei dit, Bev zei dat,' plaagde Ginny hem, omdat hij zo verliefd was dat hij haar naam het liefst in elke zin liet vallen. 'Wie was dat net aan de deur?'
Gavin was te druk met het bewonderen van zijn eigen verschijning in de spiegel. 'Hm, wat? O, Finn. Hij kwam een vestje brengen dat je op je werk had laten liggen. Moet je niet opschieten? Bev kan ieder moment komen.'
Bev kwam rechtstreeks van een vergadering in Exeter naar Ginny, waarna ze met zijn drieën uit eten zouden gaan. 'Weet je zeker dat drie niet te veel is?' vroeg Ginny.
'Natuurlijk niet. Het wordt hartstikke leuk.'
'Maar niet van dat tortelduifjesgepluk aan elkaar, oké? Beloof je dat?'

'Mijn handen zullen te allen tijde boven tafel blijven.' Gavin wapperde ze voor haar neus heen en weer. 'Maar ik kan helaas niet instaan voor andere lichaamsdelen.'
Ginny liep naar de slaapkamer en kamde met haar vingers door haar natte haar, maar niet voordat ze speels haar middelvinger had uitgestoken naar Gavin.
Hij was verliefd – voor de zoveelste keer – en hij kon het niet helpen dat ze jaloers op hem was. Ze zou ook echt van het avondje genieten als ze de knop eenmaal had weten om te zetten; ze was alleen een beetje in de war omdat hij Finns naam had genoemd. Er was niets mis met een tafeltje voor drie, maar stel dat haar leven anders was gelopen, wat zou het dan heerlijk zijn geweest om zelf ook iemand te hebben en aan een tafeltje voor vier te zitten.

53

Ginny wist niet wat ze miste, dacht Carla toen ze, nippend aan haar ijskoude Moët, toekeek hoe Lawrence behendig zijn magie op haar haren uitoefende. Ze wilde nog steeds wanhopig graag haar recente misstappen goedmaken en had haar uiterste best gedaan Ginny over te halen om mee te gaan naar Lawrence voor de beste knipbeurt ter wereld – op haar kosten.
Maar Ginny had haar pony uit haar ogen geschud en was – zoals altijd – zelfs te ongeduldig geweest om überhaupt op een afspraak te wachten. Ze had gewoon de keukenschaar gepakt en die meegenomen naar de badkamer voor het gebruikelijke snij- en hakwerk. Erg genoeg had haar kapsel er daarna nog prima uitgezien ook.
'Zie je wel?' zei Ginny, die een pirouette voor Carla maakte en haar gebruikelijk *geen stijl*-stijl showde. 'Moet je zien hoeveel geld ik je bespaard heb!'
Frustratie was een understatement voor wat Carla voelde. 'Maar bedenk hoeveel geweldiger het was geweest als Lawrence dat had gedaan.'

Ginny had nog steeds geen spijt en Carla liet het daar maar bij. Wat Ginny niet wist – en ook echt niet begreep – was dat een bezoekje aan Lawrence zoveel meer was dan het krijgen van een perfecte coupe. Lawrence's piepkleine kapsalon, waar hij in zijn eentje werkte, was misschien wel haar lievelingsplek op aarde. Met al dat roze had het iets weg van een baarmoeder en Lawrence was psychiater, therapeut en raadgever tegelijk. Wat je hem ook vertelde, hij was nooit geschokt. Hij hield van kletsen, maar roddelde niet. Hij was ooit getrouwd geweest en had kinderen, maar was inmiddels begin vijftig, homo en gelukkig gesetteld met een politieman die Bob heette. Lawrence was grappig en intelligent, iedereen was dol op hem, en hij was bovendien een geweldige kapper. Wat wenste je nog meer in een man?
Bovendíén kreeg je champagne. O nee, Ginny wist echt niet wat ze miste.
'Je moet blij zijn dat je van hem af bent, schat,' zei Lawrence nu tegen haar. 'Dat soort mannen? Dat zijn professionele hartenbrekers, neem dat maar van mij aan. En stel dat je een baby van hem had gekregen, wat voor vader zou hij nou zijn geweest?'
'Dat weet ik nu ook, ja. Ik was alleen zo overweldigd door het idee.' Carla nam nog een slok champagne. 'Ik wilde een baby; het kwam niet in me op dat hij daar misschien anders over dacht.'
'Dat geldt voor zo veel mannen. Na onze eerste twee wilde Linda een derde. Van mij hoefde dat niet zo nodig.' Hij gebaarde in de spiegel met zijn schaar, schudde zijn hoofd en zei treurig: 'Geloof me, ga nooit in discussie met een vrouw die last heeft van haar hormonen. Dat verlies je geheid.'
Carla wist dat hij drie kinderen had, inmiddels allemaal volwassen, met wie hij het erg goed kon vinden. 'Hoe heeft ze je dan zover gekregen?'
'Me voor een voldongen feit gesteld. Ze is zonder mijn medeweten gestopt met de pil. O schat, die geschokte blik van je, wat heerlijk!' grinnikte Lawrence. 'Wat ben jij nog een groentje. Dat doen vrouwen, hoor.'
'Maar hoe wist ze dat je haar niet in de steek zou laten?' Carla was tot aan de Perry-ramp altijd trots geweest op haar eerlijk-

heid; het was niet in haar opgekomen haar plannen voor hem te verzwijgen.
'Ik hield van mijn kinderen. Linda wist dat als ik eenmaal gewend was aan het idee, het wel goed zou komen. En daar had ze natuurlijk gelijk in. Nog één?' Lawrence vulde Carla's glas en die van het meisje naast hen bij, die met haar nieuwe *lowlights* onder de droogkap zat.
Opgewekt vroeg het meisje: 'Dus het is uiteindelijk toch goed gekomen?'
'Vraag maar wat ik vanavond ga doen,' antwoordde Lawrence.
Ze keek Carla lachend aan en vroeg: 'Wat ga je vanavond doen?'
'Oppassen op twee van mijn kleinkinderen. Van mijn jongste dochter.' Hij glunderde van trots. 'Ik heb de prachtigste familie in de hele wereld en ik kan me geen leven zonder hen voorstellen.'
'O god,' jankte Carla, 'nu wil ik acuut weer een baby.'
'Kies de volgende keer dan wel een betere vent uit,' zei Lawrence, een waarschuwende vinger naar haar opstekend. 'Eentje die niet bij voorbaat al een hekel heeft aan kinderen.'
'En dan? Er gewoon voor gaan?'
'Precies, lieverd. Maar wel een beetje subtiel.'
Carla, die zich door alle champagne heerlijk ontspannen voelde, keek grijzend naar het meisje. 'Dus aankondigen dat ik een afspraak had gemaakt om mijn spiraaltje te laten verwijderen, was waarschijnlijk niet al te slim.'
Lawrence en het meisje wisselden een blik van afschuw uit en barstten in lachen uit.
'Ik dacht dat hij er blij mee zou zijn!' zei Carla.
'Je bent zo lekker naïef.' Lawrence klopte gemoedelijk op haar schouder. 'De volgende keer moet je een smoes verzinnen. Want vergeet niet: jij bent de vrouw. En dus de baas.'
'Tenzij je condooms gebruikt.' Carla vertrok haar gezicht. 'Daar valt als vrouw niet veel aan te doen.'
'Jawel, hoor,' knipoogde het meisje. 'Dat is heel eenvoudig. Je moet alleen wel een beetje subtiel zijn.'
Carla proestte het uit in haar glas; daarom vond ze het zo héérlijk om hier te komen. 'Kom op, zeg! Je bedoelt dat je die er halverwege ongemerkt af kan trekken?'
'Toen ik een baby wilde, zei mijn verloofde dat hij er nog niet

klaar voor was. Net als bij jou,' zei het meisje, wijzend naar Lawrence. 'Maar de hormonen gierden door mijn lijf en ik wíst gewoon dat ik er nu een wilde. Toen heb ik een heel dunne naald gepakt en in alle condooms in het doosje een gaatje geprikt.' Grijnzend voegde ze eraan toe: 'Alle vierentwintig.'

Carla klapte verrukt in haar handen; daar zou zij nou nóóit opgekomen zijn. 'En hij heeft niets gemerkt?'

'Ik heb geen breinaald gebruikt, maar een heel dun naaldje uit zo'n naaisetje dat je in hotels krijgt. Je kunt het gaatje in de verpakking gladstrijken en dan zie je het amper.' Het meisje begon op stoom te komen en ratelde verder. 'Neem maar van mij aan, als een man een condoom wil pakken, gaat hij hem echt niet eerst onder de microscoop leggen.'

'En het is gelukt?' vroeg Carla, helemaal onder de indruk van het verhaal.

Het meisje antwoordde luchtig: 'Tja, de situatie veranderde, je weet hoe dat gaat. Maar het hád kunnen lukken.'

Ja, dat was zo. Carla had ontzag voor haar ingenieuze truc. En het was een geruststelling te horen dat ze niet de enige was die ten prooi was gevallen aan die wanhopige, oeroude drang om je voort te planten. Bovendien had dit meisje een kind en was ze niet in een slons veranderd; ook dat was fijn om te zien. Haar figuur was niet fantastisch en ze droeg weliswaar makkelijke kleding, maar wel dure.

'Oké, klaar.' Lawrence legde met een zwierig gebaar de schaar weg. 'Geef me tien minuten om die lowlights even af te maken en dan kom ik je föhnen. Hier staat trouwens een artikel in dat je helemaal te gek zult vinden.' Hij reikte haar een glossy tijdschrift aan. 'Over een Ierse vrouw die haar baby ter adoptie geeft. Twintig jaar later weet de dochter haar te traceren. Alleen heeft de moeder dan nog maar een paar dagen te leven. Echt hartverscheurend.'

Carla pakte de doos tissues aan, die hij haar tegelijkertijd aanreikte. Anders dan andere kappers, die gewoon een stapel tijdschriften op je schoot dumpten, las Lawrence ze zelf allemaal door en wist precies welk artikel het beste bij welke klant paste. En hij was dol op – en wist dat dat ook voor zijn clientèle gold – lekkere, ouderwets sentimentele verhalen.

Terwijl Carla zich op het verhaal stortte, leidde Lawrence het meisje naar de wasbak en begon alle folie van haar hoofd te halen. Het was inderdaad een vreselijk zielig verhaal en ze ging er zo in op dat ze niet eens merkte dat het mobieltje van het meisje ging. God, stel je voor dat je echt stervende was aan kanker, en je wist niet of je voor het uitblazen van je laatste adem je verloren gewaande dochter ooit nog zou zien. En dan ging op een dag de deurbel en keek je op van je ziekbed om...

'O, hoi, dus je hebt mijn sms'je gehad! Hoe is het met je?' Het meisje klonk flirterig; ze had duidelijk niet haar alleenstaande tante aan de lijn. Carla probeerde haar stem te negeren zodat ze zich kon concentreren op het tijdschriftartikel; ze was bijna bij het beste deel.

'Natuurlijk gaat het goed met me. Ik heb het prima naar mijn zin, maar ik dacht alleen dat het leuk zou zijn om iets af te spreken aangezien ik dit weekend toch in Londen ben.'

Het was duidelijk iemand die ze wel zag zitten. Carla ging verder met lezen, de tissues binnen handbereik.

'Absoluut. Afgesproken.' Het meisje klonk triomfantelijk. 'Ik wist wel dat je zou instemmen. Zal ik Mae meenemen? Ha, ik dacht al van niet! Nee, nee, geen probleem. Ik laat haar wel hier. Ik verdien godsamme wel een paar daagjes vrij, zeg. Wat zal ik aandoen?' Na een korte stilte begon ze te giechelen. 'En waarom verbaast me dat nou niet?'

Carla fronste haar voorhoofd. Ze had haar uiterste best gedaan zich te concentreren op het tijdschrift, maar kon het niet laten mee te luisteren met het telefoongesprek.

Had het meisje nou net 'Mae' gezegd? En als dat zo was, waarom deed die naam haar dan vaag ergens aan iets belangrijks denken?

Mae, Mae...

Carla bleef doodstil zitten, want opeens wist ze het weer. Jezusmina. Mae!

54

Het was tot nu toe een zeer enerverende ochtend geweest. Eerst Laurel gedag zeggen en nu dit. Ginny trommelde met haar vingers op het stuur en snoof de geur op van pas gemaaid gras, terwijl de bestuurders van de twee auto's voor haar tegen elkaar tekeergingen en steeds theatraler naar hun gedeukte spatbord wezen. Niemand was gewond en het was geen ernstig ongeluk, maar ze blokkeerden wel de weg en nu zou ze te laat komen op haar werk.

Wie had dat gedacht? Laurel was echt weg en ingetrokken bij Dan the... nee, niet bij Dan the Van; ze moest zichzelf aanwennen hem Hamish te noemen. Zo zie je maar. Zoals Gavins oma vroeger al zei: op ieder potje past een dekseltje. En Hamish was Laurels dekseltje. Ze waren voor elkaar gemaakt, stapelverliefd en pasten zo goed bij elkaar dat het helemaal niet raar was dat ze al zo snel gingen samenwonen in Dans... in Hamish' piepkleine boerderijtje. Met Stiller nota bene, voor wiens stank Laurel vreemd genoeg ongevoelig bleef.

Hamish was die ochtend met zijn rammelbusje gekomen en had al Laurels bezittingen liefdevol ingeladen. Ginny, die zich schuldig maar ook wel opgelucht voelde, had Laurel omhelsd en ze vervolgens uitgezwaaid. Ze was dolblij dat Laurel eindelijk weer gelukkig was, maar ook een beetje jaloers. Ze zou Laurel dan misschien niet heel erg missen, maar haar taarten wel!

Achter Ginny begon een ongeduldige bestuurder te toeteren. Ze hoorde een portier dichtslaan en een vrouw die schreeuwde: 'Hé! Zet die auto's eens aan de kant!'

De twee mannen negeerden haar en bleven door ruziën. Ginny hoorde het getrippel van geïrriteerde hoge hakken. Even later stak de vrouw haar hoofd door Ginny's open raampje. 'Ik ga hier niet nog een uur staan wachten tot die twee zijn uitgeruzied. Als je me even helpt, kunnen we die Renault wel aan de kant duwen.'

Ginny had wel eens een auto aan de kant geduwd zien worden; een zwaar karwei. In een flits bedacht ze dat zo'n inspannende activiteit misschien wel een miskraam zou opwekken en dat dat

misschien niet eens zo heel erg zou zijn. Misschien was dit wel haar kans om af te rekenen met al haar problemen.
Maar nee, dat kon niet. Ze keek de vrouw aan. 'Het spijt me, maar dat zal niet gaan. Ik ben zwanger.'
Jeetje, wat klonk het raar om die woorden zo tegen een vreemde te zeggen. Bijna alsof het ook echt waar was.
Jezusmina, ik ga een báby krijgen.
'O.' De vrouw keek teleurgesteld.
'Wacht even.' Ginny opende het portier, stapte uit en liep naar de ruziënde mannen toe. 'Hallo, wij willen er graag langs. Als jullie je auto niet verzetten, zullen wij dat moeten doen. Maar ik ben een beetje zwanger, dus ik heb liever dat jullie het doen.'
De jongste van de twee – met een kaalgeschoren hoofd en allemaal tatoeages – draaide zich om en keek haar aan. Uiteindelijk slaakte hij een diepe zucht. 'Je klinkt net als mijn vrouw wanneer ze de afwas niet wil doen.'

Ginny reed de binnenplaats van Penhaligon's op toen haar telefoon ging. Ze kon nog net tussen een Datsun en een Range Rover parkeren en pakte vlug haar mobieltje. Het was Carla.
'Hoi. Ik heb alleen tijd voor een vluggertje.'
'Daarom zit je nu ook met de gebakken peren,' antwoordde Carla.
'Ik ben te laat voor mijn werk!'
'Dat is niet belangrijk.' Carla klonk erg vrolijk. 'Ik heb net een paar dingen gehoord die je vast wel wilt weten.'
'Wat voor dingen?' Ginny sprong snel uit de auto; het restaurant was vanmiddag helemaal volgeboekt.
'Oké, allereerst: ik denk dat ik weet hoe het komt dat je zwanger bent.'
'Carla, ik heb ook biologieles gehad op school, ik wéét hoe dat komt.'
'Luister nou even. Na de geboorte van Mae wilde Tamsin wanhopig graag nog een kind. Waarschijnlijk omdat ze bang was dat Mae niet van Finn was en dus een baby wilde waarvan ze dat wel zeker wist.'
'Wat? Wát?' Verbijsterd bleef Ginny stilstaan.
'Alleen wilde Finn niet nog een baby, wat het een beetje lastig

maakte,' ratelde Carla door. 'Toen heeft Tamsin zijn condoomvoorraad gesaboteerd en in alle condooms een gaatje geprikt. Behalve dat dat hele Italiaanse miljardairsgedoe toen begon, en ze naar Londen vertrok. Ze was Finn alleen vergeten te vertellen wat ze had gedaan.'

Ginny fronste toen de deur van het restaurant opengïng. 'Carla, heb je dit soms gedróómd?'

'Nee! Het is echt waar! En ze is de hele middag aan het winkelen, dus de kust is veilig als je het wilt checken. Ze heeft nu een spiraaltje, dus de condooms liggen waarschijnlijk nog op de plek waar ze daarvoor ook lagen.'

Finn stond in de deuropening, met Mae op zijn arm en een hele lading brochures in zijn andere hand. 'Je bent te laat, Ginny.'

Ik weet waar ze liggen.

'Sorry, sorry, maar er waren twee auto's op elkaar geklapt en ik kon er niet langs.'

'Maar Gin, dat is niet het enige, je raadt nooit wat ik nog meer...' zei Carla.

'Kom op, er staan klanten in de winkel te wachten en ik moet bovendien nog telefonisch bieden bij Sotheby's.'

'Brrra brrrraaa!' Mae zwaaide als een dolgedraaide bieder met haar handjes door de lucht.

'Ik moet ophangen,' fluisterde Ginny in de telefoon.

'Nee! Niet doen! Je weet nog niet dat...'

'Ik ontslagen word?' Ginny was zich maar al te bewust van Finns bitse blik, zei snel: 'Ik bel je later wel terug,' en kapte Carla midden in haar gejammer af.

'Je bent toch niet gewond, hè?' Finn raakte haar arm even aan toen ze haastig langs hem liep.

O god, waarom moest hij haar nou aanraken? 'Natuurlijk niet! Waarom zou ik iets hebben?'

'Je ziet een beetje pips.'

'Ik voel me prima.' Een hele verbetering vergeleken met haar doorgaans felrode gezicht.

Jeetjemina, was het zo gegaan? Echt?

Mae schopte met haar blote voetjes tegen Finns heupen en kraaide triomfantelijk: 'Brrrraawaaaabrrra.'

Er was geen ontsnappen aan. Ze wist waar zijn condooms lagen en ze moest weten of Carla gelijk had. De lunch in het restaurant leek wel weken te duren. Om halfvier stond Ginny vlak voor de deur van de antiekwinkel door een kier naar binnen te loeren – zonder dat het eruitzág als loeren – totdat ze zag dat Finn met een stel potentiële klanten in de weer was.
Hij keek op toen ze naar binnen stormde.
'Sorry, maar ik heb iets voor Myrtle en de katjes. Ik had niet door dat je druk bezig was... laat dan maar...'
'Leg maar bij de voordeur,' zei Finn. 'Ik neem het later wel mee naar boven.'
Néé! Ginny hield het schaaltje met gerookte zalm, dat ze net uit de keuken had gebietst, tegen haar borst. Op de jukebox brulden de Eurythmics *Would I lie to you?*
'Of,' zei Finn tot haar opluchting, 'als je ze toch wilt zien, kun je zelf even naar boven lopen.'
Jáá! Stralend van opluchting zei Ginny: 'Dank je wel. Dat doe ik. Vijf minuutjes maar.'
Maar eerst het allerbelangrijkste. Toen ze boven aan de trap stond sloeg ze links af, richting de slaapkamer.
O god, dit was belachelijk. Of Tamsin nou wel of niet die condooms had bewerkt, het veranderde niets aan de uitkomst. Maar ze was te nieuwsgierig en moest het nu per se weten. Hijgend liep ze naar Finns nachtkastje en trok de bovenste la open. Ja, daar lag het doosje, helemaal achterin, half open zodat er een paar verpakkingen los in de la lagen, te midden van allerlei oude riemen, luciferdoosjes, pennen, zakmessen, een zwem- en een zonnebril. Ze pakte een handjevol condooms, maar het was in de slaapkamer te donker om ze goed te kunnen bekijken, en het licht aandoen was te riskant. Ze duwde de la vlug weer dicht en snelde naar de woonkamer, het opgewonden gepiep van de katjes negerend. Oké, daar bij het raam zou het het beste gaan. Ze hield de eerste tegen het licht. Haar handen trilden toen ze met haar vingertoppen over het verpakte condoom gleed. God, haar hart bonsde zo hard dat het bijna onmogelijk was om...
'Au!' Ze slaakte een kreet toen er plotseling iets zwaars op haar schouder landde. Het condoom vloog uit haar hand en ze draaide zich geschrokken om. Die rot Myrtle ook, wat een schok. Ze

ontwarde Myrtles klauwen uit haar witte lycra topje, dumpte de kat op de grond en bukte zich om het condoom op te rapen. Shit, hoe groot was de kans dat er zoiets gebeurde? Ginny staarde beteuterd naar het condoom dat duidelijk zichtbaar maar onbereikbaar in een diepe kier tussen twee eiken vloerplanken was beland. Je kon vijfhonderd condooms in de lucht gooien en dan nog zou er geen enkele zó terechtkomen. En ze kon het daar moeilijk laten liggen; dat ging echt te ver.
Oké, bedenk iets, snel. Ze duwde de rest van de condooms in haar beha, sprintte naar de keuken en trok de besteklade open. Een mes? Een vork? Ze pakte ze allebei, rende terug naar de woonkamer en hurkte voor het raam neer. De vloerplanken roken heerlijk naar honing en bijenwas, maar daar moest ze nu maar even niet op letten. Het mes had geen zin, de vork eigenlijk ook niet. Shit, waarom waren die condoomhoesjes ook zo glibberig? Het was alsof ze een sliert te gare spaghetti eruit moest vissen. En hoe vaker hij weer terug omlaag gleed, hoe erger haar handen trilden en hoe meer haar handpalmen begonnen te zweten. Oké, kalm blijven, diep inademen en het dan nog eens proberen en dan...
'Ginny? Waar ben jij in godsnaam mee bezig?'

55

Ginny verroerde zich niet, met in de ene hand een mes en in de andere een vork. Langzaam, heel langzaam keek ze over haar schouder. Finn had een punt; wat dééd ze daar?
'Had je honger en zin in stofluizen?' opperde Finn.
'Eh... eh...' Het had geen zin, hij kwam al naar haar toe.
Hij bleef met zijn handen in zijn zij voor haar staan en keek omlaag. Hij pakte de vork van haar over, bukte voorover en wist het condoom er in één keer uit te vissen.
Ja hoor, natuurlijk.
'Ah, dank je wel.' Ginny griste het condoom uit zijn hand en zei: 'Sorry! Hij eh... nou, eh, Myrtle besprong me en toen schrok

ik en eh... toen vloog-ie gewoon uit mijn zak, en ik kon 'm hier natuurlijk niet laten liggen...'

Finn fronste zijn wenkbrauwen. 'Vloog uit je zak?'

'Ja!'

'Van je spijkerbroek?'

Shit, dat waren de enige zakken die ze hád. Ze keek wanhopig om zich heen, maar Finn stak zijn hand op en gebaarde dat hij even iets moest checken. Dertig seconden later was hij terug uit de slaapkamer. 'Wat raar. Ik zou zweren dat ik een doosje condooms in de kast had liggen, maar het doosje is leeg. Ze zijn allemaal weg.'

Ginny's mond leek wel van schuurpapier. Oké, dit was haar kans om alles op te biechten, het uit te leggen en Finn te vertellen dat ze zwanger was...

'Wat is dat voor geluid?' Finn luisterde aandachtig.

Zich heel erg bewust van het tempo waarop haar borstkas op en neer ging, zei Ginny: 'Mijn adem.'

'Nee, dat knispergeluid.'

'Ik hoor niets.' Ze probeerde helemaal niet meer te ademen.

'Net plastic, een soort knisperend geluid.' Finn staarde naar haar borstkas. 'Je hebt daar iets raars zitten, aan één kant.'

Ginny keek omlaag. Haar rechterborst had een normale ronding. De linker leek eerder op een gevulde sok. Het leek alsof... tja, eigenlijk alsof ze een handjevol condooms in haar beha had gepropt. Ze stak voorzichtig haar hand in de v-hals van haar dunne lycra topje, haalde de pakjes eruit en gaf ze aan hem. 'Sorry.'

Finn keek haar aan met een vreemde uitdrukking op zijn gezicht; en ze kon hem geen ongelijk geven. 'Ik snap het niet. Kun je niet gewoon naar de winkel gaan en ze zelf kopen? Of Gavin vragen dat te doen?'

Ja, het werd nu echt, écht tijd om het op te biechten. Zenuwachtig zoekend naar een manier om het hem te vertellen, zei ze: 'Luister, ik kan het uitleggen, er is een reden dat ik...'

'Ga door,' souffleerde Finn toen haar stem wegstierf.

Het kon al niet meer. Ze stond bij het raam en kon zien dat er een auto de binnenplaats op kwam rijden. Ze schudde haar hoofd. 'Tamsin is terug.'

Hij slaakte een zucht en keek naar de condooms in zijn hand. 'Dan kan ik deze maar beter terugleggen.'
Ginny zette zich schrap; ze had zichzelf al zo voor gek gezet, een beetje meer kon er nog wel bij. Ze schraapte haar keel toen Finn zich omdraaide. 'Mag ik er eentje hebben?'
Hij bleef stilstaan. 'Pardon?'
Je hebt me best verstaan. 'Zou je me gewoon... een condoom willen lenen? Oké, niet lenen,' verbeterde ze zich snel toen zijn wenkbrauwen omhoogschoten. 'Ik zal je ervoor betalen.'
'Weet je zeker dat één genoeg is?' In zijn stem klonk duidelijk iets sarcastisch door.
Erger kon het niet worden. 'Doe maar twee.' O god, wat voor gesprek was dit? Met de vader van haar ongeboren kind?
Zonder verder nog iets te zeggen liet Finn twee condooms in haar uitgestoken hand vallen en liep naar de slaapkamer. Hij kwam net terug toen Tamsin de trap op kwam rennen. Ginny had de twee condooms in de zak van haar spijkerbroek geduwd – zo diep dat er minstens een kernexplosie voor nodig was om ze in beweging te krijgen – en zei haastig: 'Hoi, je bent naar de kapper geweest! Het ziet er prachtig uit!'
'Weet ik.' Tamsin gooide zelfvoldaan haar glanzende kastanjebruine krullen naar achteren. 'Wat doe jij hier?'
Nou, ik stond op het punt Finn te vertellen dat ik zwanger van hem ben.
Daar had ze Tamsins aandacht waarschijnlijk wel mee weten te trekken, maar Ginny kon zich er niet toe brengen dat te zeggen. 'Ik heb wat stukjes zalm meegebracht voor Myrtle.'
Niet dat die rotkat met haar dodelijke klauwen dat verdiende.
'Wat? Dát?' Tamsin keek naar het nog met cellofaan bedekte schaaltje op de vensterbank.
'En ik wilde even met Finn overleggen over mijn rooster van volgende week.'
'Wat opwindend.' Tamsin vond het al niet interessant meer en zwaaide met haar verzameling glanzende plastic tassen naar Finn. 'Schat, wacht maar tot je ziet wat ik heb gekocht. Ik heb het zó heerlijk gehad. Waar is Mae?'
'Martha is een eindje gaan wandelen met haar. Het was vandaag nogal druk.'

Als Finn Tamsin daarmee een schuldgevoel wilde aanpraten, lukte hem dat in ieder geval totaal niet.
'Super, misschien wil ze dit weekend wel oppassen. Zoe, een vriendin van me uit Londen, heeft me uitgenodigd om dit weekend langs te komen.' Ze schudde haar haar nog eens los, liet de tassen op de grond vallen en begon er een te doorzoeken. 'En ik heb een geweldig shirt voor je gekocht... Wacht even, die zit hier ergens tussen.'
Ginny verexcuseerde zich en vertrok voor Tamsin het geweldige shirt had opgeduikeld en het Finn dwong aan te trekken.

'Dat werd verdomme tijd, zeg,' zei Carla, die een nanoseconde nadat Ginny haar auto had geparkeerd uit haar huis kwam stuiven.
Samen hielden ze in Ginny's zonnige keuken een condoomverpakking tegen het licht. 'Drie gaatjes,' zei Carla.
'Hier zelfs vier.' De piepkleine gaatjes waren voor het blote oog bijna onzichtbaar, maar als je met je vingertoppen over het oppervlak streek, kon je ze voelen. Geen wonder dat het Finn niet was opgevallen.
'Oké, nu weet je het dus zeker.'
'Ik ben zwanger van Tamsin.' Ginny trok een vies gezicht. 'Klinkt als een kop in *News of the World*, over kunstmatige inseminatie en lesbiennes.'
'Maar luister.' Carla klonk als een verkoopster op oorlogspad. 'Je hebt het andere nieuwtje nog niet gehoord. Ze gaat dit weekend naar Londen.'
'Weet ik. Naar Zoe, een vriendin van haar. Ik was erbij toen ze het Finn vertelde.'
'Hm. En ik was erbij toen ze de afspraak maakte.' Er speelde een glimlach van je-kan-me-nog-meer-vertellen rond Carla's zorgvuldig gestifte lippen. 'En ik kan je verzekeren: als zij een vriendin aan de lijn had, dan ben ik zeker de koningin van Engeland.'

Die avond was het weer hectisch in het restaurant. Ginny had er niet meteen iets over willen zeggen, maar ze werd wel erg op de proef gesteld. Finn was de afgelopen twee uur erg kortaf ge-

weest en bleef maar van een afstandje met een dodelijk blik naar haar kijken. Het was niet alleen vervelend, maar ook kwetsend. Toen haar pen het had begeven en ze naar het kantoortje liep om een nieuwe te halen, hield hij haar in de hal tegen.
'Helaas, we hebben geen reservecondooms in het kantoor liggen.' Als hij een betere bui had gehad zou het licht en speels hebben geklonken, maar aangezien hij dat niet was, klonk het dus ook anders.
'Mijn pen was op.' Ginny stak de nieuwe naar hem op. 'Als je het wilt controleren, de oude ligt in de prullenbak. En ik heb je mijn excuses al aangeboden.' Ze slaakte een diepe zucht. 'Luister, nu we het er toch over hebben... eh, die condooms...'
Finns kaak verstrakte. 'Dat is nergens voor nodig. Maar ik vind wel dat je een grote fout begaat.'
'O ja?' Waar hij ook op doelde, het was duidelijk geen vleiende opmerking. Ze voelde een immense boosheid in zich opborrelen en flapte eruit: 'Nou, maar misschien ben ik niet de enige. Want als ik jou was, zou ik nog maar eens vragen waar Tamsin dit weekend naartoe gaat.'
Ai! Ze had het gezegd. Nou ja, Finn had ook het recht het te weten.
Hij bleef als aan de grond genageld staan. 'Wat?'
'Je hebt me best verstaan.' Zodra de woorden haar mond uit waren, wenste ze al dat ze die had ingeslikt. Hoe luidde die uitdrukking ook alweer? De boodschapper een kopje kleiner maken? Finn keek haar in ieder geval aan alsof hij dat bij haar wilde doen.
'Waarom zeg je dat?'
'Dat moet je mij niet vragen. Vraag maar aan Tamsin.'
Zonder er nog een woord aan vuil te maken, draaide hij zich om en liep weg. God, wat een toestand, wat een ontzettende klotezooi. Trillend bedacht Ginny dat hij Tamsin nu zou beschuldigen dat ze iemand anders had. Tamsin zou dat op haar beurt ontkennen en woedend vragen wie dat soort leugens over haar verspreidde. En dan? Ze had geen concreet bewijs, dus dan was het haar woord tegen dat van Tamsin...
Dat was zo'n afschuwelijk vooruitzicht dat ze er niet eens over na wilde denken. Ze kon maar één ding doen. Ginny verman-

de zich, klemde haar gloednieuwe pen stevig vast en ging weer aan het werk.
De horeca was net de showbusiness: je moest lachen, lachen en lachen.

56

Tamsin kwam net uit bad en zat, gewikkeld in een turkooizen kamerjas, haar teennagels zachtroze te lakken. Toen Finn de kamer in kwam, keek ze met een glimlach naar hem op. 'Dag, lieverd. Mae slaapt. Wat ben je vroeg klaar.'
Ze was bloedmooi. Elke man zou op haar geilen. Als het waar was wat Ginny zei, was dat het beste nieuws dat hij in maanden had gehad. 'Ik werk te veel. Het is tijd voor een break en heb besloten dat ik met je meega naar Londen. Ik heb al een suite gereserveerd in hotel Soho.'
Het bleef even stil.
'O, Finn, wat zou dat leuk zijn geweest.' Tamsin klonk heel teleurgesteld. 'Maar dat kan echt niet. Ik heb Zoe beloofd dat ik bij haar blijf logeren. Want weet je – dit is top secret – ze heeft net een facelift gehad en ze ziet er niet uit. Ik ga naar haar toe om haar op te vrolijken en om haar ervan te overtuigen dat ze er niet uitziet als het lelijke zusje van Frankenstein.'
'O, oké.' Finns ogen boorden zich in de hare. Ze had de zelfverzekerde, vaste blik van een vrouw die rücksichtslos kon liegen over wie de vader van haar kind was.
'Maar een andere keer, graag,' zei Tamsin terwijl ze hem stralend aankeek. 'Absoluut. Volgend weekend bijvoorbeeld? Dan kunnen we... hé, wat doe je nóú?!'
'Ik leen je mobieltje even. Dat is toch niet erg?' Finn had het piepkleine telefoontje gepakt dat Tamsin altijd bij zich droeg en begon behendig door de namen te scrollen. 'Ah, ik heb het nummer al...'
'Dat is míjn mobiel!' Tamsin sprong in paniek op toen hij de telefoon aan zijn oor zette. 'Hé, je kunt niet zomaar...'

'Zoe? Hoi, met Finn Penhaligon. Hoe gaat het? Luister, er staat nog niets vast, maar ik ben aan het checken wie er beschikbaar is voor een surpriseparty die ik zaterdagavond voor Tamsin wil houden in de Connaught.' Hij zweeg even en zei vervolgens: 'Goh, dat is heel goed nieuws,' voor hij het mobieltje aan Tamsin gaf. 'Hier, voor jou. Zoe vindt het fantastisch. Ze zegt dat ze het een geweldig idee vindt en zeker van de partij is.'

Ginny kwam de keuken uit en vloog van schrik bijna tegen het plafond en liet nog net niet de *sticky*-toffeepudding vallen toen ze Tamsin het restaurant in zag stormen. Ze bleef midden in het drukke restaurant staan in haar spijkerbroek en witte T-shirtje, met een gezicht als een donderwolk, en bekeek alle tafeltjes achterdochtig. Evie trok haar wenkbrauwen op naar Ginny en liep toen naar Tamsin. 'Zoek je iemand?'

'Ik kijk gewoon wie er is.' De woorden vlogen uit haar mond. 'Finn wil het niet zeggen, maar het moet iemand van hier zijn.' Tamsin bleef de gasten aanstaren, draaide zich toen om en barstte los: 'Je zult niet geloven wat me zojuist is aangedaan, een of andere verachtelijke, haatdragende... jaloerse...' Haar stem stierf weg toen haar blik op Ginny bleef rusten. Langzaam en vol ongeloof zei ze op lijzige toon: 'Of misschien is het toch niet zo ongelooflijk. Moet je dat gezicht zien! Jezus nog aan toe, wat is hier aan de hand? Je weet precies waar ik het over heb, hè? Zeg op, wie heeft het aan Finn verteld?'

Ginny staarde terug. Oké, de nachtmerrie was nu officieel begonnen. Ze likte aan haar droge lippen en zei: 'Ik.'

'Jij! Hóé dan? Mijn god, ik had het kunnen weten. Wat ben jij een bemoeizuchtige trut!' Tamsins gezicht verstrakte en ze begon nog harder te praten. 'Laat me raden, je was jaloers omdat ik Finn had en jij hebt niemand. Je kunt het niet hebben dat andere mensen gelukkig zijn en dus probeer je roet in het eten te gooien door leugens over iemand te vertellen!'

Bijna, dacht Ginny. Ik ben jaloers omdat jij Finn hebt en dat niet verdient. Je bedriegt hem en dat zou ik nóóit doen. O god, iedereen kíjkt naar ons.

Ginny's antwoord klonk vlak. 'Maar ik heb niet gelogen.'

'Je bent zeker verliefd op hem.' Tamsin trok haar lip op waar-

door haar katachtige snijtanden zichtbaar werden. 'Is dat het? Was je daarom vanmiddag bij ons boven, in de hoop dat hij je zou zien staan?'
'Oké, zo is het wel genoeg,' zei Evie terwijl ze Tamsin naar de uitgang duwde. 'Je bent overstuur, ik breng je wel even naar...'
'Nee!' brulde Tamsin, en rukte zich los. Ze griste een karaf wijn van een tafel in de buurt, draaide zich vliegensvlug om en gooide de inhoud recht in Ginny's gezicht. 'Trut! Je hebt mijn hele leven verpest!'
Iedereen in het restaurant hield zijn adem in en Ginny liet voor de tweede keer in drie minuten bijna de dessertbordjes vallen. Ze knipperde de wijn uit haar ogen en zag dat de pudding ook was getroffen, wat betekende dat ze die niet meer aan de klanten kon serveren. Wie wat bewaart heeft wat, maar ach...
'Gadver!' Tamsin, die duidelijk niet had verwacht dat een simpel serveerstertje het zou wagen terug te slaan, sprong met een gil achteruit. Met afgrijzen keek ze naar de bruine, slijkachtige troep die langs de voorkant van haar witte T-shirtje en spijkerbroek omlaag droop.
'Je hebt je dag niet, hè?' zei Ginny. 'Eerst je leven verpest en nu ook nog je kleren.'
Witheet van woede, maar niet in staat om zich los te maken uit Evies ijzige greep stampte Tamsin met haar voeten en slaakte een oorverdovende kreet. Mensen begonnen te giechelen en te fluisteren.
De man van het stel dat de sticky-toffeepudding had besteld, keek Ginny aan en vroeg voorzichtig: 'Was dat ons toetje?'
Ginny's knieën knikten, maar ze slaagde erin haar stem in bedwang te houden. 'Het spijt me vreselijk. En dat waren helaas ook de laatste. Maar ik kan u onze chocoladetaart van harte aanbevelen.'

Als door een wonder lukte het haar om zonder ongelukken thuis te komen. Het was pas negen uur, zodat Carla meteen half schreeuwend naar haar toe kwam rennen: 'O mijn god, wat is er gebeurd?'
Ginny was niet in staat om rustig te gaan zitten. Ze stond stijf van de adrenaline en liep hyperventilerend door de keuken. Toen

ze eindelijk klaar was met haar verhaal over de krachtmeting in het restaurant, schudde ze haar hoofd. 'Dat is het dan, ik ben ontslagen. Ik zal naar Scarborough moeten verhuizen.'
'Ga eens zitten. Rustig aan. Dus hij weet nog stééds niet dat je zwanger bent.' Carla inspecteerde wild alle keukenkastjes. 'Jezusmina, ik probeer iets te drinken voor je te pakken, maar ik zie alleen maar warme chocolademelk.' Ze pakte het blik uit de kast en schudde het heen en weer. 'Ben je wel eens in Scarborough geweest?'
'Eén keertje, toen Jem klein was. Er is een leuke sauna. En het is heel ver weg.' Ginny's maag draaide zich om toen de telefoon ging. O god, dit kon niet goed zijn voor de baby.
'Als je niet wilt, moet je niet opnemen,' zei Carla.
Maar ze zag aan het nummer dat het Jem was. 'Jee, mam, je bent thuis! Je raadt nooit wat er gebeurd is!'
Zelfs midden in een crisis werd ze nog vrolijk van Jems stem. Blij met wat afleiding vroeg ze: 'Wat raad ik nooit?'
'Marcus McBride heeft een strandhuis in Miami. Hij heeft Davy net gemaild dat als we daar in juli naartoe zouden willen, dat dan kan. En het is, zeg maar, het meest vet coole huis op deze hele aardbol!'
'Jeetje.' Ginny vroeg zich stilletjes af hoeveel een vliegtuigticket naar Florida kostte.
'En hij zorgt ook voor de vlucht!' vervolgde de opgewonden Jem haar verhaal. 'Niet te filmen, hè? We zullen hem daar overigens niet zien. Als wij daar zitten, is hij een film aan het opnemen in Australië. Maar toen Davy zei dat we met z'n drieën wilden komen, vond hij dat prima. Hij zei zelfs: "Hoe meer zielen, hoe meer vreugd," en vroeg waarom Davy's moeder niet ook kwam.'
'En? Komt ze ook?'
'Nee! Rhona zei dat het ons reisje was, dat ze liever thuisbleef. En dat is al heel wat, want Davy en zij zijn nog nooit zonder elkaar geweest. Jij vindt het toch goed, hè, als ik in juli naar Miami ga?'
'Natuurlijk, lieverd.' Ginny's keel voelde opeens een beetje dik aan. Net als zij had Jem zich ingelaten met de verkeerde man. Het schoot nu weer door haar hoofd: niet te geloven dat ze bang was geweest dat Jem zwanger zou raken.

'Ik moet nu gaan. Wat zal iedereen jaloers zijn als ze dit horen! Is alles goed met jou, mam?'
'Ja, ja, prima. Carla is er. Ze schenkt net wat voor me in.'
'Laat me raden: een groot glas ijskoude Frascati!'
Ginny keek naar Carla, die met een geïrriteerde blik grote cacaobrokken in een glas warme melk stond te roeren. 'Hoe raad je het zo?'
'Nog iemand aan wie je het moet vertellen voordat de baby eruit floept.' Carla was een ster goed in het geven van goede raad.
'Weet ik. En hou op met zeuren.' Ginny schoof de mok warme chocolademelk weg omdat die vies smaakte en vol klonten zat.
'Het lijkt net alsof we zitten te wachten tot de wereld ten onder gaat. Je zou denken dat iemand je nu toch wel had gebeld, al was het maar om te zeggen dat je ontslagen bent.'
'Als Tamsin belt is dat om me te zeggen dat ik eraan ga.' Ginny voelde zich lichtelijk hysterisch. 'Ze kan de politie bellen, me betichten van bedreiging met een dodelijk dessert. O god, wat als ze Finn niet heeft bedrogen? Wat als ik een...'
Tríng. De deurbel deed hen bijna van hun stoel vallen.
'Dit is echt niet goed voor me,' zei Ginny, met haar hand tegen haar borst geklemd.
'Ik doe wel open.'
'Nee.' Hoofdschuddend zei Ginny: 'Nee, ik heb mezelf in de nesten gewerkt en ik zal het ook zelf weer moeten rechtzetten.'
Haar hart maakte een sprongetje toen ze zag dat het Finn was. Maar hij kwam duidelijk niet voor een gezellig babbeltje.
'Mag ik binnenkomen?' Hij stond al binnen voor Ginny antwoord kon geven, maar bleef abrupt stilstaan toen hij Carla zag.
'Kun je ons even alleen laten?' vroeg hij nors.
'Nee.'
'Carla.' Ginny gebaarde met haar hoofd naar de deur. 'Alsjeblieft.'
'Alsjeblieft wat?'
'Wil je alsjeblieft naar huis gaan?'
'Maar misschien snijdt hij je wel in kleine stukjes om je vervolgens aan die enge kat van hem te voeren.'
'Eruit,' zei Finn.
'Spelbreker,' mompelde Carla terwijl ze naar buiten liep.

57

'Ik heb geen spijt van die sticky-toffeepudding, dus verwacht niet dat ik daarvoor mijn excuses ga aanbieden. En ik kom toch niet meer werken, dus je hoeft me ook niet te ontslaan.' Ze flapte alles eruit; ze had zelf niet eens geweten dat ze dit ging zeggen.

'Ik was niet van plan je te ontslaan en je hoeft niet weg te gaan.'

Ha, hij moest eens weten.

'Toch kom ik niet meer.' Ze drukte haar nagels pijnlijk hard in haar handpalm. Ze moest wel; dat was het enige wat ze kon doen. Beter dan hem de waarheid te vertellen.

'Het is trouwens uit. Ze zijn weg.' Finns blik verried zijn gevoelens. 'Tamsin en Mae.'

O god, wat vreselijk voor hem. 'Wat erg.' En Ginny meende het echt. Wat moest hij kapot zijn.

'Ach, het zat eraan te komen.' Finn haalde zijn schouders op. 'Tamsin en ik, dat zou nooit meer wat zijn geworden. Ik wilde het wel, vanwege Mae, maar het sloeg nergens op. Tamsin was trouwens niet degene die Angelo aan de kant heeft gezet. Hij heeft haar gedumpt. Dat kwam vanavond ook nog aan het licht. Ze probeert hem al weken op andere gedachten te brengen. En als het aan haar had gelegen was ze daar bijna in geslaagd.' Hij keek Ginny aan en voegde eraan toe: 'Ze snapt nog steeds niet hoe je erachter bent gekomen.'

Er was nu geen reden meer om dat te verzwijgen. 'Carla zat vanochtend bij de kapper en hoorde daar Tamsins telefoontje.'

'Weer Carla. Ik had het kunnen weten. Hoe dan ook, het is afgelopen. Ze zijn weg. Ik denk niet dat ik ze ooit nog zie.'

Ze wilde niet bedenken hoe hij zich nu, onder dat kalme uiterlijk, moest voelen. Ginny voelde zich vreselijk schuldig. 'Maar als je dat zou willen, zou dat toch kunnen?'

Finn schudde zijn hoofd. 'Het is voorbij, zand erover. Wat mij betreft was het tussen Tamsin en mij allang afgelopen.' Hij zweeg even. 'En Mae is niet mijn dochter. Dat weet ik nu ook zeker. Het was verschrikkelijk om afscheid te moeten nemen van haar, maar anders dan vorig jaar. Deze keer was het eigenlijk onvermijdelijk.'

'Echt waar?' Goh, dat was een hele opluchting.
'Ja, echt waar. Eerlijk gezegd was ik al op zoek naar een reden om ermee te kappen. En voor Mae is het beter dat het maar zo snel mogelijk gebeurt. Dus dat is het. Voorbij.' Hij duwde zijn handen in zijn zakken. 'Het leven loopt soms anders dan je denkt, hè? Je denkt dat je alles onder controle hebt, maar dat is dus niet zo. Het is net alsof je het vliegtuig naar Venetië neemt, maar als je uitstapt blijk je in Helsinki te zijn beland.'
Ginny's maag trok het niet meer.
Zeg hem dat je zwanger bent.
Ik kan het niet, ik kan het niet.
Zeg het hem nou gewoon!
Nee, ik kan het echt niet. Jezus, dat soort nieuws, vooral vanavond, zou hem echt de das om kunnen doen. Hardop zei ze: 'Gavin en ik zijn voor onze huwelijksreis naar Venetië geweest. Misschien hadden we beter naar Helsinki kunnen gaan.'
Ze had het als een grappige opmerking bedoeld, om hem aan het lachen te maken, maar Finn was daar duidelijk niet voor in de stemming. Bijna boos zei hij: 'En dacht je dat toen ook?'
Ginny schrok van zijn felheid. 'Nee, natuurlijk niet. Ik wist hoe Gavin was, maar ik was jong en onnozel. Ik dacht dat ik hem kon veranderen.'
'En nu?'
Ze haalde haar schouders op. 'Nu ben ik oud en onnozel. Maar hij zegt dat hij nu echt is veranderd.'
'En geloof je dat?'
Verliest een vos ooit zijn streken? Wie zou het zeggen. Maar als je Gavin en Bev samen zag, leken ze echt gelukkig te zijn. 'Ik ben een romanticus,' zei Ginny. 'Ik wíl het geloven.'
Finn keek haar aan alsof hij eigenlijk nog veel meer wilde zeggen. Ginny stelde zich voor hoe hij zou kijken als ze de waarheid zou opbiechten.
Zeg het hem.
Nee.
'Oké,' zei Finn plotseling. 'Nou, succes dan.'
'Dank je wel.' Dat was het dus. Haar ontslag was aanvaard. Ze zou niet meer naar het restaurant hoeven.
'Dag.' Hij draaide zich om en liep naar de voordeur, die hij zon-

der ook maar één keer om te kijken achter zich dichttrok.
God, wat een avond. Ginny wreef over haar gezicht en toen door haar haren. Ze was zo van streek dat ze niet eens kon huilen. Ze pakte de telefoon om Carla te bellen, hoewel die Finn ongetwijfeld al in zijn auto had zien stappen.
En toen ging de deurbel weer. Als je het over de duivel hebt...
Ginny liep op blote voeten door de gang, trok de voordeur open en...
'Je bent gek. Ik weiger te geloven dat je zo naïef bent.'
'Wat bedoel je?'
'Gavin.' Finn keek haar woedend aan. 'Hij zal je hart breken.'
Ze snapte er niets van – maar was wel ongelooflijk blij dat hij terug was gekomen – en zei: 'Niet míjn hart. Waar héb je het over?'
Finn snapte het nu duidelijk niet meer. 'Gavin en jij zijn toch weer bij elkaar?'
'Alsjeblieft, nee! We zijn al negen jaar gescheiden. Ik ben gisteravond uit eten geweest met hem en zijn vriendin. Ze heet Bev en ze is heel leuk.' Ginny besefte dat ze stond te bazelen. 'En moet je nagaan, ze is net zo oud als ik!'
'Ik dacht dat jij en Gavin weer bij elkaar waren.' Hij fronste. 'Toen ik je vestje laatst kwam langsbrengen deed hij de deur open in jouw roze ochtendjas.'
'Omdat zijn boiler kapot was, ja.' Dat had Gavin vast een geweldige grap gevonden, om iemand in een damesochtendjas te begroeten. 'Ik zei dat hij wel bij mij kon douchen, dat is alles. God, als ik ooit zou overwegen om weer iets met hem te beginnen, mag je me laten opsluiten.'
'Sorry. Mijn hemel, dat ik zo fout zat.' Finn schudde zijn hoofd; het was niet duidelijk wat er in hem omging. 'Dus... eh, denk je dat het wat wordt? Met Bev?'
'Wil je weten wat ik écht denk? Nee, dat lijkt me sterk. Zoals ik al zei, Bev is geweldig. Maar Gavin is niet in staat te veranderen. Dit is allemaal nieuw voor hem. Ik geef ze nog een paar weken.' Dit gesprek ging eigenlijk helemaal nergens over, maar Ginny ratelde verder. 'En eerlijk gezegd denk ik dat Bev er net zo over denkt. Ze zei gisteravond dat als het misgaat, ze Gavin dan in ieder geval kon vergeten.'

Na een lange stilte zei Finn: ‘Het kan ook anders lopen.’
‘Wat bedoel je?’
Hij haalde zijn schouders op. ‘Omdat het niet altijd gaat zoals het gaat.’
‘Ach, hoe dan ook, ze zijn allebei volwassen.’ Ginny voelde dat ze het warm begon te krijgen en zenuwachtig werd van Finns indringende blik. ‘Waarom kijk je zo naar me?’
Want als hij erachter kwam, zou ze door de grónd zakken.
‘Waarschijnlijk omdat ik met je naar bed geweest ben en je niet kan vergeten.’
Ginny’s knieën bezweken bijna. ‘W-wat?’
‘Het spijt me, maar ik zeg het nu maar gewoon eerlijk. Je hebt er zelf om gevraagd.’ Finn streek met zijn hand door zijn haren. ‘Ik weet dat het wat jou betreft een eenmalige scharrel was, maar ik kan het maar niet uit mijn hoofd zetten. Ik denk er de hele tijd aan. Ik kon er eerder natuurlijk niets over zeggen en misschien had ik dat nu ook beter niet kunnen doen.’ Hij slikte en Ginny hoorde aan zijn stem hoe geëmotioneerd hij was. ‘Maar ik heb een ontzettende rotdag gehad en ik wilde dat je weet wat ik voor je voel. En eerlijk gezegd voel ik me al zo sinds Tamsin terug is.’
Er gingen seconden voorbij. Ginny was sprakeloos. Uiteindelijk stamelde ze: ‘I-ik ook.’
Nu was het Finns beurt om verbluft te kijken. ‘Echt waar?’
‘O ja. God, ja. Echt.’
Hij kuste haar en ze had zich nog nooit zo levend en tegelijkertijd zo angstig gevoeld. Ze trok zich los en knipperde een paar keer met haar ogen. ‘Er is nog iets wat ik je moet vertellen.’
Finn maakte er een grapje van. ‘Je gaat me toch niet vertellen dat je eigenlijk een man bent.’
Nee, niet bepaald. Ginny haalde diep adem. ‘Het was niet mijn bedoeling dat het zou gebeuren.’
‘Wat niet?’
Ze had het lef niet. ‘Ik durf het je niet te vertellen.’
Jawel, dat durf je wel.
Nee, ik kan het niet, ik kán het niet.
Maar je móet.
‘Oké,’ zei Finn. ‘Is het goed of slecht nieuws?’

'Dat weet ik niet.'
'Ik hou van je. Helpt dat misschien?'
Ginny kreeg tranen in haar ogen. 'Ik ben zwanger.'
Finn bleef roerloos staan. 'Echt?'
'Ja.' Ze zag de blik op zijn gezicht en stelde zich voor wat er nu door hem heen moest gaan. 'Van jou, dat weet ik zeker,' flapte ze eruit. 'Jij bent de enige met wie ik geslapen heb – sinds jaren. O, het spijt me zo!'
Tot haar opluchting zag ze Finn ontspannen en er verscheen een glimlachje op zijn gezicht. 'Je hoeft je niet te verontschuldigen. Ik ben blij dat ik de enige ben.' Hij keek even naar haar buik en vroeg: 'Gaat het allemaal wel goed?'
'Met de baby? O ja, ik heb een echo gehad.'
'Was je nog van plan het me te vertellen?'
'Nee. Ik was van plan naar Scarborough te verhuizen.' Ginny was nog helemaal in de war van wat er net was gebeurd. 'Tót vanmiddag had je immers al een gezin.'
Finn trok haar naar zich toe. 'Ik had een kind dat niet van mij was en een vriendin van wie ik niet hield.' Hij keek haar liefdevol aan. 'En nog erger, ik was verliefd op een collega, maar kon haar dat niet vertellen omdat zij terug was bij haar exman... wacht eens even, wat was al dat gedoe met die condooms dan?'
Eindelijk een vraag die ze goed kon beantwoorden. De twee condooms die Carla en zij eerder die avond hadden onderzocht, lagen nog in de fruitschaal. 'Tamsin wilde vorig jaar weer zwanger worden, maar jij zag dat niet zo zitten. Toen heeft ze gaatjes geprikt in al je condooms.'
Finn keek naar de fruitschaal en trok zijn wenkbrauwen op. 'Maar goed dat de dominee vanavond niet toevallig op bezoek komt.' Hij ging met zijn vinger over het pakje dat ze in haar hand had. 'En maar goed dat het nergens op is uitgelopen.'
'Nou, het is anders prima gelukt, alleen in de verkeerde buik.'
'Dat meen je niet? Dus Tamsin heeft eindelijk eens iets goeds gedaan.' Finn streek een lok uit haar gezicht. 'Dit is misschien wel de mooiste dag van mijn leven. Ik vind dat we dat moeten vieren.'
Ginny beefde van genot toen hij haar weer kuste, maar trok zich

even later met tegenzin los. 'Ik moet echt even Carla bellen. Die vraagt zich vast af wat er aan de hand is.'
'Carla is een volwassen vrouw.' Hij keek haar grijnzend aan. 'Ik denk dat ze dat wel kan raden.'
'Maar ze vindt het vreselijk als ze wordt buitengesloten. Daar kan ze heel slecht tegen. Dan komt ze straks hiernaartoe en gaat ze op de voordeur staan bonzen.'
Ginny's mobieltje lag nog op de keukentafel. Finn pakte hem op en toetste Carla's nummer in.
Carla, die duidelijk op hete kolen zat, nam na één keer overgaan al op. 'Ik zag hem weggaan en toen weer naar binnen gaan. Dit is verschrikkelijk! Of jullie zijn aan het vrijen of jullie hebben gigantische ruzie.'
'Gefeliciteerd,' zei Finn. 'In één keer raak.'
'Wááh!' gilde Carla.
'Dank je wel. Dat vinden wij ook. Dus we zouden het op prijs stellen als je ons even niet stoort, omdat Ginny en ik nu naar boven gaan.'
Ginny pakte de telefoon van hem over en voegde er gelukzalig aan toe: 'En dat kan wel even duren.'

De volgende ochtend moest er nodig een ander telefoontje worden gepleegd, ditmaal naar Jem. 'Dag lieverd, hoe gaat het?'
'Heel goed, mam. Heb je de foto's gezien die ik je heb gemaild?'
'Ja.' Ginny glimlachte, Jems geluk was aanstekelijk. De foto's van Davy, Lucy en Jem die probeerden te skeeleren waren ook erg komisch geweest. 'Luister, ik moet je iets vertellen. Het kan nogal een schok zijn.'
Jems toon veranderde op slag. 'O god, ben je ziek?' Angstig voegde ze er aan toe: 'Is het ernstig?'
'Hemeltjelief nee, ik ben niet ziek!' Ze keek Finn aan en kneep even in zijn hand voor morele steun. Hij kneep terug. 'Lieverd, ik ben zwanger.'
Stilte. Na een tijdje zei Jem ernstig: 'O, mam. Ik weet niet wat ik moet zeggen. Eh... van die Perry?'
'O god nee, niet van hem!'
'Mam!' gilde Jem totaal verbluft. 'Sorry hoor, maar kun je je die hele preek nog herinneren voor ik ging studeren? En nu ver-

tel je me dat je zwanger bent! Met hoeveel mannen heb je wel niet geslapen? En heb je énig idee wie de vader is?'

Jem ging als een razende tekeer. Ginny besefte dat Finn alles kon horen en dat hij de reactie van haar dochter hoogst amusant vond, dus probeerde ze de telefoon in zijn hand te duwen.

'O nee.' Finn stak grijnzend zijn handen omhoog. 'Aan jou de eer.'

58

De zomer was voorbij en de herfst was in aantocht. Rood gouden bladeren dwarrelden over het perron van het station. Als er te veel op de rails terechtkwamen zouden ze het treinschema hopeloos in de war sturen. Ginny dacht terug aan vorig jaar om deze tijd, toen ze daar alles voor over zou hebben gehad. Ze knipperde een paar keer vlug met haar ogen, want al kon ze het ditmaal misschien geestelijk wat beter aan, hormonaal gezien leidde elk traantje meteen tot een stortvloed.

Gelukkig werd ze afgeleid.

'Hou op,' zei Jem.

'Waarmee?' Gavin keek heel onschuldig – geen goed teken.

'Met loeren naar dat meisje daar.'

'Dat deed ik helemaal niet.'

'Wel waar, pap. Net als bij het meisje achter de balie.' Jem zocht steun bij Ginny. 'Je was aan het flirten. Dat is overduidelijk.'

'Dat heet aardig doen,' protesteerde Gavin. 'Kunnen jullie me nou nooit eens het voordeel van de twijfel geven?'

Na twintig jaar? Nee, eerlijk gezegd niet. Ginny keek hem vertwijfeld aan en kreeg acuut medelijden met Bev. Hun relatie had vier maanden geduurd, langer dan iemand had durven voorspellen. Maar als een *Big Brother*-deelnemer die krampachtig probeert stand te houden en elke week nét niet wordt weggestemd, zat Bevs tijd erop. Dat wist ze zelf ook, maar ze had de moed nog niet kunnen opbrengen om te breken met Gavin.

En Gavin? Die zou nooit veranderen.

'De trein komt over vijf minuten.' Jem stond in haar telefoon te kakelen, opgewonden dat ze weer terugging naar Bristol. 'Ik heb drie flessen wijn bij me en twee taarten van Laurel. Eten we vanavond pasta?'

Ginny keek naar Jem en werd overspoeld door een gevoel van liefde en trots. Nog egaal bruin van haar drie weken vakantie in Miami, was Jem het toonbeeld van een negentienjarige in de bloei van haar leven, blakend van zelfvertrouwen en opgewonden over haar tweede studiejaar. En ze had ook genoeg om naar uit te kijken, niet in de laatste plaats de nieuwe driekamerflat in Kingsdown die ze met haar twee beste vrienden zou delen. Arme Rhona. Die had het niet gemakkelijk gehad, maar ze had uiteindelijk toch ingezien dat ze Davy moest laten gaan...

'Ginny? Ben jij dat?'

Ginny draaide zich om en zag een grote, opvallende vrouw in een te strakke tweedjas voor zich staan, die haar blijkbaar duidelijk herkende.

'Mijn god, ja, je bent het echt!' De vrouw slaakte een kreet van blijdschap. 'Wat ongelooflijk! Hoe gaat het met je?'

Wat een nachtmerrie. Ginny vond het vreselijk als dit gebeurde. Moest ze nou doen alsof ze haar herkende en hopen dat ze ermee weg kwam of moest ze het eerlijk toegeven en de vrouw kwetsen?

'Heel goed! Goh, wat een toeval, om jou hier tegen te komen, zeg!' Het was al te laat om eerlijk te zijn. Ginny zwichtte en liet zich omhelzen en op beide wangen zoenen door de kriebelige tweedjas.

'Ik ben op weg naar huis. Ik kom net terug van een tante in Tintagel. Wat leuk je te zien! Je bent geen spat veranderd!'

Jij wel, dacht Ginny, die zich verwoed probeerde voor te stellen hoe de vrouw er vroeger uit had gezien. Tot overmaat van ramp was Jem klaar met bellen en kwam nu naar ze toe lopen.

'Mijn dochter gaat ook met de trein.'

'Je dochter? Jeetjemina!' De vrouw keek Jem stralend aan en zei: 'En hoe heet jij?'

'Ik ben Jem.' Jem keek haar moeder vragend aan. 'Mam? Wie is dit?'